KB111405

인생 레시피

인생 레시피

테레사 드리스콜

공경희 옮김

무소의뿔

I

멜리사, 2011

멜리사 댄스는 두 가지 틱 장애가 있었다.

극도의 압박감을 느끼면 오른쪽 눈꺼풀이 떨리곤 했다. 이 증세는 또 다른 틱을 일으켜서 멜리사는 자기도 모르게 머리를 움직이곤 했다. 일종의 틱 경련인데, 운 좋은 날에는 이 증세 때문에 사람들이 눈꺼풀이 떨리는 건 눈치채지 못할 거라고 그녀는 기대하곤 했다.

하지만 운 좋은 날이 전혀 아니었다. 운 좋은 것하고는 거리가 멀었다.

"괜찮으세요, 미스 댄스?"

손글씨였다. 정말이지 짜증 나는 그들만의 세상에서 눈꺼풀과 턱의 경련이 계속되는 사이, 다른 근육의 움직임은—아주 대조적으로—마춰되어버린 듯 그녀의 입은 완전히 굳어버렸다.

이럴 때면 아무 일도 되지 않았다.

멜리사는 주머니에서 고무줄 끈을 꺼내 머리를 질끈 묶었다. 그러는 동안 책상 너머에 앉은 키 큰 남자는 난처해했다. 제임스 홀이라고 자신을 소개한 남자는 물을 한 잔 따라서 책과 함께

화려한 대형 마호가니 책상 끝으로 밀었다. 멜리사 앞으로.

그는 멜리사의 눈을 쳐다보는 것 같았다. 아니면 단지 그녀의 상상에 지나지 않는 걸까? 그러다 불쑥 홀은 의뢰인에게 부탁받은 사항들을 지나치게 빠르게 설명하기 시작했다. 지시 사항들이 얼마나 구체적이던지. 그의 의뢰인은, 다소 불편한 상황이 예상되긴 하지만 홀이 동의한다면 그가 그녀—멜리사 댄스 씨—에게 책을 받도록 설득해야 한다고 했다. 그리고 멜리사가 시간을 갖고 책을 읽어주기를 당부해달라고 했다. 그렇게 해주시겠습니까?

그것이 그가 받은 매우 구체적인 지시 사항들이었다.

멜리사의 오른쪽 눈꺼풀은 계속 파르르 떨리고 있었다. 그녀는 여전히 말을 할 수가 없었다.

홀 씨는 헛기침을 하고 덧붙여 말했다. 그의 의뢰인은, 이 첫 번째 만남에서 책의 목적이 위로를 주기 위함이라는 것을 멜리사가 알게 해야 한다고 했다. 책은 인도하는 손길이라고. 딱히 레시피라기보다는 그 자체로 삶의 레시피라고. 책에는 편지가 들어 있었다. 사진도. 멜리사가 이것들을 이해했는지도 물었다.

멜리사는 표지를 다시 물끄러미 쳐다보았다. 너무 빤히 쳐다봐서 양쪽 눈—떨리는 눈과 떨리지 않는 눈 모두—에 눈물이 고이기 시작했다.

손글씨였다. 검은색 잉크.

책 제목인 '레시피'는 진한 글자로 미리 인쇄되어 있었지만, 그녀의 이름은 손글씨로 덧붙여져 있었고, 멜리사는 그 필체를 단박에 알아보았다. 그녀는 홀 씨의 사무실 구석을 힐끗 쳐다봤다. 바로 거기에 앉아 있는 그녀의 모습이 눈에 선했다. 그녀의 침실

구석에 놓인 낡은 책상에 만년필을 들고 앉아 있는 모습. 반짝이는 검은색 잉크로 비스듬히 쓴 아름다운 글씨.

'멜리사를 위한……'

홀 씨는 의자에 앉아 어색하게 움직이면서, 책을 봉투에 다시 넣어줄지 물었다.

멜리사는 머릿속으로 어떻게 하든 상관없다고 대답했지만, 그 말이 입 밖으로 나왔는지는 알 수 없었다. 말을 했든 아니든 홀 씨는 안에 비닐을 덧댄 안전봉투에 책을 다시 담아 멜리사에게 내밀었다.

책을 맡긴 사람이 누구인지 홀 씨는 분명히 알고 있었다. 멜리사 또한 알고 있었다.

그것은 어머니의 독특한, 비스듬한 필체였다.

벌써 17년이나 보지 못한 어머니의……

할머니의 컵케이크

베이킹파우더가 든 밀가루 4온스(1온스는 약 30그램)
버터 4온스
정제설탕 4온스
달걀 2개 푼 것
오렌지 제스트(껍질을 보푸라기처럼 긁은 것. 풍미를 내기 위해 쓴다)
1개 분량(매우 중요해……. 알겠지?)

먼저 오븐을 180도로 예열하렴. 그리고 버터와 설탕을 저어
서 크림처럼 만들어. 달걀(상온에 두지 않으면 겉돌아서 섞이
지 않아)을 천천히 넣어. 밀가루를 가만가만 섞어 넣은 다음
오렌지 제스트를 섞어줘. 그다음 컵케이크 틀에 담아서 오븐
에 넣고 15~20분간 구우면 된단다. 증조할머니의 레시피란
다……. 오래된 기억이라서 미안!
(크림치즈 토핑＋딸기 한 개나 오렌지 제스트를 살짝 올리면
근사하지. 크림치즈 토핑은 크림치즈와 부드러운 버터를 일대
일로 섞고 농도와 단맛이 적당할 때까지 슈거파우더를 넣어
주면 돼. 너무 애매하게 설명해서 미안.)

아, 사랑하는 내 딸. 충격받았을 거야. 그렇지? 책에 이 첫 레시피를 적고 사진을 붙이기 시작하면서 벌써 느낄 수 있는걸. 네가 받을 충격을.

나는 방 안을 서성거리고 있고, 쓰레기통에는 구겨서 버린 종이가 가득해. 몇 번이고 반복해서 이 부분을 시작하는 중이란다. 제대로 하고 있는지 너무 걱정이 돼서 말이야. 제대로 표현하고 있는지.

덜거덕대다 보니 이런 상태가 되어서—솔직히 말하자면—오늘이 시작하기에 적당한 날이 아닌가 하는 걱정이 드는구나. 하지만 지금 시작하지 않으면 어떻게 하지? 내일 다시 시도해? 아니면 그다음 날?

이렇게 헤매고 있다 보니 이 짜증스런 증세가 일어나는구나. 눈꺼풀이 파르르 떨려. 그래, 나도 알아. 겸연쩍고 지독하게 어색해. 바로 지금 이렇구나. 지긋지긋하고 바보 같아. 안과 같은 곳에 찾아가볼까 싶기도 해. 네 아버지는 그런 떨림은 보이지 않는다고 주장하지. 다른 사람은 아무도 눈치채지 못할 거라고. 하지만 그 말은 믿기 어렵고, 이 모든 게 내가 별종인 듯한 기분을 느끼게 해. 너도 알 거야. 바로 이런 얘기를 침대에 누워서 너와 함께 나누고 싶단다. 그럴 기회만 있다면 어른 대 어른으로 대화하고 싶구나. 바로 그 이유 때문에 지금 이렇게 글을 쓰고 있어.

그래서 말이지.

아무튼.

종이를 쓰레기통에 던지는 짓은 그만하려고 해. 결정했어. 더이상 고치지 않기로. 그냥 쭉…… 계속 쭉 써나가려고 해. 생각

나는 대로 쓸 거야. 머릿속에 떠오르는 그대로. 그러니까 오늘이
이 책을 시작하기에 적당하지 않은 날은 아닌지 걱정하면서 이
렇게 앉아서 할 수 있는 일은, 소망하고 기도하고 사랑하는 너에
게 제발, 제발 크게 심호흡을 하라고 부탁하는 것뿐이란다. 충격
을 준 엄마를 용서하라고, 그리고 이 책을 읽어달라고—마음을
열고—, 왜 이렇게 오래 기다린 뒤에야 엄마가 너에게 이런 식으
로 말을 거는지 이해하려고 애써보라고.

무슨 말을 해야 네 마음을 달랠 수 있을지 모르겠구나. 다만
적어도 나한테는 이렇게 해야만 하는 충분한 이유가 있었단다.

이렇게 기다려온 이유 말이야.

이 글을 시작하는 지금은 1994년 8월이야. 이게 무슨 의미인
지는 나보다도 네가 더 잘 알 거야. 이 일의 시기에 대해 네 아버
지와 내가 합의하지 못했다는 말을 해야겠구나. 이 일이란 이 책
을 말하는 게 아니야. 그는 이 책에 대해 모르거든. 내 말은 나
머지 일을 뜻한단다.

지금쯤은 네 아버지가 얼마나 훌륭한 사람인지 말하지 않아
도 네가 더 잘 알겠지. 그 덕분에 나는 아무 걱정 없이 너를 그
의 따뜻한 손길에 맡길 수 있단다. 하지만 맥스 역시 당장은 충
격에 빠져서, 내가 없어도 잘 꾸려나가리란 걸 아직 깨닫지 못하
고 있어.

그는 우리가 '추억 상자(죽음을 앞둔 부모가 장래에 자녀에게 필요할
만한 물건이나 편지, 음성 등을 모아두는 상자)'를 만들기를 바라고 있어.
어떤 여성 상담가를 만나자고 하고. 곰 인형과 풍선이 있는 기관
에 찾아가자는 거지. 그들은 전문가이고, 아주 좋은 의도를 품고

있고, 이론 같은 것을 공부한 사람들이라는 건 알지만, 나한테 맞는 방식이 아니라는 걸 난 알아. 그리고 이 책이 끝날 즈음에는 내가 얼마나 고집불통이 될 수 있는지 너도 알게 될 거야.

엉망진창이 돼버린 내 모든 인생사를 네가 전혀 모르게 하고 싶다고 난 결정했단다. 글을 쓰고 있는 지금, 이제 여덟 살인 넌 옆방에서 공주 잠옷을 입고 자고 있지. 바닥에는 요정 옷을 벗어놓았구나. 미안하지만 난 네게 해줄 수 있는 게 없어.

내 소중한 딸이랑 시간을 갖고 싶구나. 나와 네 인생의 아름다운 한 귀퉁이에서 난 모든 게 흠잡을 데 없이 괜찮은 척할 수 있겠지.

이건 이기적인 마음일까? 그럴 수도 있지. 아마 그럴 거야. 네가 어떻게 생각할지 모르겠구나. 하지만 네가 사실을 알았다면 정말로 덜 아팠을까? 미리 경고를 받았더라면?

맥스는 그렇게 생각해. 아마 너도 그렇게 생각하겠지.

어느 쪽이든 '미안해'라는 말이 무슨 도움이 되겠니.

네게 해줄 수 있는 말은, 내가 이렇게 하는 게 옳은 방법이라고 본능적으로 강하게 느끼고 있다는 거야. 난 다른 사람들의 견해에 찬성할 수 없고, 상담 기관이나 다른 조언을 하는 이들을 비난하고 싶지도 않아. 어쩌면 그들이 옳을 거야. 아닐 수도 있고.

그러니 내가 잘못해서 네가 나한테 무척이나 화가 나더라도, 제발 의심을 거두고 적어도 나와 함께 이 사진과 생각 사이를 거닐어주겠니? 당장은 아니더라도 곧 그렇게 해줄래?

제발.

너한테 말해야 할지 고민했단다. 네게 마음의 준비를 시키려 했지만 어젯밤에 잠든 너를 봤어. 어찌나 예쁘고 어찌나 평온하던지. 그래서 말해서 뭐하게? 하고 생각했어. 마음의 준비가 됐든 그렇지 않든 넌 충격을 받을 테고, 슬프고 화가 날 텐데 말이야. 너한테 말해줘봐야 슬픔의 시작을 앞당기는 일밖에 더 되겠나 싶더구나.

아무튼. 이제 그건 끝났어. 너무 늦었어.

그래서 대신 이 책을 준비하는 거란다. 원래 계획은 내가 어머니와 할머니에게 물려받은 레시피만 정리하는 거였어. 너한테 그것들을 물려주고 싶었거든. 아주 특별하거나 희귀한 레시피는 아니야. 그저 간단하고 알찬 레시피들이지. 내가 어머니와 요리했고, 어머니는 그 어머니와 요리했던 방식이란다. 그리고 어느 날 네가 네 아이들과 그 레시피로 요리하면 좋겠구나. 네가 바꾼 부분들을 적어둬야 할 거야. '가문의 유산'으로 그 레시피를 남기는 게 흐뭇했어. 그러다 각각의 레시피에 너와 내가 요리하는 사진을 넣으면—몇 가지 생각도 곁들이면—좋겠다고 나중에야 결정했지. 이제 네가 완전히 어른이 됐으니 도움이 될 이야기들을 해주면 좋겠다 싶어서. 그래. 심호흡을 크게 하고.

스물다섯 살이라……. 하필 왜 지금인지 궁금하겠지? 왜 이렇게 오래 기다렸느냐고? 아, 내 아가, 엄마는 일반적으로 중요한 시점을 떠올려봤단다. 열여덟 살? 혹은 스물한 살? 그러다 내가 열여덟 살 때의 상황과 스물한 살 때에는 아직 어른이 된 기분을 느끼지 못했었다는 것을 기억해냈어.

또 이 일의 요지—이 일의 핵심—는 여자 대 여자로 진짜로 마음을 열고 너와 대화하는 거거든.

그래서 나 자신이 진짜 어른이 된 나이를 선택하기로 했단다. 스물다섯. 내가 멜리사 너를 가졌던 나이 말이야…….

아. 너를 볼 수 있다면 얼마나 좋을까. 내가 아주 조금이나마 신앙심이 있다면 좋을 텐데. 천국이 있다고 믿을 수 있다면. 그런 게 있다고. 뭐라도 있다고.

아무튼. 어쨌든. 네가 궁금해할 경우에 대비해 난 세세한 사항들을 신중하게 챙겼단다. 이 책을 훌륭한 변호사에게 맡기면, 그가 너와 네 아빠 모두 잘 지내는지 확인한 뒤에 네게 책을 전한다는 계획을 세웠어. 그래서 나는 이렇게 글을 쓸 수 있어. 너와 네 아빠 모두 잘 지내고 있을 경우에만 네가 이 책을 읽게 되리라는 것을 아니까.

난 더 짧은 머리를 상상하고 있어. 머리를 잘랐니? 안 그랬다면 좋겠지만, 어떤 모양이든 네게 어울리겠지. 넌 그런 얼굴을 가졌거든.

아이고. 벌써부터 얘기가 딴 데로 빠졌네.

그래서. 그래, 난 스물다섯 살을 선택했단다, 멜리사. 우리 이야기가 시작된 나이. 그리고 그 나이의 너는 내가 할 이야기들을 받아들일 준비가 되어 있으면 좋겠구나.

어른으로서의 정직함.

이거 참 이상하지? 넌 옆방에서 자고 있는데 여자 대 여자로 이야기를 하고 있다니. 엘리자베스를 품에 안은 채 침대 밖으로 다리를 뻗고 자고 있는데 말이야. 아직도 엘리자베스를 갖고 있니? 그러면 좋겠구나. 정말로 예쁜 인형이고, 넌 그 인형을 무척이나 사랑하지.

　이런. 또 이야기가 딴 데로 빠졌네. 미안…….

　집중하자, 엘레노어. 그래서 첫 번째 이야기는, 너와 나눌 진짜 중요한 첫 번째 이야기는 뭘까? 이제 잔소리처럼 들리겠지만 잔소리를 늘어놓을 생각은 없단다. 아, 멜리사. 그냥 나누고 싶은 이야깃거리가 있을 뿐이야.

　그래. 많지. '이야깃거리'가.

　네가 알아서 판단해야 할 거야. 내 육감을 믿고, 너에게 해줄 수 있는 가장 간단하지만 중요한 조언부터 시작할게, 내 소중한 아가. 이승에서 무엇보다도 내가 바라는 매일의 삶은 바로 그거란다…….

2
엘레노어, 1994

엘레노어는 계단을 올라오는 맥스의 발소리를 듣고 책을 얼른 책상 맨 위 서랍에 넣었다.

"벌써 집에 왔어요?"

맥스가 그녀의 이마에 키스하고 침대에 걸터앉는 동안 그녀는 당황한 듯 보이지 않으려고 애썼다. 침대와 나란히 놓인 화장대 겸 책상에는 종이와 봉투 더미, 그녀가 벼룩시장과 중고품 가게에서 사 모은 낡은 잉크병들이 놓여 있었다. 다양한 색과 형태의 유리병들은 여름 몇 달 동안 아침 햇살을 받으면 벽에 반짝이는 패턴들을 만들어냈다. 엘레노어는 그 광경을 사랑했다.

"그래서 어떻게 됐어?"

맥스는 오른발을 앞뒤로 아주 빠르게 흔들었다. 앞으로. 뒤로. 앞으로. 오늘 그는 그녀와 동행하고 싶어했지만 엘레노어는 딱 잘라 거절했다.

"뭐가요?"

엘레노어는 입을 한쪽으로 삐죽이면서 고개를 기울이고 만년 필 뚜껑을 조심스럽게 닫았다.

남편은 여전히 소년처럼 보였다. 머리 때문이었다. 제멋대로 뻗친 곱슬머리는 차분하게 가라앉지 않았다. 요즘 그녀는 종종 맥스를 보면서 이런 모습들을 머릿속에 간직해두려고 애썼다. 그러면 그가 출근해도 아무 때나 기억을 꺼낼 수 있을 테니까. 멋대로 뻗친 머리칼. 초조할 때면 양손을 만지작거리는 모습.

"전문의 말이야, 엘레노어. 신약 테스트. 우리가 시험 대상이 됐어?"

그는 결혼반지를 만지작거리며 손마디 아래위로 밀어 올렸다 내렸다 했다.

엘레노어는 그제야 신약 테스트를 중요하게 여기도록 만든 게 실수였음을 깨달았다. 작은 희망의 빛을 주다니. 그녀는 '확률이 희박하다'라는 주문을 외우려고 무척 애썼었다. '가능성이 낮다'고. 그녀의 병세가 신약 테스트에 맞을 확률이 희박하다고 스스로 일깨우려 애썼다.

알고 보니 역시 그랬다.

그녀는 눈 뒤쪽이 쑤시는 걸 참으려고 빠르게 고개를 저었다. 그러다 남편의 눈을 보고 싶지 않아서 눈을 꼭 감았다.

"미치겠네."

그는 긴 한숨을 내쉬더니 다시 왔다갔다했다. 왼쪽으로 갔다가 방을 가로질러서 오른쪽으로. 왼쪽. 오른쪽.

"그러면 청원해보자고. 알겠지? 분명히 청원 제도가 있을 거야. 다른 의사의 소견을 들을 수 있겠지? 설마 이런 일에서 전문의 한 명이 하느님 노릇을 하게 두진 않겠지?"

그건 마지막 방법이었다. 산산조각 난 작은 희망. 세 글자. 그리고 다 끝나버렸다. 부적합.

"모두들 대단히 유감이라고 여기고 있습니다, 댄스 부인. 하지만 부인은 신약 테스트에 적합한 대상이 아니었습니다……."

엘레노어는 맥스가 이 상황을 받아들이지 않으리란 것을 알고 있었다.

마침내 그녀가 눈을 떴을 때 맥스는 창에 걸터앉아 엄지와 검지로 아랫입술을 꼬집고 있었다. 반복해서. 너무 세게 꼬집는 바람에 피가 통하지 않아서 입술이 하얗게 질려 있었다.

"그러지 말아요. 상처 나겠어요. 청원 제도는 없어요."

그는 계속 입술을 뜯다가 불쑥 일어나더니 침실에 딸린 욕실로 가서 물을 틀고 세수를 했다.

그러더니 금세 침실로 나와서 다시 왔다갔다했다.

"미국! 어디선가 읽었는데 미국에는 새로운 치료법들이 있대. 우린 미국에 가야 해. 난 안식년을 받을 수 있고……."

"그만해요, 맥스. 제발요. 난 멜리사를 미국에 데려가지 않을 거예요. 당신, 좀 앉아봐요."

그녀가 옆자리를 탁탁 두드리면서 말했다.

맥스는 잠시 멈춰 서서 허리띠 버클을 만지작대더니 아내 바로 옆에 앉았다. 화장대 겸 책상에 놓인 나무 의자에 앉은 그는 아내의 어깨에 머리를 기댔고, 부부는 거울을 통해 서로를 바라보았다. 그러자 맥스는 자신의 모습에 당황해서 머리를 가라앉히려 했다.

"내가 어떤 결정을 했는지 알잖아요. 부탁이에요, 맥스."

이제 그가 눈을 감을 차례였다.

"아니, 엘레노어. 모든 걸 중단해선 안 돼. 화학요법과 모든 치료를 중단하면 안 돼."

"그래봐야 달라질 건 없어요. 그런 짓을 해봐야."

"하지만 '모든' 걸 중단해선 안 돼."

"당신도 의사 말을 들었잖아요. 기껏해야 한두 달 더 버는 거라고요. 그게 무슨 소용이에요?"

다시 입술 뜯기.

엘레노어는 손을 올려 맥스의 손을 멈추게 하고 그의 손에 깍지를 꼈다.

"난 지쳤어요, 맥스. 그저 평범하게 지내고 싶을 뿐이에요. 멜리사를 위해서. 제발요."

그는 창으로 시선을 돌렸다가 다시 앞을 보았다.

"멜리사는 평범하게 지내지 못할 거야, 여보. 당신도 알지. 그애는 엉망진창이 될 거라고."

"그러니까 나중에 엉망진창이 되게 하자고요. 어차피 그 일은 닥치고 말 테니까."

엘레노어는 남편의 이마에 키스한 뒤 고개를 숙였고, 그러자 두 사람의 피부가 닿았다.

"멜리사에게 내가 줘야 하는 건 오직 그거 하나 남았어요. 얼마간의 평범한 날들. 그렇게 보내도록 해줄래요? 나를 위해서. 그리고 멜리사를 위해서?"

그녀는 이제 잠잠히 지낼 생각이었다. 청원을 하고 편지를 보내는 일은 더 이상 하지 않을 것이다. 더 이상은 멜리사에게서 숨지—항암 치료 후 아이에게 보이지 않으려고 아이를 친구 집에서 재우지―않을 작정이었다.

"더 이상은 하지 않아요, 맥스. 부탁이에요."

그는 아내를 보지 않으려고 했다. 대신 벽을 보면서 다시 다리를 점점 빨리 흔들었다. 결국 엘레노어는 그에게 손을 뻗어 그녀에게로 얼굴을 돌리게 했다. 처음에는 그의 시선이 다른 곳에, 미국행 표를 사는 데 가 있었다. 전문의들, 의료보험공단에 보내는 편지, 검증되지 않은 약품 테스트에 참여하게 해달라는 간절한 청원 편지에…….

"제발요, 맥스."

그러자 맥스의 눈길이 천천히 그녀에게로 돌아왔다. 그 눈길은 그녀의 마음을 꽉 채우는 동시에 울컥하게 했다. 마침내 그의 눈은 아내에게 '안 돼'라고 할 수 없다고 말했다.

그녀에게 '안 돼'라고 말하지 않겠다고.

3

멜리사, 2011

"설마 진짜로 그 가방을 가져가려는 건 아니겠지."

"이 가방이 뭐가 어때서?"

"정말 내가 말해줘야 하나."

멜리사가 찌푸렸다.

"말해봐."

"너무 크다고, 멜리사. 커도 너무 커."

멜리사는 가방을 쳐다보다가 다시 어깻죽지 사이로 목을 쑥 집어넣고 샘을 응시했다.

그는 미소 짓고 있었다.

"제발 그러지 마. 거북이처럼 보여."

평소라면 그녀는 즉시 그를 놀렸을 것이다. 혀를 쏙 빼물고. 하지만 오늘은 그러지 않았다.

"가방이 차에 안 들어간다고, 멜리사."

"아, 말도 안 되는 소리 그만해. 당연히 차에 들어가지. 그렇지 않으면 어떻게 이 가방을 집에 가져왔겠어."

멜리사는 두 사람의 더블 침대 위에 계속해서 옷가지를 분류해 쌓았다. 티셔츠 따로. 진 바지 따로. 원피스는 말끔하게 개서 세 번째 더미에. 무슨 이유에선지 이제 그녀는 원피스를 펼쳐서 다시 갠 다음 쌓는 과정을 반복했다. 그녀는 오늘 아침 일을 생각하지 않으려고 애썼다. 책에 대해서.

"난 우리 차를 말하는 게 아니야. 아버님 차도 아니고. 저쪽에서 렌트하는 차를 말하는 거라고."

멜리사는 고개를 갸우뚱하면서 반들거리는 회색 가방을 다시 가늠해보았다. 솔직히 차를 렌트한다는 생각은 해보지 않았다. 돌겠네. 클리오(르노 사의 소형 모델)의 뒤 트렁크를 상상하려고 애썼다. 아니면 피에스타(포드 사의 소형 모델)일까?

"괜찮을 거야. 그렇지? 아무튼…… 이렇게 같이 짐을 싸자고."

샘은 양팔을 머리 위로 쭉 뻗었다.

"어째서 평소처럼 천 가방 두 개를 가져가면 안 되지?"

그러자 멜리사는 일손을 멈추고 얼굴을 붉히면서 머리를 묶은 고무줄 끈을 만지작거렸다. 어색한 침묵이 흘렀고, 두 사람은 시선을 돌렸다.

"아…… 알았어. 그러니까 나를 안심시키려는 거구나?"

마침내 상황을 파악하자 샘의 표정이 변했다.

"응? 무슨 뜻인지 모르겠는데." 멜리사가 대답했다.

두 사람 다 가방을 쳐다보았다.

"이럴 필요 없다고, 멜리사."

"뭐가?"

"제스처 따윈 필요 없어. 저번 날 밤에 이 문제에 대해 이야기 나눴잖아. 마무리된 일이야. 난 우리가 괜찮아진 줄 알았는데."

"우린 괜찮지."

"맞아. 좋았어. 그러니까 내가 청혼한 것 때문에 당신은 화나지 않았어. 또 당신이 거절한 것 때문에 나도 화나지 않았고."

멜리사는 입술을 꾹 다물었다.

"당장 결혼하자는 게 아니었다는 건 당신도 알잖아. 지금 결혼하자는 게 아니야. 당신이 아직 어리다는 걸 잘 안다는 뜻이야. 다만 약혼이라도 하자는 말이었어. 계획을 세우자고. 솔직히 압박을 할 의도는 없었다고. 그저……."

두 사람 다 가방을 계속 응시했다.

"저기, 루한테 빌린 가방이야. 이 가방이 못마땅하다면 루에게 돌려줄게. 이걸 가져가면 더 편리할 거라고 생각했을 뿐이야. 알다시피……. 가방이 하나면 말이야. 별 다른 뜻은 없어, 샘. 정말이야. 당신이 평소처럼 각자 짐을 싸고 싶다면 각자 싸면 그만이야."

두 사람은 가만히 상대의 숨소리를 의식했다. 지난 48시간 내내 이런 식이었다. 생일날 저녁 식사를 망친 뒤로 줄곧 이랬다.

반지 상자.

멜리사는 그 일에 너무 미숙하게 대처했고, 이루 표현할 수 없을 만큼 안타까웠다. 레스토랑에서 숨이 가빠서—아침에 제임스 홀의 사무실에서 숨이 가빴던 것과 똑같이—모든 걸 완전히 망치고 말았다. 그녀는 그런 일이 생길 줄은 몰랐다. 이제 와서 돌아보면 전혀 몰랐던 건 아니었다. 그랬다, 샘이 그녀에게 반했다는 건 알고 있었다. 그가 처음부터 완전히 사로잡혔다는 건 알았다. 하지만 그녀 역시 샘에게 반하지 않았던가?

샘을 쳐다보면 다른 모습을, 더 어린 그를 연상할 수 있었다. 햇빛에 살짝 탈색된 더 길게 자란 머리. 밑단을 자른 반바지. 가지런한 치아가 보이는 겸연쩍은 십대 소년의 미소. 그녀는 배 속이 당기는 느낌이 들었다. 길모퉁이를 돌다가 예기치 못하게 그와 마주칠 때마다 이상한 끌림을 느끼곤 했다.

그랬다. 그런 상태를 깨닫는 데 샘보다 그녀가 더 오래 걸렸다. 그렇다고 믿는 데. 둘의 사연은 같이 성장한 아이들 사이에서 늘 있는 일이었다. 오랜 세월 동안 여러 곳에서 똑같은 미소를 주고받았다. 하지만 이제 멜리사는 진심으로 샘을 사랑하고 있었다. 모순적으로, 그리고 불가해하게도 이 사실이 그녀를 두렵게 만들고 있었음에도 불구하고 말이다. 그녀가 결혼을 하고 싶지 않다는 게 그렇게도 끔찍한 일일까? 레스토랑에서 멜리사는 설명하려고 애썼다. 둘이 사랑만 나누면 왜 안 되느냐고? 어째서 종이쪽지 따위가 필요하냐고? 개인적인 감정 때문이 아니라고.

"개인적인 감정 때문이 아니라고, 멜리사? 나랑 결혼하고 싶지 않다면서 개인적인 감정 때문이 아니라는 거야?"

그는 완전히 낙담한 표정을 지었다.

멜리사는 사실 이 마음을 설명할 말을 찾을 수가 없었다. 스스로도 이해가 되지 않았으니까.

그리고 이제 그녀는 어쩔 도리가 없었다. 비닐을 덧댄 봉투. 책상 앞에 앉아 있는 그녀의 어머니.

검은색 잉크……

"그래서 변호사 일은 어떻게 된 거야?"

샘은 그녀를 위해 밝은 어조로 물었다. 그가 화제를 바꾸자 멜리사는 샘의 얼굴을 바라보았다. 그는 일부러 표정을 바꾸었고, 멜리사는 그것을 느꼈다. 오른쪽 배의 근육이 몹시 당겼다.

"뭐라고?"

멜리사는 몸을 돌리고 셔츠를 매만지며 다시 갰다. 그녀는 손이 약간 떨리는 것을 샘에게 들키지 않기를 바랐다.

"오늘이라고 했잖아. 변호사 일 말이야. 의문의 편지. 그래, 무슨 일이래? 당신이 생각했던 것처럼 유서 때문이야?"

"맞아, 유서 때문이었어. 그런데…… 내가 아니더라고. 다른 집안이었어. 미국의 어떤 집안 출신을 찾는 일이니 확률이 아주 낮겠지."

멜리사는 어째서 샘에게 그 책에 대해 말하기가 꺼려지는지 알 수 없었다. 어머니가 남긴 책을 겨우 두 페이지 읽었다. 가슴이 벅찼다.

어머니는 적어도 한 가지는 맞혔다. 멜리사는 완전히 충격에 빠졌다. 지금은 '일시 정지' 버튼을 누를 필요가 있었다. 예정된 대로 휴가를 떠나서 '정지 화면'을, 일을 잘 풀어낼 지구상의 어딘가를, 나머지 모든 일들을 위에서 보며 그와 관계를 계속 유지할 방법을 찾아야 했다. 샘에게, 상냥하고 지나치게 친절한 이 남자에게, 그와 결혼하고 싶지 않다고, 그렇다고 해서 사랑하지 않는다는 뜻은 아니라는 걸 알려줄 방법을 찾아내야 했다. 정직하게 말하자면 그랬다. 작은 나라만 한 가방을 빌린 것도 바로 그 때문이었다. 멍청하긴. 답답하고. 겁에 질려서는.

"당신이 원하면 반지를 환불해도 돼."

"아, 샘."

레스토랑에서 멜리사는 생각해볼 시간을 갖자고 그를 달랬다. 이 일로 마음 상하지 말라고 간절히 말했다.

"괜찮아. 난 괜찮아, 멜리사."

"정말?"

멜리사는 침대에 걸터앉았고, 새로이 죄책감이 밀려들었다.

"그래, 정말이야."

샘이 그녀를 똑바로 보려고 몸을 돌렸다. 괜찮지 않았다.

"내가 흥분했던 거지."

"내가 마음 쓰지 않는 건 아냐. 내가 얼마나 마음 쓰고 있는지 알지, 샘?"

그는 매우 빠르게 고개를 끄덕였다. 그렇게 빨리 고개를 끄덕이는 것은 전혀 그렇지 않다는 뜻이었다.

멜리사는 다시 일어나 잠시 동안 가만히 서 있었다. 가슴이 조이는 낯익은 느낌. 그의 마음에 행복이 샘솟는 말을 할 수 있으면 좋을 텐데. 샘이 자연스럽게 그녀에게 해주는 것처럼. 하지만 그녀가 이렇게 동작을 멈추고 어떻게 느낄지, 혹은 뭐라고 해야 그가 괜찮을지 분석하려 들면 상황은 악화되기만 했다. 부족하다는 느낌이 들고 자책하게 됐다. 내면에서 뭔가 꽉 막힌 것 같았다. 그랬다, 바로 그거였다.

뭔가 꽉 막힌 것 같았다.

멜리사는 다시 몸을 돌리고 옷가지를 정리해서 얌전하게 착착 쌓았다. 그녀는 완전히 정돈된 상황에서 안전하다고 느끼고 차분해졌다. 이 순간 옷장 속 그녀의 모든 옷은 색상과 길이별로 말끔하게 정리되어 있었다.

어두운 색은 오른쪽에. 밝고 연한 색은 왼쪽에.

"좋아. 계획대로 그냥 휴가를 떠나는 게 어떨까, 샘? 태양 아래서 둘의 생일을 자축하자고. 선탠도 하고. 섹스도 많이 하고? 알았지?"

그녀의 말투가 지나치게 빨라졌다. 멜리사가 익살스럽게 말을 이었다.

"사실 청혼을 거절한 이유가 바로 그거야. 사람들은 결혼하면 잠자리를 중단하거든. 통계적으로 확인된 사실이야."

샘은 잠잠했다.

"헐렁한 바지를 입고 식기세척기를 돌리는 것 때문에 부부 싸움을 하고 섹스는 안 하게 된다고. 우리가 그렇게 되면 좋겠어?"

멜리사는 운동복 바지를 허리 위로 당겨서 아주 헐렁한 바지를 입은 흉내를 냈다.

"그러지 마, 멜리사."

"뭘?"

"제발 그만해."

"뭘 그만하라는 거야?"

"이 일을 장난처럼 돌리지 말라고. 나랑 이야기하기 싫으면 늘 이런 식이지."

"무슨 말인지 모르겠네."

"알면서 그래. 그리고 그렇게는 안 될 거야."

"잘될 거야."

그녀는 얼굴을 일그러뜨리고 바지의 엉덩이 부분을 더 넓게 늘렸고, 결국 그는 웃음을 참으려 애썼다. 그러자 멜리사는 다시 그에게 몸을 돌리고 숨을 크게 내쉬었다. 그 일을 떠올리지 않으려고 애썼다. 반지 상자에 대해. 이번 휴가에서 결정해야 할, 커리어와 관련된 일에 대해서도.

하지만 무엇보다도 그 책.

멋진 만년필. 딸깍 소리가 나는 만년필 뚜껑. 그리고 오늘까지도 까맣게 잊고 있었던, 이상한 화학 약품 냄새에 대한 기억.

잉크에 대한 기억.

4
엘레노어, 1994

"우리가 애를 응석받이로 만들었을까요?"

"당연히 애를 응석받이로 만들었지. 왜 아니겠어?"

"내 말뜻 알면서 그래요. 내가 지나치게 애쓰는 건가요?"

"엘레노어, 여긴 파리 디즈니랜드야. 딸을 응석받이로 만들었는지 걱정할 곳이 아니라고."

엘레노어는 크리스마스에도 이러곤 했다. 선물을 잔뜩 사놓고는 걱정하면서 상자 몇 개를 다락방에 감추었다.

"당신 말이 맞아요. 당신 말이 맞다는 걸 알아요."

엘레노어는 백설공주 드레스를 입고 창밖을 내다보고 있는 멜리사를 힐끗 보았다.

물론 너무 과했다. 그들은 분홍색으로 사방을 꾸며놓은 호텔에 묵었고, 심지어 다음 날에는 미키 마우스와 함께 크루아상을 먹는 이벤트를 예약해놓았다.

"미키 마우스랑 만나려면 생일이어야 되는 줄 알았어요, 엄마. 학교에서 소피가 그렇게 말했는데."

"아니야. 꼭 생일이 아니어도 돼."

"피곤해 보여, 엘레노어."

"난 괜찮아요."

그렇지 않았다. 엘레노어가 덧붙여 말했다.

"하지만 잠깐 쉬는 게 좋겠네요. 멜리사한테는 화장실에 가야 한다고 말해뒀어요. 두 사람은 1시간 더 놀이기구를 탈래요? 나랑 레스토랑에서 만나서 같이 점심 먹으면 어때요? 난 낮잠을 잘게요."

"같이 가지 않아도 정말 괜찮겠어?"

그는 몸을 숙이고 그녀의 안색을 더 찬찬히 살폈다.

"아니야, 아니야. 당신만 보내면 내가 괜찮지 않아. 내가 보기엔 당신 눈이 좀 충혈된 것 같아."

"정말이에요, 여보. 괜찮아요. 멜리사가 신났어요. 멜리사는 성 아래 있는 용을 보고 싶어해요. 난 그저 살짝 피곤할 뿐이에요. 전화기 옆에 있을게요. 걱정하지 말아요. 법석 떨지 말아요. 멜리사는 괜찮을 거예요. 필요한 게 있으면 호텔 리셉션에 연락하면 돼요."

"약속하지?"

"약속해요. 멜리사 연령에 탈 수 있는 놀이기구 리스트를 갖고 있죠?"

그는 주머니를 두드려 안내문이 바스락대는지 확인했다.

엘레노어는 호텔 방으로 돌아오자 침대에 누웠고, 이내 자신도 놀랄 만큼 깊은 잠에 빠졌다. 40분 뒤 그녀는 배 아래쪽에 묵직한 통증을 느끼면서 깼다. 손목시계를 본 다음 더 강한 진통제 두 알을 침대 옆에 놓인 물과 함께 입에 털어 넣고, 눈을 감고 약을 삼키려고 애썼다. 이틀 전부터 이런 상태였다. 알약을 삼키기가 힘들었다. 시간 계산을 잘못한 건 아닌지 걱정되기 시작했다. 책을 쓰는 시점을.

멜리사의 헤어 용품—고무줄 끈과 리본 더미들—을 넣는 지퍼가 달린 큼직한 주머니에 책을 숨겨 가지고 온 것도 그 이유 때문이었다.

엘레노어는 첫 번째 사진을 펼쳤다. 이틀 전 멜리사와 함께 어머니의 레시피로 컵케이크를 구우면서 찍은 사진이었다. 그들은 컵케이크 절반은 크림치즈와 딸기로, 절반은 딸기의 분홍색—이 호텔 색깔—아이싱으로 장식했다. 엘레노어는 멜리사가 오렌지 제스트에 대한 이야기를 기억할지 궁금했다. 딸이 이 사진을 보면 무슨 생각을 할까? 책.

시간이 있을까? 그녀가 옳은 일을 하는 걸까?

핸드백에서 만년필을 꺼내고 심호흡을 크게 한 다음 이어서 써 내려갔다…….

……이승에서 무엇보다도 내가 바라는 매일의 삶은 바로 그거란다…….

……난 네 아빠와 비슷했지. 그가 더 친절하고 이해심이 많긴 하지만. 맥스를 만나고 몇 주 만에 내가 알게 된 것을 이제 너도 깨달았을 거야. 네 아빠만큼 친절한 남자를 만나지 못하리라는 것을. 음, 아니, 그 말은 취소해야겠다. 생각해보니 그렇게 되면 곤란하겠다. 네가 아버지만큼 친절한 남자를 만나 인생을 함께하면 좋겠구나. 하지만 물론 난 편견이 있고, 그건 네게 어려운

요구일 거라는 생각이 드는구나.

네게 간절히 말하고 싶은 것은 내가 별로 자랑스럽게 여기지 않는 사실이란다. 그이에게 배우는 데 오래 걸렸지. 네 아버지를 만나기 전에 난 매우 자주 잘못을 저지르곤 했단다, 멜리사. 틀린 생각을 하고, 틀린 말을 했어. 사람들에게 일부러 상처를 주거나 그런 짓을 한 건 아니었지만. 난 나쁜 인간은 아니라고 생각해. 아니어야 할 텐데. 하지만 난 그냥 놔버리는 경우가 너무 많았어. 변화를 일으킬 수 있었을 일들을 그만두곤 했지. 그런데 맥스와 함께한 시간은 나를 느긋하게 만들어줬고, 멈추고 더 많이 생각하라고 가르쳐줬단다. 눈을 뜨게 해줬어.

이제 내가 맞이한 이 두려운 지점에서, 계속 다르게 행동하지 않았던 것이 후회스러운 때로 시간을 되돌려본단다. 네 아빠의 영향을 받기 전으로 말이야. 무슨 이유인지 몰라도 학교에서 만났던 어떤 여자애가 계속 생각나는구나. 이름은 모니카였고, 아주 똑똑한 아이였는데 비쩍 마르고 지독히도 부끄럼을 타는 애였지. 내 말을 오해하지 마. 난 모니카에게 불친절하게 대하지 않았어. 그 애에게 미소를 짓고 말을 걸곤 했지. 그런데 모니카가 '모든 것'의 테두리 밖에 있다는 사실을 감당하지 못했어. 3학년 무렵 난 수줍음 이상의 문제라는 걸 깊이 눈치챘던 것 같아. 모니카는 머리숱이 적어지기 시작하자 염색을 해서 눈에 잘 띄지 않게 하거나 감추려 했어. 강렬한 붉은색으로, 그다음에는 금발로. 그래도 난 아무 말도 하지 않았고 묻지도 않았어. 그냥 모니카에게 말 붙이는 걸 포기했지. 놔버린 거야. 그러다 몇 년 뒤에 모니카가 토크쇼에 출연했어. 모니카는 평생 거식증을 앓아온 환자로 출연한 거였어. 한번은 거의 죽을 뻔한 적도 있다고 했고, 항상 얼마나 외로웠는지에 대해 이야기했어. 곧 신문마다 광적으로 섭식 장애를 다루었지. 타블로이드 신문을 펼치면 그 기사가 실리지 않은 적이 없었어. 사람들이 그 병에 대해 모르던 시절에 모니카가 지독한 슬픔에 빠져 살면서 오랫동안 학교에 다니느라 얼마나 힘들었을지 생각했던 기억이 나. 그리고 되돌아갈 수 있다면, 멜리사. 그 애에게 제대로 말을 걸 수 있다면. 조금만 더 친절하게 대하려고 조금만 더 열심히 노력할 수 있다면.

맥스라면 훨씬 더 잘 처신했겠지. 그건 너도 알고 나도 알지.

지금쯤 넌 나보다 아빠를 더 닮았을 테고, 그렇다면 좋겠구나. 하지만 이 책은 정직을 기본으로 하니까 솔직히 말할게. 친절을 베풀도록 하렴, 내 사랑하는 딸아, 언제나 친절을 베풀려고 애써라. 너무 사소한 말 같고, 네가 의도적으로 불친절하게 굴지는 않을 거라고 생각하지만, 이건 담장에 걸터앉지 않겠다는 결심만큼이나 단순하단다. 아무것도 하지 않는 게 아니라 뭔가 하는 것. 내 말이 미친 사람의 말 같니? 기독교를 전도하는 광신도 같니? 아니면 내가 무슨 말을 하려는 건지 이해가 되니?

엘레노어는 써 내려간 페이지를 마지막 몇 줄까지 훑어보았다. 너무 설교조로 말하고 있나? 멜리사가 이 글을 훈계로 받아들일까? 그녀는 잉크를 말리기 위해 입바람을 불고는 아랫입술을 깨물었다. 생각보다 훨씬 어려웠다. 편집하지 않겠다는 결정. 글을 책에 곧장 쓰기가 어려웠다. 공포로 인한 전율이 느껴졌다.

그때 전화벨이 울려서 화들짝 놀랐다. 맥스였다.

"아, 여보. 방금 깼어요. 전화 소리에 놀랐어요."

"미안. 당신 괜찮아?"

"네. 잤더니 한결 나아요. 어디서 전화하는 거예요?"

"아이스크림 가게."

"아, 그래요. 용은 어땠어요?"

"묻지 않는 게 좋을걸. 여덟 살 꼬마 아가씨에게는 지나치게 사실적이더군."

"어쩜 좋아."

"라즈베리 아이스크림이 많이 필요하겠어."

엘레노어는 웃음을 터뜨렸다. 어떤 상황인지 정확히 상상할 수 있었다. 아빠를 졸라 아이스크림 두 스쿱을 산 멜리사. 소스를 뿌리고, 초콜릿 가루도 뿌리고.

"그래서…… 또 멜리사가 당신을 마음대로 주무르고 있어요?"

"날?"

"시간을 조금 늦춰야 할 것 같네요."

"아냐. 아니야. 그대로 12시 30분이 좋겠어. 멜리사를 알잖아. 늘 배가 고프거든."

엘레노어는 손목시계를 힐끗 봤다. 정오가 막 지난 참이었다.

"거기서 만나요. 기사에 나온 대로 괜찮은 곳이면 좋겠는데. 레스토랑에서 배가 떠 있는 강까지 곧바로 연결되던데요. 사진이 근사하더라고요."

"멜리사의 응석을 받아주기가 꺼려진다면서."

맥스가 그녀를 놀렸다.

"시끄러워요. 멜리사한테 엄마가 가고 있다고 전해요."

"직접 말하라고. 자, 멜리사. 전화 받아라. 엄마야."

전화기를 건네는 소리와 알아듣기 힘들게 속삭이는 소리가 들렸다. "얼른. 얼른. 엄마야."

"하나도 안 무서웠어."

"응?"

"용 말이야. 난 용이 무섭지 않았어. 아빠가 왜 그렇게 말했는지 모르겠어. 아빤 괜한 말을 하고 그래."

엘레노어는 어깨가 흔들리는 것을 느끼고 눈을 감았다.

"아빠가 바보 아빠야. 당연히 안 무서웠겠지. 넌 아주 용감한, 용감한 내 딸인걸."

5
멜리사, 2011

한 사람이 코 고는 소리가 그렇게 클 수 있다니 믿을 수가 없었다. 그녀에게도 일부 책임이 있으니 할 수 없었다. 레드와인을 너무 많이 마신 탓이었다.

멜리사는 벽시계를 쳐다보다가―막 새벽 4시가 지났다―샘을 바라보았다. 이러는 게 건강에 좋지 않다는 건 알고 있었다. 그가 잘 때 이렇게 바라보는 일이 너무 잦았다. 생각하고 또 생각하면서 어떤 때에는 머릿속으로 속삭였다. 머릿속으로 몹시 위태롭게 느끼는 것들을 그에게 다 털어놓으라고. 크게 말해버리라고.

그녀는 눈을 감고 베개에 등을 기대고는 아주 천천히 숨을 내쉬었다. 평소에는 다시 잠을 이룰 수가 없어서 까치발로 주방에 가서 차를 마셨다. 하지만 문에 기름칠이 되어 있지 않았고, 정말이지 샘을 깨우고 싶지 않아서, 대신 침대 옆 의자에 놓인 핸드백을 챙겨서 침실에 딸린 욕실로 들어갔다. 불을 켜고 환한 빛에 눈을 찌푸리면서 고개를 돌려 침대에서 기척이 없는지 확인했다. 아무 기척도 없었다. 코 고는 소리가 계속 들리자 그 순간 그녀는 미소를 지었다.

"난 코를 골지 않는다고, 멜리사."

변기 커버와 뚜껑을 내리고 앉은 다음 핸드백에서 어머니의 책을 조심스럽게 꺼냈다. 그러면서 욕실 문을 밀었다. 딸깍 하고 닫히기 직전까지만. 제목을 다시 찬찬히 보니, 똑같이 배 속이 휑한 기분이 밀려들었다. 낯익은 비스듬한 필체로 적힌 그녀의 이름.

멜리사는 동작을 멈추고 오랫동안 천천히 호흡하면서 표지를 넘겨 첫 번째 레시피 옆에 붙어 있는 사진을 다시 바라보았다. 사진 속 그녀는 초록색 줄무늬 윗도리를 입고 있었는데, 그 옷은 아주 또렷이 기억나는 반면 사진을 찍은 건 전혀 기억나지 않는 게 이상했다. 팔을 내려다보니 아주 분명하게 떠올랐다. 초록색과 크림색 고리들이 달린 포근한 털 스웨터.

사진 속에서 멜리사는 컵케이크가 잔뜩 담긴 베이킹 판을 들고 있었다. 반은 크림과 딸기로, 반은 진분홍색 아이싱과 작은 은구슬로 장식되어 있었다. 이제 배 속의 느낌이 변하고 손가락이 꼼지락거렸다…….

"그걸 살짝 뿌리렴, 아가. 뿌리고 싶은 만큼…….

멜리사는 눈을 가늘게 뜨고 샤워실로 고개를 돌렸다가 다시 정면으로 돌렸다. 나무 주걱을 떠올리고 있었다. 통에서 작은 은색 구슬을 집을 때의 차가운 감촉. 맞아. 멜리사는 주걱을 핥아 먹어도 된다고 허락받았다. 가슴이 조이는 묘한 느낌과 주변 공기의 움직임이 달라지는 것을 느꼈다. 사진을 찍을 때 틀림없이 엄마를 보고 환하게 웃었을 텐데, 이 대목은 여전히 기억나지 않았다. 카메라를 들고 거기 서 있는 엄마의 이미지. 왜일까? 나무 주걱과 은색 구슬은 기억나는데 엄마의 모습은 어째서 기억하지 못하는 걸까? 그때 문득 그것들—주걱과 케이크 장식들—이 진짜 기억인지 확신이 없어졌다. 혹시 사진을 보고 알게 된 건 아닌지. 그러기를 바라서.

왜 전에는 이런 것을 전혀 기억하지 못했을까?

페이지를 훑어보면서 어떤 부분을 거슬러 올라가다가 엄마의 글을 더 천천히 읽어보았다…….

> 그러니 내가 잘못해서 네가 나한테 무척 화가 나더라도, 제발 의심을 거두고 적어도 나와 함께 이 사진과 생각 사이를 거닐어주겠니? 당장은 아니더라도 곧 그렇게 해줄래?
> 제발…….

멜리사는 한참 걸려서야 지금 느끼는 불편함이 숨을 참고 있기 때문이라는 걸 알아차렸다. 숨을 내쉬었다. 들이마셨다가 다시 더 천천히 내쉬었다. 이 자연스러운 리듬이 다시 반복되게 하기 위해 한동안 집중해야 했다.

눈을 감고 벽에 등을 기댔다.

샘이 코 고는 소리가 낮아지자 더 조용해졌다. 멜리사는 잠깐 일어나서 거울에 얼굴을 비춰 보다 넓게 퍼진 다크서클을 보고는 찡그렸다. 변기에 다시 앉아서 숨을 고르려고 애썼다. 다른 기억들을. 학교 교장 선생님.

"저는 괜찮아요. 정말이에요, 프릿차드 선생님. 그 얘기는 하고 싶지 않을 뿐이에요. 아시겠지요?"

디즈니랜드에서 본 혀가 아주 큰 플루토(디즈니 만화에 나오는 캐릭터. 귀가 늘어진 개)와 콘월에서 먹었던 잼과 크림을 바른 스콘. 크림 먼저 바르느냐, 잼 먼저 바르느냐를 두고 벌어진 논쟁. 그런데 그녀는 이제 이런 장면들이 진짜인지 확신이 없었다. 머릿속에 남은 기억들일까, 아니면 아빠의 앨범에서 보고 떠올린 장면들일까?

방 안으로 깊은 슬픔이 스며들고 더불어 공황 상태가 시작되는 것을 느꼈다. 익숙한, 단단한 화 덩어리. 멜리사는 눈을 감았지만 그것은 여전히 거기 있었다. 갑자기 발로 차면서 비명을 지르는 모습. 뭔가 바닥에 떨어졌다. '인형인가?'

멜리사는 가벼운 현기증을 느끼기 시작했고, 뜨거운 음료를 마시면 괜찮을 거라는 생각이 들었다. 달콤한 차를 마시면 될 거야. 그래, 설탕을 넣고, 멜리사. 그리고⋯⋯.

"아!"

"대체 무슨⋯⋯."

"아이 참, 샘!"

아드레날린이 샘솟아서 그녀는 가슴이 마구 뛰었다. 무릎에서 책이 떨어지는 것을 가까스로 막는 순간 문이 30센티미터쯤 열렸다.

"당신 때문에 무서워 죽을 뻔했잖아."

"미안. 미안해. 그런데 도대체 뭐 하는 거야, 멜리사? 지금이 새벽 4시라는 걸 알긴 해? 그건 뭐야?"

열린 문틈으로 그가 책을 쳐다보고 있었다. 그녀는 책을 덮고 얼른 가방에 쑤셔 넣었다.

"아, 아무것도 아냐. 그냥 일과 관련된 메모를 했어. 잊고 있던 할 일. 생각이 나서."

"일? 새벽 4시에?"

"미안. 이제 정리됐어. 내가 얼마나 근심 걱정이 많은 사람인지 알잖아. 잠이 오질 않았어."

샘은 입가를 혀로 훑으면서 침대와 물컵을 힐끗 돌아보았다. 그는 찡그렸다. 눈꺼풀이 무거웠다.

"정말 괜찮은 거지, 멜리사? 좀 이상해 보여."

"그냥 피곤해서 그래. 와인을 너무 많이 마셨어. 미안. 당신을 깨우고 싶지 않았어."

"저기, 난 뭘 좀 마셔야겠어. 물 마실래?"

"내가 차를 끓일게."

멜리사는 일어나서 핸드백을 들었다. 그녀는 샘의 눈을 피해 재빨리 침실을 지나 부엌으로 갔다. 문에서 끽 소리가 날 때 그녀는 어깨너머로 외쳤다.

"얼른 차를 마시고 나서 우리 둘 다 눈 좀 붙여야 해."

6
맥스, 2011

맥스 댄스는 살기 위해 뛰었다. 제정신을 차리려고 달렸고, 동료들 때문에 달렸다. 직장에서 동료들끼리만 통하는 농담. 달리기를 하지 않는 날이면 그의 상태가 안 좋다고들 했다.

"달리기를 빼먹으셨나요, 교수님?"

맥스는 이것이 엔돌핀과는 전혀 무관하고, 강박신경증OCD과 관계있다는 것을 아주 잘 알고 있었다. 성인이 된 딸이 머그잔을 주방 선반에 색깔별로 가지런히 정리하는 것과 같은 증세였다.

"우리가 지독한 부적응자 부녀라는 거 알지?"

매달 만나서 저녁 식사를 할 때 딸이 포크와 나이프를 완전히 똑바로 놓일 때까지 만지작대는 모습을 보며 그는 말하곤 했다. 멜리사는 포크와 나이프를 마음에 드는 정확한 각도와 간격으로 놓았다.

"그래요. 하지만 효과가 있잖아요, 아빠. 아빠는 달리죠. 저는 정돈하고요. 우리가 하는 일들이에요. 아무 문제도 없는데 왜 고쳐야 하죠?"

아무 문제도 없다?

맥스는 마음속으로 딸과 친하다는 것을 의심한 적은 없었다. 그는 친구들이 독립한 자녀를 만나는 횟수보다 훨씬 자주 멜리사를 만났다. 맥스를 괴롭히는 것은 그 터부뿐이었다.

"네 엄마라면 이걸 좋아했을 텐데."

매달 식사를 할 때마다—항상 둘 다 좋아하는 이탈리안 식당이었다—그는 늘 그 말을 했다. 가벼운 여담들을 곁들여서.

"네 엄마는 해산물을 좋아했지."

그러면 멜리사는 그 화제를 거부하곤 했다. 딴청을 피우고. 익살을 부리고.

딱 한 번 그가 채근했다.

"왜 그러는 거니. 네 앞에서 엄마 이야기를 할 때마다 항상 이런 방어적인 태도를 보이는구나. 이런 분위기 말이야."

"그럼 아빠는 우리가 과거에 젖어 있는 게 도움이 될 거라고 생각해요?"

바로 지난달에 그는 소피에게 물었다.

"내가 과거에 젖어 있다고 생각해? 엘레노어 때문에 그런가? 내가 젖어 있어?"

달리기와 함께 소피는 맥스가 그의 삶에 대해 걱정하게 만드는 또 다른 증거였다.

소피는 독특한 색채 감각과 매우 독특한 세계관을 가진 예술가였다. 지난 5년간 그는 한 달에 한 번 소피와 만나 저녁 식사를 하고 섹스를 했다. (정확히 그녀의 표현에 따르면) 아무 조건도 없었고, 그런 제한적인 면 때문에 만남은 완벽한 동시에 완전히 처참했다.

이날 아침 맥스는 멜리사와 샘을 공항에 데려다주기 전에 뛰기 위해 6시 반에 알람을 맞춰놓았다. 설득 끝에 배웅해주겠다는 제안을 멜리사가 받아들이긴 했지만, 잔소리 끝에 목적을 이루지 못한다면 학과장으로서 체면이 서겠나.

속내? 맥스는 이제 딸이 생일에 같이 저녁을 먹는 사람이 자신이 아니라는 게 싫었다. 두 사람—멜리사와 샘—의 생일이 같은 날이라는 게 오싹했다. 하지만 그랬다.

사실 그는 샘을 좋아했다. 특히 그가 멜리사를 매우 행복하게 해주어서 맘에 들었다. 하지만 오랫동안 멜리사와 단둘이서 지냈기에 큰 변화에 적응해야 했다.

달리기를 하고 샤워를 하면서 그는 손목시계를 확인하고 서둘렀어야 했다는 것을 깨달았다. 시간이 빠듯했다. 차에서는 등에 땀이 나서 셔츠가 달라붙었다. 그는 최근 유로존 위기 관련 뉴스에 귀를 기울였다. 그리스의 두 번째 긴급구제 요청은 여전히 궁지에 몰린 상태였다. 맥스는 다음 차례는 사이프러스가 될 수도 있다고 생각했다. 흠. 멜리사에게 달러나 파운드를 조금 챙겨 가라고 해야 할까? 만약의 경우에 대비해서. 아냐. 허둥대지 말자.

맥스는 음악 채널로 바꾼 다음 손목시계를 확인하고, 강의 남쪽이 정체되지 않기를 바랐다. 15분 이상 늦지는 않을 거라고 문자메시지로 미리 알렸지만, 그들은 창문에서 초조하게 내다보다가 그가 집 앞 도로에 접어들자 곧장 밖으로 나왔다.

"도대체 그게 다 뭐냐?"

맥스가 딸에게 입 맞추는 사이 멜리사 뒤에서 샘은 여행 가방을 힘겹게 끌고 다가왔다. 맥스는 그런 엄청난 가방은 본 적이 없었다.

"아무 말도 마세요. 이미 샘에게 들을 만큼 들었으니까요."

"그럴 만하네. 그래서 어쩔 계획이냐? 거기서 살림 차리려고?"

맥스는 가방을 더 자세히 보려고 뒤로 물러서며 말했다.

"그만하세요."

멜리사가 장난스럽게 그의 팔을 꼬집었고, 샘은 괴물 같은 가방을 밀고 트렁크 쪽으로 갔다.

"늦었지만 생일 축하한다. 두 사람 다."

"고마워요."

그제야 맥스는 둘 다 얼마나 지쳐 보이는지 알아차렸다.

"어젯밤에 잔뜩 퍼마신 거야, 두 사람?"

멜리사는 얼굴만 찌푸렸다.

맥스는 그녀의 얼굴을 가까이서 살펴보고는 더 이상 묻지 않기로 했다. 맥스는 딸의 표정을 속속들이 알고 있었다.

그들은 공항에 일찍 도착했고―차들이 별로 없었다―, 맥스는 하차장으로 들어가면서 낯익은 불안감을 느꼈다.

"도착하면 문자 보낼 거지?"

"그럼요."

멜리사는 그러지 않을 것이다.

"돌아와서 한 달에 한 번 하는 식사를 할 거고?"

그는 인터넷으로 비행편을 확인할 것이다.

"네, 물론이죠, 아빠. 일정에 넣어두세요."

"그럼 그때 얘기하자. 그나저나 프리랜서 계약에 대해서는 아직 결정하지 않은 거지?"

멜리사는 지방신문사에서 저널리스트 연수를 막 마친 참이었는데, 예기치 않게 중앙지에서 시험 삼아 단기 계약을 하자는 제안을 받았다. 대단한 제안이었다. 연금이 있는 지역 근무 대 프리랜서.

"휴가를 보내고 나서 부딪치려고요. 사실 모든 걸 휴가가 끝나고 나서 생각할 거예요."

맥스는 바지에 실오라기가 붙었다고 상상하고 쓱 털어내고는 마침내 샘에게 손을 뻗었다.

"애를 잘 보살펴주게."

"아빠!"

"미안하다, 달링."

멜리사는 부리나케 아빠의 뺨에 키스하고 시간을 확인했다.

"아버님, 죄송한데 저희는 서둘러야겠어요."

맥스는 커다란 회색 가방을 다시 힐끔거리면서 고개를 가로저었다.

"재미있는 시간 보내렴."

"그럴게요."

학교로 온 맥스는 큰 카페티에르(커피 내리는 도구)로 내린 커피를 마시면서 걱정하지 않으려고 애썼다. 안나의 도착에 대비해 마음의 준비를 하려 했다.

안나는 학교에 새로 온 세미나 강사였다. 여름 학기에 일을 시작해서 지금은 신입생을 대상으로 한 빼곡한 일정을 잘 처리하고 있었다. 그녀는 매주 두어 번 맥스와 만나 진행 상황과 다음 주 계획을 상의했다. 안나를 채용한 데 대해서는 맥스의 짐작이 맞았다. 그녀는 열정적이고 똑똑하고 야심만만했다. 거기다 이제 그가 예상치 못한 문제가 도사리고 있었지만.

맥스는 눈을 감고 커피 향을 맡으면서 마음을 다잡았다. 12시 10분 전, 정확히 인기척이 났다. 복도에서 안나의 구두 굽 소리가 났고, 그녀는 이미 살짝 열려 있는 문에 노크를 했다.

"들어와요."

바로 그 순간, 또 그 증세가 나타났다.

"굿모닝, 맥스."

배 속의 요동.

"죄송해요. 굿 애프터눈이라고 해야 하나요? 맙소사. 이 시간대는 어디에 해당되죠?"

그녀는 종이 다발을 물끄러미 내려다보았다.

맥스는 그 느낌이 상상에 불과하다고 자신을 설득하려 했다. 배 속의 요동이. 하지만 아니었다. 연속해서 세 번 만나는 동안 세 번 모두 그랬다. 그녀를 보자마자 요동치는 신호가 왔다.

오늘 그녀는 크림색 리넨 바지와 자주색 숄 차림이었다. 안나가 큼직한 거북딱지 핀으로 머리를 올릴 때 분홍색 얇은 실크 브래지어의 끈이 왼쪽 어깨 위로 슬쩍 비쳤다.

맥스는 불편하게 몸을 움직이면서 시선을 돌렸다. 또다시 직장 동료와는 사귀지 않을 작정이었다.

"잠깐 이걸 봐주실 짬이 있으세요, 맥스?"

그녀는 검은색 지퍼 케이스에 담긴 많은 서류를 훑어보고 있었고, 맥스는 다음 해에 지도하고 싶은 강의를 따낼 계획과 관련된 일이라 짐작했다. 그는 이런 야심을 좋게 보았다. 그녀에게 강의를 맡긴 것도 그 때문이었다. 그 제안서는 학문적인 장점과 더불어 기본 점수(요즘은 필수적인)가 있으니 외국인 학생들에게 인기가 있을 것이다. 돈줄을 쥔 이들의 비위를 맞춰주는 거랄까.

하지만 맥스가 생각하는 건 그게 아니었다. 그가 생각하는 건 안나 메리베일에게서 베이비파우더 냄새가 난다는 거였다. 지난주에도 그 냄새를 알아차렸었다. 성인용 향수가 아니라 아기에게 발라주는 파우더 냄새.

"5분도 안 걸릴 거예요. 약속해요."

맥스는 아주 오랫동안 커피를 마시면서 브래지어 끈을 보지 않으려고 창으로 시선을 돌리려 몹시 애썼다. 이륙까지는 얼마 남지 않았을 테고, 이제 맥스는 언제면 안심할 수 있을지 머릿속으로 시간을 계산해보았다. 멜리사가 안전하게 착륙했는지 인터넷으로 확인해야지.

"죄송해요. 타이밍이 안 좋군요, 맥스?"

치즈 스트로(막대과자)

밀가루 4온스
버터 2온스
숙성된 치즈(구할 수 있는 최상품으로) 2온스
달걀노른자 1개
간할 소금과 고춧가루
냉수

먼저 오븐을 200도로 예열해놓으렴. 밀가루에 소금과 고춧가루로 간을 하고, 버터를 넣고 문질러야 해. 치즈와 달걀노른자를 물과 섞어서 빡빡한 반죽을 만들어. 그다음 페이스트리 반죽을 얇게 밀어서 길고 가느다랗게 잘라. 기름 바른 베이킹 판에 놓고 노르스름해질 때까지 10~15분간 구우면 된단다. 판에서 살짝 식힌 뒤 철망으로 옮겨서 완전히 식혀줘.

두 번째 레시피를 쓰자니 두려움이 조금 덜하구나, 멜리사. 지금쯤이면 네 마음이 좀 가라앉아서, 내가 지금 들려주려는 이야기를 더 잘 이해할 수 있다면 좋겠어.

사진이 마음에 드니? 한참 전에 찍은 거야. 처음으로 이걸 같이 만들었을 때지. 다음으로 치즈 스트로를 고른 건 네가 '죠스 스트로' 무용담을 기억하기를 바라는 마음에서였는데?

개요는 이렇단다. 혹시 몰라서 얘기해줄게. 치즈 스트로는 네 아빠가 좋아하는 과자였어. 그가 치즈 스트로를 '꽉 깨물어 먹기'를 좋아해서 난 고춧가루를 듬뿍 넣는 경향이 있지. 그래서 이걸 너랑 처음으로 같이 만들면서 나는 이 우스개를 생각해냈단다. '죠스 스트로……' 그가 예상했던 것보다 더 세게 그를 깨무는 얘기였지. (음, 네가 너무 어릴 때 영화 〈죠스〉를 보여준 사람이 '우연히도' 네 아빠였다는 걸 기억하렴. 이만하면 알겠지.)

이 얘기를 들으니 생각이 나니?

보통 스물네댓 개 만든 다음에 나는 치즈 스트로 세 개에는 '엄청난' 양의 진짜 매운 고춧가루를 한가운데다 넣었단다.

하느님 맙소사. 난 그가 심장마비를 일으킬 거라고 생각했어. 물론 그러진 않았지만. 그래도 그럴 가치가 충분했지. 우리가 얼마나 신나게 웃어댔는지 생각하면 이루 말할 수 없이 행복해지는구나, 멜리사. 네 아빠까지도 웃었지……

이게 바로 두 번째 이야기의 요점이란다. 난 정말이지 네가 항상 슬픔에 얽매여 있기를 바라지 않아. 특히 나 때문에 불현듯 이런 식으로 말이야.

우리가 얼마나 많이 웃었는지 네가 기억해주면 좋겠어. 그리고 아직도 두 사람―너와 네 아빠―의 삶이 그렇게 풍성하면 좋겠구나. 웃음으로.

이런 말을 하는 건 힘든 일이구나. 지금쯤 맥스가 다른 사람과 함께일 거라고 가정하고 글을 쓰는 거니까. 그렇더라도 난 정말 괜찮다고 말하고 싶구나. 괜찮은 것 이상이야. 이 일에 대해 맥스와 대화하려고 시도해봤지만 무척 어려워. 그러니 그가 지나치게 까다롭게 굴면 네가 뭐라고 한마디해주렴, 그래주지 않을래?

그리고 왕자님 (그리고 개구리) 이야기가 나왔으니 말인데, 지금 네가 어떤 상태인지 궁금하구나. 물론 아직 연애가 잘 풀리지 않았대도 넌 아주 젊으니까 걱정할 일은 아니겠지만 이것만은 알아두기를. 우리 모두 몇몇 개구리와 키스하게 된단다. 아휴. 난 그랬어.

엘레노어는 의자에 등을 기대고 페이지를 검토했다. 늘 그렇듯마지막 몇 줄은 입바람을 후후 불어서 잉크를 말렸다. 그녀는입매를 찡그리다가 문득 죄책감을 느꼈다. 정직하겠다고 약속했다. 진실을 말했나? 그런 생각만 해도 실제로 속이 울렁거렸다. 맥스가 다른 사람과 있다는 생각만 해도.

엘레노어는 창가로 가서 남편이 모퉁이를 돌아서 다가오는 모습을 보았다. 평소처럼 그는 문 바로 앞에 멈춰 서서 몸을 굽히고, 굽힌 무릎에 손바닥을 댄 채로 숨을 조금 몰아쉬었다. 그녀는 미소 지었다. 그의 아주 사소한 부분들을 눈여겨보며. 사방팔방으로 뻗친 머리. 좀 어색한 반바지. 헉헉대는 모습. 씩씩거리는 모습.

맥스는 이러고 있을 때―가쁜 숨을 가다듬고, 또 집에 들어가기 전에 자존심도 회복하려고 애쓸 때―아내가 창문에서 지켜본다는 걸 몰랐다. 아내가 진단을 받은 직후부터 그는 달리기에 빠졌다. 처음에는 화를 삭이려고 뛰었다. 이제는 매일같이 뛰었다. 항암 치료가 결혼 생활의 육체적인 부분을 중단시킨 동안에는 더 일찍 출발해서 더 오래 달렸다.

그것은 로켓 과학이 아니었다.

엘레노어도 사랑을 나누는 일이 몹시 그리웠다. 이제야—남편을 보고 그가 달리기로 떨쳐버릴 수 있기를 그녀 역시 바라면서—그 감정을 제대로 느낄 수 있었다. 맥스가 다른 사람과 함께 있는 상상보다 더 괴로운 건 오직 한 가지뿐임을 깨달았다.

그것은 그가 혼자라는 상상이었다.

7
멜리사, 2011

두 사람은 어렸을 때 만났다. 긴 비행을 하는 동안 멜리사는 사람들의 의견이 분분한 이야기를 떠올리면서 잠든 샘을 바라보며 생각에 잠겼다.

알고 보니 샘은 처음부터 멜리사에게 반해 있었다. 그는 같이 학교를 다니는 내내 멜리사를 지켜보았고, 그녀와 친구가 되었고 조용히 그녀를 바라보았다. 다행히 멜리사는 아주 나중까지도 우정 이상의 감정이라는 걸 의식하지 못했다.

어떤 친구들은 이를 두고 로맨틱하다고 했다. 다른 친구들은 별로 그렇게 생각하지 않았다.

"그러니까 둘이 사귀기까지 정확히 얼마나 걸린 거야?"

바로 한 달 전에 멜리사의 저널리스트 동료 한 명은 남들이 생각하는 바를 말로 내뱉었다.

"정말로 샘에게, 그러니까 승낙하지 않은 게 확실해?"

멜리사는 낙심했다. 사람들이 어떻게 생각하는지 때문이 아니라 샘이 이 일을 정확히 어떻게 생각하는지가 갑자기 진심으로 걱정되어서였다. 그래서 최근 몇 주 동안 멜리사는 자신에게 샘이 어떤 의미인지 더 자주 말해주었다.

"내가 당신을 사랑한다는 거 알지, 샘……."

그가 갑자기 청혼한 건 그리 놀랍지 않았다.

멜리사는 다리를 포개고 좌석에 달린 테이블 레버를 백팔십도 돌리고, 샘의 테이블도 접으려고 가만히 손을 뻗었다. 이런. 샘을 편안하게 해주고 싶었는데 오히려 그 반대가 되었다. 그녀는 앞자리 주머니에서 기내 잡지를 꺼내 다시 읽기 시작했지만 눈에 잘 들어오지 않았다.

그녀는 공항 체크인 수속 때 겪은 끔찍한 소동을 떠올리지 않으려고 애썼다. 멜리사는 눈을 감았다. 다 그녀의 잘못이었다. 수하물 한 개당 허용된 무게를 초과한다는 이유로 커다란 여행 가방이 퇴짜를 맞았다. 그러자 그녀는 투덜댔고 낙심했다. 이제 휴가는 끝났다고 생각했다. 샘은 눈을 굴리고 있다가 금세 문제를 해결했다. 그는 가까운 상점에서 천 가방을 사 와서 가장 무거운 물건을 옮겨 담았다. 어머니의 책이 들어 있는 회색 실크 지퍼 주머니를 천 가방으로 옮겨 담자 멜리사는 매우 당황했다. 진분홍색 소형 천 가방에 책을 쑤셔 넣는 건 싫다고 그 자리에서 샘에게 말할 뻔했다. 하지만 입을 다물었다. 그 책을 혼자서 먼저 읽어야 했다. 아버지에게 사실을 알리는 괴로움을 어떻게 감당할지도 혼자서 궁리해야 했다…….

기내 잡지의 글자가 흐릿했다. 통로 끝에서 승무원들이 음료 트롤리를 준비하느라 달그락거리는 소리가 나자 멜리사는 그쪽으로 눈을 돌렸다.

4시간 반…….

그건 또 다른 충격이었다. 사이프러스까지 비행시간이 그렇게 길 줄은 까맣게 몰랐다. 그녀가 기내 잡지를 집어 들었을 때 기장이 기내 방송으로 비행시간을 알려주자 샘도 좀 놀랐다.

"항공편을 예약할 때 지도를 확인하지 않았어, 멜리사?"

"당연히 확인했지……."

멜리사는 샘을 다시 힐끗 쳐다보았다. 깊이 잠든 그는 트롤리 소리가 소란스러워도 꿈쩍하지 않았다.

솔직히 말하자면?

청혼을 받고 멜리사가 보인 반응은 비합리적이고 혼란스럽고 지질했다. 어째서 결혼에 대한 확신이 없는지 스스로도 이해가 되지 않았고, 그러니 아무에게도 제대로 설명할 여지가 없었다. 레스토랑에서 그녀는 그건 중요하지 않다고 주장했다. 결혼은 '종이쪽지에 불과하다'고. 하지만 이제 이것이 그들의 세월에서 오랜 의문을 흔들어놓았음을 알 수 있었다.

멜리사에게 이건 의심의 문제만은 아니었다. 적어도 샘에 대한 의심은 없었다. 이건 다른 문제였다. 딱히 꼬집어 말할 수 없고, 실은 생각하기도 싫은 그 무엇…….

멜리사가 샘을 만난 건 정확히 다섯 살이 되고 반년이 지났을 때였다. 가톨릭 신자이지만 냉담자가 됐다는 죄책감을 무마하려는 어머니 때문에 세크르 쾨르 초등학교에 등록했다. 맥스는 아내를 '집 나온 가톨릭 신자'라고 종종 놀리곤 했다. 엘레노어는 무신론자는 아니었지만 분명 그쪽 방향으로 가고 있었다.

하지만 맥스는 엘레노어가 그때 처음으로 원칙을 버렸다고 설명했다. 부모들이 자녀의 학교를 선택할 때 흔히 있는 일이었다.

'세크르 쾨르'는 그 지역 최고의 학교이니 자녀의 장래가 걸린 마당에 가벼운 위선쯤이야 어떠랴? 부부는 딸 멜리사가 성인이 되면 직접 신앙을 결정할 거라고 합리화했다. 그동안 가장 민감한 부분은 두 사람이 희석해가면서 딸이 가톨릭식 교육을 받게 하기로 결정한 것이다.

전략은 기어이 역효과를 낳고 말았다. 멜리사는 수녀가 되겠다고 결심했고 3학년에 접어들 때까지 거기 집착하다가, 마이클이라는 눈에 띄는 새 복사가 등장하면서 마음을 바꾸었다. 처음으로 남자애에게 반한 무렵에 새뮤얼 윈터스라는 상급생이 학교에 나타나서, 이유는 알 수 없지만 등굣길에 멜리사의 가방을 들어주기 시작했다.

"가방 안 들어줘도 되는데. 무겁지 않아."

멜리사는 새뮤얼을 무척 좋아했지만, 그가 가방을 들어주며 보이는 갑작스러운 관심이 어디서 연유했는지는 전혀 몰랐다. 아무튼. 샘은 재미나고 모든 교사에게 좋은 인상을 주는 학생이었다. 친절하고 인기가 많았고, 멜리사보다는 네 살 위였다. 그가 큰 아이들하고 어울릴 때면 멜리사는 주눅이 들었다.

엘레노어가 세상을 떠난 뒤 멜리사는 세크르 쾨르를 졸업하고 일찌감치 11 플러스 과정(영국의 11세~12세가 보는 시험)을 위해 가장 가까운 걸스 그래머스쿨(우수한 학생들이 다니는 영국의 공립 중고교)에 입학했다. 학교는 버스로 40분 거리에 있었다.

복사인 마이클은 남녀공학 가톨릭 중등학교에 진학했고, 그 때문에 멜리사와 아버지 사이에 일시적으로 갈등이 일어났다. 멜리사가 '가방 오빠'로 여기는 새뮤얼은 오래전에 보이스 그래머스쿨에 진학해서, 그들은 이따금 버스에서 마주치곤 했다. 어쩌다 마주칠 때면 샘은 멜리사의 집까지 나란히 앉아서 갔는데, 친구들이 휘파람을 불면서 놀려댈 때는 그러지 않았다.

멜리사는 불평했다.

"왜들 저러는지 모르겠어. 우리가 그런 식으로 좋아하는 사이도 아닌데, 안 그래?"

A 레벨(영국의 대학 진학 전 고등교육 과정. 이후 본시험 성적으로 대학에 진학한다)의 괴로움에 시달리던 무렵 멜리사는 다시 샘과 더 자주 마주쳤다. 그는 대학에서 긴 여정이 필요한 건축학을 전공하는 중이어서 방학 때에만 돌아와 동네 레코드숍에서 일했다. 멜리사와 친구들은 그 레코드숍에 자주 가서 부스에 들어가 시디를 들었는데, 많은 친구들이 '가방 오빠' 샘에게 반한 눈치여서 멜리사는 깜짝 놀랐다.

"아는 사이라고 왜 말 안 했어?"

어느 토요일에 친한 친구 에밀리가 소곤댔다.

"누구?"

"샘."

멜리사는 샘을 힐끗 쳐다봤다. 그는 그녀 쪽을 바라보며 미소 지었다.

"그가 널 좋아하나봐, 멜리사."

"말도 안 돼. 우린 초등학교에 다닐 때부터 아는 사이였어. 그게 다야."

"그렇게 생각해?"

"그래."

"흠, 다행이다. 저 사람이 날 봐줬으면 좋겠거든."

"샘한테 반했다는 말이야?"

"아이고, 멜리사. 당연히 그에게 반했지. 다들 그에게 홀딱 반했다고."

멜리사는 이 순간을 언제나 기억할 것이다. 시디를 진열대의 원래 자리에 넣고 샘을 다시 쳐다봤다. 그때 그가 응대하고 있던, 샘보다 나이 많은 여자 손님은 어떤 뮤지컬 사운드트랙에 대해 신나게 이야기하고 있었다. 멜리사는 연상의 여자까지 샘에게 추파를 던진다는 것을 달갑지 않게 알아차리고 말았다.

샘이 이런 관심의 대상이라는 걸 전에는 왜 의식하지 못했을까. 그의 턱 선을 눈여겨보면서 그녀는 머리를 어깻죽지 사이로 쑥 넣었다.

"너 그러면 거북이처럼 보인다는 거 알아⋯⋯?"

레코드숍에서 손님을 상대하고 있는 샘을 바라보자니 그 말이 멜리사의 귀에 울려 퍼졌다.

맙소사. 요즘 샘은 정말이지 눈에 띄었다. 멜리사가 알아차리지 못해서가 아니라, 그동안은 자신과 무관하게 보았기 때문이었다.

"그러면 넌 그에게 반하지 않은 거지, 멜리사?"

멜리사는 이 질문에 어떻게 대답해야 할지 몰랐다. 샘은 샘이었다. 샘은 학교까지 같이 걸어가던 상급생이었다. 가끔 동네 공원에서 롤러스케이트 타는 걸 도와주던 학교 오빠였다. 선생님들이 좋아하는 학교 오빠. 그 질문에 멜리사가 뭐라고 대답할 수 있을까?

샘은 샘인데.

그러다 멜리사가 대학 생활을 시작하면서 모든 게 변했다. 그녀는 영문학을 전공했다. 아버지는 영문학을 적극 권했지만 다른 사람들은 별로 권하지 않았다. "영문학 학위를 가지고 정확히 무슨 일을 하겠어? 학문으로 밥벌이를 한다?"

물론 대학 진학 과정에 접어들자 맥스는 악몽을 겪어야 했다. 그는 모든 대학의 순위를 알고 있었고, 내부 소문도 전부 알고 있었다. 그리고 사춘기라는 이유 하나만으로도 멜리사는 그의 조언을 단 하나도 받아들이지 않고 노팅엄 대학을 선택했다. 수업 과정이 괜찮아 보였고 상점들도 괜찮아 보였다. 또 맥스가 적극적으로 권하지 않았던 몇 안 되는 대학 중 한 곳이기도 했다.

"왜 노팅엄 대학에 진학하고 싶다는 거야? 어떤 사내놈 때문은 아니고?"

"당연히 어떤 사내놈 때문은 아니에요. 과정이 마음에 들어서 그래요. 대단한 전통이 있어요."

맥스는 노팅엄 대학에 아는 교수가 없었다.

그래서 그렇게 결정되었다. 멜리사는 노팅엄에 가기로 했다.

개강하고 2주가 지났을 때에야 멜리사는 알게 되었다. '가방 오빠' 샘이 노팅엄에서 건축학이라는, 고군분투해야 하는 학사 과정을 마무리하고 있다는 것을.

"여기 있었네. 맙소사. 샘이 여기 다니는 줄은 몰랐는데."

그녀는 도서관 근처에서 우연히 샘과 마주쳤다. 아직 신입생 독감(대학 입학 후 몇 주 내에 신입생의 90퍼센트가 앓는 병)을 심하게 앓을 때라 눈 밑에는 다크서클이 생겨 있었고, 노트북 컴퓨터가 든 가방을 메고 있었다.

"내 가방을 들어주겠다고 하면 한 대 때려줄 거야."

멜리사는 그를 포옹했다. 그의 목덜미에 얼굴을 묻었을 때 처음으로 육체적 쾌감을 느끼고 그녀는 충격받았다. 그러다 곧 당황스러웠다. 어색하기도 했고, 샘의 체취가 아주 좋아서 놀라기도 했다.

"어머나. 냄새가 좋네. 애프터 쉐이브 냄새야?"

그녀는 몸을 떼고 머리를 만지작댔다.

"엄마한테 선물받았어."

"아, 그것 때문에 달랐구나. 우리 기숙사 남자애들은 악취를 풍기거든."

멜리사는 얼굴을 가다듬고 나오지 않은 게 후회스러웠다. 아침에 머리를 감을걸. 최소한 마스카라라도 할걸.

"그거 성차별적 발언 아닌가?"

"그래서 어떻게 지내? 세상에, 이렇게 만나다니 반가워, 샘."

"나도 그래. 정말 놀랐어. 그래서 잘 적응하고 있어?"

"마음에 들어. 지독하게 피곤하긴 해도. 아직 시간 배분을 못하겠어."

"커피 마실까?"

"그래, 그거 좋겠네."

그래서 마침내 이렇게 '시작'되었다.

멜리사는 그렇게 커피를 마시며 앉아서 샘을 바라보았다. 샘은 전공 과정에 대해, 대학교에 대해, 공부하고 친구를 사귀기에 딱 좋은 곳들에 대해 말해주었다. 2학년 때 살 집을 구하려면 어느 중개소를 이용하면 되는지, 어느 바에 가야 음료가 가장 싼지, 긴 건축학 공부의 2단계에 접어들기 전인 이번 연도에는 어디서 지낼 예정인지. 멜리사는 반은 듣고 있었지만 반은 멍한 상태였다. 레코드숍으로 돌아가서 그를 쳐다보는 것 같은 느낌이었다. 완벽한 턱 선, 예사롭지 않은 분위기, 마음을 활짝 연 느낌을 주는 따뜻한 눈빛. 초록색 눈. 그랬다. 전혀 다른 렌즈를 끼운 카메라로 그를 다시 보는 것 같았다.

"선배가 여기 있는 줄 정말 몰랐어. 이 대학에. 혹시 나한테 여기 다닌다고 말한 적 있어, 샘? 여기 올 거라고? 노팅엄에."

"없을걸. 왜 묻는데?"

"모르겠어. 기분이 진짜 으스스해서."

"기분 좋은 으스스? 아님 오싹한 으스스?"

"기분 좋은 으스스."

"잘됐네. 그럼 드디어 내가 한잔하자고 해도 네가 목을 거북이처럼 움츠리지 않을 거란 뜻인가……?"

갑자기 요란한 헛기침 소리가 나더니…….

"실례합니다. 죄송하지만 음료를 드시겠습니까, 마담?"

승무원이 목소리를 높이는 걸로 봐서는 처음 묻는 게 아닌 것 같았다. 멜리사는 몸을 홱 틀었다. 그녀가 발로 앞자리를 차는 바람에 승객 두 명이 뒤돌아봤다.

"미안해요. 정말 미안해요. 딴생각을 하느라고요. 물 두 병 주세요. 아, 그리고 감자 칩도요. 아무 맛이나 좋아요. 상관없어요."

그녀는 샘에게 다시 몸을 돌렸다. 그는 소란에 잠깐 뒤척이다가 다시 어깨를 돌리고 의자의 가장 딱딱한 부분을 파고들며 입을 벌리고 잤다.

멜리사는 귓가에서 맥박이 뛰는 것을 느꼈다. 트롤리가 덜컹대며 지나갔다. 빈 통로에서 승객이 일어나 머리 위 선반에서 작은 가방을 꺼내자 멜리사는 다시 짐을 떠올렸다. 공항 매점에서 구입한 진분홍색 가방. 그녀는 작은 감자튀김 포장을 물끄러미 바라보다가 통로 맞은편에 앉은 승객들을 쳐다보았다. 그들은 미리 주문한 따뜻한 음식을 먹고 있었다. 나이 든 부인이 플라스틱 포크로 쇠고기 찜인 듯한 음식을 찍었다. 아니면 무사카(감자로 만드는 라자냐 비슷한 터키, 그리스 음식)일까. 라자냐? 뭐든 간에. 냄새가 역했다.

멜리사는 생각했다. 왜 음식일까? 엄마는 왜 일기장에 레시피를 잔뜩 적었을까? 멜리사는 아주 평범하게 기본적인 요리를 하곤 했지만 요리에 열정은 없었다. 왜 사람들이 주방에서 그 요란을 떠는지 이해가 되지 않았다. 그럴 만큼 참을성이 없어서일까? 좋은 레스토랑과 테이크아웃 음식점이 허다한데 왜 그 긴 시간을 요리에 쏟을까? 웨이트로즈(영국의 슈퍼마켓 체인으로 자사 브랜드 식품류가 많다)도 있고. 그런데 왜 엄마는 그냥 편지를 쓰지 않았을까? 일기를 쓰거나? 할 말이 아주 많았을 텐데.

그녀는 물병의 마개를 따서 쭉 들이켰다.

왜 음식이냐고?

부활절 비스킷

베이킹파우더가 든 밀가루 8온스
버터 5온스
체에 내린 백설탕이나 아이싱슈거 4온스
중란 1개
바닐라 에센스 약간…… 혹은 계피가루를 조금 넣어도 좋지.

오븐을 180도로 예열하고 베이킹 판에 기름칠을 해두렴. 밀가루와 소금은 체에 내려서 버터와 섞고 비벼줘. 설탕을 넣고 선택한 향신료도 넣어 섞고. 그리고 충분히 휘저은 달걀을 아주 뻑뻑한 반죽에 섞는 거야. 밀가루를 뿌린 판 위에 놓고 반죽이 말랑해질 때까지 가볍게 치대줘. 포일에 싸서 30분간 차갑게 하고, 반죽을 얇게 밀어서 동그란 비스킷 모양으로 잘라. 이것들을 베이킹 판에 담고(약간 부푸니까 너무 다닥다닥 놓지 말 것) 포크로 찔러서, 노릇노릇해질 때까지 12~15분간 구우면 된단다.

이 비스킷은 인기가 아주 좋으니까 꼭 만들어야 할 거야, 멜리사. 어째서 크리스마스 비스킷이나 핼러윈 비스킷이 아니라 부활절 비스킷인지는 나도 몰라. 할머니가 이 과자를 부활절 비스킷이라고 불렀고, 그래서 지금의 부활절 비스킷이 된 거지(1년 내내 즐겨 먹을 수 있지만).

나는 이 비스킷에 대한 나름의 추억이 있고 너도 그러면 좋겠구나. 내게 이 비스킷은 빨간 사각형 비스킷 통과 아주 강하게 연결된단다. 어머니는 그 통을 식품실의 두 번째 선반에 보관했어(첫 번째 아니고 세 번째도 아니고 언제나 두 번째 칸이라는 데 주목하도록). 내게 이 책은 일부 그런 의미가 있을 거야. 내가 소중하게 간직하고 싶은 것들을 네게 나눠주고 전하려는 거지. 집안 전통과 가족의 추억들을. 스토브 앞에서 주고받는 이야기가 이어지는 거라고나 할까. 한 세대에서 다음 세대로.

내 어머니는 솜씨가 아주 좋고 기본에 충실한 요리사였어. 포장용 식재료와 냉장고 등 '편리'라는 꼬리표가 붙은 것들이 나오자 분개하고 약간 잘난 체를 하기도 하셨지. 사실 어머니는 시간이 있고, 직장과 가정생활의 혼돈을 경험하지 않은 세대지. 내 세대만 해도 그걸 전쟁으로 여겼고. (그래서 한 장을 전부 할애할 거야. 이 책 말미에 요즘 시대의 어머니 노릇에 대해 쓰기 시작했단다. 아직 너한테는 관심 없는 일일 것 같아서 따로 떼어 다루었지만, 네게 해당되는 시기가 올 경우에 대비해 내 생각과 요령을 남기고 싶어.) 아무튼, 어머니는 요리에 대한 의지와 시간 여유, 둘 다 가진 분이었고 그래서 요리를 했지.

내가 자랄 때 이 비스킷은 우리 집에서는 언제나 먹을 수 있는 과자 같았단다. 두 번째 선반에 놓여 있는 빨간색 양철통에 손대려면 반드시 허락을 받아야 한다는 엄격한 규칙이 있었지만 말이야.

이 글을 쓰는 지금 우리 집에서 그 비스킷은 명절 음식이고,

늘 순식간에 없어져버린다는 걸 너도 기억하겠지.

이 레시피와 동봉한 사진은 콘월에 여행 가서 같이 비스킷을 구울 때 찍은 거란다. 네 아빠는 바닷가에 맛있는 파이 가게가 있는데 휴가를 와서 비스킷을 굽는 건 정신 나간 짓이라고 늘 말했지. 하지만 평소에는 정신없는 생활을 하기 때문에 그랬던 거야. 직장 일과 조금은 그럴듯한 엄마 노릇을 결합하려는 노력에 대한 자책 때문이었단다, 멜리사. 그 생활은 예상처럼 쉽지 않았고, 난 자주 쿠키를 굽고 싶었지만 그러지 못했어. 그건 분명하지.

그런데 사진을 보면 알겠지만 넌 아주 어려서부터 날 돕기를 좋아했고, 그러니 휴가 때 베이킹을 하면 딱이겠구나 싶었어. 비스킷 굽기는 우리를 정말 행복하게 만들어줬단다. 너와 나를. 그리고 네 아빠는 몽땅 먹어치우는 것으로 우리를 도우면서 아무 불평도 하지 않았지.

그러다 너에게 말해야 하는 다른 일, 덜 유쾌한 일이 일어났어. 너를 당황하게 하고 싶지 않아. 네가 이 일을 다른 레시피 이야기하고 분리해서 생각할 수 있으면 좋겠구나. 사실 이 둘을 연결시키고 싶지 않아. 요리의 기쁨…… 그리고 이 다른 일을. 하지만 이 책에서 정직하겠다고 약속했고, 내가 이 책을 쓰게 된 것도 마음을 열고 또 너를 안전하게 지키려는 의도 때문이기도 하니 말해야겠지.

내가 혹을 발견한 게 바로 이 콘월 휴가 때였단다. 진실이 뭐냐고? 베이킹을 하다가 가슴 부근에 묻은 밀가루를 연신 털어냈는데, 힘주어 쓸어내리다가 왼쪽 가슴 위쪽, 겨드랑이 부근에서 혹이 만져진 거야. 처음에는 브래지어인 줄 알았고, 걱정스런 마음을 네게 알리고 싶지 않았어. 비스킷 반죽을 차게 식히는 사이에 욕실에 가서 제대로 살펴봤더니 분명히 혹이 있더구나.

전에 샤워할 때 왜 그 혹이 만져지지 않았는지 모르겠어. 작은 덩어리가 살 위로 솟아 있었는데, 주위를 제대로 만져보니 훨씬 더 깊이 자리 잡았더구나.

아무튼 핵심은 내가 어리석었다는 거란다, 멜리사. 난 그날 종일 걱정하고 또 걱정하다가 이 일을 미뤄두었어. 말하자면 그 위에 담요를 덮었다고 할까, 그렇게 휴가를 보냈어. 가장 어리석었던 짓은 휴가에서 돌아온 즉시 병원에 가지 않은 거야. 물이 찬 낭종 같은 거라고 짐작하고 지켜보기로 결정했지. 한참 기다리면 그게 '녹아 없어질' 거라고 나 자신을 설득했던 기억이 나는구나. 염증처럼 없어질 거라고.

몇 주 동안 그걸 '지켜보다가' 결국 저절로 없어질 게 아니란 걸 인정하고 그제야 의사를 찾아갔단다.

물론 더 일찍 조치를 취했다 한들 상황이 달라질 수 있었을까 싶어. 아마 아닐 거야. 그렇게 생각하자꾸나. 하지만 난 이제 여자 대 여자로서 진실을 말하고 싶구나. 네가 그렇게 어리석게 굴지 않도록 단단히 일러두어야 하니까 말이다, 멜리사.

어쩌면 아빠한테 이미 사실을 들었겠지. 내 병이 생긴 것도 그렇고, 운 나쁘게 급속도로 진행된 것도 그렇고 내 나이에는 극히 드문 경우였어. 네게 불필요한 걱정을 시키고 싶진 않다만 말이 나왔으니 얘긴데 반드시 자기 몸을 살펴야 해, 멜리사. 적절한 검진을 자주 받아보렴. 내가 알기로 이 병은 유전이 아니고, 절대로 네게 편집증을 갖게 하고 싶지 않아. 내가 알기에 가까운 친척 중에 유방암 환자는 없으니, 난 네가 그 병에 걸릴 위험이 커졌다고 믿지는 않아.

그래도 아빠와 이야기를 나누었고, 네가 '모든 여성들이 그래야 하는 것처럼' 적절히 대처하도록 채근하라고 당부했지. 그에게는 어려운 일일 거야. 그런 이야기를 하는 게 말이야. 그래서 이제 넌 완전히 성인기로 접어들었으니 내가 사랑 넘치는 가벼운 잔소리를 해도 괜찮겠지.

엘레노어는 평소처럼 잉크가 마르기를 기다리면서 문장을 읽다가, 지나치게 서두르는 게 아닌가 생각했다.

멜리사가 바로 이 페이지를 훑어보면서 어떤 감정을 느낄지 상상하다 문득 종이를 쓰다듬어야겠다고 느꼈다. 이 페이지에 몇 분이나 손을 대고 있었다. 손을 떼고 싶지가 않았다.

엘레노어는 딱 한 번 울었다. '전이'이라는 무서운 단어가 그녀의 어휘에 추가되었던 진료 때였다. '암'이란 말을 처음 들었을 때는 충격을 받긴 했어도 지나칠 정도로 낙관적이었다. 한동안 방향감각을 잃긴 했지만 그러면서 싸우려는 의지가 극도로 강해졌다. 그녀는 매우 젊었다. 많은 검사를 받고 촬영을 한 뒤 결과를 기다리면서 병원에 가는 길에 그녀는 맥스에게 재잘댔다.

"조기 진단이니 괜찮겠지. 그렇지 않아요? 게다가 요즘은 정말로 놀라운 치료법들이 나왔으니까. 재건 수술을 받으면 사람들이 못 알아차릴 거야. 어떤 프로그램에서 봤는데 어느 환자는 가슴 수술을 받고 나서 전보다 더 근사해 보이는 것 같다고 하더라고. 정말 그랬다니까."

엘레노어는 전문의에게 전이 사실과 몇 기인지 설명을 들었을 때 얼마나 큰 충격에 휩싸였었는지는 딸에게 말하지 않을 작정이었다. 흔히 '암'이라는 말을 들으면 환자의 귀에 아무 말도 안 들린다지만 엘레노어는 좀 달랐다. 전혀 그렇지 않았다. 암으로 확진되었다는 말을 처음 들었을 때 그녀는 생각했다. '그래요? 미치고 환장하겠네. 하지만 우린 병이랑 싸울 거죠? 그렇죠? 그러니까 어떻게 이거랑 싸울지 말해보시지.'

이후 의사 면담 때까지 그들이 가슴에 철사를 넣어 덩어리를 떼어내고 오싹한 작은 연구실에서 소름 끼치는 조직 검사를 할 때까지는 그런 태도였다. 그랬다. '4기'와 '전이'란 말을 듣고서야, 촬영 결과를 보면서 의사가 그녀의 간과 폐에 대해 알아듣기 힘든 설명을 할 때가 되어서야 그녀는 더 이상 들리지 않았다.

주치의는 엘레노어가 남편을 통해 대학의 새 인터넷 서비스에 들어간다는 걸 알고 거기 의존하지 말라고 경고했다.

"궁금한 점이 생기면 제게 물으세요, 인터넷이라는 것에 묻지 마시고요. 아시겠죠?"

하지만 엘레노어는 이미 정보를 읽고 있었다. 찾을 수 있는 건 뭐든 다 찾아 읽었다. 팸플릿. 기사. 연구 논문. 맥스가 전문의의 말에 귀 기울이면서 치료 방법과 시기를 의논하기 시작하는 사이 엘레노어의 마음은 이미 집으로 돌아갔다. 스티커 북과 마법 봉에 둘러싸인. 쿠키 커터와 몽글몽글한 아이싱슈거에 둘러싸인. 어여쁜 딸을 보고 있었다.

8

멜리사, 2011

샘이 렌터카 계약서를 차의 글러브박스에 넣었고, 두 사람 다 여행 가방 이야기는 꺼내지 않았다. 가방은 뒷좌석에 놓여 있었다. 너무 커서 클리오의 트렁크에 들어가지 않았다. 멜리사는 안내 책자와 지도를 꺼냈다.

"당신이 새 내비게이션을 사게 해줬으면 사이프러스를 추가할 수 있었을 텐데."

"내가 지도를 보면 돼. 내비게이션은 질색이야."

샘은 빙긋 웃었다. 비행기에서 자고 난 뒤여서 눈이 더 빛났다. "왜?"

"아무것도 아냐, 멜리사. 당신은 지도 보기의 명수지. 아주 기대가 크다고."

멜리사는 활기찬 샘을 보니 반가웠고, 더 긍정적인 기분이 되었다. 어머니의 책이 담긴 분홍색 가방이 트렁크에 안전하게 들어 있고, 이번 여행이 결국에는 좋은 시간이 될 거라고 예감했다. 책에 대해 생각할 시간. 관계를 개선할 기회.

멜리사가 샘에게로 몸을 돌리자 그는 찡그린 얼굴로 새 계기

판을 살폈다.

"그래서 트루도스(사이프러스에 있는 산맥)에는 언제 가고 싶어, 샘?"

그렇다. 두 사람 모두 휴식이 필요했다.

"사실 그건 아직 생각해보지 않았어. 마음에 두지 마."

샘이 차를 출발시키면서 햇빛 가리개를 내리고 지시등을 테스트했다.

암묵적인 약속이 계속되었다. 레스토랑 일 이후 둘의 장래에 대해서는 성급하게 솔직한 대화를 하지 않기로 합의했다. 샘은 청혼과 관련해 그녀에게 시간을 준다는 데 동의했고, 멜리사는 트루도스 여행이 둘의 관심을 딴 데로 돌리는 데 도움이 될 것으로 기대했다.

그들이 가는 리조트는 좀더 북쪽에 있어서 결과적으로 직진해야 했다. 표지판이 잘 갖춰져 있고 왼쪽에서 운전하는 게 편리해서 샘은 낯선 차에 평소보다 빨리 적응했다.

멜리사는 팔을 뻗어 그의 뒷목을 쓰다듬었다.

"한 이틀 동안 느긋하게 지내면 어떨까. 푹 퍼지는 거야. 그 후에 트루도스에 가면 어때, 월요일쯤?"

샘은 고개를 돌려 그녀와 눈을 맞추었다. 그의 표정은 부드러웠다.

사이프러스 여행은 처음부터 샘의 아이디어였다. 각자 일터에서 분주한 시간을 보냈으니 따뜻한 곳에 가서 재충전하고 싶었다. 또 사이프러스는 샘이 할아버지인 에드먼드에게 아주 개인적인 마음을 표할 수 있는 곳이기도 했다. 할아버지는 8개월 전에 세상을 떠났지만, 병에 걸리기 몇 주 전에 샘과 멜리사에게 자서전을 집필한다는 야심 찬 계획을 털어놓았다.

멜리사는 샘의 할아버지를 좋아했지만, 그가 에이전트를 구하는 방법을 묻자 웃음을 참아야 했다. 에드먼드는 책이 잘 팔릴 거라고 생각하느냐고 그녀에게 물었다. 그의 자서전이?

예의상의 응대가 아니라 집필 계획에 대한 대화가 이어지면서 점점 흥미가 생겼다. 1950년대 후반에 그가 사이프러스에 주둔한 부대에 복무하던 때의 세세한 사연을 책에 넣을 예정이었다. 할아버지가 세상을 떠난 뒤 샘은 그의 컴퓨터에 저장된 파일들을 열어보았다. 가족과 매우 가까이 지냈던 샘은 할아버지가 알리고 싶어했던 이야기를 읽자 가슴이 뭉클했다. 샘은 조사한 모든 자료와 메모를 멜리사에게 보여주었고, 특히 어떤 일화—초고 상태인—에 둘 다 깊이 감동받았다.

사이프러스가 혼란스러웠던 시기에 영국에 반대하는 폭도들을 소탕하기 위해 트루도스 산맥에 영국군이 배치되었다. 에드먼드의 이야기는 초여름 어느 날에 초점이 맞춰져 있었다. 그날 다른 영국 부대들이 같은 산악 지대에서 작전을 펼치고 있었다. 이 특정한 날, 부대 간의 경계가 분명하지 않았다. 에드먼드는 진상을 낱낱이 밝히지는 않았지만, 영국군이 다른 영국군에게 발포하는 상황이 벌어졌다. 그는 동족 간의 발포로 어린 병사가 죽는 것을 목격했다.

그는 이렇게 썼다. '나는 그를 품에 안았다. 그저 아이였다. 사실 난 바로 그 순간이 되기 전에는 우리가 얼마나 어린지 모르고 있었다.'

에드먼드는 메모에서 이렇게 설명했다. 어려서 학교에 다닐 때 읽은 1차 대전을 다룬 책에, 병사들이 마지막에 어머니를 부른다는 목격담이 있었다. 에드먼드는 이 대목이 못마땅했고 감상적이라고 무시했다. 신병 모집을 방해하려고 반전론자들이 지껄이는 이야기라고. 용기에 대한 모욕이라고. 하지만 자서전 원고에서 에드먼드의 태도는 백팔십도 변했다.

'여기서 나는 진실을 말해야 하고, 진실은 이것이다. 그—트루도스 산맥에서의 그 병사—는 아이에 불과했다. 기껏해야 열아홉 살. 그 사실이 내 가슴을 미어지게 했다. 그 마지막 순간 우리가 그를 위해 온갖 노력을 하는데도 불구하고 그는 너무너무 두려워했으니까. 그리고 여러분에게 아무 거리낌 없이 이렇게 말한다. 그는 마지막 순간에 한 가지, 오직 한 가지만을 원했다. 바로 그의 어머니였다.'

멜리사는 이 대목을 반복해서 떠올리자 앞을 보기가 거북했다. 먼지 이는 초목을 향해 몇 번이고 눈을 깜빡거렸지만 달리는 차 안에서 창밖이 뿌옇게 보이기만 했다.

"물론 할아버지가 어디에 주둔하셨는지, 그 모든 일이 정확히 어디서 벌어졌는지는 몰라. 하지만 사실 그건 중요하지 않겠지."

샘이 앞 유리창을 닦는 버튼을 찾으며 더듬거리면서 말했다.

에드먼드는 책이 마무리되면 사이프러스에 다시 찾아가 그 병사와 가족을 위해 헌화하겠다는 계획을 적어두었다. 하지만 물론 그러지 못했다.

샘은 할아버지 대신 트루도스 산맥에 찾아간다는 아이디어를 냈다. 그는 멜리사에게 조사한 내용을 세세히 설명했다. 공식적인 영국인 묘지는 찾아가기가 까다롭고, 아무튼 영국인 전사자들은 사이프러스가 관할하는 남쪽 지역과 터키가 관할하는 북쪽 사이의 유엔이 관할하는 '중간 지대'에 묻혔다.

"요즘은 모든 게 예민해. 난 평지풍파를 일으키거나 누구를 곤란하게 하지는 않을 거야. 조용히 처신해야겠다고 작정했지. 그러니까 교회 한 곳을 찾아보자고. 초를 켜고 경의를 표하는 거지. 당신 생각은 어때, 멜리사?"

"아주 좋아. 내가 말했잖아. 정말 멋진 아이디어라고 생각해."

"그럼 좋았어. 월요일에 가자."

멜리사는 차를 타고 가는 동안 여전히 무척 피곤했지만, 거의 훼손되지 않은 자그마한 리조트 폴리스에 도착하자 놀랍게도 원기를 회복했다. 그들이 묵을 아파트는 인터넷에 나온 것보다 훨씬 훌륭했다. 크기가 컸고, 사진을 찍은 뒤 완전히 개조한 덕분에 응접실은 널찍했으며, 밝은 색깔로 시공된 넓고 현대적인 욕실은 바닥부터 천장까지 타일로 시공되어 있었다. 작은 공용 수영장과 카페가 나란히 있고, 해변까지 걸어서 갈 수 있었다.

재빨리 이 방 저 방 드나들며 아파트 구조를 파악하면서 멜리사는 한 가지 문제가 있다는 걸 깨달았다. 아파트는 완전히 개방형 구조였다. 침실과 소파베드가 있는 거실 사이에 문이 없었다. 예약할 때 이런 점을 알아차리지 못했고, 이제 어머니의 책을 읽을 혼자만의 공간을 어떻게 마련할지 걱정스러웠다.

멜리사는 그 책을 샘에게 비밀로 하는 게 석연치 않았다. 하지만 머릿속으로 정리할 여유가 필요했다. 그런 뒤에야 아버지보다 먼저 샘에게 털어놓을지 말지를 결정할 수 있었다.

샘은 늦잠을 좋아했지만 어젯밤처럼 그녀를 놀라게 할 수도 있었다. 또 어떤 불빛이든, 심지어 램프도 그에게 방해가 되었다.

멜리사는 얼굴을 찌푸리면서 베란다 문 밖을 힐끗 보았다. 책을 수영장에 가져갈 방도는 없을 것이다. 젖어서 훼손될 수 있었다. 또 테라스와 일광욕 구역은 그들의 아파트 발코니에서 잘 보일 것이다. 책을 떠올리기만 해도 갑자기 불안해졌다. 어머니가 그것을 쓰는 상상을 하면…….

"내가 시내를 한 바퀴 둘러보고 와도 되겠어, 멜리사? 나중에 어느 식당에 갈지 살펴볼까 하는데?"

샘이 그녀의 뒤쪽에서 머뭇거리며 물었다. 둘이 타지에 갈 때마다 치르는 관례가 지금 멜리사에게는 선물이라는 사실을 샘은 전혀 몰랐다. 그녀는 짐을 풀기 전에 수영하는 것을 좋아했고, 그사이에 샘은 주변 분위기를 파악하는 걸 좋아했다. 그는 인근 지역을 제대로 알아야 안정감을 느꼈다.

"응?"

"정찰을 하고 와도 되는지 물었는데? 레스토랑을 미리 찾아두지 뭐."

"아, 그래. 괜찮아. 괜찮지, 그럼. 다녀와요."

멜리사는 미소 지었다. 그녀는 발코니에 서서 그가 모퉁이를 도는 모습을 지켜보았다. 샘은 잠시 멈추고 손으로 머리를 쓸어 넘겼다. 수줍을 때 하는 익숙한 작은 제스처였다. 늘 그렇듯 그는 위를 올려다보았다. 어렸을 때부터 타고난 건축가답게 그래왔다. 고개를 완전히 젖히고 건물과 발코니들, 지붕을 살펴보며 걸었다. 그리고 시내 광장을 가리키는 표지판을 눈여겨보았다. 그러더니 시야에서 사라졌다. 멜리사는 두근대는 가슴으로 분홍색 가방에 든 지퍼 주머니에서 어머니의 책을 꺼냈다. 안 돼……, 책은 구겨져 있지 않았다.

치즈 스트로

……나는 치즈 스트로 세 개에는 '엄청난' 양의 진짜 매운 고춧가루를 한가운데다 넣었단다.
하느님 맙소사. 난 그가 심장마비를 일으킬 거라고 생각했어. 물론 그러진 않았지만. 그래도 그럴 가치가 충분했지. 우리가 얼마나 신나게 웃어댔는지 생각하면 이루 말할 수 없이 행복해지는구나, 멜리사.
우리가 얼마나 많이 웃었는지 네가 기억해주면 좋겠어…….

멜리사는 10분, 어쩌면 15분쯤 읽다가 책을 덮고 작은 부엌의 반짝이는 소나무 식탁에 내려놓았다. '돌아왔다'는 이상하기 짝이 없는 느낌이 밀려들었다. 문득 이 이상한 방에 다시 온 것 같았다. 낯선 나무 상판을 내려다보았다. 너무 진한 오렌지색이었고, 두툼한 칠 위에 뜨거운 머그잔을 내려놓아서 둥그렇게 눌린 자국이 있었다. 그녀는 어머니가 '죠스'를 묘사한 장면을 다시 찾으려고 애썼다. 그녀는 상어가 그려진 보디보드(작은 서핑 보드)가 기억났다. 적어도 기억한다고 생각했다. 아버지 집에 그녀가 보디보드를 들고 있는 사진 액자가 있는데, 단지 그래서 기억하는 걸까? 하지만 아니다. 아무리 애써봐도 치즈 스트로로 장난했던 기억은 나지 않았다.

멜리사는 일어나서 서성거렸다. 창가로 가서 엉덩이에 손을 걸치고 수영장 주변의 움직임을 살폈다. 아버지가 아들에게 다이빙을 가르치고 있었다. 아이는 배에 힘을 주고 적당한 각도로 등을 굽히고, 손바닥을 붙이고 양팔을 쭉 뻗었다.

멜리사는 서성거렸다. 기억을 더듬으면서 왔다갔다했다. 하지만 떠오르지 않았다. 다시 창가로 가서 아이가 다이빙에 성공하는 광경을 바라보았다. 아들이 수면 위로 떠오르자 아버지가 손뼉을 쳤다.

그래서 그게 어디였지? 사진이었나?

멜리사는 샘을 생각했다. 그는 어릴 때 형 마커스와 장난치고 웃었던 일들에 대해 재잘거리며 이야기해주었다.

멜리사는 사람들이 세 살 무렵부터는 일어난 일들을 기억할 수 있다고 어디선가 읽었다. 그러면 그녀는 5년간 어머니와 함께한 기억을 가진 셈이었다. 그 기억들은 정확히 어디에 자리 잡고 있을까?

멜리사는 책을 얼른 지퍼 주머니에 다시 넣고, 괴물 같은 가방에서 꺼낸 티셔츠들 사이에 감추어 침실 장롱 선반에 올려두었다. 그런 다음 수영장에 가져갈 물건을 챙겨서 수영장으로 향했다. 평영 다섯 번. 크롤 다섯 번. 접영 다섯 번.

아파트로 돌아와 짐을 다 풀었을 무렵 샘이 돌아왔다. 그는 저녁에 나가기 전에 한숨 자고 싶어했다.

나중에 둘은 아주 맛있는 식당에서 첫 식사를 즐겼다. 식당은 시내 광장 바로 옆이었는데, 물이 나오지 않는 근처 분수대에서 아이들이 놀고 있었다. 멜리사는 황홀경에 빠져서 아이들을 지켜보았다. 처음에는 미소를 지었지만 불편한 기분과 깨달음이 천천히 몸을 파고들기 시작했다.

샘도 아이들을 바라봤지만 이야기를 꺼내지는 않았다. 그 대신 각자 편한 화제—즐거운 화제—들만 끄집어냈다. 음식과 와인에 대해, 폴리스가 이렇게 훼손되지 않아서 얼마나 다행인지. 고층 건물도 없고. 이제 일시적으로 금기가 된 화젯거리는 둘 다 입에 올리지 않았다.

두 사람의 장래.

분수대에서 노는 아이들.

주말에는 쉬면서 주로 독서를 하며 보냈다. 대화는 별로 나누지 않았다. 월요일 아침 일찍 일어나 트루도스로 향했다. 에드먼드가 순찰했던 지역이 어딘지 정확히 알 수가 없어서, 그들은 지도를 보고 숲에서 40분 거리에 있는 아무 교회나 선택했다. 여정은 예상보다 오래 걸렸다. 구불구불한 산길에서 경치가 좋은 곳을 만날 때마다 차를 세우고 사진을 찍지 않을 수 없었다. 원래 목적지로 삼은 마을로 가는 도중에 우연히 아주 매력적이고 특별히 분위기가 좋은 마을을 만났다. 깔끔한 마을 광장에서 아낙네들이 뜨개질을 하면서 수다를 떨고 있었다.

카페에서 커피와 페이스트리를 먹은 뒤 광장의 석조 아치를 지나다가 차분하고 조용한 비잔틴 양식의 교회를 발견했다. 샘은 더 멀리 갈 필요가 없다고 결정했다. 이곳은 완벽했다. 그는 초 두 개에 불을 켰다. 하나는 할아버지를 위해서, 하나는 아주 오래전 에드먼드의 품에서 죽은 병사를 위해서. 샘이 허리에 손을 올리고 가만히 서 있는 동안 멜리사는 낯설기만 한 남자들의 세계를 지켜보았다. 그는 할아버지와 친했고, 할아버지에게 낚시를 배웠다. 에드먼드는 낚시 도구를 전부 샘에게 물려준다는 유서를 남겼다. 낚시 도구는 차고에 있었고, 언젠가 멜리사는 그것을 멍하니 쳐다보는 샘을 본 적이 있었다. 그는 한동안 꼼짝도 않고 서 있었다. 허리에 손을 올리고. 마치 지금처럼.

그녀는 아무 말 없이 기다렸고, 샘은 밖으로 나가다가 기념 삼아 스테인드글라스 창을 배경으로 촛불 두 개를 사진에 담았다. 그런 다음 목숨을 잃은 사이프러스 청년 모두를 위해 조용히 세 번째 초를 밝혔다. 멜리사의 어머니를 위해서도 초를 켰다.

그들은 마을 중심가에서 주차할 자리를 찾기가 어려울까봐 차를 마을 외곽의 가파른 길에 세우고 왔다. 그래서 구불구불한 넓은 길을 걸어 차로 돌아갔고, 그러다 모든 게 변하고 말았다.

조용하고 한적한 교회에서 갑자기 어마어마한 소리가 났다. 멜리사는 샘보다 몇 걸음 뒤에 있었고, 그가 마을 청년과 대화를 나누는 순간 굉음이 들렸다. 그녀가 몸을 돌리는 순간 먼지바람이 일면서 오토바이가 커브 길에서 중심을 잃었다. 오토바이는 끼익 소리를 내면서 샘 쪽으로 곧장 미끄러졌다.

그런 다음 모든 일이 매우 순식간에 일어났다.

동시에 느린 동작으로 일어났다.

9
엘레노어, 1994

엘레노어는 햇빛 가리개를 내려서 거울에 얼굴을 비춰보고, 몸을 돌려 뒷좌석의 멜리사를 힐끗 쳐다보았다. 딸의 무릎에 여전히 새 보디보드가 놓여 있었다.

"그것 좀 내려놓지 그래, 아가."

"난 이걸 죠스라고 부를 거야."

"넌 〈죠스〉라는 영화를 본 적이 없는데."

엘레노어는 추월하려고 지시등을 켜는 맥스를 힐끗 보면서 덧붙였다.

"설마…… 본 적 없겠지?"

"아빠가 멋진 장면들을 보여줬어요. 꼬마가 자기 아빠를 따라하는 장면. 그리고 사람들이 다 해변에 있는 장면이랑……."

"그건 우리만의 작은 비밀인 줄 알았는데, 달링……."

"말해봐요, 멜리사에게 〈죠스〉를 보여준 건 아니겠죠?"

"우연히 아주 조금 봤을 뿐이야. 잔인한 장면은 아니었어."

"그래서 멜리사가 상어가 그려진 보디보드를 사고 싶어했군요?"

맥스가 어깨를 으쓱했다.

"당신 때문에 애가 바다 근처에 얼씬도 안 하려고 할 뻔했다고요. 아, 맥스. 정말 못 말려."

"상어는 미국이랑 호주에만 있어요, 엄마. 콘월에는 없는데. 그리고 영화에서 사람들이 죠스를 죽였어요. 아빠는 계속 봤고, 난 색칠을 했고."

"난 채널을 돌렸다고, 엘레노어. 별거 아니야. 난 멜리사가 보고 있는 줄도 몰랐는걸. 그러다 눈치채자마자 채널을 돌렸지. 한 10분 정도 봤을걸. 아무리 길어봐야."

"믿을 수가 없네요."

"당신도 멜리사가 〈닥터 후〉 비디오를 보게 해주잖아."

"그렇긴 하죠. 하지만 사이보그들이 나오는 건 못 보게 해요."

"뭐라고?"

"아이 참, 맥스. 〈죠스〉라니! 멜리사는 일곱 살이라고요, 맥스."

"거의 여덟 살인데."

맥스와 엘레노어는 화해의 눈빛을 교환했다.

"미안, 엘레노어. 더 조심할게. 확실히 말하는데 멜리사는 끔찍한 장면은 보지 않았어."

"도착하려면 얼마나 더 걸려요, 엄마?"

"한 번 쉬면서 커피 마신 다음 1시간쯤 더 가면 돼."

1년에 두 차례 그들 가족은 이 여행을 했다. 맥스의 아이디어였다. 그는 어릴 때 부모를 따라 모래 놀이 장난감을 챙겨서 콘월로 휴가 여행을 다녔고, 딸에게 구식 해변 휴가의 이런저런 면을 알려주고 싶었다. 찬바람 속의 잠수복. 보온병에 든 차. 모래 섞인 샌드위치. 엘레노어는 어릴 때 부모 두 분이 모두 프랑스에서 교편을 잡아서 매년 여름을 그곳—임대 별장—에서 보냈다. 그녀는 콘월 휴가가 썩 달갑지 않았지만, 맥스가 리저드 해협 인근의 멋진 장소들을 구석구석 알기에 금방 그러자고 했다.

멜리사가 두어 살쯤 됐을 때 맥스는 대학에서 새로운 자리에 앉게 됐고 시간을 더 융통성 있게 쓸 수 있어서, 가족은 부활절 일주일과 여름 방학 외에도 긴 주말 휴가를 보낼 수 있게 되었다. 세월이 흐르면서 엘레노어와 멜리사도 맥스 못지않게 콘월 휴가에 열광하게 됐다. 해변 산책, 바다로 이어지는 작은 주택들이 늘어선 가파른 길들, 초저녁에 해안가에서 아이들이 게들을 가지고 벌이는 달리기 시합을 좋아했다.

멜리사는 입을 벌리고 구경하곤 했는데—너무 수줍어해서 그 틈에 끼지는 못했다—어떤 선수가 완전히 엉뚱한 방향으로 벗어나면 웃으면서 소리를 질러댔다.

멜리사는 엄마처럼 어떤 해산물이든 다 좋아하게 되었다. 맥스는 어디에 가면 배에서 잡아온 해산물을 직접 살 수 있는지 알고 있었다.

그들은 틈날 때마다 포슬레번 마을의 해변이 내려다보이는 집에서 묵었다. 훼손되지 않은 작은 어촌 항구로 미술관과 훌륭한 레스토랑, 카페, 선물 가게들이 있었다. 멜리사는 조개와 반짝이는 조약돌 목걸이를 즐겨 샀고, 그사이 맥스는 잡은 고기를 싣고 돌아오는 배들을 구경했다.

엘레노어는 이따금 다른 곳으로 넓혀볼까 하고 궁리했지만, 학기가 끝날 무렵이면 너무 고단하고 같은 집에 머무르는 익숙함과 반복성이 너무 커서 거부할 수가 없었다. 그들이 빌리는 집은 해변이 보이고 침대가 세 개 있었다. 주택의 주인은 오십대 후반의 휴버트 씨 부부로 포슬레번의 중심부에 살고 있었는데 임대 수입 덕분에 조기 은퇴했다. 그들은 친절하고 배려심이 많아서, 새 투숙객이 올 때마다 스콘과 집에서 만든 잼이 담긴 다과 쟁반을 준비해두었다. 냉장고에는 클로티드 크림(버터 비슷한 진한 크림. 영국에서 스콘에 발라 먹는다)이 들어 있었다.

"와! 크림 티(잼과 크림을 바른 스콘을 홍차에 곁들이는 다과)다!"

묵직한 문을 열고 부엌에 들어가면 멜리사는 식탁에 차려져 있는 다과를 보고 소리치곤 했다. 엘레노어는 이 모든 일들이 되풀이되는 리듬을 사랑하게 되었다. 반복될 때마다 기억이 점점 더 깊이 각인되는 느낌이 좋았다.

사실 그녀는 휴버트 씨 부부가 그 집을 팔지 않기를 바라고 기도했다. 그들이 이 집을 자식들에게 물려주기를, 그래서 언젠가 맥스와 엘레노어가 여기에 딸과 사위, 손주들과 함께 오게 되기를, 그들이 이 집을 찾아낸 이야기를 들려줄 수 있기를 바랐다. 이따금 맥스의 부모님이 와서 함께 며칠 지낼 때면 맥스가 어린아이였을 때 해변에서 어떻게 놀았는지 말해주곤 했다.

"당신 괜찮아?"

"네. 그냥 몽상에 잠긴 거예요."

엘레노어는 미소 지었고, 맥스는 현관에 가방들을 내려놓았다. 멜리사는 곧장 냉장고로 뛰어가 크림이 있는지 확인했다.

나중에 멜리사의 작은 가방을 풀 때 엘레노어는 딸의 방에 있는 남는 싱글 침대 하나를 쳐다보지 않으려고 애쓰는 자신을 발견했다. 두 사람은 그 생각에 사로잡히지 않기로 합의했다. 그녀와 맥스. 부부는 여전히 노력 중이었다. 원칙적으로는 그랬다. 이제 3년 넘게 노력 중이었지만 맥스는 공연히 겁내며 불임 치료를 시작할 필요가 없다고 느꼈다. 둘 다 아직 젊으니까. 그리고 엘레노어는 겁내지 않으려고 무척 노력했다.

원칙적으로는.

"그러니까 내일 장을 보러 가자. 그리고 쿠키 구울 재료를 사면 좋을 것 같아. 비가 내릴 경우 재미나게 할 일이 있는 거잖아, 멜리사?"

엘레노어는 다시 부엌으로 가서 멜리사가 스콘 반쪽에 잼을 듬뿍 바르는 모습을 지켜보았다. 맥스는 포크와 나이프를 더 찾느라 서랍을 뒤졌다.

"데본에서는 크림 먼저 바른다는 걸 아니?"

맥스가 물었다.

"분홍색 아이싱을 발라도 돼요?"

"스콘에?"

"아니, 아빠 바보 같아. 우리가 만드는 비스킷에."

"크림 먼저 바르면 이상할 텐데."

엘레노어는 비밀스럽게 맥스에게 우스꽝스러운 표정을 지었고, 그사이 멜리사는 숟가락으로 잔뜩 떠낸 잼을 나이프로 펴 발랐다.

엘레노어가 말했다.

"분홍색 아이싱? 그러면 좋을 것 같구나, 달링."

"바로 앞에 있는 파이 가게 알지? 비스킷이랑 케이크를 먹고 싶으면……."

"못 알아듣네, 그렇죠?"

"뭘?"

"새 교육청 감사들이 언제 들이닥칠지 불안해하는 상사 꼴을 안 봐도 되는 나흘이에요. 2학년 애들이 교사를 망할 놈의 벽장에 가두고 열쇠를 잠근 경위에 대해 긴급 조사를 받지 않는 나흘이라고요."

"그런 일이 정말 있었어?"

"정말 있었죠."

"그래서 당신은 베이킹할 생각을 하는 거야?"

"네, 맞아요. 더없는 행복이죠."

"엄마가 망할 놈이라고 말했다!"

"알았어, 멜리사. 엄마가 진짜 나빴다."

맥스가 이상한 표정을 지었다.

"여자들은 도무지 이해가 안 된다니까."

"고추가 달려서 이해 못하는 거예요, 맥스."

"엄마가 고추라고 말했다!"

"아냐, 그런 게 아냐. 엄마는 여자를 이해 못하는 게 무서운 죄라고 말했지. 이제 크림 티를 다 먹은 다음에 물놀이 도구를 챙겨서 죠스를 타러 나가는 게 어떠니."

사실 베이킹을 한 건 수요일이나 되어서였다. 부활절 무렵에는 예상한 날씨보다 훨씬 화창했던 것이다. 이틀 내내 눈부신 햇살이 쏟아지더니 폭우가 내렸고, 맥스는 큼직한 우산을 쓰고 낚시하러 나갔다. 엘레노어는 남자들 역시 이해가 안 된다고 생각했다. 그사이 그녀와 멜리사는 쿠키 반죽을 냉장고에 넣어서 휴지시켰다.

집에서 가져온 플라스틱 통에서 멜리사가 쿠키 틀을 고르는 사이 엘레노어는 식탁에 밀가루를 뿌렸다.

"난 눈사람이 좋은데. 눈사람으로 해도 돼요?"

"음, 이 계절에는 눈사람이 어울리지 않는데. 그렇지, 아가? 토끼를 찾아보지그래. 하트 모양도 여럿이고. 거기 어디 있을 거야. 찾아봐."

그러고 나서 엘레노어는 식탁보다 스웨터에 밀가루를 더 많이 뿌렸다는 것을 알아차리고, 가슴팍을 털어내기 시작했다. 단호한 동작으로 재빠르게 털어내면서, 큼직한 앞치마를 가져오지 않은 것을 후회했다. 그런데 갑자기 뭔가가 걸렸다.

동작을 멈추고 다시 왼쪽 가슴을 밑으로 쓰다듬었다. 엘레노어는 미간을 찌푸렸다. 브래지어가 꼬인 부분에 손가락이 닿은 게 분명해. 그녀는 손가락 세 개로 천을 가만히 폈다. 하지만 매끈하게 펴지지가 않았다.

"엄마한테 1분만 줄래? 손을 씻고 와야겠네."

욕실에 들어가니 갑자기 밖에 나온 것처럼 체온이 완전히 변했다. 온몸에 한기가 돌았다. 그녀는 눈으로 확인하고 싶었다. 하지만 그러고 싶지 않기도 했다.

엘레노어는 수건걸이 위에 달린 더 큰 거울 앞으로 가서, 스웨터를 재빨리 머리 위로 벗고 브래지어를 왼쪽으로 내렸다. 처음에는 가만히, 그다음에는 꾹꾹 눌러가며 만져보았다. 한기가 다시 밀려들었다.

그녀는 욕조 가장자리에 걸터앉았다.

"토끼 찾았어, 엄마."

욕실 문 밖에서 멜리사의 목소리가 들렸다.

엘레노어의 양쪽 귀에서 맥이 뛰었고, 왼쪽 겨드랑이 아래를 만지자 손가락에서도 맥이 뛰었다. 또 혹이 만져졌다.

"알았어, 아가. 엄마 곧 갈게."

그녀는 손을 씻고 스웨터를 다시 입은 다음 얼굴에 찬물을 끼얹었다.

"엄마, 이상해 보여. 머리에 물이 묻었고."

"조금 더워서."

엘레노어는 쿠키 틀이 담긴 통을 뒤져서 별, 하트, 진저브레드 맨을 꺼냈다. 식탁에 밀가루를 더 뿌리는데 손이 살짝 떨렸다.

"엄마, 눈이 왜 그래?"

멜리사가 엘레노어의 얼굴을 빤히 쳐다보면서 물었다.

"아무것도 아냐. 괜찮아."

엘레노어는 분명히 느낄 수 있었다. 눈꺼풀이 미친 듯이 강하게 떨렸다. 틱 장애처럼.

"자, 그럼 해보자. 비스킷을 분류해볼까?"

IO
멜리사, 2011

멜리사는 머릿속으로 오토바이가 샘을 치는 것을 보았다. 그를 들이박는 것을. 처음의 느린 동작 버전에서 쇠가 긁고 지나가면서 샘이 먼지를 뒤집어쓰는 게 보였다. 이것이 몇 주, 몇 달간 그녀가 꿈속에서 계속 재생시킬 버전이었다.

하지만 그것은 실제 상황이 아니었다. 그것은 추측, 두려움, 불안에서 비롯된 적나라하고 무시무시한 이미지였다. 그 버전에서는 모든 게 끝났다, 바로 그 산에서. 그 버전에서는 실제 벌어진 일은 일어날 수 없을 듯했다. 오토바이가 먼지와 자갈 속으로 미끄러졌고, 언덕을 내려오면서 샘과 대화를 나누던 사이프러스 청년이 갑자기 이상하기 짝이 없는 속도로 다급히 움직였다. 마치 다른 속도의 화면에서 그의 동작이 재생되고 겹쳐지는 것 같았다. 그랬다. 꼭 그런 것 같았다.

청년은 어이없을 정도로 공중으로 몸을 날려 샘을 덮치면서 그 가속도로 샘을 도로의 다른 쪽 끝으로 밀어냈다. 그때 청년의 오른쪽 다리를 오토바이가 치고 지나갔다.

그 순간 멜리사는 재빨리 움직여 길 맞은편 나무 그늘로 들어가 오토바이를 피해야 했다. 오토바이는 계속 미끄러지다가 길 한참 아래서야 멈추었고, 그러자 그녀는 샘과 검은 머리의 구세주를 향해 위쪽으로 달려갔다. 두 사람 다 길에 쓰러져 있었다.

"세상에, 샘. 어쩌면 좋아!"

그녀는 두 사람 옆에 무릎을 꿇었다. 낯선 청년의 다리는 살 아래쪽 뼈 있는 곳까지 깊게 찢어져 상처가 나고 피가 흐르고 있었지만, 둘 다 움찔하는 모습을 보자 안도감을 느꼈다. 샘과 청년 모두 충분히 의식이 있었고 통증을 느낄 정도로 괜찮았다. 멜리사는 그것이 좋은 징후라고 알고 있었다. 통증이 있는 것. 의식이 있는 것.

그때 멜리사는 두 가지 새로운 소리를 알아차렸다. 언덕 꼭대기에 세 사람이 나타났다. 나이 든 남자와 여자, 키가 아주 크고 호리호리한 젊은 남자였다. 두 번째 오토바이 소음 속에서 모두들 그리스어로 고함을 질렀다.

두 남자는 계속 소리치면서 언덕을 급히 내려왔고, 두 번째 오토바이는 그들을 지나 첫 번째 오토바이에게 다가갔다. 첫 번째 오토바이 라이더는 더 아래쪽 바닥에 쓰러져 있었다.

"가만있어요. 도와줄 사람들이 와요."

멜리사가 샘의 어깨에 손을 올렸다. 그와 다친 선한 사마리아인은 나란히 누워 있었고, 둘은 충격에 빠져 있었지만 통증을 참으려고 안간힘을 썼다. 멜리사는 그들을 도우려고 가까이 다가온 사람들을 보았다. 그들은 두 오토바이 라이더들에게 손을 휘젓고는 그리스어로 더 크게 윽박질렀다. 두 번째 라이더가 첫 번째 라이더를 부축해서 오토바이에 태웠다.

그 순간 멜리사는 두 사람이 그냥 가버리는 것을 보고 어안이 벙벙해졌다. 바로 몇 초 뒤 그들은 먼지를 더 자욱하게 날리면서 사라져버렸다.

믿을 수가 없었다.

"나쁜 자식들. 이봐, 당신들 뭐 하는 거야? 돌아와!"

그녀는 공연히 소리쳤다. 되는 대로. 몇 번이고.

"이리 돌아오라고, 나쁜 놈들아!"

마을에서 온 두 남자가 상황 처리를 맡았다. 젊은 남자가 주머니에서 전화기를 꺼내는 사이 노부인이 그들 쪽으로 더욱 천천히 걸어왔다.

"내가 구급차를 부를게요. 그럴까요?"

"아뇨. 구급차는 부르지 마세요. 그냥 심하게 베인 거예요."

용감하게 몸을 날려서 샘을 밀어낸 사이프러스 청년이 말했다. 그는 입술을 깨물고 있었다.

"어휴, 샘. 상처가 얼마나 깊은지 봐. 둘 다 병원에 가야 해."

용감한 청년은 뼈 근처까지 길고 깊은 상처를 입은 듯했다. 샘의 상처도 흉했다. 자갈에 긁힌 살갗이 엉망으로 찢겼고 자갈돌이 박히기도 했다. 깊지는 않았지만 마찬가지로 엉망이었다. 두 사람 다 봉합해야 했다.

"어딘가 부러졌을 수도 있어. 구급차가 필요해."

멜리사는 떨리는 손으로 휴대전화를 꺼내면서 말했다.

마을 사람들은 다친 청년에게 그리스어로 빠르게 떠들다가 샘과 멜리사에게 통역해주었다.

"이 청년은 가장 가까운 의원에서 봉합하고 싶다고 하네요. 종합병원에 가면 몇 시간이나 걸릴 거라고. 당신들은 어떻게 하겠어요? 구급차를 부르고 싶은가요?"

"폴리스에서 치료할 수 있을 거야, 멜리사. 이 사람들 말이 맞아. 그러는 편이 훨씬 빠를 거야. 아파트 바로 옆에 작은 병원이 있어."

"난 모르겠는데. 별로 내키지 않아. 그리고 당신 똑바로 앉으면 안 될 것 같아. 목을 살펴봐야겠지? 뼈는? 맙소사……."

"멜리사. 그만해. 진정하라고. 우린 괜찮을 거야. 심한 부상이 아니야. 그냥 럭비할 때 태클 당한 정도라고. 그리고 아주 심하게 땅에 넘어진 거지."

샘은 입을 다물고 있는 청년에게 손을 뻗고 말했다.

"괜찮아요? 정말 고마워요. 진심으로 고마워요."

"하지만 어딘가 부러졌을지도 몰라. 어딘가 골절되었을지도 모른다고. 몸속에 문제가 있을 수도 있고."

멜리사는 양손으로 머리를 감싸고 말했다.

"사람들이 우리 형을 데리러 갔어요. 알렉산드로스예요. 형이 도와줄 수 있을 거예요."

젊은 마을 사람이 다시 휴대전화를 들고 그리스어로 급히 말하더니 전화기를 다시 주머니에 넣었다. 그가 노인에게 그리스어로 말하자 노인은 고개를 끄덕였다.

"형이 방학 동안 집에 와 있어요. 알렉산드로스요. 카페에서 일해요. 당신은 가만있어야 할 것 같은데요. 몇 분 뒤면 형이 올 거예요."

멜리사는 전화 통화 내용을 알아들을 수 없어서 못마땅했다.

그녀의 얼굴에 걱정스런 기색이 드러났다. 어떻게 웨이터가…….

"형은 의과대 학생이에요."

"아, 그렇군요."

멜리사는 얼굴을 붉혔다. 그래도 구급차를 부르고 싶었지만 도착하려면 얼마나 걸릴지 알 수가 없었다.

그녀는 샘의 상처로 눈을 돌렸다.

"괜찮아, 멜리사. 이 사람들이 옳아. 구급차와 종합병원은 시간이 많이 걸릴 거야. 별일 없을 거야. 리조트에 돌아가서 다 씻어내고 소독하면 된다고. 그냥 좀 놀란 것뿐이야. 괜찮아질 거야."

"경찰을 부르고 싶어요?"

도와주러 온 젊은 사람이 손목시계를 보면서 물었다.

다친 청년은 고개를 젓고 나서 샘에게 고개를 돌렸다. 샘은 어깨를 으쓱해 동의를 표했다.

"알겠어요. 경찰은 부르지 않을게요."

"하지만 이건 뺑소니라고, 샘. 그러지 못하게 막아야지. 그 사람이 아무 일 없이 그냥 빠져나가게 해서는 안 돼."

멜리사는 벌어지는 일을 믿을 수가 없었다.

"사고였어."

"엄청난 속도로 달리느라 통제력을 잃은 거야."

"저기. 아무도 신고할 필요 없어. 경찰이니. 고소장이니."

샘은 눈을 크게 뜨고 말을 이었다.

"야단법석 떨 필요 없다고. 그들은 더 거칠어. 그리고 이 사람들이 옳아. 우린 여기 지긋지긋하게 오래 잡혀 있을 거야. 부탁이야. 그냥 넘어가자. 다 괜찮잖아."

바로 이때 알렉산드로스가 합류했다. 그가 도착하자마자 분위기가 차분해졌다. 그는 모두 물러서라고 말하고 두 사람을 차례대로 체계적으로 살폈다. 눈. 팔다리.

"여기가 아픕니까? 그럼 여기는요?"

그는 다리와 팔을 굽혀보고, 각 관절 부위의 살을 매우 신중하게 만져보았다. 가슴과 갈비뼈도 살펴보았다.

"운이 아주 좋네요. 부러진 데는 없군요. 여기서 상처를 닦아내면 됩니다. 깨끗이 닦아내면 되는데 두 사람 다 봉합해야겠네요."

"네, 그렇군요. 우리는 폴리스에 가서 처치하겠습니다. 숙소에서 멀지 않은 곳에 의원이 있거든요. 그런데 저 친구는 어떻게 하지요?"

"여기서 멀지 않은 곳에도 의원이 있어요. 제가 알아서 하지요."

알렉산드로스는 다시 일어나서 도와주는 두 남자에게 그리스어로 말했다. 그러자 그들이 샘과 청년을 부축해서 일으켰다.

"두 분 모두 카페로 가서 소독하죠. 그러고 나서…… 두고 보죠."

알렉산드로스의 말투는 차분하고 친절했고, 이제야 멜리사는 그를 알아보았다. 바로 1시간 전에 그들에게 커피와 페이스트리를 가져다준 웨이터였다.

"정말 친절하시네요, 알렉산드로스. 감사합니다. 대단히 친절하시네요."

"별말씀을요. 하지만 경고는 해두어야겠네요. 저는 고작 3학년생에 불과합니다. 그렇다고 고소는 안 하시겠죠?"

그가 빙그레 웃으면서 말했다.

샘은 이제 겨우 미소 지으면서 사람들의 부축을 받아 길을 내려가 렌터카로 갈 수 있었다. 다친 두 사람이 언덕을 걸어서 올라가는 것보다는 차를 타고 가는 편이 낫다고 다들 입을 모았다. 그들은 트렁크에서 해변용 수건을 꺼내 좌석에 피가 묻지 않도록 깐 다음 샘은 조수석에, 청년은 뒷자리에 앉았다. 멜리사는 아주 천천히 차를 몰았고, 그사이 알렉산드로스는 급히 걸어서 올라갔다. 사람들이 다친 두 사람을 부축해서 천천히 카페로 들어갈 즈음 알렉산드로스는 뒤편 후미진 곳에 테이블을 마련하고, 대야에 담긴 뜨거운 물에 냄새가 고약한 액체를 쏟았다. 또 그는 커다란 지퍼가 달린 구급함에서 붕대와 소독된 처치 용품을 꺼내놓았다.

알렉산드로스가 어머니라고 소개한 노부인은 작은 잔에 진한 커피를 담아 내왔다.

"설탕. 설탕."

그녀가 잔을 가리키면서 말했다.

"달콤해요. 마셔보세요. 어머니가 옳아요. 설탕이 충격에 도움이 될 겁니다."

알렉산드로스는 동생의 다친 다리를 의자에 올려놓고, 눈을 가늘게 뜨고 베인 부분을 세심히 살피더니 고개를 끄덕였다.

"상처가 아주 깊어서 몇 바늘 봉합해야겠어. 하지만 생명에는 지장이 없어. 내가 테이프를 붙이고 부목을 댈 수 있겠어. 두 분은 폴리스에서 제대로 치료받고 싶으시겠지요. 그렇죠?"

"그래요."

멜리사가 더 난리 치기 전에 샘이 끼어들었다.

"알겠습니다. 하지만 꼭 오늘 처치를 받아야 해요. 4시 전에 폴리스로 돌아가셔야 할 겁니다. 제가 그쪽에 전화를 해둘게요. 두 분을 기다려달라고 말해둘까요?"

"그렇게 해주실래요? 그러면 좋죠. 고마워요, 알렉산드로스."

멜리사는 다른 테이블에 앉아 있었다. 그의 어머니가 그녀에게도 작은 페이스트리를 곁들여 커피를 가져다주었다. 멜리사가 목례하면서 생긋 웃었다.

그러자 알렉산드로스가 그들에게 질문을 했다. 이 지역에는 어쩐 일인지. 사이프러스에 얼마나 머물 예정인지.

"그저 이곳을 둘러보고 있었어요. 아름답다고 들었거든요."

진짜 목적을 밝히는 건 좀 망설여져서 멜리사는 그렇게 대답했다.

"그렇군요. 하지만 여기 오토바이 문제가 있다는 말은 못 들으셨군요? 그들은 한밤중에는 도로를 벗어나 숲을 내달린답니다. 미쳤어요."

알렉산드로스가 고개를 저으면서 말했다.

그는 런던 대학교와 연계된 니코시아 대학에서 의학 공부를 하는 중이라고 했다. 초기 과정은 사이프러스에서 배우고, 그다음에는 외국에 임시 파견될 예정이었다. 그는 유학을 위한 과정을 밟고 있었다.

"알렉산드로스는 런던에서 의사가 될 거예요."

그의 어머니가 환하게 웃자 아들은 한숨을 쉬었다.

"어쩌면요. 두고 봐야지요."

알렉산드로스는 그렇게 말하고, 목소리를 낮춰서 멜리사와 두 환자에게 말했다.

"제가 의사가 되게 돕느라 우리 가족은 모두들 아주 큰 희생을 치르고 있지요. 그러니 그렇게 되길 빌어야죠."

"음, 저희는 최고 점수를 드릴게요."

멜리사는 환한 웃음으로 그의 가족과 친구들에게 감사를 표했다. 사고 소식이 퍼졌는지 동네 사람들이 더 많이 모여들고 있었다.

상처를 제대로 닦고 소독하자 멜리사는 한층 진정되었다. 페이스트리에 든 설탕 덕분에 원기를 회복하기도 했다.

"정말로 운전해도 괜찮겠어, 멜리사? 산길 운전하는 거 안 좋아하잖아."

샘이 멜리사의 얼굴을 들여다보면서 물었다.

"그럼. 괜찮아. 그렇고말고. 알렉산드로스가 괜찮다고 하면 곧장 출발해야 해. 최대한 서둘러서."

그녀는 용감하게 샘을 밀쳐내 오토바이를 피하게 해준 청년에게 다시 감사 인사를 하고, 영국에 오면 연락하라고 명함을 주었다. 그런 다음 음료 값과 장소 이용료를 내려고 했지만 알렉산드로스와 그의 어머니는 고개를 저었다. 그래서 최소한 온라인 리뷰라도 남길 생각으로 카페 카운터에서 명함을 챙겨 나왔다. 알렉산드로스와 그의 아버지가 샘을 부축해서 차에 태웠다.

샘은 진통제를 먹고 국소마취를 한 채 임시방편으로 봉합했지만, 여전히 파리했고 불편한 기색이 완연했다.

멜리사는 아주 천천히 차를 몰았다. 샘은 이제 말없이 눈을 감았다.

"조금만 버텨. 1시간이면 될 거야."

그러다 다시 큰 도로에 접어들자 그녀는 당황스러웠고 눈물을 참으려고 애써야 했다. 아직 해소되지 않고 머물러 있던 충격이 밀려들었다. 휴지를 꺼내려고 주머니에 손을 넣었다. 다시 한 번 그 느낌이 다가왔다. 그를 잃을까봐 두려웠던 그 소름 끼치는 순간이……

멜리사는 이상한 소리를 내면서 숨을 들이쉬어야 했다. 숨 쉬는 소리가 요란해졌다. 결국 잠시 차를 멈추어야 했다.

"미안, 샘. 잠깐 시간이 필요해."

II
맥스, 2011

또다시 배 속이 요동치는 느낌.

맥스는 안나를 쳐다보지 않으려고 안간힘을 썼다. 그녀는 아무것도 모른 채 돋보기를 선글라스처럼 머리에 걸치고 매우 능숙하게 서류를 넘기고 있었다. 맥스는 손에 든 전화기를 힐끗 보고는 얼른 주머니에 넣었다. 여전히 멜리사에게서 답 문자는 오지 않았다. '대체 이 애는 왜 문자 하나 못 읽는 걸까? 1초면 확인할 텐데⋯⋯.'

그는 다시 고개를 들었다. 사실 이런 반응─안나가 연구실에 들어올 때마다 생기는 이 기묘한 반응─이 전혀 이해되지 않았다. 안나는 눈길을 끌려고 옷을 입는 부류가 아니었고, 평소 맥스는 직장에서 시시덕대지 않았다. 대학에서 동료로 만나 사귀었던 데보라와 헤어진 뒤로는 더욱 그랬다.

그런데 바로 지금 여기 앉아서 왜 또다시 안나의 목 아래 옴폭한 부분이 보고 싶어 안달이 날까? 다른 여자들도 똑같이 몸에 그런 부분이 있잖아? 그런데 하필 왜 이 목이냐고? 하필 왜 지금이야?

'안 돼, 맥스.'

그는 자기도 모르게 안나의 손에 눈길이 꽂히자 창피했다. 결혼반지는 없었다.

'그만해.'

"또 곤란한 시간인가요?"

"아니. 아니에요. 그렇지 않아요. 계속 말해봐요, 안나."

그는 커피를 권하듯 머그잔을 들어 보이고는 그녀가 자신의 세미나 그룹에 대해 상의하기 시작하자 우유를 갖고 부산을 떨기 시작했다. 맥스가 머그잔을 하나 더 챙겨서 몸을 돌리자, 안나는 순간적으로 놀란 표정을 지었다. 그는 매주 만나면서 의도적으로 그녀에게 커피를 권하지 않았다.

결혼반지가 없었다.

맥스가 커피를 따라줄 때 그녀는 갑자기 미소 지었고, 동시에 처음으로 긴장을 푸는 듯했다. 가지런한 치아를 드러내고 정말로 안도하면서 웃는 환한 미소였다.

"점심때 계획 있나요, 안나?"

"네?"

'입 다물어, 맥스.'

"난 파니에 카페에서 샌드위치나 먹으려는데, 혹시 같이 식사할 수 있다면 이야기를 더 나눌 수 있겠네요."

'하느님 맙소사, 맥스…… 그러고도 또 이래?'

그는 데보라와 헤어졌다는 이야기를 들었을 때 지었던 멜리사의 표정이 떠올랐다.

안나는 손목시계를 보고 있었다.

"음, 저기 사실 평소에 수요일 점심때에는 달리기를 하거든요."

"아, 그래요. 달리기를 해요, 안나?"

"글쎄요. 힘차게 걷는 정도지만 하프마라톤에 참가하려고 아들과 훈련 중이에요. 순위 때문에 망신당할 위험이 있지만요."

"아, 그렇군요. 음. 좋네요. 한번 해보는 것 말이에요. 그거 좋습니다. 정말로. 아주 좋아요."

'아들? 당연히 그렇겠지. 그놈의 반지가 없다고 자식도 없는 줄 아냐, 맥스……'

"하지만 샌드위치 초대는 고마웠어요. 감사해요."

"천만에요. 그럼 얘기는 여기서 마무리합시다."

"네."

"그래요. 좋습니다."

그날 저녁 맥스는 저녁 식사 전에 3킬로미터를 더 달렸다. 무척 힘들게 달린 나머지 집 현관으로 올라가는 계단에서 평소보다 오래 허리를 굽히고는 가쁜 숨을 골랐다.

그리고 집에 들어가자 도저히 견딜 수가 없었다. 땀을 비오듯 흘리며 선 채로 숨을 몰아쉬며 전화를 걸었다.

"안녕. 나야."

"'나 맥스야'란 뜻인가?"

"그래. 나 맥스야. 잘 지내?"

"응. 잘 지내요. 방금 갤러리에 보낼 새 수채화를 완성했어. 최근에 게으름을 좀 피웠더니 갤러리에서 잔소리를 해대더라고. 아무튼. 그림이 제법 잘 나와서 고급 상세르(프랑스 루아르 지방산

화이트와인)를 두 잔째 마시면서 나한테 상을 주고 있지."

맥스는 소파를 힐끗 쳐다보다가 땀에 젖은 반바지를 내려다보며 창가로 걸어갔다. 날이 저물면서 공원의 참나무 세 그루 위로 따스한 첫 저녁 빛이 반짝였다. 갑자기 너무 더워서 저 밖에 있으면 좋겠다는 생각이 들었다. 산들바람을 맞으며. 참나무 아래.

"여기 하늘은 좋은데. 당신 쪽은 어때?"

"그리 특별할 거 없어. 구름이 끼었네."

"안됐네."

"그래서 그리스에 대해서는 당신이 옳았어. 문제가 더 커졌다는 뜻이야."

"그래. 완전히 대혼란 상태지. 하지만 곧 누군가 나서겠지."

소피는 잠시 말이 없었다.

"그런데 무슨 일이 있는지 말해볼래요, 맥스? 아니면 내가 추측해야 하나?"

"이런 생각이 들어서. 혹시 내일 내가 당신을 만나러 가도 될까 해서."

"아, 그래. 그렇군요."

소피의 말투에 뚜렷한 변화가 있었다. 맥스의 머릿속에서는 그 말을 거둬들이고 싶다는 목소리가 울렸다. 다른 목소리는 그가 오래전에 이 일을 직시했으면 좋았을 거라고 말했다.

이것은 규칙 위반이었다.

맥스와 소피는 매달 첫 번째 주말에 만났다. 그녀의 제안이었고, 그녀의 규칙이었다. 두 사람은 저녁 식사를 하고 극장에 갔고, 때로는 전시회에 갔다가 나중에 극도로 즐거운 섹스를 즐겼다. 하지만 다음번에 만날 때까지 서로 통화하지 않았고, 맥스는 그녀의 나머지 생활에 대해 더 이상 묻지 않았다.

소피는 지적이고 아름다웠고, 맥스가 만나본 여자들과는 전혀 달랐다. 그녀는 헌신하거나 관습적인 관계를 맺지 않았고, 모든 연애가 흔히 밟는 단계에 따른 보통의 관례를 피했다.

맥스는 소피가 둘의 '끈'이라고 부르는 것을 끊은 적이 있었다. 대학에서 데보라와의 연애가 난국에 빠졌을 때였다. 멜리사는 데보라를 만난 적이 있었고, 그녀를 무척 맘에 들어했다. 하지만 맥스는 소피에 대해서는 누구와도 의논하지 않았다······.

"이거 내가 생각하는 그거야, 맥스?"

"모르겠는데."

"당신이 모른다고?"

"정직하게 말하면, 이제는 내가 뭘 아는지 모르겠어. 당신을 만나야 하는 이유도 그 때문이야."

"난 이 얘기는 마무리된 줄 알았는데, 맥스. 지난번에. 우리 둘 다 동의한 줄 알았는데?"

"그래, 알아. 그리고 나도 마찬가지였어. 그런데 내가 진짜 괜찮은지 확신이 서지 않아."

"그래."

잠시 침묵이 흘렀다.

"알았어요, 맥스. 당신에게 대화가 필요하다면 대화를 해보자고. 내일 오후 7시에 볼까? 내가 맛있는 음식을 만들게."

"아니, 요리하지 마. 아무 수고도 하지 마. 내가 어딘가 예약할게. 하틀리스에서 볼까?"

"이거 진짜 걱정스럽네."

"내가 문자메시지를 보낼게. 저녁 7시쯤 데리러 가지."

맥스는 전화기를 내려놓고 물끄러미 쳐다보았다.

이러는 게 옳은 일인지는 모르겠지만, 소피가 그의 삶에서 모순이 되어버린 건 사실이었다. 그녀는 그를 무척 행복하게 해주면서도 사무치도록 슬프게 만들었다. 그런 이유 때문에 그는 여태껏 멜리사에게 소피에 대해 이야기하지 않았다.

그들은 콘월에 있는 테이트 오브 세인트 이브스 갤러리에서 처음 만났다. 지역 화가들의 거주를 지원하기 위한 전시회였다. 맥스가 엘레노어를 잃은 다음 해였다. 그의 친구들은 그에게 '전환'이 필요한 시기라고 생각했다. 그러나 그는 그렇지 않았다. 맥스와 소피는 근처 바버라 헵워스 박물관에서 다시 마주쳤고, 자연스럽게 대화를 나누며 해변으로 걸어가 커피를 마시고 점심까지 먹었다. 몇 시간 동안 즐거운 대화를 나눈 뒤에야 소피는 자신이 화가임을 밝혔고, 두 사람은 아쉬워하며 헤어졌다.

알고 보니 소피는 대단히 훌륭한 작가였다. 소피의 작품―주로 수채화와 목탄 스케치―은 잘 팔렸고, 그녀는 어두운 느낌을 더 가미한 뒤에 특히 인기가 더 좋아졌다고 털어놓았다. 소피는 대담하고 화려한 색감의 물과 하늘에 음영을 더하기 시작했고, 적어도 맥스가 보기에는 사무치게 서글프면서도 상당히 눈부시기까지 한 효과를 연출했다.

보통 소피는 자기 작품처럼 활기찬 분위기였다. 방에 환한 빛을 비추는 사람이었다. '라디오 4' 방송과 일요판 신문에서 멋진 토막 뉴스를 듣는 부류로, 그녀는 매주 짬을 내서 신문을 샅샅이 읽는 듯했다.

맥스는 그녀와 놀라운 관계가 될 거라고 잠시 상상했었다. 그런데 아니었다. 몇 주 지나지 않아 그는 소피에게 끌린 점—그녀의 수수께끼 같은 면—이 바로 문제라는 걸 깨달았다. 그녀는 스위치를 갖고 있었다. 켜짐. 꺼짐. 그녀는 저녁 식사와 이따금 주말에 '관계 맺는 것'을 무척 행복해하면서도, 인습적인 관계는 원하지 않았다.

그녀 작품 속의 어두운 그림자들.

맥스는 소피의 문제를 도울 수 있을지 궁금했다. 그들이 서로 도울 수 있을까? 하지만 소피는 자신의 상황을 해결해야 할 문제로 보지 않았다. 그래서 맥스는 그녀의 규칙에 따랐다. 두 사람은 같이 있는 것을 즐겼다. 같이 침대에 있는 것을 즐겼다. 소피는 상냥하고 재미있었고, 그가 프랑스 아닌 곳에서 맛본 최고의 생선 수프를 만들어주었다. 하지만 유감스럽게도 그녀는 한 달 뒤의 데이트까지 전화하지 않았고 대화할 필요를 못 느꼈다. 곧 맥스는 바로 이런 점 때문에 그녀에게 끌리고 계속 함께한다는 것을 깨달았다.

그는 엘레노어로부터 '전환'할 필요가 없는 공간을 소피한테서 얻게 되었다.

그것은, 그렇다, 완벽한 동시에 완전히 처참했다.

12

멜리사, 2011

멜리사는 화들짝 놀라면서 잠에서 깼다. 처음에는 혼란스럽다가 천천히 새로운 환경을 의식하게 되었다. 에어컨이 작동하면서 나는 웅웅 소리. 창에는 커튼 대신 가리개가 있었다. 크고 이상한 케이스가 사이프러스 아파트 구석에 그늘을 드리웠다.

그 순간 그녀의 마음이 다른 곳으로 움직였다. 순간적으로 꿈속으로 빠져들어, 눈을 꼭 감아야 했다. 그녀는 벽 쪽으로 머리를 돌렸다. 오른손이 움찔하는 게 느껴졌다. 발가락 사이에 젖은 모래가 끼는 상상. 바다 소리.

멜리사는 눈을 뜨고 얼른 일어나 앉아 몸을 흔들며 정신을 차렸다. 일어났던 일을 간추려보았다.

맙소사. 몇 년간 그 꿈을 꾸지 않았다. 가슴이 두근거렸다. 밤사이에 소파베드로 옮겨서 다행이었다. 샘은 몸을 뒤척이면서 멜리사까지 못 자게 한다고 미안해했다.

"내가 소파베드로 갈게, 멜리사."

"아냐, 샘. 당신이 그대로 침대에 있어야 둘 다 푹 잘 거야. 당신은 다리를 뻗을 자리가 필요해. 딱 하룻밤인걸 뭐."

멜리사는 가만히 귀를 기울였다. 방에서는 아무 소리도 나지 않았다. 마침내 그가 잠든 게 분명했다.

멜리사는 소파베드 옆쪽 바닥에서 휴대전화를 집어 시간을 확인했다. 새벽 3시. 메시지 알림창에 아버지가 보낸 읽지 않은 메시지 두 개를 보고 그녀는 입술을 깨물었다. 희미한 빛에 눈이 차츰 적응되자 벽에 등을 기대고 천천히 숨을 쉬었다. 두근거리는 심장이 가라앉기를 기다렸다.

샘을 깨우고 싶지 않았지만 갈증이 너무 심해서 몇 분 뒤 조심스럽게 소파베드에서 다리를 내렸다. 멜리사는 주방 쪽으로 살금살금 가서 커다란 물병을 들어 물을 따랐다. 물이 미지근했지만 냉장고 문을 열 엄두를 내지 못했다. 문 여는 소리가 얼마나 시끄러웠는지 기억나지 않았다.

샘이 깨면 나란히 앉고 싶어할 것이다. 대화를 나누려고 하겠지. 그는 누구보다 그녀의 표정을 잘 알기에, 같은 얼굴에서도―그녀의 손과 태도에서도―아까 사고 때문에 염려하는 게 아님을 금방 알아차릴 것이다.

멜리사는 가방을 힐끗 쳐다보았다. 옷장에서 꺼내놓은 어머니의 책이 든 지퍼 주머니가 구석에 놓여 있었다.

제임스 홀의 사무실에서 그 책을 처음 본 이후 나흘이 지났다. 어떻게 겨우 나흘밖에 안 되었을 수가 있을까?

여태껏 별로 읽지 않았다. 이제 샘도 무사한데 어째서 책을 계속 읽기가 망설여지는지 납득이 되지 않았다. 어째서 죄책감이 드는 것일까.

열심히 읽고 싶어야 하는 게 당연하잖아? 계속 책장을 넘기고 싶어야 하잖아? 책을 마저 읽고 싶어야 하잖아?

그런데 그러기가 싫으니, 이게 정상인 걸까? 계속 읽고 싶지 않다니. 어떻게 된 일인지 읽을 수가 없었다.

멜리사는 눈 뒤쪽이 콕콕 찔리는 익숙한 느낌에 다시 눈을 감았다. 학교에 다닐 때 이런 증세를 잠재우려고 속으로 구구단을 외우던 기억이 났다.

8 곱하기 8은 64. 9 곱하기 9는 81.

그 시절에는 그 꿈을 많이 꿨다. 친구에게 같은 꿈을 반복해서 꾸는지 물어본 적도 있었다. 그러자 친구—로라—는 "당연하지."라고 대답했다. 앉아서 시험을 보는데 온통 외국어라 문제를 풀 수가 없는 꿈을 꾼다고 했다. "정말이야. 러시아어 같은 거였다고." 훨씬 나중에 만난 대학 친구들은 공공장소에 알몸으로 있는 꿈을 반복해서 꾼다고 했다. 아니면 복습도 하지 않고 A-레벨 시험을 다시 보는 꿈이거나.

멜리사는 아무에게도 자신의 꿈에 대해 말하지 않았다. 학교에 다닐 때 일주일에 한 번, 그러다 한 달에 한 번씩 만나 '특별한 수다'를 떨던 여자에게는 특히 아무 말도 하지 않았다.

그녀는 이해하지 못했을 것이다. 아무도 이해하지 못할 것이다. 사람들은 좋은 꿈이라고 생각하겠지. 위로가 될 거라고. 그들은 그녀의 혼란스런 마음을 이해하지 못할 것이다. 멜리사는 사실 그 꿈을 꾸기 싫다는 것을. 싫었다.

꿈속에서 멜리사는 엄마와 함께 해변을 걷고 있었다. 엄마의 손을 잡고 있었고, 그 사람이 엄마라는 걸 멜리사는 알았다. 손가락에 낀 결혼반지 때문이기도 했지만, 깊은 행복감과 온전하게 사랑받는 느낌과 안전한 기분으로도 알 수 있었다.

처음에 그들은 해변을 걷다가 달리면서 웃음을 터뜨렸고, 멜리사는 머리를 스치는 바람을 느낄 수 있었다. 파도가 부서지는 소리를 들었고, 입술에서 짠맛을 느낄 수 있었다.

정말 행복했다. 그런데 그건 아무도 이해하지 못할 문제였다. 그녀가 그 기분을 느끼고 싶지 않다는 것을 사람들은 이상하게ㅡ멜리사가 별종이라고ㅡ여기겠지.

하지만 사실은 이랬다. 멜리사는 그 모든 게 얼마나 기분 좋은 느낌인지 기억하고 싶지 않았다. 그 꿈을 자주 꿀수록 어머니의 얼굴을 떠올리지 않으려고 더욱 애써야 했다. 왜냐하면 밤에 그러고 나면ㅡ엄마의 아름다운 얼굴을, 자신을 보고 미소 짓는 얼굴을 떠올리면ㅡ다음 날 아침에 감당하기 힘들다는 걸 알았으니까. 혹은 그다음 날까지. 그다음 주까지.

몇 번이고 꿈속에서 해변을 달렸다. '엄마의 얼굴을 들여다보지 마, 멜리사. 모래를 봐.'

8 곱하기 8은 64. 9 곱하기 9는 81……, 11 곱하기 12는…….

멜리사는 뺨을 닦았다. 책이 들어 있는 주머니를 다시 바라보았다.

저렇게 소중한 것을 갖고 있는데 그것을 읽는 게 어떻게 이렇게나 겁날 수가 있을까?

13
맥스, 2011

맥스는 운전석에 앉은 다음 재킷 주머니에 손을 넣어 안경을 꺼냈다. 그러고 나서 차 안에 뭐가 됐든 날개 달린 게 있는지 최대한 철저하게 확인하는 절차를 밟았다.

사실 그런 게 발견되는 경우는 아주 드물었지만—여름에 작은 파리 한 마리가 앞 유리창 안쪽에 앉을 수는 있었다—맥스는 그럴 가능성도 그냥 넘기지 않았다. 그는 이런 면을 두고 농담하던 시절을 떠올리면서 한숨을 쉬었다. 파리 한 마리가 이토록 절박한 심정을 불러오지 않았던 때를.

결혼 생활 내내 엘레노어는 그의 이런 면을 놀렸다.

"아이 참, 맥스. 파리 한 마리일 뿐이에요. 그 녀석이 당신을 잡아먹기라도 한다는 거예요?"

콘월에서 휴가를 보내던 중 그가 파리 때문에 미친 듯이 아이스크림을 흔들어서 건포도와 럼 부분이 바닥에 떨어지자, 멜리사까지 끼어들어서 아빠를 놀려댔다. 아이스크림을 한 번 핥아먹기도 전에 벌어진 일이었다.

그러다 그날이 왔고—엘레노어가 떠나고 그가 멍하니 생활한

지 8주에 접어들었을 때—파리 한 마리가 맥스를 위기에 빠트렸다. 멜리사에게 이어진 줄이 얼마나 가느다란지를 그 망할 파리 새끼가 실감하게 했다.

6월이었고—주위에는 파리 떼가 우글댔다—그는 짜증을 내면서 야외에서는 음식 접시에서, 주방에서는 조리대에서 파리를 쫓았다. 맥스는 스스로도 어쩔 수가 없었다. 어린 딸을 비롯해 남들처럼 긴장을 풀고 못 본 체할 수가 없었다. 그는 파리가 살갗에 내려앉는다는 생각을 견딜 수가 없었다. 얼굴이든. 팔이든. 어디든.

어렸을 때 파리가 사람 몸에 앉으면 구토하고 똥을 싼다는 걸 실험하는 프로그램을 보면서 시작된 일이었다. 알고 보니 파리들은 그랬다. 파리는 딱딱한 음식을 씹을 수단이 없어서, 딱딱한 것을 분해하기 위해 뭐든 내키는 것에다가 효소를 토한 뒤 마시는 전략을 구사한다는 것을 맥스는 알게 됐다. 또 파리는 다른 종에 비해 많이 마셨고, 그래서 배설도 많이 했다.

그래서 맥스는 파리라면 질색했다. 엘레노어의 장례를 치르고 두 달이 지난 그 운명의 날 아침에 그는 서둘러야 했다. 가는 길에 멜리사를 학교에 내려주느라 출근 시간에 늦은 것이었다. 근무 시간을 융통성 있게 조율했지만, 새로운 상황에 적응하느라 여전히 버둥댔다. 그날은 프레젠테이션 때문에 더 일찍 가야만 해서 스트레스를 받았다. 일을 착착 처리해내지 못했다. 딸을 위해서도, 직장 생활에서도.

도로가 완전히 뚫려서 그는 가속페달을 꾹 밟았다. 그게 첫 번째 실수였다. 그는 머릿속으로 프레젠테이션에 대한 계획들을 점검하고 있었다. 그게 두 번째 실수였다. 바로 그때 갑자기 작은 파리 한 마리가 얼굴 근처에서 이리저리 날아다녔다. 맥스는 어쩔 수가 없었다. 운전대에서 양손을 떼고 파리를 쫓아냈고, 그 순간 차가 통제에서 완전히 벗어나 옆으로 빠졌다. 되돌아보면, 빠른 속도이긴 했지만 직진하던 차가 안쪽 차선에서 옆 중앙분리대 쪽으로 순식간에 빠질 수 있다니 믿을 수가 없었다.

분리대와 부딪쳐 빗나갈 뻔한 상황에서 간신히 차를 제어하는 와중에도 망할 파리가 어디 있는지 여전히 신경이 쓰였다. 상황이 다시 안정되고 난 뒤 차가 한 바퀴 돌아 맞은편 차선을 마주 보고 있다는 걸 깨닫고는 경악했다.

그래도 다행히 마주 오는 차가 없었다.

심장이 두근거리는 와중에 맥스는 그의 인생에서 가장 빨리 차를 돌려 갓길에 세웠다. 정말 긴급 상황이 아니면 갓길에 차를 세우고 내려서는 안 된다고 읽은 적이 있지만, 선택의 여지가 없었다. 차에서 내려 앞쪽으로 걸어가서 낮은 중앙분리대를 넘어 맞은편 풀밭으로 가서 앉았다. 바로 그때 두려움이 밀려들었다.

딸을 위해 그러지 않으려고 무던히 애썼건만.

그는 완전히 무너졌다.

엘레노어의 마지막 숨 때문에, 병원에서 그가 그녀에게 마지막으로 했던 "제발 가지 마……. 난 준비가 안 됐어."라는 말 때문에 감정이 북받쳤다.

집에 있을 때면 겁먹은 강아지처럼 졸졸 따라다니는 멜리사 때문에 감정이 북받쳤다.

바닐라 향 비누 때문에 무너져 내렸다. 그것은 엘레노어가 마지막으로 쓰던 비누여서 다른 비누로 바꾸지 않을 작정이었다. 큰 상자에 담아서 치운 베이킹 도구와 요리 책들 때문에 무너져 내렸다. 도저히…… 그것들을…… 쳐다볼 수가 없었다.

분노가 솟구쳐서 고함을 질렀다. 바닥에 흩어져 있는 고사리와 잔가지들과 철제 분리대를 냅다 걷어찼다. 돌과 굴러다니는 콜라 캔을 집어서 고함을 치며 덤불에 내던졌다.

빌어먹을 파리 새끼 때문에! 윙윙대는 하찮은 곤충 한 마리 때문에 그의 딸을 세상에 혼자 두고 죽을 수도 있었다니.

그래서 그렇게 되었다. 이제는 차에 탈 때마다 매번 샅샅이 살폈다. 파리가 있는지 확인했고, 망할 더러운 자식이 정신을 산란하게 할 일이 절대 없으리란 것을 확인한 다음에야 출발했다. 적어도 그가 통제력을 잃게 할 만한 게 없다는 확신이 든 뒤에야.

소피의 집까지는 딱 1시간 반이 걸렸다. 15분가량 여유를 두고 출발한 덕분에 압박감에 시달리지 않았다.

하틀리스는 소피가 좋아하는 레스토랑이었다. 커다란 벽난로가 있고 바닥에 오리지널 판석이 비스듬히 깔린 작은 공간이었다. 작은 테이블이 대여섯 개뿐이어서 매우 느긋하고 친밀한 분위기였고, 두 사람은 그곳을 마음에 들어했다. 음식 솜씨가 뛰어난 소피는 까다로운 손님이었지만, 하틀리스는 그들을 실망시킨 적이 없었다. 맥스에게는 적어도 오늘 밤만큼은 훌륭한 식사가 필요했다.

약속을 정한 뒤 두 사람은 통화하지 않았고, 맥스는 이야기가 정확히 어떻게 풀려나갈지 짐작하고 있었다. 두 사람 다 슬퍼질 것이다. 신경이 곤두설 테고. 그리고 그는 죄책감과 초조함이 더

해져서, 이번에는 그녀가 그의 마음을 돌리려고 애쓰지 않기를 바라겠지.

예전에 소피와 헤어진 적이 있었다. 데보라 때문이었다. 두 사람은 18개월간 만나지 않았고, 맥스는 아무리 노력해도 소피처럼 되지 않았다.

데보라와 모든 관계가 어그러지자—이 기억이 떠오르자 맥스는 얼굴을 찡그리면서 운전대를 꽉 움켜쥐었다—소피와 다시 연락해야겠다는 생각은 하지 않았다. 어떻게 생겨먹은 인간이 그러겠는가?

그가 아니었다. 먼저 연락한 사람은 소피였다. 그녀가 전화를 건 것이었다. 소피가 그를 위로하고 응원하고 달래서 돌아오게 했다. 그랬다. 되풀이하는 건 맥스에게는 어리석은 일이었다. 엮일 일도 없고 스트레스도 없고 미래도 없다.

오늘 밤 그녀는 근사해 보였다. 중국풍 옥색 드레스에는 진청색 용 문양이 있었고 앞쪽에 자그만 진주 단추가 달려 있었다. 숄도 짙은 푸른색이었다. 하지만 집에서 레스토랑까지 20분간 차를 타고 가는 사이 소피는 평소와 달리 말이 없었다. 두 사람이 테이블에 앉고 맥스가 마실 것을 탄산수만 주문하자 그녀는 고개를 갸우뚱했다.

"그러니까 오늘 밤에 자고 가지 않는다는 거네, 맥스? 정말 그럴 거야?"

그는 소피의 손을 잡고 싶었고, 오면서 연습한 대사를 기억해내려고 애썼지만 지금은 아무것도 생각나지 않았다.

"당신 문제가 뭔지 알아, 맥시밀리언 댄스?"

"아니."

"당신은 너무 좋은 사람이야."

"그렇게 말하지 마, 소피."

"아니. 사실이야. 덜 좋은 사람이었다면 날 옵션으로 남겨뒀을 텐데."

"내가 당신을 그렇게 본다고 생각하지 않았으면 좋겠어. 옵션? 그럴 의도가 아니었어."

"그렇지, 우리 멋진 교수님. 당신이 날 그렇게 보지 않는다는 걸 알죠."

그녀는 와인 잔을 가득 채운 다음 손끝으로 잔 입구를 따라 동그라미를 그렸다.

"내가 여전히 다른 사람들을 만나고 있다는 걸 당신은 알아, 맥스. 그냥 이따금씩. 그리고 난 당신이 그렇게 한대도 아무렇지 않아."

둘은 전에도 이 문제에 대해 대화한 적이 있었고, 맥스는 그것을 어떻게 받아들여야 할지 난감했었다.

"난 정말 다시는 사랑에 빠지고 싶지 않다고 생각했어, 소피."

"그래. 또 그 이야기."

"맞아. 또 그 이야기. 데보라 이후 모든 게 끔찍하게 헝클어지자 진심으로 그렇게 생각했어. 현실과 대면하려 했지. 엘레노어가 '그 사람'이었다는 사실. 그리고 계속 찾으려 하지 않아도 된다는 사실."

"한데 '하지만'이라고 말할 것 같은데?"

맥스는 둘의 접시를 내려다보았다. 그는 이미 식사를 마쳤다.

생강과 파를 곁들인 농어였다. 산뜻했다. 맛있었다. 소피는 주니퍼 베리(노간주나무 열매. 향신료로 쓰임)와 타임(허브의 한 종류)을 곁들인 자고새 구이를 골랐고, 이제 마지막 조각을 집으려 하고 있었다. 그때 맥스의 전화기에서 삐 소리가 났다.

"미안. 무례하다는 거 알지만 괜찮으면 얼른 확인해도 될까? 멜리사의 메시지를 기다리는 중이라서."

"그렇게 해요."

마침내 멜리사가 메시지를 보냈다. '다 좋아요. 걱정 그만하세요. xx(x는 키스라는 뜻).' 맥스는 고개를 저었다.

"별일 없어?"

"응, 괜찮아. 멜리사는 잘 있대."

그는 전화기를 주머니에 넣었다.

"저기, 맥스. 전에도 이런 말을 했다는 걸 알지만, 애정에는 여러 종류가 있고, 우리 관계는 잘못된 게 아냐."

"나도 알아, 소피. 그리고 소중하게 여겨왔고. 머릿속으로 백만 번쯤 생각해봤어. 하지만 난 알아. 당신을 만나는 내내……. 음. 이제는 적절하다는 생각이 들지 않아서 그래."

그는 구멍이 있다고 덧붙이고 싶었다. 그의 내면에 크게 벌어진 구멍이 있는데, 아무리 돌을 던지고 죽어라 멀리까지 달려도 그 구멍을 채울 수가 없다고.

소피는 포크와 나이프를 접시에 가지런히 내려놓고, 사각거리는 다마스크 냅킨으로 입가를 두드렸다. 그녀는 탁탁 타오르는 벽난로를 바라보다가 다시 시선을 돌렸다.

"다른 사람이 있어? 제2의 데보라가 있는 거야?"

"아니. 딱히 그런 건 아니야. 아직은 아냐. 문제는 최근에 그런 사람이 생길 수도 있겠다고 느끼고 나 스스로 놀랐다는 거지. 아니 나 자신에게 정직하자면 그런 사람이 있으면 좋겠어. 내가 이해돼?"

"난 당신을 이해하려고 애쓰는 건 오래전에 포기했어, 맥스."

그가 미소 지었다.

"이제 멜리사랑 똑같은 말을 하네."

"정말 친구로 남고 싶지 않은 거야, 맥스? 좀 기다려보는 건 어때. 일이 어떻게 전개될지 두고 보면 어떨까?"

맥스는 천천히 고개를 저었고, 그러자 소피는 심호흡을 크게 하면서 자수가 놓인 핸드백에서 카드 한 장을 꺼냈다.

"내 다음 전시회야. 당신이 갖고 있었으면 하는 그림이 있어. 작은 이별 선물이랄까, 당신이 좋다면."

"아니, 아니야. 난 그럴 수 없어, 소피. 안 될 말이야. 이러는 것만으로도 힘든데……."

"당신 마음에 들 거야. 그리고 맥스, 날 생각한다면 내 말을 들어줘. 내게는 행복한 시간이었어. 우린 아주 다른 사람들이지. 항상 그걸 알았지만, 당신이 그리울 테고 당신이 이 그림을 받아 주면 내 마음이 한결 좋을 거야. 금요일에 그림을 가져갈 수 있게 준비해둘게. 난 거기 없을 거야. 하지만 당신이 전시회를 보면 좋겠어. 날 위해 그렇게 해줄 거지?"

그는 카드를 물끄러미 바라보았다. 전시회는 몇 주 뒤였다. 장소는 근처 갤러리였다.

"그렇게 걱정스러운 표정 짓지 말아요. 이건 덫이 아니니까. 돌아오라고 당신을 꾀지 않을게. 그냥 작별 인사를 제대로 하려는 것뿐이야, 맥스."

소피는 자신의 와인 잔을 그의 물 잔에 부딪치고는 고개를 갸웃했다.

"당신에게 감사의 뜻으로."

14
멜리사, 2011

    소파베드에서 이틀째 밤을 보내면서 멜리사는 생각할 공간을 갖게 되어서 다시 한 번 마음이 놓였다. 샘은 여전히 다리가 욱신거렸지만 강력한 진통제 덕분에 그럭저럭 견뎌냈다. 하지만 그는 멜리사가 따로 자는 게 불만이었고, 그녀가 책을 읽을 혼자만의 시간을 내려고 핑계를 둘러대는 것도 못마땅했다. 멜리사는 이런 상황을 어떻게 해야 할지 난감했다.

    낮에 샘은 주로 수영장 옆 그늘에 앉아서 보냈고, 멜리사는 소설들 뒤로 숨으면서 샘도 그래야 한다고 주장했다. 사고를 극복하려면 진정해야 한다고. 사실 그녀는 벌어진 모든 일을 정리할 공간이 절실히 필요했다. 사고. 꿈. 어머니의 책. 하지만 아니나 다를까 샘은 더위 속에 있는 걸 못 견뎌하고 불편해했고, 그녀를 보면서 찡그리다가 멜리사에게 자주 들키곤 했다. 그녀는 폴리스에 박혀 있으면 샘이 좀이 쑤실 것 같아서 몇 가지 일정을 제안했다. 하지만 그것도 잘 풀리지 않았다.

    샘은 대화하고 싶은 기색이 역력했다. 그녀는 아니었다.

    지난 이틀간 멜리사는 설상가상으로 집 차고에 놔둔 상자에 대한 생각에 사로잡혀 있었다. 맥스가 아파트로 이사하면서 별채 창고에서 가져다준 상자 세 개 중 하나였다. 나머지 두 상자에는 유용한 기구들과 잡동사니가 들어 있었다. 램프, 침구, 낡은 교과서, 기념품. 멜리사는 그 상자들을 오래전에 풀었다. 하지만 놀랍게도 세 번째 상자에는 어머니가 쓰던 요리 도구들이 담겨 있었다. 맥스는 엘레노어가 세상을 떠난 직후 요리 도구 일부를 상자에 넣었다. 그는 도구가 너무 많아서 찬장에 다 들어가지 않는다고 주장했다. 하지만 어린 멜리사가 보기에도 이유는 너무 빤했다. 그 모든 게 그를 괴롭게 했던 것이다. 맥스는 멜리사에게 상자들을 가져와서, 갖고 싶지 않은 건 자선품 상점에 갖다 줘도 된다고 했다. 책을 받기 전에도 멜리사는 어머니의 조리 도구를 보면 마음이 복잡하고 서글펐다. 낡은 깡통들, 상자들, 행주에 단단히 싸여 있는 낯익은 켄우드 셰프 믹서. 그것들을 아파트에 들여놓고 싶지 않았다. 하지만 버릴 수도 없었다.

멜리사는 소파베드의 커버를 매만지면서 상자에 담긴 물건들을 아주 세세하게 떠올려보려고 안간힘을 썼다. 머리를 돌리자 이 장면이 잠시 불쑥 스치고 지나갔다. 젖은 행주를 들고 믹서 스위치 주위에 튄 얼룩을 지우면서 수다를 떠는 어머니 모습이 선명하게 그려졌다. 어머니는 믹서를 쓰고 난 뒤에는 매번 그렇게 행주질을 했다. 하얀 표면과 하늘색 가장자리가 반들거릴 때까지 닦고, 행주를 얌전하게 접어서 스위치의 결합 부분과 가장자리 부근을 훑어서 날린 밀가루나 설탕 가루를 닦아냈다.

멜리사는 익숙한 모순을 느꼈다. 가슴속 깊이 박힌 옹이. 그런 생각을 하고 싶은지 아닌지 알 수가 없었다. 하고 싶지 않은가?

샘이 코 고는 소리에 순조로운 리듬이 생기길 기다렸다가 어머니의 책을 챙겨서 천천히 소리 나지 않게 발코니로 나갔다.

만약 샘이 뒤척이면 책을 감출 수 있도록 회색 실크 주머니를 라탄 의자 옆에 두었다. 멜리사는 책을 읽을 마음의 준비가 되지 않아서 한참 동안 앉아 있었다. 표지를 바라보니, 집에 있었다면 직장에 하루 병가를 냈을지 궁금했다. 단숨에 읽어치웠을까. 앞표지에서 뒤표지까지 쭉. 어쩌면 그랬겠지. 아닐지도 모르고. 감정의 동요 때문에 여전히 혼란스러웠다.

그녀는 종일 꿈에 대해 생각했다. 책을 계속 읽으면 그 꿈을 다시 꾸게 될지 궁금했다. 이게 지금 그녀가 바라는 일인가? 아닌가?

멜리사는 다시 귀를 기울였다. 아무 소리도 들리지 않았다. 샘이 뒤척이다 침실에서 나오면 미닫이문이 열리는 소리가 날 텐데.

그녀는 뿌연 식물들 너머로 먼 바다를 내다보았다. 반달이 하늘에 낮게 떠 있었다. 평소에 이런 외국을 좋아했다. 온화한 밤. 희미한 바다 냄새와 웅웅대는 귀뚜라미 소리. 하지만 오늘 밤에는 그런 것들도 마음의 평온을 가져다주지 못했다.

멜리사는 종교적인 사람이 아니었다. 신의 개입이나 운명 같은 것을 믿지 않았다. 하지만 타이밍과 우연에 대해서는 궁금증이 생겼다. 그들이 마침 그때 산속 그 길에 있었다는 것.

그들이 폴리스를 나서기 전에 커피를 한 잔 더 마셨다면 어땠을까. 교회에서 몇 분 더 있다가 나왔다면.

멜리사는 다시 눈을 감고 사고 장면을 다른 각도에서—그 청년도 없고 뛰어온 사람들이 없는 상황을—그려보다가, 허리께를 덮은 옷자락을 꽉 잡아당기는 바람에 손의 관절 부위가 하얗게 질렸다. 그러다 아래를 내려다보면서 크게 심호흡을 하고, 책갈 피로 사용하는 엽서를 치우고 책장을 넘겼다.

딸기잼

딸기(너무 익지 않은 것으로) 2파운드
굵은 설탕(잼용 설탕은 필요 없음) 1.5파운드
레몬 1개 분량 즙
냉장고에 접시 3개를 넣어둘 것
자신감!!!

딸기를 절반으로 잘라서 설탕을 솔솔 뿌려 몇 시간 또는 밤새 놔둘 것(이렇게 하면 모양을 유지하는 데 도움이 되지). 잼을 만들 준비가 되면 크고 두꺼운 냄비를 사용하렴. 딸기+설탕을 설탕이 전부 녹을 때까지 약한 불에서 뭉근히 끓여줘. 그런 다음 레몬즙을 넣고 불을 올려서 바글바글 끓이고 8분 뒤에 불을 끄렴. 그다음에 차게 식힌 접시 하나를 사용해. 잼 한 티스푼을 차가운 접시에 올리고 1분간 그대로 놔둬. 손가락으로 밀어봐서 말랑하고 주름진 껍질이 있으면 완성된 거란다. 그렇지 않으면? 3분간 팔팔 끓인 다음 다시 시험해보렴. 필요하면 다시 한 번 더 반복하고. 준비되면 10분간 식도록 놔둔 다음 잼 병에 담으면 돼. 병은 미리 씻어서 오븐에 달궈서 소독해둬야 한단다. 알겠지!

내 사랑스러운 딸. 난 네가 정확히 무슨 생각을 하고 있을지 알아. '잼? 제정신이야? 여기가 무슨 부녀회도 아니고. 난 스물다섯 살이야. 내가 잼을 만들 일이 뭐가 있겠어.'

부탁할게, 이 대목을 나와 같이 해줘! 포슬레번에서 몇 차례 멋진 휴가를 보낸 뒤 난 잼을 만들어보기로 결정했단다. 기억나니? 별장 주인이 늘 준비해놓은 크림 티 쟁반에는 어디서도 맛본 적 없는, 집에서 만든 잼이 있었지. 아무튼. 난 레시피를 알려달라고 여주인을 졸랐단다. 명품 레시피임이 분명했거든. 그녀는 한번에 조금씩만 만들어서 맛있게 먹는다더구나. 그러니까 이 레시피는 요령이야……. 집안의 대단한 비법이 아니라 우리의 특별한 과거 중 한 부분인 거지.

내가 처음 이 잼을 만들 때는 8분+3분+3분이 걸렸단다. 두 번째는 달랐지. 8분+3분만 걸렸어. 그러니까 정확히 맞아떨어지지 않는데, 그 점이 매력적이기도 하지. 딱 제대로 해냈을 때의 성취감을 느껴보길 아무리 권해도 부족해. 그러니 네게 아주 행복한 시간들을 되새기게 해주고 싶어서 이 레시피를 알려주는 거야.

이 레시피를 책에 넣은 것은 즐거운 분위기를 만들기 위해서란다. 유감 같은 건 없이. 슬픔 따윈 없이. 그냥 우리가 참 좋아했던 것들을 알려주려고 옆구리를 슬쩍 찌르는 거지.

아, 멜리사. 콘월 해변에서 크리켓을 했던 기억이 나니? 아빠가 그 상황을 얼마나 심각하게 받아들였는지, 그래서 우리 둘이 그놈의 공을 제대로 못 치자 아빠가 얼마나 신경을 곤두세웠는지 기억나?

"집중 좀 하시지, 숙녀분들!"

그런데 그 딱한 사람이 발끈 화를 내곤 했지.

"두 사람은 왜 날 비웃는 거야? 지금 난 중요한 걸 가르쳐주려고 애쓰는데. 이게 웃기는 일 같아?"

해안가에 있는 파이 가게에서 사 온 커다란 페이스트리가 기억나니? 큼직한 순무와 감자덩이가 들어 있었지. 후추가 듬뿍 뿌려져 있었고. 아빠는 늘 정확히 똑같은 크기의 ('대형'이라고 적힌 칸에서) 페이스트리 세 개를 샀고, 나는 늘 말했지. 멜리사가 먹을 건 작은 걸로 사면 되지 않느냐고. 그러면 그는 대답하곤 했어. "아, 아니지. 멜리사는 당신이 짐작하는 것보다 배가 고플 거야." 자기 것을 다 먹고 네가 남긴 페이스트리까지 마저 먹을 핑계 한번 좋았지. 아이고.

학교 축제 경연에서 내가 만들어 입힌 백설공주 의상을 기억하니? 맙소사, 내가 그 의상을 얼마나 자랑스럽게 여겼는데. 넌 진짜로 예뻤지, 멜리사. 그런데 멍청한 심사위원들은 그 드레스를 산 거라고 의심했고, 그래서 넌 상을 받지 못했어. 얼마나 실망이 크던지……. 그래서 앞으로는 너한테 디즈니 스토어에서 산 의상을 입히는 게 낫겠다고 생각했어. 재봉틀 앞에서 보낸 시간이 얼만데!

또 뭐가 있더라? 아, 맞다. 네가 스키틀 게임(나무 핀들을 나무 공으로 쓰러뜨리는 게임)을 기억하면 좋겠어. 아동심리와 관련된 요령인데 무척 흥미롭단다. 네가 아주 어렸을 때 난 일하는 엄마들은 '나중에, 아가'라는 대답을 하지 않도록 조심해야 한다는 걸 어디선가 읽었어. 늘 '바쁘다 바빠'를 입에 달고 살지. 언제나 할 일이 산더미이고. 전에 말했듯이 현대의 어머니 노릇에 대해서는 책 뒤쪽에 특별한 장을 마련할 거야(모든 단점에 대해서). 하지만 이건 여기서 얘기할 사항이지.

난 내 일을 갖고 열정적으로 그 일을 하는 모습으로 네게 좋은 모범이 되고 싶었어. 내게 그것은 교육이지. 가르치는 일을 계속하는 것. 하지만 방학이 있어도 현실은 예상보다 훨씬 바쁘고 훨씬 어렵더구나. 일하면서 엄마 역할을 하는 것 말이야.

'나중에, 아가'에 대한 요령으로 돌아가보자. 아이가 지겨워할 때까지 정기적으로 놀아주는 게 중요하다는 글을 읽었어. 매번 그러는 게 아니라 (네가 그럴 시간 여유가 없을 테니) 아이에게 '네가 최우선'이라는(내게는 네가 그렇다고 약속하마) 메시지가 전해질 정도로 자주 그러라는 거지.

그래서 난 스키틀 게임을 택했어. 넌 외할아버지에게 받은 정말 예쁜 스키틀 세트를 갖고 있었어. 매주 우리는 긴 복도에 나무 핀들을 세웠고, '네가' 그만하고 싶어할 때까지 게임을 했단다. 그게 비법이야.

얼마나 대단한 결과가 나왔는지 몰라.

다른 때에는 내가 앞장서서 마무리 짓는 경우가 많았다는 걸 인정해. 저녁 식사를 하려고 게임 도구를 치웠지. 널 재우려고 책을 치웠어. 네 숙제를 도우려고 텔레비전을 껐고, 내가 문제집을 채점할 때는 너를 비디오 앞에 앉혔지.

하지만 스키틀 게임을 할 때만은 확실히 네가 대장이었어. 또 하자고? 물론이지. 더 하고 싶다고? 당연하지.

멜리사는 책을 덮었다. 다시 귓가에서 맥박이 뛰었다. 그녀는 주위 환경에 화들짝 놀랐다. 베란다. 바람이 느껴질 만큼 기온이 떨어졌다. 지금까지 스키틀 게임을 까맣게 잊고 있었다. 컵케이크 사진과 똑같았다. 실마리. 가끔 어머니가 스키틀 핀을 한 번 더 세우려고 일어나면서 무릎을 심하게 부딪쳤던 게 기억났다. 몇 번이고 반복해서. 그리고 그녀가 이 일을 생각해본 적이—한 번도—없다는 사실에 어리둥절한 기분을 느꼈다. 속으로 미소가 지어졌지만 한편 죄책감도 있었다.

왜 이런 일들을 기억하지 못할까? 왜?

그때 눈 깜빡할 사이에 멜리사는 다른 감각을 의식하게 되었다. 레시피 페이지로 다시 넘기면서 처음에는 소리가 기억났다. '보글보글 끓는구나. 봐라, 멜리사.' 거품과 찐득찐득한 달콤한 잼. 냄새에 대한 기억. 그것은 마치 누군가의 이름을 떠올리려 애쓰다가 기억날 것 같아서 그것을 포착하려고 고개를 돌리는 때와 똑같은 순간이었다. 그것을 쭉 빨아들이는 듯한 순간.

멜리사는 한 번 더 고개를 돌리고 그것을 다시 느꼈지만 얼핏 스치기만 했다. 그것은 그녀가 움켜잡기 전에 없어져버렸다. 그 감각을 제대로 포착하기 전에. 몸에 한기가 흘렀다. 바람 때문은 아니었다. 멜리사는 그게 뭐였는지 알아차리려고 눈을 감았다.

스쳐 지나가버리는 감질날 것 같은 순간, 엄마가 같은 방에 있는 것 같은 느낌이 실제로 기억나는 것 같았다.

기억이 아니었다. 상상도 아니었다. 실제 느낌이었다.

멜리사는 책을 얼른 회색 주머니에 넣고 지퍼를 잠갔다. 헛기침을 했다. 발코니 난간에 잠시 서서 더욱 서늘해진 공기를 마시면서 호흡을 가다듬었다. 그런 다음 거실로 들어가 커피 테이블에 노트북 컴퓨터를 올렸다.

오른손을 꼭 쥐자 손바닥에 손톱이 박히는 게 느껴졌다. 하지만 이건 꿈과는 달랐다. 책의 목소리가 어쩐지 다르게 느껴지게 했고, 이제 멜리사는 그 감정을 되돌리고 싶은 마음이었다. 그랬다. 구글에서 콘월의 그 별장을 검색하면 된다는 생각이 들었다. 부엌의 사진을 찾아봐야지. 스콘과 잼이 담겨 있던 쟁반……. 그녀는 얼른 검색 칸에 글자를 입력했지만, 그 순간 발코니 외부의 전등이─테라스 문 사이로 보이는─갑자기 꺼졌다 커졌다 하기 시작했다. 곧 인터넷 연결이 끊겼다.

'미치겠네.'

멜리사는 얼른 다시 연결했다.

'와이파이 연결이 끊김.'

그녀는 다시 시작해보려고 애썼다. 아파트 이용 안내서를 찾아서 패스워드를 알아냈다. 하지만 연결되지 않았다.

이제 사라지고 없었다. 그 순간. 그 전율. 기억과 잼 냄새.

모든 것이.

흩어져버렸다.

15
맥스, 2011

맥스는 평소보다 2킬로미터를 더 달리려고 일찍 나섰다. 어깨에서 짐 하나를 덜어낸 기분으로 출발했다. 마침내 옳은 일을 했다는, 그래서 이제야 상황을 바로잡았다는 느낌이 들었다. 물론 한동안 쓸쓸할 것이다. 물론 섹스도 아쉬울 테고. 그는 인간이었다. 그도 남자였다. 하지만 오랫동안 고민한 일이었고, 그렇게 하고 나니 기분이 한결 나아졌다. 더 가벼워졌다. 그랬다. 정말이지 잘한 일이었다.

1시간쯤 뒤. 맥스는 부엌 식탁에 앉아 스톱워치를 물끄러미 쳐다보며 아연실색했다. 설마 겨우 5킬로미터 뛰는 데 이렇게 오래 걸렸을 리가 없었다. 세상에. 요즘 5킬로미터를 달리는 데 정말 이렇게 오래 걸린다면 그가 퇴보하고 있다는 뜻이었다.

맥스는 눈을 감고 등에 땀이 줄줄 흐르는 기분을 느꼈다. 좋네. 잘됐군. 넌 한물갔어. 퇴보하고 있다고. 체력뿐만 아니라 머리가 돌아가는 것도 예전만 못하다고. 네 침대에 올라오는 건 물론 시간을 내주기까지 하는 괜찮은 여자에게 작별을 고했지. 넌 늙을 거고 체력도 떨어질 거야. 이제 네 딸은 문자메시지에 답하지 않을 거고, 넌 백퍼센트 빌어먹을 고독에 빠지게 생겼어.

흔들리는 감정에 멍해진 채 꼬박 10분 동안 앉아 마룻바닥의 참나무 옹이를 멍하니 내려다보았다. 우울증이 이런 건가? 움직이고 싶은 마음 없이 아주 오래도록 가만히 앉아 있을 수 있는 것일까? 아니면 중년의 징후 중 하나일 뿐일까? 미끄러져 내리는 듯한 끔찍한 기분.

한순간 그는 공포감에 휩싸여 소피에게 전화해 씻을 수 없는 실수를 저질렀다고 고백할까 고심했다. 하지만 그건 아니었다. 아무 도움도 되지 않으리란 생각이 들었다.

그는 실제로 아주 단순한 사람이기에 진실은 매우 간단했다. 그는 아직도 엘레노어가 그리웠다…….

오랜 세월이 흘렀는데도 엘레노어와 같이 있던 시절이 그리웠다. 그가 그렇게도 당연시했던 결혼 생활의 소소한 일상사가 그리웠다.

맥스는 부엌 저편에 걸린 커다란 액자를 바라보았다. 다른 모습인 그의 사진들이 있었다. 결혼식 날의 맥스. 잠들어 있는 어린 멜리사를 품에 안은 맥스. 콘월 해변에서 크리켓을 하는 맥스. 정신없던 저 시기에는 혼자만의 조촐한 시간을 갈망하고 탐닉했던 기억이 저릿한 아픔과 함께 떠올랐다. 달리기를 하고. 학교로 차를 몰곤 했지.

그런데 지금은? 마침내 아이가 장성해서 떠나고, 고독이라는 작은 창이 점점 더 커지고 또 커지면?

빌어먹을……. 운명하고는.

꼴 한번 좋구나.

샤워를 하면서 수온을 너무 올린 나머지 살갗이 빨갛게 익었다는 걸 알고서야 정신을 놓고 있었음을 깨달았다. 이런 빌어먹을. 지나치게 운에 기대고 있었다. 설상가상으로 첫 강의가 코앞이었다.

연구실에 도착해서 커피 마실 시간이 없다는 것을 깨닫자 상황이 더 나빠질 수도 있다는 생각이 드는데…….

"그래서 저한테 정확히 어떤 문제가 있는지 말씀해주시겠어요?"

노크도 없이. 인기척도 없이. "시간 괜찮으세요?"란 말도 없이. 문득 안나가 그의 연구실에 서 있었다. 화난 얼굴이었다.

"뭐라고 했죠?"

"교수님, 제가 정확히 뭘 잘못했는지 직접 말씀해주실 아량을 베풀어주실까 해서요."

맥스는 순간 멍해졌다.

"싫으세요?"

그녀가 눈을 크게 떴다. 눈썹을 치떠서 이마에 물결 같은 주름들이 생겼다. 발끈한 표정이었다.

'아, 그렇군. 이메일 때문이야.'

"저기, 안나. 이메일 때문에 기분 나빴다면, 그 부분에 대해서는 나중에 이야기할게요. 내가 시간이 없어서…….'

"맨날 시간이 없으시니 재미있네요. 제가 기억하는 한 매번, 매주 수요일마다 그러시죠. 저는 여기서 산뜻하게 시작하고 좋은 인상을 주려고 최선을 다해 노력하고 있어요. 이 일을 성공시키려고 시간을 얼마나 쏟는지 몰라요, 교수님. 제가 멘토로 삼아야 하는 분에게 지원을 받으려고 애쓰죠. 피드백을 받으려고요. 조금이라도 격려를 받으려고요. 그런데 이런 것들을 받는 것은 고사하고, 오늘 아침에는 다른 멘토에게 떠넘기겠다는 달랑 한 줄짜리 메일을 받았어요. 프레더릭 몬태규인가 뭔가 하는. 그리고 그게 무슨 의미인지는 우리 둘 다 잘 알고 있죠."

"프레더릭은 좋은 교수예요. 또 존경받는 동료이고……."

"그리고 은퇴를 2년 남겨놓고 있죠. 영향력도 없고 야망도 없고, 이곳의 역학 관계에는 흥미도 없죠. 오늘날 가장 중요한 건 그런 거라는 걸 모르는 사람이 있을까요. 또 그는 제 장래에 아무 관심도 없어요. 그게 두 분의 공통점인 건 확실하네요."

"그만하면 된 것 같군요, 안나."

"아셔야 할 것 같아서 말인데요, 저는 막 시작했을 뿐이에요. 이 문제를 곧장 인사부에 알릴 겁니다, 댄스 교수님. 이번 일은 그냥 넘겨버리지 못하실 거예요."

맥스는 얼굴에서 핏기가 가시는 느낌이 들었다. 인사부라니 이런 망할 일이 또 있나.

"이봐요, 안나. 몬태규 교수에게 당신을 배정한 이유는 이곳에서의 당신 장래에 대해 내가 정말로 관심이 많기 때문이에요. 당신이 맡은 새로운 역할을 수행하면서 이미 보여준 지대한 노력과 열정을 감당하기에 난 최적의 인물이 아닌 것 같아요. 당장은 내가 책임져야 하는 다른 일들 때문에 당신이 원하고 요구하는 만큼 시간을 할애하기가 어려워요. 난 적임자가 아니에요. 적당한 멘토가 못 될 거예요. 몬태규 교수는 나보다 시간이 더 많은 분이에요."

"적어도 이 문제를 저와 의논하실 수는 없었나요?"

맥스는 크게 심호흡했다. 그는 안나를 쳐다보면서 순간적으로 사실을 말해버려야 할지 고민했다.

"안나, 이 일에 대해 시간을 좀 달라고 부탁해도 될까요? 인사부에 알리기 전에. 내게 제대로 설명할 기회를 줘요."

그녀는 맥스를 골똘히 쳐다보았다. 부아가 가라앉을 기미는 전혀 없었다.

"여기서 나중에 만날 수 있을까요, 안나? 1시쯤?"

그녀는 창가로 눈을 돌렸다가 다시 맥스를 바라보았다. 여전히 화난 눈빛이었다.

"난 속아 넘어가지 않을 거예요. 난 당신들이 비웃는 폴리(폴리테크. 과학기술 전문학교) 출신일지는 몰라도 좋은 강사라고요."

'이런. 그렇게 생각했군.'

"성차별주의자, 파벌주의자, 보수주의자 때문에 여기서의 내 노력과 야망을 양보하지는 않을 겁니다."

"그만하면 충분한 것 같군요, 안나."

그녀는 이제야 얼굴을 조금 붉혔다.

"1시에 오겠어요, 안나? 내가 강의에 늦어서요."

그는 일어나서 책꽂이 옆 옷걸이에 걸린 재킷으로 손을 뻗었다. 그러면서 그녀를 쳐다보지 않으려고 애썼다.

"1시에 여기로 다시 오도록 해요."

그러자 그녀는 문을 쾅 닫고 가버렸다.

맥스는 교수 인생 중 최악의 강의를 진행했다. 독점금지법 비교. 각 나라별 다른 상거래와 전매에 대한 접근 방식의 차이에 대한 강의였다. 강의가 너무 산만하자 평소 그를 좋아하는 학생들조차 어리둥절한 표정이었다. 어느 시점에서 맥스는 강의의 방향을 잃고 헤매는 게 감기 증세 탓인 것처럼 연기해야 했다.

무슨 상관이람. 법이 구글의 성장을 통제해야 하는지 아닌지가 무슨 상관이냐고. 그는 속으로 중얼댔다. 인사부에 대체 뭐라고 설명해야 하나.

'브램블 씨, 미안합니다만 내가 그녀에게 반했거든요. 그녀의 브래지어 끈 때문에 정신이 산란한 나머지 그녀의 직속 상사이자 멘토 노릇을 계속하는 건 현명치 못하다고 결정했습니다.'

잘하는 짓이다, 맥스…….

11시 30분에 그는 연구실로 돌아갔다. 이메일을 다시 확인하니 안나가 최근에 보낸, 상세하게 쓴 메일이 자그마치 열 통이나와 있었다. 수업 내용을 개선하기 위해 바꿀 부분에 대해 쓴 메일에는 누가 보면 무시한다고 느낄 법한 짤막한 답신이 달려 있었다.

그는 이런 답장을 보냈다는 것도 까맣게 모르고 있었다. 안나를 모른 척했다는 것도 몰랐다.

지젤 브램블이 이 이메일들을 검토하는 상상을 하니, 안나에게 털어놓는 것 외에는 선택의 여지가 없을지 궁금했다. 아니야. 그래선 안 돼. 그러면 상황이 더욱 악화되기만 하겠지.

금세 1시가 되었고 노크 소리가 들렸다. 여전히 전략을 정하지 못했다는 생각에 맥스는 잔뜩 겁이 났다. 그때 놀랍게도 안나가 전혀 다른 표정으로 방에 들어섰다. 더 차분해진 정도가아니라 풀이 죽은 분위기였다. 고개를 숙이고 있었고 얼굴이 발그레했다.

"아까 그 일 때문에 왔는데요."

안나가 맞은편 의자에 앉았다. 맥스는 숨을 멈추었다. 혹시 이미 인사부에 다녀왔을까? 그녀가 풀 죽은 표정을 짓고 있는 건 그가 집무 정지를 당하게 되어서일까? 그의 미래와 연금이 이미 날아가버린 걸까?

"제가 의도했던 것보다 더 심하게 말씀드렸나봐요."

맥스는 숨이 가빠왔다. 이건 괜찮은 상황이었다. 전혀 예상 못했지만 좋은 상황이었다. 또 정신이 없었다. 그는 심호흡을 크게 한 다음 잠자코 있는 쪽을 택했다. 속으로는 한 가지 주문만 반복했다. '파고들지 마, 맥스. 파고. 들지. 마.'

"개인사를 일에 결부시킨 건 완전히 아마추어 같은 태도였다는 거 알아요. 양해를 바라지 못할 일이죠. 저답지 않았고요. 사실 교수님이 그냥 넘기시면 좋겠어요."

"당신의 개인사 말인가요?"

"몹시 힘든 주말을 보냈는데, 교수님의 이메일을 받고서 제가 수업을 위해 세운 모든 계획이 거부당했다고 느꼈어요. 저기, 울고 싶지 않은데 매 맞은 꼴이라고나 할까요. 그렇다고 해서 제가 실망하지 않았다는 건 아니고요. 무척 실망했고, 제가 이 일을 내려놓을 준비가 안 됐다는 점은 이해해주셔야 할 거예요. 제 모든 아이디어를 포기하는 것 말이에요. 하지만 아까 교수님께 보인 태도는…… 평소라면 상황을 이렇게 풀지 않았을 거예요. 여기서 좋은 평판을 얻고 싶어요. 그런데 신경질적인 여자의 모습을 보이다니."

"알겠어요."

맥스는 아무것도 모르면서 대꾸했다.

그때 뭔가 아찔한 상황이—예전부터 어떻게 감당해야 할지 몰랐던 난처한 상황이—벌어졌다. 엘레노어였어도. 멜리사였어도.

안나가 울기 시작한 것이다.

'아, 안 돼. 제발 이러지 말아요.'

그녀는 울음을 참으려 애썼고 창피해하는 기색이 역력했다. 팔을 들면서 문으로 가려는 듯 몸을 돌렸다.

"가지 말아요. 제발. 안나, 잠깐이라도 앉아요. 그렇게 해요."

그녀는 이상하게도 문 옆쪽 구석진 곳에 놓인 의자를 골라서 그에게서 몸을 돌리고 앉아 가방에서 티슈를 찾았다. 맥스는 이제 어떻게 해야 할지 난감했다. 어떻게든 그녀를 달래봐야 하나? 그러면 그의 감정을 들킬 위험이 컸다. 그보다 나쁜 경우, 안나의 몸에 부적절하게 손을 댔다가 인사부로 불려갈 것이다. 달래지 않으면 안나는 그를 차갑고 인정머리 없는, 무심한 고집불통으로 치부할 테고.

"이런 모습을 보이다니 죄송해요, 댄스 교수님. 정말 아마추어 같이 처신했네요."

"말도 안 되는 소리. 누구나 그런 순간이 있는걸요."

'그런 순간이라니. 무슨 헛소리야, 맥스. 생각을 좀 해.'

그녀는 코를 풀더니 뭔가 가늠하는 듯이 입꼬리를 한쪽으로 비틀었다.

"다만……."

이제 맥스는 안나가 남편이나 애인과 싸웠을 거라고 넘겨짚었다. 그녀는 반지를 끼고 있지는 않지만 그런 상대가 있겠지.

그녀가 불쑥 말했다.

"제 아들 말이에요. 하프마라톤을 준비한다던."

"아, 그래요. 전에 말했죠."

"아들이 그만하겠대요."

맥스는 여전히 감을 잡지 못했다.

"아, 그래요."

"제 아버지한테 가서 살겠다고 하네요. 외국으로."

그때 맥스의 배 속에서 근육이 수축하는 것처럼 뭔가 꿈틀거렸다. 안나가 고개를 저으면서 일어났다.

"이건 여기서 할 이야기는 아닌 게 분명하군요. 직장에서 할 이야기가 아니죠. 그리고 그런 사정이 일에 영향을 미치게 한 것은 잘못이에요. 아니 언급조차 하면 안 되는 일이었죠. 그런데 이렇게 되고 말았네요. 다 제 탓이에요. 아마추어처럼 굴고 과잉 반응했어요. 그 점에 대해서 사과드려야 할 것 같아요."

16

엘레노어는 교사 부부인 마이클과 수전의 늦둥이 외동딸이었
다. 엘레노어가 교사가 되려는 건 놀라운 일이 아니었다. 그녀는
여름 내내 프랑스에서 지내지도 못하는 직장에 취직하려는 사
람들을 이해할 수가 없었다. 그러다 차츰 남들의 헐뜯는 말—
"누가 그러기 싫어서 그래? 먹고사는 게 어쩌고저쩌고."—을 의
식하게 되었지만, 그녀는 직업에 자부심을 느끼는 부모 밑에서
자랐다. 식탁에 문제집을 잔뜩 쌓아놓고 채점하면서 혀를 차는
모습부터 환하게 웃는 모습까지 온갖 표정을 지켜보았다. 또 간
섭하기 좋아하는 정치가들, '교육에 대해 쥐뿔도 모르는' 교육
장관들에 대한 논쟁을 들으면서 자랐다.

마이클은 명망 있는 중학교에서 생물을 가르쳤다. 수전은 걸
스 그래머스쿨의 프랑스어 교사였다. 엘레노어는 늘 책을 읽을
수 있으니 쉬운 공부일 거라는 이유로 영문학을 전공으로 선택
했다. 그녀는 언젠가 자신을 찾아줄 누군가를 고대하며 학창 시
절을 보냈다.

첫 직장은 부모의 경고대로 시련의 장이었다. 규모가 크고 성

적이 평균 이하인 중등 종합학교에서는 여학생이 아기를 낳지 않고 졸업하면 대성공으로 여길 정도였다.

정말이지 힘든 때가 많았다. 한번은 엘레노어의 수업 시간에 학생 넷이 1층 창문으로 빠져나가서 그녀를 아연실색하게 만들었다. 그런데 그녀가 그들을 쫓아서 창밖으로 뛰어내려 달려가자 나머지 학생들이 경악했다. 달리기 실력이 나쁘지 않았던 덕분에 그녀는 쉽게 따라잡았고, 결국 네 명을 교장에게 넘겨 전원이 정학당하는 아픔을 겪었다. 솔직히 엘레노어는 학생들이 꺼지라고 외치고서 계속 도망칠 거라고 예상했지만, 그들은 그녀의 속도에 충격받아 항복할 수밖에 없었다.

그 후 엘레노어는 더 엄격해지기로 마음먹었고, 더불어 노래 가사와 인기 드라마의 진부한 대사를 소개하는 효과적인 방식으로 학생들에게 시와 스토리 형태를 익히게 한 뒤 교과 과정에 나오는 고전문학으로 넘어갔다. 엘레노어가 아무리 애써도 일부 학생들은 마음을 얻을 수 없었다. 하지만 학급 전원을 교실에 붙잡아둘 수 있었고 눈에 띄게 향상된 결과를 얻어, 3년 뒤에는 시험 성적이 탁월한 작은 중학교로 전근할 수 있었다.

그 학교는 웨스턴 옥스퍼드셔에 있었다. 그녀가 사랑하게 될 곳이었다. 남부 지역은 평지였지만 몇 킬로미터만 가면 물결치는 능선이 장관인 코츠월스였다. 그러다 2학기에 학교에서 경제학 교수를 대접하는 일을 맡게 되었다. 직업 소개의 밤에 담당자인 수학과 주임교사가 갑자기 '폭풍 설사'를 하는 바람에 인근 대학에서 교수('옥스퍼드가 아니니 거만하게 굴 이유가 없지요')가 오게 된 것이다.

"폭풍 설사요?"

처음 만났을 때 맥스가 그녀의 솔직함에 크게 웃으면서 말했다. 두 사람은 악수를 나눴다.

"네. 그림이 그려지죠, 그렇지 않은가요? 사모님이 전화로 사정을 설명할 때 덜 노골적으로 표현해도 되지 않을까 하는 생각이 들었지만, 주임 선생님은 제 도움이 필요했거든요. 제가 경제학에는 까막눈이어서 교수님을 제대로 소개하지 못하리라는 걸 미리 말씀드려야겠네요."

그가 눈을 깜빡이지 않는다는 걸 엘레노어가 깨달은 건 바로 그 순간이었다. 경제학과 선임 강사인 맥스밀리언 댄스 교수는—'옥스퍼드 대학교가 아닌 것을 누가 상관하겠어'—눈도 깜빡이지 않고 그녀를 뚫어지게 쳐다보았다. 나중에 단상에서 학부모들에게 대단히 세련되면서도 여유 있는 태도로 현실에서 경제학의 중요성을 소개하는 맥스를 보면서 엘레노어는 폭풍 설사에 감사했다. 나중에 헤어지면서 맥스는 '언제 저녁 식사를 할 수 있을지' 물었고, 그의 질문은 그녀 안에서 뭔가를 영원히 바꾸어놓았다.

엘레노어는 아무렇지 않게 대처하기로 작정했다. 그러다 한 달이 안 되었을 때 그의 아파트로 짐을 옮기면서 그녀는 자신을 비웃었다. 그를 사랑하지 않을 이유가 없었다.

맥스는 삶에 대한 에너지와 열정이 넘쳤고, 그것은 전염성이 강했으며 사람을 들뜨게 했다. 어떤 일에도 그는 우울해하지 않았다. 그는 스포츠를 사랑했다. 요리하는 것을 사랑했다. 산책을 사랑했다. 경제학을 사랑했다. 그리고 엘레노어를 사랑했다.

맥스는 행복한 유년기를 보냈고, 돌이켜보면 그것이 모든 것의 밑바탕에 있었다. 결혼해서 가족을 꾸리고 싶은 마음이 간절하게 드는 남자는 실제로 별로 없었지만, 맥스는 그런 남자였다. 과거에 그녀를 아프게 했던, 충실한 관계를 두려워하는 지질한 남자들과는 달랐다. 맥스는 처음부터 충실했다.

그들은 곧 온전히 사랑에 빠졌다. 그러다 도중에 단 한 번 심각한 난관에 부딪쳤지만 사랑을 지켜냈다.

돈.

맥스는 난데없이 설명하기 힘든 생각에 빠졌었다. 그는 교육계는 가정을 꾸릴 만한 돈벌이가 안 되는 곳이라고 결론 내렸다. 계산적이지 않고 소박한 것을 기대하는 엘레노어는 반대하고 나섰다. 이 일을 두고 둘은 사이가 벌어졌다. 몹시 고통스러웠고 엘레노어는 모른 척 넘어가고 싶었다.

그들은 결국 문제를 해결했다.

그래서 어느 청명한 봄날, 엘레노어는 부모가 결혼했던 교회 앞에 서서 이 친절한 미남 신랑을 바라보았다. 자신의 행운을 믿을 수가 없었다.

어느 아침 콘월의 시골집에서 딸과 쿠키를 굽다가 스웨터에서 밀가루를 털어내기 전까지는.

맥스에게 혹에 대해 함구한 채 진찰받으러 가지도 않는 건 완전히 미친 짓이라는 걸 엘레노어는 잘 알고 있었다. 그것은 현명한 처사가 아니었고, 그녀는 현명한 여성이었다. 하지만 그 순간까지 인생의 모든 것이 너무 좋기만 해, 모든 길이 이곳으로 이어져 있다는, 왠지 '아는 것'을 미뤄야 한다는 끔찍한 예감이 마음 깊이 자리 잡았다. 그녀는 조사를 해보았고, 한동안 섬유선 종—이삼십대 여성들에게 흔한 양성 종양—이라고 합리화하려 애썼다. 그럴 수도 있었다. 하지만 혼자 욕실에서 더 찬찬히 살피니 혹이 가슴 깊숙이—겨드랑이 바로 아래에—생긴 것 같았다. 또 한참 전부터 유방의 색깔이 변했고, 알레르기나 습진으로 짐작되는 발진도 자주 생기곤 했다. 이유 없이 체중이 감소하고 있다는 미묘한 사실도 있었다.

한참 지난 뒤에 상심하고 화난 맥스가 왜 이런 징후에 대해 당장 알아보지 않았느냐고—실제로 그녀는 몇 개월이나 미뤘지만 맥스는 일주일 정도로 알았다—다그치자, 엘레노어는 대답하려 했지만 실은 알고 싶지 않았다는 걸 설명할 만한 적당한 말이나 핑계가 떠오르지 않았다.

처음으로 검사 결과를 들으러 가는 차 안에서 통계 결과를 떠올리며 심각하지 않을 거라고 중얼대면서도, 그녀는 머릿속으로 전혀 다른 대본을 썼다. 어떤 결과가 나올지 이미 알고 있었다. 단순히 비관적이어서가 아니었다. 엘레노어는 실제로 안다고 느꼈다. 육감 같은 게 아니라 암과 관련해서 신체적으로 감지되는 게 있었다. 암은 그녀가 자각한 것보다 더 많이 퍼져 있었다. 엘레노어는 그걸 확인하고 싶지 않았다.

그래서 온갖 괴로운 검사를 받고 부부가 그 자리에 앉을 때까지 그녀는 맥스에게 낙관적인 것처럼 연기를 했다. 그런데 담당 의사가 입을 열기도 전에 그의 표정으로 결과를 알 수 있었다.

4기. 이미 간과 폐까지 전이되어 있었다. 그로 인해 체중이 줄고 그렇게 피곤했던 것이다. 의사는 진심으로 유감스럽지만 엘레노어 같은 경우는 극히 드물다고 했다. 삶의 질이라는 면에서 병원에서 해줄 수 있는 건 많지만 치료할 수 있는 처치법은 아니라고 했다.

맥스는 앉아서 메모를 했다. 하얗게 질린 얼굴로 휘갈겨 쓰면서 얼마나 힘을 주었는지 종이가 찢어질 정도였다. 엘레노어는 의사의 다른 말은 한 귀로 흘려들었다.

마음속으로 그녀는 벌써 그 교회 앞으로 되돌아가 있었다. 다른 병동에서 산파가 딸을 낳았다고 말하던 순간으로 돌아갔다. 바닥에 엎드려서 스키를 핀을 세웠다. 해변에서 크리켓 게임을 했다. 그리고 부활절 비스킷을 구울 재료를 챙겼다.

멜리사에게 줄 책을 쓰면서 세부 사항들이 뒤엉키기 시작하면 극단적인 공포감에 빠지곤 했고, 딸에게 어디까지 말해야 할지 걱정이 됐다. 모두 말해야 할까? 일부만 말해야 하나?

한번은 글을 쓰던 중에 세 페이지에 걸쳐 결혼식 날 느낀 감정을 묘사했다. 누군가 문을 열 때마다 예배당 안으로 밀려들어오던 오렌지꽃 향기. 또 멜리사가 태어나던 날. 갓난아기의 기분 좋은 냄새를 묘사할 적당한 표현을 떠올릴 수가 없었다. 오렌지 제스트와 컵케이크에 대한 이야기. 처음에 어떻게 제스트를 사용하게 되었는지. 멜리사가 그걸 기억할까? 딸을 위해 다 적어야 할까, 그 이야기를. 그러다 오렌지 생각이 나자 갑자기 지독한 흥분에 빠졌다. 멜리사가 태어난 날 병원에 왔던 친정어머니의 사진을 찾느라 꼬박 2시간을 흘려보냈다.

그녀는 어머니가 화사한 오렌지색 스웨터를 입고 있는 사진이 기억났다. 사진을 인화하니 그 색이 모두의 얼굴에 반사되어 피부색이 이상했다.

"우리 모두 움파룸파족처럼 까맣게 나왔어요, 엄마."

"말도 안 되는 소리. 아기가 예쁘구나. 정말 예쁘다."

"움파룸파족 아기치고는요. 엄마 스웨터 색깔 때문이에요."

하지만 엘레노어는 그 사진을 찾지 못했다. 구석구석 뒤졌지만 어디에도 없었다. 이미 책에 이 일—오렌지색 스웨터가 반사된 것—을 적었는데 어떻게 해야 좋을지 결정할 수가 없었다. 사진을 찾지 못하면 그 페이지를 찢어버려야 하나?

그녀가 낙심하는 모습을 보고 맥스도 낙심했다.

"하필 왜 오늘 그 사진이 있어야 한다는 건지 모르겠는데, 엘레노어? 다른 날 찾아보면 되잖아? 어딘가 액자에 들어 있을 거야. 제발 이러지 마. 당신이 이러는 거 보기 싫어."

17
멜리사, 2011

"저기, 내가 괜찮다고 말했다는 건 알아. 결혼 이야기를 접어 놓을 수 있다고 했지만 그럴 수 없다는 걸 알았어, 멜리사."

마침내 샘이 한 군데 돌아보는 데 동의해서 그들은 파포스(사이프러스 남서부의 옛 도읍) 근처 '왕들의 무덤'에 찾아갔다가 힘만 빼고 돌아가는 길이었다.

어머니의 책 때문에 롤러코스터를 탄 듯 정신없고 카페인이 부족한 상태에서 멜리사는 일찍 출발하자고 고집했었다. 그게 실수였다. 두 사람 다 지쳤다. 게다가 이틀 내내 수영장 근처에서 지냈던 샘은 기분이 더 안 좋아졌고, 아픈 다리는 땡볕 아래서 못 견디게 가려웠다.

멜리사는 이번 나들이가 기분 전환이 되길 기대했었다. 웹사이트에 나온 '왕들의 묘'는 인상적이었다. 그곳은 세계문화유산이었다. 그녀는 묘지 관람이 너무 힘들 경우 샘의 다리를 위해 쉴 만한, 에어컨이 설치된 안내소가 있을 거라고 예상했다. 하지만 아니었다. 안내소는 없었고 커피를 마실 만한 곳도 없었다. 햇빛에 바짝 마른 땅바닥을 돌아봐야 했다. 무덤들에는 모기떼가 낸 구멍이 많이 나 있었다.

또 왕도 없었다.

"왕이 없는데 대체 왜 '왕들의 묘'라고 부르는 거야?"

뙤약볕 아래서 먼지 나는 좁은 길을 절룩거리며 걷던 샘은 더이상 참지 못하고 말했다. 다른 날이었다면, 다른 상황이었다면 그는 이런 유적지 방문을 매우 좋아했을 것이다. 가이드북에 나온 모든 장소를 일일이 둘러봤을 것이다.

하지만 이날 그들은 1시간도 지나지 않아 포기하고 말았다. 근처 지저분한 카페에서 간단히 점심 식사를 하고 이제 숙소로 가는 길이었다.

"계속 걱정이 돼, 멜리사. 내 말은, 당신이 갑자기 너무 멀어진 것 같다고. 소파베드에서 자잖아. 늘 빠져나갈 핑계를 찾고. 정말 그렇게 되고 있는 거야? 괜찮다고 말하면서 나랑 한 방에 있기 싫은 사람처럼 행동하잖아. 모든 게 내가 청혼했기 때문이지."

"그런 게 아니야, 샘. 저기, 어떻게 말해야 할지 모르겠어."

"무슨 말이든 해, 멜리사. 무슨 말이라도. 나한테 설명을 해봐. 무슨 생각을 하는지. 무슨 감정을 느끼는지. 왜 나와의 결혼에 확신이 없을 뿐 아니라 갑자기 완전히 물러나는 건지……."

"저기. 내가 레스토랑에서 말했던 대로야. 난 단지 종이쪽지 하나가 뭐 그리 대수인지 모르겠어. 그 이야기는 접어두기로 합의한 걸로 알았어. 상황이 어떤지 보라고. 당신은 사고를 당했어, 샘. 지금은 그런 얘기를 할 때가 아닌 것 같아……."

"하지만 단순히 종이쪽지 하나가 아니야, 그렇지 않아? 이건 당신이 진심으로 누군가와 함께하고 싶어하느냐의 문제라고."

"난 당신이랑 함께하고 싶어, 샘. 당신도 그걸 알아. 내가 이미 말했잖아."

"하지만 나랑 결혼은 하지 않겠다니. 아니 나랑은 대화도 하기 싫은 것 같은데."

멜리사는 심장박동이 빨라지는 걸 느꼈다. 기어를 내렸는데 엔진이 시끄럽게 되살아나서 그녀는 다시 5단으로 돌아가버린 셈이었다. 샘은 시선을 돌리고 조수석 옆 창을 내다보았다.

그들은 한동안 말없이 달렸고, 멜리사는 속이 부글거리는 것을 애써 참았다. 샘은 그녀를 쳐다보지도 않으려 했다. 그녀가 에어컨의 바람 세기를 강하게 조절했다.

순간적으로 그녀는 벼랑 끝 게임을 했다. 어릴 때 하던 암울한 게임. 실제로 점프를 한다고 상상해본다. 너무 늦거나. 해내거나. 한순간 결정하면 돌아갈 수 없다. 그녀는 실제로 하려 하지는 않았다. 점프. 다치는 것. 하지만 어두운 생각과 두려움을 품을 수 있다는 게 겁났다. 가상이긴 해도 인생은 순간의 결정에 좌우될 수 있었다. 샘에게 말해. 털어놔. 내버려둘 수 없는 것들에 대해 이야기하고 행동해. 초등학교 때 상담가 여자가 압박하고 압박하고 지겹게 압박했을 때와 똑같은 공포가 솟구쳤다.

"있지. 털어놓기가 힘들어, 샘."

"아주 애매한 말이군."

샘이 이렇게 매몰차게 쏘아붙이는 경우는 드물었다. 멜리사는 찡그리면서 코로 숨을 쉬다가 괴상한 소리를 냈다. 그녀는 휴지를 찾느라 주머니를 뒤졌다. 평소에 그녀가 이런 상황에서 쩔쩔매면 샘이 도와주곤 했다. 친절을 베풀었다. 하지만 그는 여전히 시선을 돌리고 있었고, 멜리사는 그의 옆모습에서 눈이 부어 있는 것을 눈치챘다. 레스토랑에서 청혼했을 때 그는 화장실에 간 뒤 한참이 지나 바로 이런 눈이 되어 돌아왔다.

"저기. 내가 종종 힘들게 구는 거 알아. 하지만 이건 당신이 생각하는 문제가 아냐, 샘."

"그럼 뭐냐고, 멜리사?"

그녀는 한 손에 휴지를 들고 어색하게 코를 풀었다. 샘은 여전히 쳐다보려 하지 않았다.

"내가 무슨 생각을 하곤 했는지 알아, 멜리사? 난 당신이 진짜로 사랑에 빠지는 걸 두려워한다고 생각하곤 했어. 행복해지는 걸 두려워한다고. 내가 해야 할 일은 인내하는 것밖에 없다고 생각했어. 어릴 때 겪은 일 때문이라고 짐작했지. 그러니까 난 버티기만 하면 된다고. 그런데 지금은 이런 생각이 들어. 우리가 여기서 오지도 가지도 못하는 것 같다는."

멜리사는 무슨 말을 해야 할지 난감했다.

"그래서 나랑 헤어지고 싶은 거야, 멜리사? 돌아가면 내가 짐을 싸서 나가길 바라는 거야?"

"물론 아니야."

멜리사는 그가 그런 생각까지 했다는 데 충격받았다…….

"물론 아니라니 당연한 얘기처럼 말하네. 지금 당장은 나랑 한 방에 있는 것조차 꺼리는 것 같은 사람이."

"그건 사실이 아냐."

"좋아. 그러면 사실이 뭔지 내가 말해보지. 사실은 이렇지. 난 오늘 아침에 숙소에서 나오기 전에 당신이 수영하는 모습을 발코니에서 지켜봤어. 우리는 아침 인사도 나누지 않았다고, 멜리사. 도대체 내가 어떻게 하면 이 여자를 행복하게 해줄 수 있을까 생각했지. 왜냐하면 내가 보기에 당신은 행복하지 않거든. 당신은 말도 안 되는 시간에 열다섯 바퀴쯤 수영을 했어. 꼭 분노에 찬 사람 같았어. 그러더니 수영장 가장자리에 걸터앉았지. 햇빛이 눈을 찌르는데도 꼭 다른 별에 있는 사람처럼. 여기 있는 사람이 아니었어. 그리고 지금 바로 그렇게 느껴져. 당신은 나랑 있는 것 같지 않아, 멜리사."

"엄마가 나한테 책을 남겼어, 샘. 비망록을."

벼랑 끝. 점프. '말해, 멜리사.' 눈 뒤쪽에서 눈물이 솟구쳤다.

"변호사 사무실에 갔을 때 받았어."

운전대를 쥔 손의 관절이 하얘졌다.

"뭐라고?"

"그 변호사를 만나러 갔다 와서는 착오였다고 했잖아. 다른 사람이 받은 유서 때문이었다고. 거짓말이었어. 착오가 아니었어. 변호사는 내게 전할 책을 갖고 있었어. 엄마가 나한테 남긴 책. 더 일찍 말하지 못해서 미안해."

이제 샘이 얼어붙고 말았다. 그의 입이 헤벌어졌다.

"레시피와 편지, 사진이 담긴 비망록이야. 엄마가 그것들을 모은 때는……."

깊고 큰 심호흡. 멜리사가 말을 이었다.

"엄마가 몹시 아팠을 때 나한테 남겨주려고 그것들을 모은 거야. 내가 어른이 되면 주려고."

"맙소사."

마침내 샘이 그녀를 바라보았다.

"당신한테 미리 말했어야 했다는 걸 이제야 알겠어. 하지만 난 충격에 빠져 있었어. 미안해, 샘."

"그러면 그 일이 언제 벌어진 거야? 레스토랑 사건 전에?"

"아니. 그다음 날 아침에 일어난 일이야. 내가 청혼을 거절했던 이유는 이것 때문은 아니란 말을 하는 거야. 그건 여전히 설명할 수가 없어. 변명 삼아 이 책 이야기를 하는 것도 아니야. 그저 내가 정신이 없는 이유가 그 일 때문이라는 걸 말하려는 거지. 혼자만의 시간을 가지려던 것도 그 때문이고. 당신이랑 같이 있기 싫어서가 아니라고. 그냥 혼자서 그 책을 조금 더 읽고 싶었을 뿐이야. 먼저 내용을 파악한 다음에 당신한테 말하고, 아버지한테는 어떻게 알릴지 궁리하려고 했어."

"정말로 아직 그 비망록을 다 읽지 않았다는 거야?"

"응. 아직. 사실 그 책을 읽기가 너무나 힘들어."

무슨 말을 하면 충분히 표현할 수 있을까? 그녀는 눈을 가늘게 뜨고 적당한 말을 궁리했지만 떠올릴 수가 없었다.

"아버님도 그 책에 대해 모르시고?"

"응."

"세상에. 차를 붙여야겠다, 멜리사."

"뭐?"

"차를 옆으로 세워야 한다고."

마침내 그는 멜리사에게 몸을 돌렸다.

"이건 진짜 큰일이야, 멜리사. 저기. 저 카페 앞에. 세워……."

그녀는 얼굴을 닦았다. 소리 없이 눈물이 흘렀다. 안도감과 두려움과 죄책감이 큰 파도처럼 한꺼번에 밀려들자 그녀는 거울을 쳐다보았다.

'이건 큰일이야……'

갓길로 들어간다는 신호를 넣고 차를 카페 앞으로 몰았다. 멜리사는 샘이 다시 쳐다보자 마음이 놓였다. 그 말을 해버린 것도 다행스러웠다.

페달을 밟았다. 너무 힘껏. 그런 다음 핸드브레이크를 채웠다. 젖은 행주로 반짝거리게 닦은 흰색과 연하늘색 켄우드 셰프 믹서가 떠올랐다. 멜리사는 옅은 색 리넨 바지에 떨어진 눈물방울을 내려다보면서 생각했다. 그래.

이건 진짜 큰일이었다.

뵈프 부르기뇽(쇠고기 스튜)

질 좋은 스튜용 쇠고기 3파운드(양이 너무 많은 것 같겠지만
배고픈 사람한테는 그렇지도 않지)
커다란 양파 1개나 실파 한 줌
판체타(돼지 뱃살을 염장해서 숙성시킨 이탈리아식 베이컨) 1팩
큼직한 마늘 두 쪽
싱싱한 양송이버섯 1팩―저며 썬 것
타임 몇 줄기―가위로 싹둑싹둑 잘라서
좋은 레드와인 1병(아낌없이!)
양념+밀가루 3티스푼+설탕 조금
필요하면 진한 쇠고기 육수 조금

스튜용 쇠고기를 큼직하게 잘라서(조리하면 놀라울 만큼 줄
어들거든) 좋은 찜냄비에 넣고 뜨거운 올리브 오일에 갈색이
되도록 익혀서 접시에 옮겨놓으렴. 그런 다음 기름을 더 넣고
다진 양파(혹은 실파)와 판체타를 볶은 다음 마지막으로 다
진 마늘을 넣어줘. 쇠고기를 다시 냄비에 담은 뒤 밀가루를
뿌리고 나무 스푼으로 모든 재료를 잘 섞으렴. 이 단계에서
재료가 찐득해져도 겁먹지 말도록. 약한 불에서 레드와인을
천천히 넣으면서 소스가 진해질 때까지 조심스럽게 저어줘.
와인 한 병을 다 넣고, 필요하면 진한 쇠고기 육수를 고기가

자작하게 잠길 정도로 더 넣어줘. 양념을 잘하고 다진 타임과 버섯을 넣고 설탕 반 숟가락을 더 넣어서 와인 맛의 균형을 맞추렴. 뭉근히 끓이다가 오븐으로 옮겨서 160도 정도에서 '3시간 동안' 놔둬야 해. 대부분의 레시피에 나오는 시간보다 길지만 나한테는 이 시간이 딱 맞더구나. 냄비는 반드시 뚜껑이 딱 맞아야 해. 더 단단히 덮으려면 재료 위에 유산지를 덮도록. 맛 좋은 소스가 증발해버리면 곤란하니까.

중요한 부분 먼저 얘기할게, 멜리사. 고기 2파운드면 여섯 명은 충분히 먹을 수 있다는 레시피들은 싹 무시하도록. 누구를 먹일 건데? 참새? 이건 네 아빠가 세상에서 가장 좋아하는 레시피이고, 생일마다 난 이 음식을 만들어주었단다. 그러니까 내 말을 믿어. 남자가 어떤 음식을 좋아하면, 식당에서처럼 우아하게 조금이 아니라 김이 나는 맛있는 음식을 푸짐하게 먹고 싶어한단다. 그러다 음식이 남으면 어떡하느냐고? 엄마 말을 믿어봐. 고기는 최소한 3파운드는 필요해. 좋은 냄비에 고기를 최대한 듬뿍 넣어. (이 요리를 할 때는 '르쿠르제'(고급 주물 냄비로 유명한 브랜드)를 사용하기를 권한단다. 분명 투자할 가치가 있다니까. 아마 아빠가 그 냄비를 너한테 줬겠지?) 하지만, 아니. 글을 쓰면서 그 생각은 하지 않으려 해. 오늘은 안 할 거야.

왜냐하면……. 알고 있니, 멜리사?

이 레시피를 쓰기만 해도 입이 양쪽 귀에 걸리는구나. 난 생일을 생각하고 있어. 네 아버지 생일. 내 생일. 특히 네 생일. 아, 내가 얼마나 생일을 좋아하는지!

네 아빠는 날 비웃지. 그이는 내가 유난스럽다고 생각하거든. 하지만 나도 어쩔 수가 없단다. 1년 중 아주아주 특별한 사흘을 챙기는 거잖아. 부활절과 크리스마스를 빼면 말이야.

전에 프랑스를 여행하면서 네 아빠가 이 음식을 좋아한다는 걸 알게 됐어. 나는 부모님을 따라서 매년 여름을 프랑스에서 지냈기 때문에 이 음식을 좋아했단다. 네 아빠는 휴가를 가면 미리 예약하는 걸 좋아하지만(또 콘월을 좋아하지), 이 프랑스 여행에서 난 용기를 내라고 그를 설득했어. 그냥 페리 표랑 미슐랭 가이드만 들고 떠나자고.

우린 진짜 즐겁게 지냈단다, 멜리사. 기분에 따라, 그 지역이 얼마나 마음에 드느냐에 따라 여기저기 돌아다녔지. 그 휴가에서 우린 내가 기억하는 최고의 음식을 맛봤지. 길가에 있는, 맛이 전혀 없을 것 같은 카페에서 이 수프를 먹은 거야. 믿을 수가 없었지!

그런데 얘기가 엉뚱한 데로 빠졌구나.

그 여행의 하이라이트는 아주 수수하지만 근사한 호텔을 발견한 거였어. 호텔에 작은 레스토랑이 있었는데, 새벽부터 스토브에서 뵈프 부르기뇽을 끓이는 듯한 냄새가 나는 거야. 우리가 아침 식사를 할 때도 주방에서 그 냄새가 흘러나오고 있었단다.

아, 처음 음식을 떠먹은 순간 네 아빠의 표정을 찍은 사진이 있다면 좋을 텐데! 난 정말 잊을 수가 없단다.

그는 내 뵈프 부르기뇽도 여느 호텔 레스토랑 못지않다고 하고 그건 분명 거짓말이겠지만, 내 요리도 이제 제법 비슷해졌다고 할 수 있지. 오랜 세월 전통적인 방식으로 만들면서 시행착오

끝에 조리법을 살짝 고쳤단다. 이건 네 아빠가 좋아하는, 실패 가능성 없는 레시피야. (그런데 마지막에 소스를 진하게 졸여야 할 거야. 방법은 여러 가지지. 스토브에서 보글보글 끓이거나 밀가루와 버터 섞은 것을 더 넣거나 옥수수 전분+물을 넣고 휘휘 젓거나.)

생일!

아무리 요란을 떨어도 부족한, 세상에서 가장 중요한 날이지. 그래, 맞아. 네 아빠는 내가 생일에 대해선 아이처럼 군다고 말하지. 하지만 내게 생일은 모든 종류의 사랑과 관계를 알려주는 날이란다, 멜리사.

이 책에서 몇 가지 조언을 하겠다고 약속했지, 내 아가. 진심으로 사랑하는 사람들에 대해서는 사실 아주 간단해. 주는 만큼 받게 되지.

그리고 사랑하는 이의 생일에 특별한 일을 했을 때 깜짝 파티의 주인공이 된 그들의 얼굴보다 세상에서 더 기분 좋은 광경이 있을까. 그리고 그건 힘든 시기에 자신을 들여다보게 하는 특별한 기억—기댈 언덕이라고나 할까—이 된단다. 어느 관계에나 기복이 있기 마련인데 그럴 때 그런 역할을 하는 거지.

여섯 살 때 네 생일을 기억하니, 아가? 내가 가장 좋아하는 날이었지. 그해에는 조수 시간 때문에 소동을 떨긴 했지만! 그즈음 넌 물을 정말 좋아하는 아이였어. 콘월로 여행을 가면 넌 매일같이 하루 종일 수영복을 입고 살았지. 비가 오나 해가 뜨나.

네가 쪼글쪼글해지지 않은 게 이상할 정도였어.

네 생일은 가을이고, 우린 이미 리저드 만에서 한 주 지냈는데, 네 아빠와 난 아주 근사한 모래사장이 내려다보이는 호텔에서 주말을 더 보내기로 결정했어.

참고 들어보렴. 중요한 대목이니까.

넌 영화에서 한 남자가 모래밭에 메시지를 쓰는 장면을 본 적이 있었는데 청혼하는 문장이었던 것 같아. 그 비슷한 문구인데 정확히 기억나진 않는구나. 아무튼. 넌 거기에 약간 매료되었던가봐.

호텔에서는 우리에게 가족실을 내주었고, 너는 침실 옆 드레싱 룸에 있는 소파베드에서 잤단다. 난 네가 생일날 아침에 흥분해서 너무 일찍 깰까봐 엄청 걱정했어. 당연히 넌 그랬지. 그래서 단호하게 말했어. 생일을 맞은 어린이라 해도 일어나기에는 아직 너무 이르다고 말이야. 그리고 아침 식사 때 선물을 줄 건데 그 전에 난 체육관에 다녀와야 한다고 했지.

난 운동복까지 입고 있었단다! 이제 감이 잡히니?

그런 다음 나는 깜짝쇼를 벌이러 나갔고, 아빠는 계속 엄하게 굴면서 네게 적당한 시간까지 자야 한다고 했지.

난 8시쯤 돌아왔고, 바닷물이 너무 빨리 들어올까봐 걱정했단다!

우린 커튼을 걷고 너를 발코니로 데려갔어.

3층이어서 내가 기대한 것보다 훨씬 더 잘 보였어. 우리 발코니 너머로…… 아무도 밟지 않은 모래밭에 '생일 축하해, 멜리사'라고 적혀 있었지.

그때쯤 다른 투숙객들이 움직이기 시작했고, 그들이 객실 발코니에서 미소 짓던 기억이 나는구나. 너는 신나서 펄쩍펄쩍 뛰기 시작했고.

다들 너한테 팔을 흔들어주었고, 결국 호텔의 모든 발코니에서 다 같이 생일 축하 노래를 불렀지.

그날 일이 기억나니? 제발 기억난다고 말해주렴.

엘레노어는 의자에 기대앉아 흐뭇하게 미소 지었다. 그녀는 손을 뻗어 화장대 맨 위 서랍에서 아끼는 책을 꺼냈다. 위로 넘기는 자그만 앨범에 좋아하는 사진들이 들어 있었다.

모래밭에 쓴 메시지 사진도 있었다. 물이 들어와서 글씨가 씻겨나가기 직전에 찍은 사진이었다. 물길을 돌리려고 모래로 쌓아 만든 벽과 해자를 찍은 사진도 있었다. 그다음에는 집에 돌아와 열었던 여섯 살 생일 파티에서 찍은 멜리사의 사진들이 있었다.

엘레노어는 입에 호루라기를 문 맥스의 사진을 보고 고개를 저으면서 미소 지었다.

"우린 고소당할 거야, 엘레노어!"

그녀는 남편의 겁먹은 얼굴을 보며 와락 웃음을 터뜨렸던 때를 기억했다. 그는 좌절한 채 손을 저으면서 호루라기를 불어댔다.

멜리사의 친구들이 한꺼번에 바운시 캐슬(바람을 넣게 되어 있는 튜브로 된 집. 영국에서 생일 파티 때 많이 대여한다)에 몰려들자 소리쳤다.

"한 번에 여섯 명씩! 이거 장난이 아니네."

멜리사가 반 친구들 전원을 초대하겠다고 해서 그들은 홀을 빌렸다. 바운시 캐슬을 대여하면서—문제의 홀에 딱 들어맞는 유일한 크기였다—그들은 순진하게도 대여업자가 그곳에 머물면서 감독해줄 거라고 기대했다.

하지만 아니었다. "계약서에 그런 항목은 없습니다, 고객님."

그 대신 대여업자는 '규칙'이라는 커다란 경고문이 든 서류판을 건넸다. 캐슬에 한 번에 여섯 명 이상 들어가지 말 것. 아이들이 혀를 깨물지 않도록 조심시킬 것. 머리를 부딪치지 않게 할 것. 뇌진탕에 유의할 것.

그러고 나서 업자가 커다란 호루라기를 꺼내 맥스의 목에 걸어주었을 때 남편이 지은 놀란 표정을 그녀는 잊지 못했다.

"이게 필요할 겁니다."

불쌍한 아빠.

"안 돼, 얘들아. 정말이야. 한 번에 여섯 명씩. 최대 여섯 명이야."

당분을 섭취해 활기가 넘치는 아이들이 귀담아 듣지 않자 맥스는 호루라기를 불면서 팔을 저었다.

물론 아무도 다치지 않았다. 아이들 모두 케이크를 너무 많이 먹었다. 콜라를 너무 많이 마셨다. 한 아이가 변기에 구토를 했다. 하지만 아무도 혀를 깨물지 않았다. 뇌진탕을 일으키지도 않았다. 고소당하지도 않았다.

그리고 기진맥진한 생일 당사자는 그날 밤 잠자리에 들면서 아주 행복해 보였다.

"콘월에서 해변에 메시지를 쓴 사람은 엄마였지?"

"아니. 어떻게 그렇게 됐는지 난 전혀 모르는걸. 마법 같은 게 일어난 거야."

엘레노어는 딸의 이마에 입 맞추고 머리칼을 매만졌다.

"사랑해, 엄마."

18
멜리사, 2011

멜리사는 샘이 책의 앞쪽 몇 페이지를 읽게 해주었다. 그 정도면 충분하다고 그녀는 짐작했다.

"이럴 수가, 멜리사."

샘은 손을 만지작거리다가 짙은 오렌지색으로 칠한 소나무 탁자에 놓인 멜리사의 손을 잡고 말했다. 그의 얼굴은 하얗게 질려 있었다.

"필요한 만큼 시간을 갖고 읽도록 해. 내 말 듣고 있어?"

그녀가 고개를 매우 빠르게 끄덕였다.

"고마워, 샘."

"맙소사. 내가 멍청한 놈이 된 기분이야. 당신한테 싸움이나 걸다니."

"말도 안 되는 소리 말아. 내 잘못인걸."

샘은 일어나서 발코니 쪽으로 걸어가 엉덩이에 손을 걸치고 수영장을 내다보았다.

"진짜 힘든 대목들이 있어, 샘. 시작 부분처럼. 처음에 난 이책을 받아들일 수가 없었어. 그래서 아무 말도 할 수 없었던 거야. 하지만 거기에는 정말 아름다운 추억들도 있어. 그리고 글의 어떤 부분이든 다 내가 까맣게 잊고 있었던 일들을 생각나게 해. 이제 난 책에 익숙해지고 있어."

샘이 그녀에게 고개를 돌렸지만, 그의 머리 뒤로 햇빛이 너무 강해서 멜리사는 샘의 표정을 제대로 볼 수 없었다. 그래서 다행스러웠다.

"사실 난 꿈도 꿨어, 샘. 소파베드에서 잔 첫날밤이었어. 어릴 때 자주 꾸던 엄마에 대한 꿈이었어."

"나한테 그런 말을 한 적 없었잖아……."

"알아. 아무한테도 말한 적 없어. 그 꿈이 마음에 들지 않았어. 이상하게 들린다는 거 알지만, 사실 난 그 꿈을 꾸면 속상했거든. 그런데 책을 읽으면서 그 꿈이 다시 돌아왔어. 그리고 이제 어떤 꿈이었는지 기억나는 것 같아. 난 해변에서 그녀의 손을 잡고 있었어. 우리 엄마 손을. 어느 생일날 깜짝 선물이나 그런 거였던 것 같아."

"아, 멜리사."

그녀는 실루엣으로 보이는 샘에게 미소 지었다. 파란 하늘을 배경으로 허리에 손을 걸친 실루엣은 뒤편 발코니의 검은 난간 부분에서 이지러졌다. 그때 탁자에 놓인 멜리사의 휴대전화가 부르르 떨렸다.

"아휴. 또 아빠일 거야. 아빠한테 어떻게 말해야 좋을지 모르겠어, 샘. 충격이 이만저만이 아닐 텐데."

멜리사는 책을 힐끗 보면서 메시지를 확인하려고 전화기를 들었다.

'잘 있다니 다행이구나. 내 문자에 전부 답장하길! 재미있게 보내라. xxx. 추신, 나를 성차별주의자라고 불러주겠니?'

그녀는 입술을 비틀면서 인상을 쓰며 전화기를 돌려 샘에게 보여주었다.

"성차별주의자? 아버님이? 대체 무슨 일이야?"

"누가 알겠어. 직장에서 곤란한 입장에 빠지신 게 아니면 좋겠는데."

멜리사는 한숨을 쉬었다.

"휴. 아빠가 저러시니 내가 전화해서 무슨 일인지 알아봐야지. 하지만 당장은 아빠랑 통화할 수가 없어. 그렇게 못하겠어."

"그래. 그러면 뭘 하고 싶어, 멜리사? 오늘 말이야. 수영? 독서? 점심 식사? 산책?"

"해변 카페에 가서 비망록을 읽어도 괜찮겠어? 한동안 혼자서 책을 좀 읽으면 어떨까. 아빠한테 메시지를 보내서 진정시켜드리고, 나도 정리 좀 하고."

"그러고 싶으면 그렇게 해."

"그러다 점심때 만날까? 12시 30분쯤? 그러면 어때?"

"그럼 되겠네."

멜리사는 가방을 집어서 옆 주머니에 책을 넣은 다음 선글라스와 밀짚모자를 챙겼다. 샘은 밖을 보면서 이 상황이 어색하지 않은 척했다. 그는 열린 발코니 문 사이로 수영장 옆에 있는 가족들을 보는 척했다.

"난 초조하기도 해, 샘."

"응?"

"무슨 일이 벌어질지. 책에 또 무슨 내용이 있을지……. 새 페이지를 읽을 때마다 정말로 초조해. 다음에는 무슨 이야기가 나올지."

그는 절룩이며 방을 가로질러 와서 멜리사의 이마에 키스했다. 그녀는 샘의 뺨에 손을 댔다.

"미리 말하지 않아서 미안해."

"괜찮아. 난 이해해, 멜리사. 내가 필요하면 전화해, 알겠지? 그리고 날 너무 오래 밀어내지 말고."

그녀가 고개를 끄덕였다.

"그러면 아버님은 어쩔 거야?"

"대충 메시지를 보내야지. 집에 돌아가서 제대로 이야기하고. 직접 만나서."

샘은 멜리사를 꼭 안아주었고, 발코니에 서서 그녀가 계단을 내려가는 모습을 지켜보았다. 멜리사는 수영장 앞을 지나 해변으로 이어지는 길로 접어들자 손을 흔들었다.

샘에게 사실을 말하고 나자 멜리사는 놀랍게도 기분이 훨씬 나아졌다. 한결 가벼웠다. 그리고 예기치 않게 더 차분해졌다. 한바탕 동요한 뒤 어렴풋이 회복한 느낌이 들었다.

해변으로 가는 길은 나무가 많은 좁은 구역을 지나가는 구불구불한 길이었다. 동네 사람들과 예산이 빠듯한 여행자들이 이 부근에서 캠핑을 했다. 나무 사이에 매어놓은 줄에 빨래가 걸려 있고, 트인 공간 여기저기에 다양한 소형 텐트와 테이블과 의자 세트가 있는 풍경은 느긋해 보이면서 히피 같은 분위기가 풍겼다. 멜리사는 미소 지으면서 자신도 더위 속에서 텐트에서 잘 수 있는 사람이면 좋겠다고 생각했다.

주중이라 해변 카페에는 그늘 아래 빈 테이블이 많았다. 바 쪽에서 레게 음악이 잔잔하게 흘러나왔다. 주로 밥 말리의 곡이었다. 멜리사는 콜라를 주문했지만, 카페에는 코카콜라가 없고 대신 펩시콜라가 있다고 했다. 사람들이 둘의 차이를 아는 게 놀라웠다.

테이블 몇 군데에 카드놀이를 하고 있는 젊은 사이프러스인 친구들이 앉아 있었다. 완벽한 몸매를 가진 작은 비키니 차림의 놀랍게 예쁜 아가씨들. 구릿빛 피부의 남자들. 모두들 즐거운 시간을 보내고 있었다.

멜리사는 그들의 느긋한 미소가 부러웠다. 시끌벅적한 웃음소리. 그녀는 그들이 수풀의 작은 텐트에서 땀을 흘리며 뜨거운 섹스를 나누는 상상을 했고, 웨이터가 다가오자 얼굴을 붉혔다. 그는 음료를 갖고 갑자기 나타났다.

그녀와 샘은 이번 휴가에서 정확히 한 번 사랑을 나누었다. 그런 다음 그녀의 복통. 오토바이 사고. 어머니의 책…….

멜리사는 수신 메시지가 있는지 휴대전화를 확인했다. 그런 다음 먼 바다로 눈을 돌렸다. 오른쪽 해변에서는 아이들이 젖은 모래를 뒤집어쓰며 축구를 하고 있었다. 엄마의 책을 처음 받은 순간으로 마음이 돌아갔다. 기다란 마호가니 책상과 안전봉투. 그놈의 옷 가방을 저울에 올리고 항공사 여직원 앞에 서 있었을 때 느낀 곤혹. 생각이 사고로 흘러갔다. 오토바이가 끼익 하고 미끄러지던 소리. 파포스에서 돌아오는 차 안에서 싸울 때 샘의 표정.

왜 그녀의 삶은 이곳 사람들처럼 더 느긋하지 못할까? 왜 휴가는 예약할 때 꿈꾸던 대로 느긋한 시간이 되는 적이 거의 없을까? 왜 휴가는 바다 냄새를 띠지 못할까? 섹스의 냄새를?

멜리사는 다시 얼굴을 붉혔다.

어머니의 책이 가방에 있었다. 기다리고 있었다. 더 이상 감출 필요가 없다는 게 무척 안심됐다. 하지만 그녀는 여전히……. 그랬다, 책을 읽어나가는 게 긴장됐다.

멜리사는 책을 꺼내 테이블에 올려놓았다. 한참 동안 물끄러미 책을 바라보았다.

멜리사와 샘이 어렸을 때 엄마는 샘을 두어 번 본 적이 있었다. 그녀는 샘을 좋아했다.

"정말 좋은 아이 같아, 샘이라는 아이 말이야."

멜리사는 표지를 쓰다듬었다. 이제 그녀가 모든 걸 망친 데 대해 엄마가 어떻게 생각하고 뭐라고 말할지 궁금했다. 샘에게 결혼에 확신이 없고, 그 이유를 모르겠다고 말한 것에 대해.

오늘은 익숙한 부분으로 돌아가 다시 읽기로 결정했다. 그랬다. 컵케이크. 스키틀 게임. 그 대목을 찾느라 시간이 걸렸지만 앞부분이 레시피로 시작되어서 유용했다. 레시피가 각 장의 시작 부분 역할을 했다. 어머니의 필체에 푹 빠져서 페이지를 천천히 넘겼다. 검은색 잉크. 책상에 앉아서 고개를 숙이고 집중하는 어머니를 상상했다. 멜리사는 처음에는 양미간을 찌푸렸다가 미소가 번지는 걸 느낄 수 있었다. 다행이었다. 이번에는 더 많은 기억이 떠올랐다. 스키틀 게임. 핀을 맞추고 만세를 부른 기억. 그랬다. 나무 공이 나무 스키틀을 맞추는 그 독특한 소리. 그다음에는 새로운 그림이 떠올랐다. 한번은 아버지가 집에 왔을 때였다. 둘이 복도에서 게임을 하고 있는데 아버지가 현관문으로 들어오자 엄마가 말했다. "미안해요. 아직 저녁 식사를 준비할 생각도 못하고 있었네요."

그리고 해변에서 크리켓을 했었나? 멜리사는 손으로 입을 막고 앞을 빤히 바라보았다. 가족은 콘월에 있는 멋진 해변에 가곤 했다. 해변 이름이 뭐더라? 아버지가 대프니 듀 모리에(『레베카』를 쓴 영국 여류 소설가)가 거기서 수영인가 뭔가를 배웠다고 말한 기억이 나는 듯했다. 그 해변은 초여름에도 별로 번잡하지 않아서 그들이 크리켓을 할 수 있었다는 게 요점이었다. 이제 점점 선명하게 기억이 나면서 환한 미소를 짓게 되는 게 놀라웠다. 바람에 머리가 나부꼈다. 당시 엄마는 지금의 그녀처럼 긴 머리였다. "넌 엄마의 머리를 물려받았어, 멜리사." 모녀는 머리를 하나로 묶었다. 멜리사와 엄마는 공범 같았다. 아빠 뒤로 그들은 얼굴을 찡그리며 윙크를 했다. 모녀는 크리켓에 관심이 별로 없었지만 맥스를 실망시키고 싶지 않았다.

"두 사람이 집중할 수 있다면 좋을 텐데."

아빠가 하나하나 어찌나 진지하게 구는지 엄마와 멜리사는 웃음을 터뜨렸다. 그는 스텀프에서 공 던지는 자리까지 거리를 재고 있었다. 모래밭에 금을 긋고.

멜리사는 여전히 미소를 머금고 남자애들이 축구하는 모습을 바라보았다. 그때 전화기가 진동했다. 그녀가 괜찮은지 확인하는 샘의 메시지였다.

멜리사는 자신은 잘 있으며 오후 12시 30분에 만나자고 메시지를 보냈다. 메시지에 신중하게 키스 표시를 여러 개 넣었다. 그때 아버지에게 간단한 답 문자를 보내야 한다는 것이 기억났다. '재미있어요. 집에 가서 얘기해요. x.'

샘과 다시 만나기까지 1시간이 남아 있었다. 멜리사는 테이블의 양산을 조절해서 더 그늘이 지게 한 다음 책을 읽었다. 찬 음료를 마시다가 커피를 마시고 다시 한 잔 더 마시면서, 노는 아이들을 바라보기도 하고 멀리 바다를 쳐다보기도 했다. 바 뒤편의 푸른 녹지에서는 도마뱀이 뙤약볕을 피하기 위해 왔다갔다하는 바람에 작은 구름 같은 먼지가 일어났다.

19
맥스, 2011

맥스는 갈팡질팡하고 있었다. 다음번에 안나와 만날 곳은 대학가의 공공장소가 가장 안전하겠지만 모순되게도 사적인 요소 또한 필요하다는 생각이 들었다.

그는 멜리사가 문자를 받고 전화하기를 바랐었다. 딸의 의견을 조용히 듣고 싶었다. 칼럼니스트인 멜리사는 법적인 문제에 능숙했다. 고용법이 어쩌고저쩌고. 멜리사는 항상 약자를 옹호했고, 그래서 늘 고소하겠다는 위협에 시달렸다. 하지만…… 멜리사는 전화하지 않았다. 맥스는 이 복잡한 상황에서 혼자였다.

마침내 서성거리며 고심한 끝에 라이트바이트 비스트로에서 만나기로 정했다. 신입생들이 학생 융자금을 받는 학기 초에는 북적대지만 몇 주 지나면 한가해지는 곳이었다. 학생들은 이제 컵라면을 들고 다녔고 술값을 많이 쓸 여력이 없는 듯했다.

라이트바이트는 당연히 썰렁했다. 한쪽 구석에 교직원 두 명만이 앉아 있었다. 맥스는 카페 구역의 맨 끝에서 두 번째 테이블에 앉아 휴대전화를 확인했다. 약속을 취소하는 안나의 메시지는 없었다. 다행이었다.

마침내 그녀는 긴 진회색 레인코트 차림으로 5분 늦게 도착했다. 무슨 표정인지 읽을 수가 없었다. 코트를 벗느라 애쓰는 안나 앞으로 맥스는 메뉴판을 밀었다. 그는 쑥스러운 나머지 일어나서 안나를 거들어줄 수가 없었다.

"다시 만나줘서 고마워요, 안나. 뭔가 먹을까 싶었는데……. 그러면 좀 부담스러운가 싶기도 하고."

그는 편하게 말하려 했지만 문득 선택하는 말 한 마디 한 마디가 걱정스러웠다.

"음. 저기, 안나……. 여기서 솔직히 털어놓을게요."

제길. 최선의 전략이 뭔지 알 수가 없었다.

"당신이 인사부를 언급했을 때 난 몹시 동요했어요. 정말이에요. 인사부와 관련된 어떤 종류의 문제도 겪어본 적이 없거든요. 한 번도. 그래서 난감했어요. 우리가 대화를 더 나눠야 할 것 같았어요. 확실히 해둔다고나 할까요?"

안나는 침묵을 무기로 삼고 있었다.

"이봐요. 난 당신의 아이디어가 마음에 들어요, 안나. 솔직히 그 아이디어들이 가능성이 있다고 생각하고, 쭉 진척되는 것을 보고 싶어요. 하지만 당장 학과가 변화하는 상황을 챙기느라 난 시간이 없어요. 게다가…… 정직하게 말해볼까요? 난 지난번에 어떤 새로운 과정을 지지하는 입장을 견지했는데, 여성 동료와 일대일로 자주 접해야 하는 프로젝트였어요. 흠. 당신도 소문을 들었겠지요."

"데보라 호킨스 일이요?"

"유언비어."

"늘 유언비어죠."

"그러니 나한테 진실을 듣는 게 가장 좋을 거예요. 부적절한 일은 없었어요. 편파적이지도 않았고. 특혜를 준 적도 없고. 그건 장담해요. 둘 다 독신이었어요. 그 프로젝트에 착수하고 오래 지나서야 데이트를 시작했을까요? 그런데 솔직히 말할까요? 우리 관계의 공사 균형을 맞추기 어렵다는 것을 알았어요. 사람들이 내가 편애한다고―그런 면이 전혀 없었는데도―비난할까봐 걱정되기 시작했거든요. 어쨌든, 관계가 제대로 풀리지 않자 그 공동 프로젝트와 관련해서 새로운 의문점과 난관이 생기더군요. 나는 데보라를 공평하게 대하려고 무척 애썼어요. 하지만, 글쎄, 앞으로 누군가 지지할 때는 몹시 신중하게 처신해야겠다고 스스로 다짐했지요."

"하지만 우리는 사귀는 사이가 아니잖아요."

"그렇죠, 물론 아니죠. 예전과 똑같은 상황이라는 의미는 아니었어요. 다만 내가 약간……."

"강박적이신가요?"

"신중하려 한다는 표현이 더 좋겠군요."

"여성들과는 작업할 수 없다는 말을 하시는 거예요?"

"아니요. 물론 그건 아니고."

제길, 멜리사와 통화했으면 얼마나 좋았을까. 무슨 말을 하면 안 되는지 멜리사가 주의를 줬을 텐데. 맙소사. 어쩌면 일대일로 만나지 말라고 충고했겠지. 그건 아주 안 좋은 생각이라고.

"그러면 뭐죠?"

"빌어먹을 유언비어가 돌 경우 그 과거사―데보라와의 일―가 대단히 출중한 당신의 아이디어를 어떤 식으로든 희석시키거나 손상시키는 걸 원치 않는다는 뜻이에요."

"데보라의 프로젝트는 승인되지 않았나요?"

맥스가 화난 목소리로 대답했다.

"그래요, 승인되지 않았지요. 그게 꽤씸하지요. 난 찬성표를 던졌고, 다른 사람들의 의사를 투명하게 조사했지만 거부당했어요. 알겠지만 요즘은 모든 게 정치이고 숫자 놀음이니까요."

"그래서 교수님의 걱정은 혹시 데보라가 생각하기를……."

맥스는 어깨를 으쓱했다.

그러자 이제 안나가 빙그레 웃었다.

"아휴, 맥스. 양심의 가책을 느끼는 교수도 있네요?"

맥스는 안나가 자신을 놀리는 건지 확신이 없었지만, 그녀는 곧 메뉴판을 내려다보면서 말했다.

"저는…… 파니니로 할까요? 교수님은요?"

이제야 그녀가 그를 다시 맥스라고 부르고 있었다.

"난 파니니를 싫어해요. 항상 혀를 데거든요. 뜨거운 치즈 때문에."

그가 투정 부리는 아이처럼 얼굴을 찌푸리자 안나는 크게 웃었다.

"난 늘 같은 걸 먹어요. 관상동맥 때문에 구운 감자를 먹죠."

안나가 한쪽 눈썹을 치켜떴다.

"바삭한 베이컨이랑 치즈를 곁들여서요. 그런데 그건 어떻게 하는 건가요? 눈썹 올리는 거. 늘 그렇게 할 수 있으면 좋겠다고 생각했거든요."

안나는 어깨를 으쓱하고 다른 쪽 눈썹을 치켜떴다.

"이제 당신이 미워지는군요. 샘이 나서 원."

"저는 구운 야채 파니니랑 스키니 카푸치노(저지방 우유로 만든 카푸치노)로 할래요."

그녀가 맥스에게 메뉴판을 건네며 말했다.

"베이컨 열량 따위는 나중에 달리기로 빼면 된다고 나 자신을 속이죠."

"달리기를 하세요, 맥스?"

맥스는 자리에서 일어났다.

"하지요. 하지만 자선 마라톤 대회에 날 끌어들일 생각일랑 접어둬요. 이제 난 마라톤은 안 하니까."

"아쉽네요. 좋은 취지의 행사인데."

"그런 일이야 늘 그렇지 않나?"

맥스가 음료와 주문 번호표가 담긴 쟁반을 들고 테이블로 돌아오자, 안나는 매우 흥미로워하며 그를 살폈다.

"저기요, 맥스. 저번 날 아침에 화를 낸 일은 죄송해요. 그리고 설명해주셔서 감사해요. 제가 이 새로운 아이디어에 대해 정말로 진지해서 그런 거예요. 그 아이디어를 밀어줄 사람이 간절히 필요하고요."

"알아요. 그리고 당신 말이 맞아요. 따져보니 프레더릭 몬태규는 진저리나게 당황스러운 대안이었어요. 최적의 인물이 아니지요. 내가 다시 고민해서, 시간 여유가 있고 프로필이 적당한, 추천할 만한 사람이 있는지 알아보는 게 어때요. 잘나가는 인물로. 그러면 어떨까요?"

"한결 낫네요. 고마워요."

두 사람은 달리기에 대해 대화를 나누었다. 맥스는 그녀의 훈련 과정에 관심을 갖고 경험에서 얻은 요령들을 알려주었다. 그는 마라톤을 뛴 지 오래되었다. 2년 전쯤이라고 설명했다. 처음에는 훈련용 시간표대로 훈련하는 게 좋았다. 자신을 밀어붙일 근거가 있었으니까. 하지만 결국 스톱워치를 들고 혼자 알아서 뛰는 것을 선호하게 되었다.

"저는 손을 떼려고 했어요. 아들이 그만두려고 했을 때 말이죠. 그러다 생각했죠. 쳇. 끝장을 보는 게 좋을 거야."

음식이 나오자 안나는 의자에 등을 기대면서 말했다.

"그래서…… 마음을 바꾸라고 설득해봐야 소용없을까요? 당신 아들을?"

그녀는 입매를 한쪽으로 내렸다.

"저기요, 맥스. 저번 날 제가 수도꼭지가 터졌던 일 말이에요. 그 얘기를 꺼내지 않아서 고마워요. 점심 식사를 하자고 한 이유가 그 일 때문인지 걱정했거든요. 설교를 하려고 만나자는 건가 하고요. 부드러운 충고라든가."

맥스는 얼굴이 빨개지는 것을 느낄 수 있었다.

"다시는 그런 일 없을 거라고 약속할게요. 제가 그런 짓을 했다니 믿을 수가 없어요. 울다니."

안나는 양손으로 머리를 감쌌다.

맥스는 여전히 뺨이 달아오르는 것을 느낄 수 있었고, 열기를 가라앉히려고 물을 너무 급히 마셨다.

"미안해요."

그가 냅킨에 대고 기침을 하면서 말했다. 기침이 심한 사레로 변할까봐 순간적으로 걱정이 됐다.

두 사람 다 기다렸다. 맥스는 손을 들어 괜찮아지고 있다고 알렸다. 계속 이야기해도 된다고.

"우린 같이 지내는 데 몇 가지 문제를 겪고 있어요. 아들이랑 저요. 십대의 전형적인 문제죠."

"별거 아니에요."

맥스의 목소리가 높았다. 거의 사레에 걸렸다. 창피스러웠다.

"정말 괜찮으세요?"

"네, 괜찮아요. 고마워요."

"그러니까 십대 자녀를 두셨군요?"

"그래요. 지금은 그보다 훨씬 컸지요. 딸이에요. 멜리사. 이제 아주 자리 잡았죠. 스물다섯 살이에요. 다 잘될 거라고 장담할 수 있어요."

"다들 그렇게 말하더군요."

그녀가 조심스럽게 파니니의 끄트머리를 베어 물다가 찌푸리면서 물 잔에 손을 뻗었다.

"봐요. 항상 입을 덴다니까. 파니니는."

맥스는 감자에 베이컨을 더 뿌리면서 미소 지었다.

안나는 입을 벌리고 손을 저으면서 물을 더 들이켰다.

"제가 상황을 과소평가했다는 생각이 들어요."

"마라톤이요?"

"아뇨, 이혼이요. 프레디에게 미치는 영향에 대해."

맥스는 몸을 뒤척였다. 그가 이렇게 안나에게 다시 만나자고

한 건 둘 사이의 분위기를 더 좋게 하고 싶어서였다. 상황을 진정시키고 싶었던 것이다. 그런데 이건 전혀 예상하지 못한 일이었다.

"죄송해요. 제가 교수님을 당황시키고 있죠? 너무 털어놔서. 나쁜 습관이죠. 누가 믿어주면 보답해야 한다고 느껴져서요. 저에 대해 제대로 설명해야 할 것 같아서요. 그랬던 거예요, 저번 날 말이에요."

"괜찮아요, 안나. 당신이 어색하게 느끼지 않으면 좋겠어요."

맥스는 여기서 어떤 말이 옳고 그른지 알 수가 없었다.

"이혼이요. 남편이랑 저는 2년간 별거했어요. 프레디에게 적응할 시간이 있었으니 더 쉽게 받아들일 거라고 생각했죠. 알고 보니 제 추측이 틀렸더라고요."

맥스는 몸 안에서 벌어지는 현상을 드러내지 않으려고 몹시 애썼다. 하지만 그는 안나의 약지 손가락을 쳐다보고 있었다.

"제가 또 그러네요, 그렇죠? 불편하게 만들고 있죠, 맥스? 이런 말을 하는 거요. 전 뭐가 잘못됐는지 모르겠어요."

"괜찮아요."

"아뇨. 괜찮지 않아요. 죄송해요. 인사부 얘기로 위협하는 게 아닌데 그랬어요. 그건 지나쳤어요."

밀려오는 안도감. 다시 본래의 맥스가 될 수 있었다.

"제가 당신을 잘못 판단했고, 그건 공평한 처사가 아니었어요."

그녀는 물을 더 마셨다.

"그래서. 아무튼. 저는 새 출발과 새로운 곳에서의 생활이 저와 프레디 모두에게 좋을 거라는 순진한 생각을 했죠. 그래서 이 자리를 얻었고, 아이를 그래머스쿨에 넣어서 A 레벨 과정을 밟게 했고요. 프레디는 전체적인 계획을 좋게 받아들이는 것 같았어요. 지난주 이전까지는요."

"그런데?"

"그런데 갑자기 여기서 사는 게 싫다고 하더군요. 새 학교가 싫다고. 기금 마련 마라톤이 싫다고. 엄마랑 사는 게 싫다고. 방학 내내 아빠한테 가서 지내고 싶다고 말이죠. 현재 그는 독일에서 영어를 외국어로 가르치고 있어요."

"이런."

"모든 게 지나가는 일이기를 바라고 있어요. 한때라고. 프레디가 A 레벨 시험 준비 중이라 그런 거라고 생각하려 하죠. 그런데 맥이 풀리네요."

"그러면 당신은 여기가 마음에 드나요?"

"아주 좋아요. 우린 강 근처 작은 집에 살아요. 솔직히 축복이다 싶어요. 물가에 살다니. 멋진 산책로들도 있고요. 훈련하기에 좋은 곳들도 있죠. 예전에 살던 집보다는 작은 집이지만 난 프레디가 더 너그럽게 받아들이기를 바라고 있었죠."

"십대들은 오로지 자기만 생각하는 것 같아요. 다들 똑같아요. 아이에게 시간을 줘요. 다 지나갈 거예요."

"그렇게 생각하세요?"

"그럼요."

"그러니까 따님과 가까우시군요? 멜리사라고 하셨나요?"

"네. 그렇게 생각하고 싶네요. 딸아이는 지금 저널리스트로 일하고 있어요. 소비자 문제를 다루지요. 지역신문 여러 군데에 동시에 칼럼을 게재해요. 제법 파격적인 내용이죠. 폭리를 취하는 고금리 단기대출 상품. 연금생활자 사취. 그런 거예요. 딸아이가 아주 대견해요. 사실 중앙지 한 곳에서 단기 계약 제의를 받고 있지요."

"어머나. 일찌감치 성공했네요."

"그렇죠. 앞날이 창창하죠."

"그러면 따님은 지금 가까이 사나요?"

"그리 멀지 않아요."

"바로 그게 제가 들어야 할 대목이에요. 보세요. 교수님은 아주 좋은 길을 찾아냈어요. 이혼한 이후에 말이에요. 대부분 결국 그렇게 된다고 말해요. 자식들이랑. 저는 그 말을 혼잣말로 계속 중얼대요. 결국 모든 게 잘될 거라고."

맥스는 마지막 남은 감자 구이에 몰두해서, 도자기 종지에 담긴 샐러드드레싱을 야채와 토마토 조각에 뿌리고 기름이 강처럼 흘러 하얀 접시를 번들거리게 만드는 것을 보았다. 아무리 세월이 흘러도 이런 순간은 늘 싫었다. 상대방이 당연시하는 추측을 고쳐줘야 할지 말지 결정해야 하는 순간.

초기에는 몹시 화가 났었다. 남들이 엘레노어가 그와 헤어지는 쪽을 선택했을 거라고 추측하는 게 싫었다. 하지만 요즘은 통계적으로 이혼이 많아서 다들 그렇게 짐작한다는 걸 깨달았다. 다시 독신이 된 맥스 또래 남자들은 대부분 이혼한 경우니까. 그가 데보라와 데이트할 때 독신이었다고 말했으니 안나도 자신을 이혼남이라고 짐작할 터였다. 이따금 그는 화제를 바꿔서 이런 순간을 모면하기도 했다…….

"그래서 전부인 말이에요, 맥스. 여전히 이 나라에 살고 있나요? 꼬치꼬치 캐물으려는 게 아니라 그저 전남편이 독일에서 오스트레일리아로 옮기겠다고 해서요. 솔직히 말하면 그 사람이 이주할 준비를 착실히 하는 것 같진 않지만, 그래도 저는 기절초풍할 지경이거든요. 독일에 있는 것도 좋지 않은 상황이지만 그래도 비행기로 금방이잖아요. 그런데 프레디가 오스트레일리아에 가고 싶어하면 제가 어떻게 감당해야 할지 정말 난감해요."

"그 사람은 죽었어요."

"네?"

"내 아내 말입니다."

"어머나. 정말 죄송해요, 맥스."

그런 다음 정지 화면. 두 사람 다 식사를 멈추는 몹시 괴로운 순간. 움직임도 멈추고.

"괜찮아요. 오래전 일인 걸요."

그는 미소 지으며 아주 익숙하게 대처해서 상대의 민망함을 무마하려 애썼다. 오래전 일이라는 말로 그는 괜찮은 척했다. 맥스는 늘 그렇게 했다. 상대가 난처한 게 그의 잘못이라도 되는 듯 어색함을 없애려고 애썼다.

익숙한 일이었다. 그랬다. 하지만 이상하게도 늘 똑같이 배 속이 당기는 느낌이 드는 게 놀라웠다. 근육이 끔찍하게 조이는 느낌. 세월이 흐르면 이런 증세가 없어질 거라고 생각했지만 그렇게 되지 않았고, 본의 아니게 무례를 범한 사람이 너무 민망해하지 않도록 그는 매번 이 증세를 극복해야 했다.

무슨 이유에서인지 근육이 조이는 증세가 오늘은 유난히 심했고, 맥스는 남은 샐러드를 먹으면서 이런 상태를 납득하려고 애썼다. 안나는 이제 남들과 똑같은 태도를 보였다. 맥스는 이런 분위기를 질색했다.

그는 남들이, 누구보다도 안나가 자신을 동정하는 게 싫었다. 그가 바라는 것은, 사무치게 사랑했던 여자를 잃은 남자의 모습이 아니었다. 하지만 그러지 않을 수가 없는 상황이어서, 반복해서 이런 말을 하는 처지가 되지 않기만을 바랐다.

제발 난처해하지 말아달라고. 아무튼 그의 아내는 죽었다고.

파블로바(머랭에 크림, 과일 등을 곁들이는 디저트)

달걀흰자 4개 분량(중간 크기로 상온에)
백설탕 8온스
옥수수 전분 1티스푼
화이트와인 식초 조금(1티스푼이 안 되게)
바닐라 에센스 3방울
오븐 온도 140도

첫 번째 잔소리, 냉장고에서 막 꺼낸 달걀로 이 디저트를 만들 생각일랑 아예 하지 말 것. 그리고 볼은 완전히 깨끗해야해. 기름이나 달걀노른자가 묻으면 망하는 거야!
달걀흰자를 뿔 모양이 될 때까지 전기 믹서로 저어줘. 볼을 뒤집어도 머랭이 떨어지지 않아야 해. 그런 다음 설탕을 조금씩 넣으면서 저어주는데 멈추지 말고 계속 저어야 해. 옥수수 전분을 넣고 식초와 바닐라 에센스를 조금 넣으렴. 이제 반들반들한 머랭이 될 거야. 유산지에 스테인리스 스푼으로 머랭을 원형으로 펼친 다음 스푼을 이용해서 중간에 작은 구멍을 내줘.
그리고 오븐에 1시간 15분 동안 구워줘. 그런 다음 오븐의 불을 끄고 머랭을 오븐에 그대로 둔 채 문을 열어서 완전히 식히는 거야.

이제 예쁜 접시에 옮겨 담고 생크림과 좋아하는 과일을 채우렴. 난 딸기와 라즈베리를 섞는 게 좋더구나.

그래. 심호흡을 크게 하고. 먼저 이 레시피에 대해 네게 할 말은……. 겁먹지 말라는 거란다. 오랜 세월 잔뜩 주눅 들어서 파블로바 만들기를 피했던 내가 알려주는 레시피니까 귀한 거야. 내 어머니는 파블로바를 아주 잘 만드셨어. 겉은 사각사각 바삭하고 안은 캐러멜처럼 진득했지. 나는 결혼한 직후에 직접 만들어봤는데 얼마나 엉망이었는지 네가 봤어야 해. 폭…삭…망…함. 흰자 휘핑이 너무 심했는지 너무 부족했는지 모르겠어. 아무튼. 지독한 완벽주의자인 나는 항복하고 오랫동안 만들지 않았단다. 그러다 네가 초등학교에서 새 학년에 올라갔고, 에드워즈 선생님 (5학년을 맡았던 선생님 기억나니? 검은색 긴 머리에 빨간 안경을 쓴?)이 나한테 크리스마스 파티에 머랭 과자를 가져올 수 있느냐고 물었어. 아이고. 당연히 사서 보내면 되는 거였는데. 그게 현명하고 정신이 제대로 박힌 사람이 할 일이었는데. 그런데 말이지! 이후 난 어처구니없이 며칠 동안 요리책 세 권에 나오는 세 가지 다른 레시피로 실험을 했고, 마침내 위에 말한 실패 확률 제로인 레시피를 만났단다. 정말이란다, 멜리사. 이 레시피가 딱이야. 여기 나온 그대로 하나하나 따라 하면 실패하지 않아. 언제나 최고의 찬사를 받을 거야. 원하면 작게 겹치도록 만들 수도 있어. 굽는 시간을 줄여야겠지. 물론 설탕이 허벅지 살로 직행하는 걸 막으려면 수백만 킬로미터를 걸어야 하겠지만, 난 그런 말도 안 되는 이야기로 이 글을 낭비하고 싶진 않구나. 모든 여성은 음식과 몸매의 상관관계를 파악해야 할 거고 내가 하려는 말은, 어떤 쪽이든 네가 '행복'하라는 거야. 그러니까 남들이 선호하는 것 때문에 너무 오래 걱정하지는 말아. 특히 남자들이 좋아하는 것 때문에.

이제 조금 덜 달달한 이야기. 이런 이야기를 꺼낼 필요가 없었다면 좋았을 테지만 상황이 완전히 예상치 못한 방향으로 틀어졌단다. 오늘 아침에 주치의인 암 전문의와 거북한 면담을 했어. 난 깜짝 놀랐고, 이 이야기를 다시 꺼내는 수밖에는 선택의 여지가 없다는 걸 알아.

그분—내 암 전문 주치의—은 아주 좋은 사람이야. 삶의 질이 높은 시간을 보내기 위해 힘든 치료를 거부하겠다는 내 결정을 받아들이고, 소위 '편안한 팀'이라는 치료 팀을 연결해주셨지. '고통 완화 치료'라는 용어는 별로 유쾌하지 않다나 뭐라나. 그들은 일을 아주 잘해주고 있단다. 요즘 나는 한참 전보다 한결 '편안'하게 지내고 있어. 머리는 아직 다 빠지지 않았고, 빠진 머리가 다시 자라서 이제는 부분가발로 가리지 않아도 되니 난 무척 운이 좋은 편이야. 전부 감추려고 머리를 짧게 자르기로 결정했었고, 처음에는 네가 충격을 받았지만(기억나니? 아주 극적인 금발로 염색했었는데!) 지금은 너도 이 머리에 익숙해졌고, 아빠는 무슨 뜻인지 모르겠지만 '파리 느낌의 세련미'라고 하지. 네가 엄마가 평소와 다른 때가 있는 것을 눈치챈다는 걸 알아. 너는 할머니 집에서 자는 날이 많지(친절한 시어머니께 감사하고 있단다). 우리가 복통에 대해 이상한 이야기를 많이 나누는 것 같은데, 네가 여자들의 생리에 대한 수다와 혼동할까봐 걱정이

구나. 하지만 네가 지나치게 걱정하는 것 같지는 않아. 내 눈에
넌 행복해 보이거든. 느긋하고. 그게 내가 원하는 바야.

아무튼 암 전문의 닥터 팔머(내가 컨디션이 좋은 날에는 휴고
라고 부르지) 이야기로 돌아가면, 오늘 아침에 그가 불쑥 유전
자 검사 문제를 들고 나왔어. 그가 이런 것에 대한 초기 연구에
몸담고 있다는 것은 나도 이미 알고 있었단다. 너희 때에는
BRCA1(유전성 유방암을 억제하는 유전자로, 이상이 생기면 유방암이 된
다)으로 더 흔히 알려져 있겠지만, 이 글을 쓰는 지금은 여전히
새로운 것이고, 안타깝게도 관련되어 있는 일부 사람들만 이것
에 대해 들어봤을 거야. 나는 그 유전자가 내게 영향을 미쳤다
고 느낀 적은 없어. 집안에 내가 아는 다른 유방암 환자가 없는
데 어떻게 유전자가 영향을 미칠 수 있었겠니?

너도 알다시피 내 어머니도 아주 젊은 나이에 위중한 암으로
돌아가셨지만 전혀 다른 종류였단다. 난소암이었지. 안타깝게도
그 병이 어머니가 여러 번 유산한 것과 관련이 있는지 난 항상
궁금했어. 내가 너무 늦게 외동으로 태어난 것도 그 때문이거든.

하지만 오늘 암 전문의가 기운 빠지는 말을 하더구나. 이 글을
쓰면서도 더 자세한 정보를 얻을 때까지는 모른 체하는 게 좋을
지 고민되지만, 이 책이 얼마나 채워지게 될지 모르는 게 문제야.
그래서 뭔가 밝혀지는 대로 네게 상황을 말해주려고 해. 네가
완전히 안심할 수 있는 내용으로 끝맺는 게 현재 나의 목표란다.

심호흡을 크게 하렴. 이 책 앞부분에서 조심하는 의미로 정기
적으로 검진을 받고, 혹시 예사롭지 않은 걸 발견하면 즉시 의
사를 찾아가라고 조언한 걸 기억하지? 그때 나는 사실이라고 믿

는 바를 말했어. 이 몹쓸 병은 내 경우에만 일시적으로 나타난 현상일 거야. 난 강박증에 시달리고 싶지 않고, 내 병이 네게 어떤 위험도 되지 않는다고 뼛속 깊이 믿고 있어.

그런데 오늘 아침 닥터 팔머의 말은 우리를 예상치 못한 방향으로 데려갔단다, 멜리사…….

엘레노어는 맥스가 현관문 열쇠를 돌리는 소리를 듣고, 짜증과 안도감이 뒤섞인 묘한 기분을 느꼈다. 사실 이 대목을 계속 쓰고 싶지 않았기에 중단하게 된 것을 반기면서 책을 치웠다. 글쓰기가 분명 머릿속에서 계속 맴돌긴 하겠지만. 아이러니하게도 그녀는 평소보다 괜찮은 하루를 보냈고―평소처럼 피곤하지 않았다―그러니 이 지긋지긋한 부분을 마무리하자고 마음먹은 참이었다. 그녀는 손목시계를 보고 당황했다. 맥스는 예정보다 몇 시간 일찍 집에 왔다.

"여보?"

계단에서 그의 발소리가 들렸다.

"위층에 있어요. 당신이 올 줄 몰랐는데. 별일 없죠?"

그녀는 메모장에 뭔가 적는 척했다. 멜리사에게 주는 책은 두 번째 서랍 깊숙이 안전하게 넣어두었다.

맥스가 한숨을 길게 내쉬었다.

"오늘 좋아 보이네. 뺨에 생기가 도는걸. 어떻게 됐어? 병원 예약 말이야."

"괜찮았어요. 그러니까, 대부분은 괜찮았어요. 사실 의논해야 할 사항이 있어요. 그런데 집에는 어쩐 일이에요? 오늘 오후에 세미나가 있는 줄 알았는데?"

"세미나는 앤드류에게 떠넘겼지. 어차피 수강생 절반이 현장 학습을 나가야 하거든. 잉글랜드 은행으로. 그러니 문제없어."

"계속 이럴 필요 없다고 내가 그랬잖아요, 맥스. 이렇게 일찍 귀가하지 말라고. 난 괜찮아요. 일이 있으면 전화할 거고, 내가 필요하다고 하면 지역 간호사가 와줄 거예요. 당신이 일을 하는 게 더 좋아요. 그게 더 마음 편하다니까."

사실 엘레노어는 남편의 걱정하는 눈빛을 보는 게 싫었다. 그 무력감. 예전 생활 리듬을 유지하는 게 멜리사에게 훨씬 나을 터였다. 맥스에게도 더 좋을 테고.

"알았어. 그래. 말한 것처럼 오늘은 학생이 몇 명 안 되니까 내가 빠지는 건 별로 큰일이 아니야."

"난 당신이 곤란한 처지에 빠지는 건 달갑지 않아요, 맥스."

"난 곤란한 처지랑은 거리가 먼 사람이야. 우리 과의 떠오르는 별이라는 사실을 기억하라고."

그녀는 미소 지었다. 언론의 이목을 끈 그의 최신 논문에 대한 리뷰에 나오는 표현이었다. 전국적인 라디오 방송에서 나온 말이었다. 맥스는 논문을 언급한 일요판 신문을 아래층 책상 위에 붙이고 '떠오르는 별' 부분을 노란색 형광펜으로 칠해두었다. 멜리사가 미술 도구 서랍에 들어 있던 금별들을 기사 옆에 붙였다.

"그래, 완전히 괜찮지 않은 부분이 뭔데, 엘레노어?"

엘레노어는 의자 옆쪽으로 다리를 돌려서 맥스를 똑바로 마주 보았다. 그녀는 잠시 말이 없었다.

"오늘 닥터 팔머가 놀라운 얘기를 꺼냈어요. 우리가 전에 한번 얘기한 적이 있는 새로운 유전자 검사에 대해서."

맥스는 몸의 중심을 다른 다리로 옮겼다. 그들은 유전자 연구에 대해 짧게 대화한 적이 있었다. 초창기에 엘레노어의 지독한 불운을 슬퍼하던 때였다. 너무 젊어서 병에 걸린 것을.

그 시점에서는 발병을 설명할 만한 적절한 가족력이 없었다. 그녀의 어머니는 다른 암을 진단받고 치료받으며 5년간 살았다. 엘레노어의 암과는 관련성이 없었다.

그런데 닥터 팔머는 두 가지 암에 해당되는 유전자 변이의 가능성을 밝히는 연구를 진행하고 있다고 했다. BRCA2라는 두 번째 유전자가 발견되었고, 그는 엘레노어가 그 새로운 연구에 참여하고 싶은지 궁금해했다.

"왜? 그가 무슨 말을 해?"

"음. 닥터 팔머는 새 연구의 일환으로 내가 이 유전자 검사를 받는 데 동의하는지 궁금한가봐요. 알잖아요. 이 암의 원인인 유전자 변이가 내게 유전되었는지 알아보는 거죠."

"하지만 우리가 알기에 유방암에 걸린 가족은 없잖아. 난 이 검사가 연속 발생인 경우에 적용되는 줄 알았는데. 유방암 환자가 많은 집안에."

"그래요. 공식적으로 연구진은 이 새로운 검사를 관련성이 명확한 발병 가족에게만 제안할 거예요. 그런데 이건 새로운 출발점이에요. 난소암이랑……."

"아니. 아니야. 엘레노어. 우리는 충분히 시달렸다고 생각하지 않아? 난 당신이 받을 필요 없는 검사를 받는 게 싫어. 대체 무슨 소용이 있겠어? 그가 연구 논문을 쓰기 위한 일일 뿐인데?"

"당신 말이 맞아요. 난 당신이 이 일을 달가워하지 않을 거라고 말했어요. 다만 내 마음이 흔들린 건……."

부부 모두 멜리사를 입에 올리지 않았다.

두 사람은 저녁 식사를 하면서 분위기를 만회하려고 유난히 명랑하게 굴었다. 맥스는 특별히 맛있는 리소토를 준비하면서 멜리사를 위해 우스꽝스럽게 걸어다녔다. 멜리사가 잠자리에 들고 한참이 지난 뒤 부부는 아래층에서 라디오 4 방송으로 음악을 들었지만 집중하지 않았다. 곡이 끝난 뒤 엘레노어는 라디오를 끄고 맥스에게 따뜻한 음료를 권했다.

"그 테스트 말인데, 엘레노어. 새 유전자 연구. 닥터 팔머가 멜리사와 관련이 있을 수도 있다고 했어? 그가 그런 말을 한 거야?"

엘레노어는 구석에 있는 램프를 켰다. 따뜻한 불빛이 거실 뒤쪽 두 벽을 비추었다. 그녀가 다시 거실에 돌아와보니 맥스는 하얗게 질린 얼굴이었다.

"설마 의사가 멜리사가 위험할 수 있다고 말한 건 아니겠지?"

20

멜리사, 2011

물은 흠잡을 데 없이 아름다웠다. 맑고 따뜻했다. 멜리사는 발가락 위로 밀려드는 물거품을 보았고, 파도가 물러가자 발아래서 모래가 끌어당기는 듯한 느낌이 들었다. 가만히 서 있으면 더 센 파도가 밀려와 그녀를 놀라게 했다.

"당신이 넘어지면 웃어줄게."

샘은 물가에서 물러섰다. 그는 한 손에 샌들을 들고 있었고, 다친 다리 때문에 여전히 불안해했다.

멜리사가 그에게 돌아오자 둘은 더 단단한 마른 모래밭으로 올라가 앉았다. 샘은 다친 다리를 쭉 뻗었다.

"아, 하루 중 이맘때가 정말 좋아. 너무 더워지기 전 시간. 이런 이른 시간에 더 자주 일어나야겠어."

멜리사는 뒤로 뻗은 팔에 체중을 싣고 태양 쪽으로 머리를 젖히고 눈을 감았다.

"그래. 나도 마찬가지야. 더위 때문에 다리가 더 가렵다니까."

"카페에서 근사한 아침 식사를 할까?"

"좋은 생각이야……."

그가 어머니의 책에 대해 알게 된 이후 분위기가 한결 부드러워졌다. 멜리사는 신중하게 몇 군데를 골라 샘에게 보여주었다. 비스킷과 뵈프 부르기뇽 레시피 부분이었다. 그녀는 여전히 조심스럽긴 했다. 하지만 두 사람은 어머니의 글이 불러일으킨 기억에 대해 가볍게 대화하기 시작했고, 멜리사는 그와의 대화가 무척 도움이 되어서 놀랐다.

사실 그녀는 차고에 있는 요리 도구 상자가 기억난 이후에 몇 가지 메모를 했다. 레시피와 어머니의 글이 불러온 간단한 장면들을 기록하고 있었다. 엄마가 요리하면서 던진 가벼운 말들. 잼이 보글보글 끓는 소리. 엄마가 젖은 행주를 들고 켄우드 쉐프 믹서를 자랑스럽게 닦던 모습. 멜리사 안의 작가 기질은 이 모든 것이 준 충격을 적고 싶게 만들었다. 음식과 요리가 이런 마음에 불을 지핀 것이었다. 특히 주방에 무관심한 멜리사 같은 사람의 마음에. 마음 한구석에서는 이런 메모를 사람들과 나누고 싶었지만 어떻게 하면 될지 알 수가 없었다.

"들어봐, 멜리사. 내가 쭉 생각해봤는데, 그 책에 대해서 말이야. 집에 돌아가서 레시피대로 음식을 전부 만들어보면 어떨까?"

멜리사는 일어나 앉아 있었다. 두 사람이 동시에 그 책에 대해 생각한 건 놀랍지 않았다.

"진담이야? 내가? 잼이랑 파블로바를? 아이고, 됐네요……."

"아니, 그러지 말고, 멜리사."

그는 고개를 돌리고 멜리사의 표정을 살피면서 말을 이었다.

"당신은 스스로 생각하는 것처럼 요리 솜씨가 없지 않다고. 그리고 분명 요리를 해보고 싶을 텐데? 그런 생각 해봤지?"

멜리사는 샘을 빤히 쳐다보았다.

그녀는 다리에서 모래를 털어내면서 대답했다.

"맞는 말이야. 레시피에 나온 대로 만들어보고 싶어. 당연히 그러고 싶지. 솔직히 레시피가 불러온 것들에 대해 많이 생각하고 있던 참이야."

멜리사는 발코니의 그 순간을 떠올리고 있었다. 어머니가 방에 있는 게 어떤 기분인지, 일시적이지만 강렬한 느낌.

"하지만 제대로 하고 싶어. 그저 서두르고 싶지 않을 뿐이야. 또 아빠한테 어떻게 말해야 할지 걱정도 되고."

"나도 알아. 맹렬하게 달려들라는 뜻은 아니었어. 그저 몇 가지 레시피를 만들어보라는 거지. 어떤 감정이 드는지 느껴보라고. 어머님이 바라는 것도 그거였으리란 생각이 들어……."

멜리사는 글을 쓰는 아이디어를 털어놓으려 했다. 물론 가족의 프라이버시를 깨뜨리고 싶진 않았다. 또 어머니의 책을 다 읽은 뒤 아버지에게 알리고, 머릿속으로 정리가 될 때까지는 입을 다물 작정이었다. 하지만 어머니가 '스토브 앞의 이야기'라고 부른 내용을 공유하는 플랫폼 같은 걸 만들면 정말 좋겠다는 생각이 들었다. 블로그 같은 건 어떨까? 그래, 음식과 주방이 사람을 놀라게 만드는 양상을 공유하고 기억하는 장을 만들면 좋겠지. '빗장을 푼다'고 할까. 어머니의 레시피가 일으킨 강력한 감정들을 혼자 안고 있을 수가 없었다. 다른 사람들에게도 사연을 공유하자고 격려할 수 있지 않을까?

멜리사가 이 아이디어를 어떻게 털어놓을지 궁리하고 있을 때 샘의 전화벨이 울렸다. 그는 놀란 표정이었다. 지금까지 방해받은 적은 거의 없었다. 사무실에서 간단히 뭔가 묻는 문자메시지만 왔었다. 샘만이 해결할 수 있는, 교회 개조에 대한 건설 허가와 관련된 문제 때문이었다.

멜리사는 샘이 상대방의 말을 듣고 눈이 휘둥그레지는 것을 보았다.

"그래. 나도 사랑해. 그런데 목소리를 들으니 커피를 좀 마시는 게 좋겠는걸. 지금 어디야, 마커스?"

멜리사는 얼굴을 찡그렸다. 마커스는 샘의 형이었다.

그는 조금 더 말을 듣다가 기회를 틈타 말했다.

"저기 형한테 소식을 듣는 건 좋은데 지금 난 해변에 있어. 사이프러스야. 형은 커피를 마시고 눈을 좀 붙여야 해. 알겠지?"

그는 양미간을 찌푸리고 좀더 귀 기울이다가 눈을 크게 떴다.

"알았어. 그래. 듣고 있어. 하지만 이제 끊어야겠어, 마커스. 괜찮지? 형은 잠자리에 들어야 해. 응. 그래. 나도 사랑해."

그는 통화를 마쳤지만 곧 통화 버튼을 다시 눌렀다.

"미안해, 멜리사. 그런데 집에 전화해봐야겠어. 형 말로는 아버지 집에 있대. 잔뜩 취했어."

"괜찮으셔? 당신 부모님 말이야."

"그렇겠지."

그러더니 샘은 저만치 걸어가서 몇 분간 통화했다. 절룩이며 모래사장을 왔다갔다하면서 고개를 숙이고 오른팔을 머리 위로 올렸다. 당혹스러울 때 하는 몸짓이었다.

마침내 그는 전화를 끊고 길게 한숨을 내쉬면서 해변에 있는 바 쪽을 고개로 가리켰다.

"가자. 아침 식사 하면서 이야기해줄게."

샘은 입을 꾹 다물고 커피가 나오기를 기다렸다. 얼굴이 창백했다. 마침내 그가 털어놓은 이야기는 충격적이었다. 아내 다이애나가 갑자기 떠나버리자 마커스는 완전히 엉망이 되어 본가로 돌아와 있었다.

"설마 농담이지?"

멜리사는 그 말을 진담이라고 믿을 수가 없었다. 마커스와 다이애나는 완벽한 커플이었다. 잘 어울리는 한 쌍이었다. 강가의 로프트 아파트. 딱 2년 전 그들은 데본의 어느 섬에 있는 아르데코식 호텔에서 꿈같은 결혼식을 올렸다. 신랑신부는 헬기를 타고 연회장을 떠났다.

"결혼의 행복을 주장하는 나로서는 난감한 일이네."

샘은 커피에 설탕 두 개를 넣고 저었다.

멜리사는 얼굴을 붉혔다.

아버지는 그들이 집에 돌아갈 때까지 그들의 위기에 대해 알리지 않으려 했다고 샘이 설명했다. 마커스가 친구와 밤새 술을 진탕 마시고 택시를 타고 돌아와 샘에게 전화했다는 걸 아버지는 몰랐다. 부모님은 샘과 멜리사의 휴가를 망치고 싶지 않았다.

요점은 마커스의 회사가 악화 일로에 있다는 사실이었다. 그는 다이애나에게 말하지 않고 주택 융자 재대출을 받았다. 재정난을 감지하지 못하고 마커스가 외도하고 있다고 의심한 그녀는 맞바람을 피워서 복수하기로 결심했다. 결혼식을 올린 지 6개월도 안 되어 균열이 생기기 시작했다. 마커스는 자녀를 갖고 싶어 했지만 다이애나는 그럴 마음이 전혀 없었다. 두 사람은 결혼 전에 그 문제를 제대로 의논하지 않았었다.

"듣자 하니 지금 다이애나는 같은 은행의 IT 부문 남자 직원과 눈이 맞았나봐."

"세상에. 마커스는 어떡해."

"음, 아버지 말에 의하면 형은 진짜 멍청하게 굴고 있어. 재정 문제를 회피하고 있대. 은행 측의 만나자는 요청을 무시한대. 곤경에 빠질 만하지."

"어쩜 좋아. 사실 난 항상 좀 부러웠는데. 두 사람은 늘 넉넉해 보였거든."

"다 연기였던 것 같아. 더 나쁜 건 재정적으로 거품이 꺼졌다는 걸 형수가 모른다는 거지. 다른 사람 말에 따르면 다이애나는 재산 분할로 큰돈을 챙길 걸로 믿는대."

"난 누워서 침 뱉는 짓은 하기 싫어."

멜리사가 눈썹을 치떴다. 그때 웨이터가 따끈한 빵이 담긴 바구니와 버터 접시, 잼이 담긴 작은 볼을 들고 왔다.

"아버지한테 돌아가는 대로 집으로 가겠다고 말했어."

"그래야지."

멜리사는 큼직한 빵에 버터를 바르기 시작하는 샘의 표정을 찬찬히 살폈다.

"정말 유감이야, 샘. 그러니까 두 사람은 되돌릴 방법이 없는 거야?"

샘은 고개를 저으면서 커피를 더 마셨다. 그는 머리를 뒤로 넘기고 바다를 내다보았다. 샘에게 형은 우상이었다. 멜리사는 처음 마커스를 만났을 때 약간 경솔해질 수도 있는 사람이라고 생각했었다. 하지만 그는 마음이 따뜻했고, 외동인 멜리사는 돈독한 형제 사이가 부럽고 감탄스러웠다.

"그 이야기를 하고 싶어? 형 이야기?"

"당신이 괜찮다면 그 얘기는 하지 않았으면 좋겠어. 대신 신문사의 제안에 대해 이야기하는 게 어떨까? 당신이 그 일에 대해 생각할 여력이 없었다는 건 알아. 그 책 때문에. 하지만 곧 결정을 내려야 하잖아. 편집장이랑 만나야 할 텐데."

그가 설탕 포장지를 만지작거리면서 말했다.

"그럼 아직 결정하지 않은 거야?"

샘은 웨이터와 시선을 맞추며 빵과 커피 두 잔을 더 주문하고, 스푼 옆에 설탕을 더 챙겨두었다.

"저…… 난 모르겠어, 샘. 아직도 너무 겁이 나."

멜리사는 새로운 글쓰기 프로젝트와 관련된 아이디어를 궁리하는 게 아니라 계약에 대해 더 고민해야 했다는 것을 깨닫고 자책했다.

"날 알잖아. 최악의 상황을 겁내는 데는 선수지. 어떻게 해야 좋을지 모르겠어."

전혀 예상치 못한 일이었다. 상황을 곤란하게 만드는 건 거기가 타블로이드(선정적인 대중지) 신문사라는 점이었다. 멜리사는 타블로이드 신문과는 일하지 않겠다고 다소 성급하게 맹세한 적이 있었다. 하지만 이미 소비자 칼럼니스트로서 틈새를 파고들었고, 대학 졸업반 때 프리랜서로 기사를 쓰기 시작해 《바틀리옵저버》지에서 연수하면서 칼럼을 계속 써왔다.

멜리사는 소비자 저널리즘을 좋아했을 뿐 아니라 경험이 더 많은 동료들을 제치고 전국적인 칼럼니스트 상을 받았다. 임대주택을 매입해서 수준 이하이거나 위험한 집을 비싸게 세놓는 래크먼(1950년대 말에 세입자 갈취로 악명 높은 집주인) 스타일의 주택 소유주들을 비판하는 캠페인 기사가 계기가 됐다. 주택 거품이 꺼진 뒤 임대 부문 전체가 엉망이 되었다. 잠재 매수자들은 세를 살면서 집값이 더 떨어지기를 기다렸다. 다른 사람들은 선택의 여지가 없어서 세를 살았다. 계약금이 없으니 어쩔 수 없었다. 수요와 공급의 흐름은 소유주들에게 유리한 시장을 만들었고, 일부 비양심적인 소유주들은 엄청난 이득을 취했다.

멜리사는 연속 칼럼으로 최악의 케이스들을 폭로해나갔다. 소송 위협이 쌓이자 편집장의 얼굴이 잿빛으로 변했지만, 멜리사는 전부 알맹이 없는 협박에 불과하다는 걸 알았다. 그녀는 이 분야를 좋아했고, 소송 위협은 오히려 각오를 더욱 굳건히 다지게 했다. 캠페인 저널리즘은 특성상 타인의 명예를 훼손할 가능성이 있었다. 하지만 멜리사는 각각의 사안을 꼼꼼히 조사했고, 신문사 법무팀에서 만족할 만큼 '정당성'이 있다고 자신할 때만 활자화했다.

곧 거래 기준이 세워지고 경찰이 수사하기 시작했다. 멜리사가 폭로한 어느 주택 소유주의 임대주택에서 고장 난 침수식 전열기가 폭발해 세입자인 학생이 심한 화상을 입었다. 세입자는 침수식 전열기에 대해 여러 차례 항의한 적이 있었고, 멜리사는 이 상황을 칼럼에 썼지만 임대인은 모르쇠로 일관했었다.

이 기사가 전국 텔레비전 뉴스에 나갔고, 멜리사는 인터뷰를 했다. 텔레비전과 라디오와 중앙지에 그녀의 칼럼이 인용되기도 했다. 그녀는 곧 스카우트 제의를 받기 시작했고, 그중 가장 좋은 제안은 타블로이드 신문에 전국적인 소비자 캠페인 칼럼을 게재하는 1년짜리 계약이었다. 하지만 멜리사는 타블로이드 신문사의 평판이 걱정스러웠다. 그녀의 장래도 마찬가지로 걱정되었다.

"내가 걱정하는 건 걸음마를 하기도 전에 달려야 한다는 점이야. 내가 일을 망쳐서 해고당해 빈손으로 남을까봐 걱정이지."

"긍정적인 측면을 보도록 해."

샘이 미소 지으며 말했다.

사실 멜리사는 프리랜서라는 게 두려웠다. 재정적인 불안정성. 그녀는 아이디어가 많았고, 프리랜서가 딱이었다. 하지만 그럼에도 불구하고 둘의 동거 생활에 확실히 기여하고 싶었다. 여전히 《바틀리 옵저버》의 제안에 대해 다들 몹시 부러워했다(아무튼 지방신문 업계는 전망이 없다고들 목소리를 높였다). 그녀가 잃을 게 뭐가 있냐고.

"내가 무슨 생각을 하는지 알 거야. 당신은 잘해낼 거야. 그 제안을 받아들여야 해."

샘은 그녀의 눈을 응시했고 멜리사는 커피를 저었다.

"마커스를 보란 뜻이야. 재정적으로 탄탄하기란 어려워. 요즘은 안전한 건 아무것도 없어. 위험을 감수해야 해, 멜리사. 일이 잘 풀릴 거야."

멜리사는 잠시 그의 눈을 마주 보다가 심호흡을 크게 하고 해변으로 눈길을 돌렸다. 그때 웨이터가 두 번째 빵 바구니와 커피를 가져왔다. 순간적으로 멜리사의 머리에 새로운 생각이 스쳤다. 혹시 런던 편집자가 블로그 관련 아이디어도 좋아할까? 멜리사는 눈을 가늘게 뜨고 양미간을 찌푸렸다. '아냐. 너무 개인적이야. 또 난 자격이 없어. 음식에 대해 쥐뿔도 모르면서. 헛물켜지 말자, 멜리사. 한 번에 하나씩 하자.'

"글쎄, 난 모르겠어. 두고 보자고. 그래서 마커스 말인데. 많이 취했어?"

"음, 형이 날 얼마나 사랑하는지 말하려고 전화했다는 정도로만 말할게. 내가 이 세상에서 가장 친한 친구라더군."

그러고 나서 샘은 멜리사의 잔에 커피 잔을 부딪치며 말했다.

"행복한 휴가를 보내자, 좋지?"

멜리사는 고개를 갸웃거리며 말했다.

"괜찮겠지? 마커스 말이야."

"모르지 뭐."

21
엘레노어, 1994

"그래서 이 유전 실험 연구—닥터 팔머가 하고 있는 이 새로운 연구—가 멜리사에게 무슨 영향을 주는 건 아니겠지?"

맥스는 거울 앞에서 넥타이를 살피고 있었다. 엘레노어의 마지막 진료 이후 부부는 일체 그 이야기는 하지 않았다. 그 진료는 두 사람 모두 힘들었다. 각자 속으로 힘들어했다.

"그런 것 같지는 않은데 오늘 다시 물어볼게요. 확실히 알아볼게요. 당신 오늘 스케줄은 어때요?"

"평소랑 같아. 의사 말에 넘어가지 말라고. 검사는 더 이상 안 돼. 정말이야. 그의 외국인 동료들한테 좋은 짓 하는 거야."

맥스는 타협의 여지가 없다는 점을 분명히 했었다. 멜리사와 관련이 없다면 이 연구에 관여하기를 꺼렸다. '보라고, 난 당신의 장단에 맞추고 있어. 멜리사에게 사실대로 말하지 않잖아. 아이에게 마음의 준비를 시키지 않잖아. 그러니까 당신도 이 일에 대해서는 나를 따라줘야겠지? 그렇지, 엘레노어.'

"당신이 괜찮다면 내가 같이 가도 되는데. 솔직히 그러고 싶어."

그는 침대 모서리에 걸터앉아 타이 아래 맨 위 셔츠 단추를 풀고 있었다. 엘레노어는 마음이 뭉클했다. 이것은 맥스의 독특한 습관이었다. 셔츠를 입고 타이를 맨 다음 셔츠 맨 위 단추를 풀었다. 차를 한 모금 마신 뒤 잔을 받침 위가 아닌 옆에 내려놓았다. 왜 그러는지 제대로 설명하지 못했다. 차가 흘러내리는 것과 관계있다고 했다. 커피를 마시러 가면 그는 종이 냅킨을 길게 쭉쭉 찢었다. 승용차의 중앙 잠금 장치를 늘 두 번씩 눌렀다. 방에 들어가면 파리가 없는지 늘 살폈다. 늘 뭔가 깜빡했다.

예전에는 이런 습관이 짜증나 미칠 것 같았지만, 이제 남편이 그럴 때마다 엘레노어는 똑같은 질문을 던졌다.

'몇 번이나 더 보게 될까?'

"실은 당신이 출근하면 더 좋겠어요. 오늘은 진료실에 들어갔다 5분 만에 나올 거니까. 당신 일정을 망가뜨릴 필요는 없어요."

"그럼 의사 말에 넘어가지 않겠다고 약속해."

"안 넘어갈게요."

맥스는 그녀에게 키스하면서 눈을 감고, 요즘 늘 그러듯 조금 더 오랫동안 입술을 대고 있었다. 1초. 2초. 3초.

"가요. 늦겠어."

"알았어. 전화할게."

"얼른 가요."

맥스가 멜리사를 깨우러 방에 들어가는 소리가 났다. 엘레노어는 딸의 반응—"저리 가, 아빠."—과 계단을 내려가는 남편의 발소리에 귀를 기울였다. 열쇠가 쨍그랑대고, 현관문 소리. 그녀는 기다렸다. 2분 뒤 다시 열쇠 돌리는 소리가 났다. 중얼대는 욕설.

"책을 두고 갔어. 미안."

부스럭대며 찾는 소리와 욕을 중얼대는 소리가 나더니 마지막으로 현관문이 다시 쾅 닫혔다. 엘레노어는 빙그레 웃었다.

"이제 깼니, 멜리사? 엄마 침대로 올라오렴."

멜리사는 아침에는 맥스와 비슷해서 한동안 적응할 시간을 가져야 했다. 어느 정도 시간이 흐르기 전에는 식사나 양치질하기, 옷 입히기가 아주 힘들었다. 그래서 이런 식으로 진행했다. 먼저 맥스가 멜리사를 깨운다. 엘레노어는 잠시 가만히 있는다. 그러다 침대로 멜리사를 불러서 머리를 묶어주고, 그쯤 되면 아이는 일과를 시작할 만큼 정신을 차렸다.

이 과정은 편리할 뿐만 아니라 이제 엘레노어에게는 가장 좋은 한때였다. 그녀가 말없이 머리를 빗겨줄 때면 딸은 무릎을 끌어안고 무릎 위에 턱을 괴고 있었다. 여전히 반쯤은 잠든 채로. 엘레노어는 딸의 머리가 '말을 잘 듣는다'고 표현했다. 말리면 비단결 같은 직모가 되었고, 열을 가하면 차분하게 쭉쭉 펴졌다. 하지만 그냥 마르게 내버려두면 반 곱슬머리가 됐다. 매끄럽고 검은 머리가 가을 햇살처럼 반들거렸다.

"머리가 참 예쁘구나."

"항상 그렇게 말하잖아요, 엄마. 맨날."

"하나로 묶을까?"

멜리사는 하품을 하느라 어깨만 으쓱했고, 엘레노어는 계속 머리를 묶었다. 침대 탁자에서 검은색 벨벳 머리끈을 집어 팔목에 낀 다음 딸의 머리를 빗으로 쓸어내렸다. 훑고 또 훑었다.

"그래서 이제 엄마의 짧은 머리에 익숙해졌어?"

다시 어깨 으쓱.

"짧은 머리가 간수하기 쉬워. 물론 넌 머리를 길러야겠지만. 이렇게 예쁜데 자를 수야 없지. 나이를 더 먹을 때까지는 길러야지."

그녀는 딸이 다시 하품하는 것을 느끼면서 손목에 낀 머리끈을 빼 멜리사의 머리에 조심스럽게 두 번 돌려 단단히 묶었다.

"아야."

"미안, 아가. 됐다. 끝났어."

엘레노어는 딸을 꼭 안으면서 덧붙였다.

"아빠한테 네 머리 묶는 법을 가르쳐줘야겠네."

"아빠가 해주는 건 싫은데."

"음. 아마 아빠는 해주고 싶을걸. 가끔은."

"그럼 내가 더 일찍 일어나야 하잖아요."

엘레노어는 웃음을 터뜨렸다.

"아니야, 아가. 더 일찍 일어나지 않아도 될 거야."

그녀는 레몬과 설탕을 넣어 팬케이크를 구웠고, 30분 뒤 멜리사가 마지막으로 몸을 돌려 손을 흔들고는 운동장으로 사라지는 모습을 지켜보았다.

'몇 번이나 이럴 수 있을까?'

약속 시간까지는 1시간이 남아 있어서, 더 알아낼 수 있는 정보가 있을까 싶어 컴퓨터를 켰다. 맥스는 컴퓨터 도사였지만 그녀는 컴맹에 가까웠다. 최근에 그는 새로운 인터넷 검색 기능을 가르쳐주려 했지만 엘레노어는 냉소적이었다. 그런 건 도서관과 지성의 종말을 가져올 게 빤하다면서 찬물을 끼얹었다. 하지만 이제 그녀는 검색을 해야 했고, 그래서 맥스가 알려준 방법을 기억해내려고 애썼다. 그가 설명한 대로 몇 개의 키워드를 넣었다.

유전자명. BRCA1과 BRCA2. 여러 페이지가 천천히 나타나자 엘레노어는 읽기 시작했다. 가슴이 철렁했다.

상황이 이렇게 멀리 온 줄 몰랐다. 하지만 자료를 읽어나갈수록 닥터 팔머가 왜 그녀의 경우에 관심을 갖는지 이해할 수 있었다.

최근 연구는 발견된 문제 유전자가 모계뿐 아니라 부계로도 조용히 유전될 수 있음을 보여주는 듯했다. 엘레노어는 외동이었다. 어머니는 자매 없이 형제만 둘이었다. 그렇다면 이건 무슨 의미일까? 위험성은? 그들의 유전자 가계도는? 가계도에서 삼대 중 유일하게 여자 둘만이 '불운'했던 걸까?

그녀가 찾아낸 논문에서는, 가족력이나 유전자 이상으로 암 환자가 둘 이상 나온 가족이라면 진찰과 검사를 받아보기를 권했다. 이는 아직 널리 확산되지는 않았지만 중요한 기류였다.

엘레노어는 컴퓨터를 끄고 멜리사에게 줄 책을 꺼냈다. 예전 가족사진들이 붙어 있고, 아주 기본적인 가계도와 어머니에게 들은 일화 몇 가지가 적혀 있었다. 이제 그녀는 책 뒤쪽을 펼쳤다. 거기에 어머니 노릇에 대한 장을 따로 마련해놓았다.

엘레노어는 젊은 멜리사가 처음에는 이 부분에 관심이 없으리란 걸 알고 있었기 때문에 뒤쪽에 쓰기로 했다. 그녀는 스물다섯 살 때의 자신을 기억했다. 맙소사, 부모가 되는 건 한번 결정하면 되돌릴 수 없는 전환점이었다.

인생은 출산 이전과 이후로 나뉜다.

또 세상 사람도 두 부류로 나뉜다. 자녀가 있는, 동병상련인 사람. 자녀가 없는, 공감할 수 없는 사람. 이것은 사람을 판단하는 잣대가 아니었다. 이 부류가 저 부류보다 낫다거나 그렇지 않다는 문제가 아니었다. 그냥 사실이었다.

배앓이를 하는 아이 때문에 새벽에 집 안을 서성대기 전에는 이해하지 못했다. 팔에 주사를 맞고 우는 아기를 보면서 간호사를 때리고 싶어지기 전에는 이해하지 못했다. 부모가 되는 게 어떤 기분일 거라고 짐작하고 상상은 할 수 있겠지만 알 수는 없었다.

그래서 그녀는 부모 노릇에 대한 장을 쓰고 있었다. 엄마 없이 엄마가 될 멜리사의 미래를 생각하는 게 싫어서였다. 부모 노릇의 나침반인 엄마가 곁에 없을 테니 글로 남기고 싶었다.

이 주제는 책을 쓰는 데 있어 가장 즐거운 부분이기도 했다. 배앓이를 할 때와 치아가 날 때 도움이 되는 요령과 수면 부족으로 미칠 것 같은 상황에서 살아남는 법(오죽하면 잠을 재우지 않는 게 고문 수단일까. 미칠 것 같은 기분을 느끼는 게 정상이다)을 다룰 수 있었다. 초기의 지독한 피로감으로 자신에게 괴로운 질문을 하게 만드는 순간에 대해 놀랍게 정직할 수 있었다. 창피하지만 아기를 낳은 게 잘한 일인지 거듭되는 고민. 다시 내 삶을 얻게 될까? 예전 생활에 대한 환상…… 느긋한 목욕. 독서.

하지만 결국에는……. '그 기쁨. 멜리사.' 말로 표현할 수 없는 기쁨. 그 냄새. 아기가 품에 안겨 잠들 때 팔에 전해지는 뻐근함. 수유할 때 젖 빠는 소리. 눈 맞춤.

세상에. 그녀는 그걸 잊고 있었다. 눈 맞춤.

아이가 나와 눈을 맞출 때마다 느끼는 가슴 뭉클함. 놀이터에서, 학예회 무대 앞에서, 공원의 정글짐에서.

'나는 네게서 그런 끌림을, 그 뭉클함을 얻는단다, 내 사랑하는 딸아. 매일. 그리고 어느 날 너도 내가 묘사하고 있는 이 감정을 똑같이 누리길 바란다.

왜냐하면 내가 장담하건대, 어느 날 갑자기 이것이 네가 살아갈 목적이 될 테니까……'

어머나. 엘레노어는 벽시계를 보고 서둘러야 한다는 것을 깨달았다. 이런 일이 너무 자주 있었다. 피곤함. 서두르기. 지각.

암 전문의의 비서에게 전화해서 가는 길이라고 말해두었다. 10분쯤 늦을 거라고. 그런 다음 코트를 집어 들고, 책은 두 번째 서랍의 속옷 밑에 쑤셔 넣었다. 그러다 잠시 가만히 서서 책의 제목을 보며 그 제목이 나쁜 인상을 주진 않을지 고민했다. 이 책을 맥스에게 비밀로 한 것을 나중에 알게 되면 그는 어떻게 생각할까? 몇 주밖에 안 지났는데 이 책에 대한 개념과 목적이 바뀌기 시작하는 것을 느꼈다.

22
맥스, 2011

맥스는 15분쯤 일찍 차를 주차장에 세우고, 최근의 그리스 유로 위기와 관련된 뉴스에 귀를 기울였다. 마침내 두 번째 긴급구제에 대한 합의가 이루어졌다. 그리스 부채의 50퍼센트 탕감, 구제자금 1조 유로.

여러 유럽 지도자들이 쾌활한 말투로 말했지만 맥스는 고개를 저었다. 그리스는 여전히 파산 상태라는 걸 잊고 있는 듯했다. 긴급구제를 받느냐 마느냐 하는.

그는 라디오를 끄고, 초록색 서류철을 찾으려고 뒷좌석으로 몸을 돌렸다. 거기 열쇠 꾸러미 옆에 과제물 서류철을 놔두었다고 백 퍼센트 확신했는데 어쩐 일인지 거기 없었다.

젠장.

그는 몸을 돌리고 불편한 자세로 바닥 주변을 손으로 더듬어보았다. 틀림없이 운전석 아래로 깊숙이 떨어졌겠지. 그런데 없었다.

환장하겠네, 빌어먹을. 과제물 채점한 것을 집에 두고 온 모양이었다. 채점 결과를 온라인상에 업데이트하지 않았는데. 맥스는 욕설을 더 중얼대면서, 첫 강의를 마치고 집에 다녀올 짬이 있는지 시간을 확인했다. 그런 다음 문을 열려다 그는 놀라서 기절할 뻔했다.

"미안해요. 미안."

그녀가 얼굴을 붉혔고, 맥스는 뛰는 심장을 가라앉히면서 창문 여는 장치를 만지작거렸다.

"놀라게 할 생각은 아니었어요, 맥스. 그냥 차를 봐서요. 그리고……."

그녀는 러닝복을 입고 있었다. 보라색 줄무늬가 있는 검정색 조끼와 진회색 운동복 바지.

맥스는 어디에 눈을 둬야 할지 알 수 없었다. 맙소사. 그는 안나가 수요일 점심시간에 뛴다고 알고 있었다.

"수요일 점심시간에 뛰는 줄 알았는데요."

"아, 네."

그녀는 머리를 젖혔다. 맥스가 그걸 기억하고 있다는 데 놀란 듯했다.

"맞아요. 수요일 점심시간. 그런데 하프 마라톤 때문에 안달이 나서요. 준비가 아직 안 돼서. 여기서 여분의 훈련을 한 뒤에 일을 시작하기 전에 샤워를 하면 더 수월하거든요."

"그렇군요."

"저기요, 맥스. 저번 날 말인데요."

"아니요. 정말 괜찮아요, 안나. 담당 교수를 바꾼 일이 당신 마음에 든다면. 새러가 새 멘토가 된 것 말이죠. 우리한텐 다 잘된 일이에요."

"사실 그 말을 하려던 게 아니었어요. 새러와 저는 겨우 한 번 만났을 뿐이지만 교수님 생각이 맞는 것 같아요. 우리는 잘 맞아요. 새러는 아주 예리해요. 시류에 대단히 민감하고요."

"잘됐네요. 좋아요. 잘됐어요."

"그런데 제가 사과하고 싶었던 건 그게 아니에요."

"음. 괜찮아요. 안나. 부탁이에요. 그 이야기는 점심 먹는 내내 했잖아요. 다 잘됐으니."

안나는 허리에 손을 걸치고 땅바닥을 보더니 뒤로 물러났다. 맥스는 창문을 올리고 차에서 내려 갑자기 지각한 것처럼 손목시계를 보았다.

"아침 내내 강의가 있나요, 맥스?"

"그래요, 사실은. 점심시간까지. 긴급구제 건에 대해서도 예의 주시해야 하고."

"그러셔야죠. 저기요. 저도 오늘 아침에는 일이 있어요. 하지만 혹시…… 음. 나중에 다시 샌드위치나 같이 먹을 짬을 낼 수 있으세요?"

"아, 그래요."

"마음이 무척 안 좋았어요. 너무 서두르셔서. 잔뜩 위축됐죠."

"말도 안 되는 소리군요."

"저기요. 부탁하고 싶은 게 있는데요."

"해요."

이제 안나는 미소 지었다. 그녀는 얼굴을 붉히지 않고 그의 눈을 똑바로 쳐다보았다.

"제게 10분만 시간을 내주신다면 제 기분이 한결 좋아질 것 같아요. 오늘 점심시간에?"

맥스도 미소로 답했다. 그는 손목시계를 보았지만 시간이 눈에 들어오지 않았다.

"음. 그럴 필요 없어요. 민망해서라면 그러지 않아도 된다는 뜻이에요. 하지만 안나가 원한다면."

"12시 30분? 같은 장소에서?"

"좋아요. 그래요. 그럽시다."

'서류철은 개나 줘버려.'

그때 안나가 손을 흔들며 몸을 돌려 다시 체육관으로 향했다. 맥스는 그녀가 뛸 때 좌우로 흔들리는 완벽한 엉덩이를 물끄러미 바라보았다.

눈을 돌리려 했지만 그럴 수가 없었다. 이러면 성차별주의자가 되는 걸까? 안나에 대한 이런 환상이나 집착이?

아, 돌겠군. 안나에게 데이트를 신청하고 싶었다. 그러고 싶은 마음이 굴뚝같았다.

3시간 뒤 그는 비스트로로 가는 길에 머릿속으로 되뇌었다. '데이트 신청을 하면 안 돼, 맥스. 하지 마. 데보라를 생각해. 그 사단의 끝을 기억하라고.'

흠잡을 데 없이 사랑스러운 여자. 1년을 잘 보내던 중 갑자기 그녀는 관계가 좀더 발전되기를 기대했다. 맥스는 미처 그 생각은 하지 못했고. 그는 아무 제약 없는 소피와의 관계에 익숙한 나머지 다른 사람들은 어떤 기대를 품는지 잊고 있었다.

맥스는 안나와의 약속에 5분 지각하기로 결정했다. 테이블에 앉아 있는 안나에게 다가가는 광경을 상상해보았다. '미안. 많이

기다렸어요?'

그는 공공장소에서 혼자 앉아 있는 게 편한 적이 없었다. 신문을 펼쳐 들고 있어도 노출돼 있는 느낌이 들었다. 맥스는 눈치채지 못했지만 엘레노어는 그가 초조하면 흥얼댄다고 했다. 그녀는 말하곤 했다. "괜찮아요, 여보? 흥얼거리고 있네요."

"흥얼거리지 마." 그는 손목시계를 쳐다보면서 혼잣말을 했다. 정확히 5분. 모퉁이를 돌아서 라이트바이트의 정문으로 향했다.

안나는 지난번에 두 사람이 앉았던 테이블에―손에 메뉴를 들고―앉아 있었다. 그는 안나가 올려다보기 전에 잠시 흐뭇한 기분과 함께 죄책감을 느꼈다. 안나 역시 불편한 기색이었던 것이다. 그녀는 한동안 메뉴를 집었다가 다시 작은 스테인리스 받침대에 내려놓았다. 벽시계를 쳐다봤다가, 손목시계를 들여다봤다가.

"안나, 좀 늦어서 미안해요. 기다리면서 앉아 있는 걸 싫어해서. 온 지 오래됐어요?"

"딱 5분이요."

"그럼 뭘 먹을지 정했어요? 난 이번에도 심장 때문에 같은 걸 주문해야겠는데. 시간이 빠듯해서 곧장 주문하는 게 좋겠네요."

"아뇨. 오늘은 제가 만나자고 했으니까 제가 주문할게요."

그녀가 일어났다.

"아니에요."

그들은 누가 점심을 살지 잠시 옥신각신했고, 맥스는 성차별주의자의 면모를 드러낼까봐 걱정스러워서 의자에 앉았다.

"이번에도 베이컨을 곁들인 구운 감자와 얼그레이 티 한 잔."

"우유는요?"

"보통 우유로 부탁해요."

몇 분 뒤 그녀는 음료수를 들고 테이블에 돌아왔다. 그녀가 미소 지으면서 철제 메뉴 받침대에 영수증을 꽂았다.

"그럼 다시 긴급구제로군요. 라디오에 흥미로운 뉴스가 나왔나요? 뉴스를 못 들었거든요."

"특별한 건 없어요. 똑같은 얘기죠."

맥스는 미소 지으며 말을 이었다.

"그래서…… 새러와 일이 잘될 거라고 생각하는군요? 다행이에요. 애당초 새러를 떠올렸어야 했는데."

"네. 아주 좋은 분이에요. 사실 교수님을 다시 찾아간 것도 그때문인데요."

맥스가 눈썹을 치켜떴다.

"새러한테 간단히 저녁 식사나 하자고 초대했어요. 화요일에요. 그래서 혹시 교수님도 저희와 자리를 함께하시려나 해서요. 인수인계로 생각하셔도 좋고요. 제가 화낸 데 대해 정식으로 사과한다고 보시면 더 좋고요."

"저, 아주 친절한 제안이군요. 하지만 그럴 필요 없어요."

"곤혹스럽게 해드리고 싶진 않아요. 당연하죠. 그런데…… 저기, 와주시면 제 기분이 한결 나아질 것 같네요. 지난번 일에 대해서."

"그래요."

"그럼…… 오실 거예요? 새러에게 파에야를 대접하겠다고 약속했어요."

"아, 그래요. 파에야라면."

맥스는 미소 지었지만 당황했다. 그는 동료들과 친분을 쌓지 않았다. 그가 잘하는 일이 아니었다.

"이메일로 집 주소를 알려드릴게요. 겨우 20분 거리예요."

"음…… 고마워요, 안나."

그녀는 잠시 카푸치노를 마시다가 입을 씰룩거렸다.

"교수님에게 실언하는 사람들이 많겠네요. 사모님 일에 대해. 그 일은 진심으로 안타까워요."

"그럴 필요 없어요."

"그래서 멜리사는…… 소비자 칼럼니스트라고 하셨죠. 당시 어떻게 그쪽 일을 시작하게 됐죠?"

"사실 우연이었지요. 멜리사는 고금리 대출 상품에 관해서 두어 번 기사를 썼어요. 편지를 많이 받았고, 거기서부터 시작된 거죠. 지금은 거래표준약정과 건강안전장비 규격 검사 관련 건들도 들어오지요. 힘든 주제예요."

"잘됐네요. 지방지라고 하셨나요?"

"네. 여러 신문에 게재되고 있어요."

"이름이 나온 기사를 찾아봐야겠네요."

"사실 지금은 다른 데 있어요. 휴가 중이죠. 사이프러스에서."

"근사하네요."

"그래요. 난 가본 적 없지만 좋다더군요. 유럽의 다음 문제는 사이프러스가 될 거라고 예상하지만."

"그렇게 생각하세요? 그럼 거기서 얼마나 지내나요? 멜리사는?"

"이제 며칠 있으면 돌아올 거예요. 신문사에서 계약 제안을 받아서 그 일을 해결해야 하거든요. 고용되느냐, 프리랜서로 일하느냐. 어려운 선택이죠."

두 사람 다 말이 지나치게 빨랐다.

"그래서 부녀지간이 아주 가깝겠군요? 어머니를 잃은 뒤로요."

"그렇게 생각하고 싶군요. 하지만 난 멜리사에게 답 문자를 보내라고 안달복달해요. 물론 지금은 그 애 나름대로 살게 하지만 걱정이 그치질 않아요."

그때 웨이터가 그들의 주문 번호를 부르자 맥스가 손을 들었다. 그녀가 얼른 파니니를 입에 넣자 그는 깜짝 놀랐다.

"당신 혀는 석면으로 되어 있나요? 아니면 자살 충동이라도 느껴요?"

그는 나이프와 포크를 들고 감자의 벌어진 부분을 더 넓게 벌렸다. 감자 가운데서 김이 올라왔다.

"그러면 아이가 처음 대학으로 떠나면 어떤가요? 저는 그게 너무 겁나요."

안나는 뜨거운 입안을 식히려고 물을 들이켰다.

"집이 깨끗해지죠."

그녀가 웃음을 터뜨렸다.

"아니, 정말이에요. 적응하기 힘들죠. 난 참 어려웠어요. 그래도 결국은 적응하게 되거든요. 그래서 아드님은 어디 지원할지 결정했나요?"

"말도 마세요. 그 이야기는 하지 말자고요. 내막을 들여다보면 끔찍하죠, 안 그런가요?"

"지독하죠. 멜리사는 노팅엄 대학을 선택했는데, 아이에게는 아주 좋은 결정이었지요. 괜찮은 대학교이지만 나라면 그 학교를 선택하지 않았을 거예요."

"그런데 외교적인 태도로 잘 넘기셨나요?"

"당연히 아니죠. 우린 일주일 동안 말을 안 했어요."

안나가 웃음을 터뜨렸다.

"그럼 저만 그런 게 아니네요. 갈등이 있는 거 말이에요."

"그런 상황은 늘 지나가기 마련이에요, 안나. 적어도 내 경험으로는 그래요."

그러고 나서 갑자기 분위기가 어색해지자 각자 먹는 데에만 열중했다.

"그러니까 파에야 말이에요. 단골 요리군요, 맞아요?"

"그럴 거예요."

"내가 해산물에 알레르기가 있다는 말을 해야겠는데요."

그녀의 얼굴이 시무룩해졌다. 파니니를 든 손이 얼어붙어버려서 맥스는 무척 당황했다.

"미안해요. 농담이었어요."

배 속이 움찔하는 느낌.

"아, 네."

안나는 어리둥절한 듯했고 얼굴을 찡그렸다.

"실은 해산물을 좋아해요."

그 말을 취소할 수 있으면 좋으련만. 재미도 없는 말이었는데.

'왜 이러는 거야, 맥스. 도대체 왜 그런 말을 한 거야?'

23
멜리사, 2011

멜리사는 이제 집에 돌아갈 준비가 거의 되었다. 샘은 다리가 낫기 시작했지만 여전히 많이 가려워서 낮에는 그늘에 있어야 했고 밤잠을 설쳤다. 마커스는 계속 전화를 했다. 그리고 멜리사가 거의 매일 아침 해변 카페로 들고 가는 어머니의 책이 갑자기 예상치 못한 국면에 접어든 것 같았다.

며칠간 그녀는 샘과 함께 어머니의 글을 읽는 것이 즐거웠다. 특히 책의 중간 부분은 굉장히 낙관적이고 재미있었다. 책 내용이 두 사람의 기운을 북돋워주었다. 엘레노어는 이 장을 '요리 수난사'라고 불렀다. 음식을 태우고 우스꽝스런 실수를 저지른 경험담이었다. 그녀는 멜리사가 어릴 때 구운 생일 케이크 사진을 발견했다. 애벌레 모양으로 구운 케이크였지만 맥스는 '달팽이'라는 별명을 붙여주었다.

'케이크가 똥 덩이처럼 생겼거든, 멜리사. 정말이야.'

초기에 돼지고기 구이를 했다가 '아주 괴상한 냄새가 나서' 결국 돼지 등심을 통째로 쓰레기통에 던져야 했던 일화도 있었다. 구운 감자는 바삭하지 않았다. 초기에 구운 빵은 또 어떻고. '이게 플랫브레드(인도의 난처럼 납작한 모양의 빵)라는 거야, 엘레노어?
아니면 원반인가?' 멜리사는 이런 일화들이 좋았다. 어머니를 다
시 그려보게 될 뿐 아니라 샘이 제안한 대로 레시피를 시도해보
는 일에 대한 걱정을 덜어주기 때문이었다. 완벽하려고 하지 말
라는 어머니의 조언이 마음에 와 닿았다.

'최악이라고 한들 무슨 일이 벌어질 수 있겠니? 쓰레기통으로
직행하는 것밖에 더 있겠어? 그럼 어때? 굽고 배우면서 실력이
더 좋아지는 거지……'

멜리사는 블로그 같은 것을 만들어볼까 싶어서 몇 가지 메모
를 해두기도 했다.

그러다 파블로바 레시피가 나왔고, 그녀는 불안해지기 시작했
다. 사진 때문이 아니라 암 전문의 이야기가 새로 등장해서였다.
멜리사가 열여섯 살쯤이었을 때 아버지는 유전자 검사 이야기를
꺼내면서, 나이를 더 먹으면 정말 검사를 받아보는 게 좋겠다고
가볍게 말했다. 겁낼 건 전혀 없다면서. 엘레노어의 상태가 유전
문제 같은 것으로 확인된 건 아니지만, 그녀가 세상을 떠난 이후
에 연구가 크게 발전했고 맥스는 딸이 더 크면 이 문제를 다시
의논해야 한다고 생각했다.

예전에 멜리사가 검사받기를 꺼렸기에 맥스는 더 채근하지 않
았다. 그런데 이제 그녀는 배 속에서 이 언짢은 기분을 새로이
느끼기 시작했다. 매우 불편해서 책을 계속 읽어나가는 것을 중
단했다. 대신 앞부분을 다시 읽기로 했다. 컵케이크. 비스킷. 스
키틀. 크리켓. 샘과 저녁 식사를 하면서 이런 레시피와 추억에
대해 이야기했고, 그녀의 생일을 뒤늦게 축하하기 위해 아버지와

레스토랑에 가는 대신 직접 요리를 해봐야겠다고 말했다. 아버지가 좋아하는 음식을 만들어보겠다고. 치즈 스트로와 뵈프 부르기뇽을 하면 될까? 맞아. 그러면 어머니의 책에 대해 이야기를 꺼내는 데 도움이 될 거야.

그러던 어느 날 저녁, 식당에서 샘이 속마음을 털어놓자 멜리사는 깜짝 놀랐다. 그가 터놓고 말해야겠다는 생각을 진지하게 하게 된 건 마커스 일 때문이라고 했다. 그리고 갑자기 청혼했던 이유를 상세히 설명해야겠다고 했다. 샘은 가족을 원한다고 했다. 그는 언젠가 아버지가 되고 싶었다. 그는 멜리사도 그렇게 생각할 거라고, 전적으로 그럴 거라고 예상하는 실수를 저질렀다고 했다. 그래서 그녀가 그 자리에서 청혼을 받아들이지 않자 충격을 받았던 것이다. 하지만 이제 형 내외의 문제가 뭔지 알게 되자 그는 크게 흔들렸다. 형 내외는 결혼 전에 자녀 문제에 대해 합의하지 않았었던 것이다.

샘은 결혼하면 함께 살 단독주택을 매입해서 두 배로 확장하는 설계 작업을 시작했다고 말했다. 오래된 돌집에 멋진 유리와 스틸 건축물을 덧붙이는 게 그의 꿈이었다. 그는 청혼하기 전에 건물 사진과 아이디어를 잔뜩 모아두었다. 멜리사를 깜짝 놀라게 해주고 싶었다.

"나는 멜리사에게 솔직하게 말해야 한다고 생각해. 당신이 청혼에 대해 생각할 시간이 필요하다고 말했다는 건 알아. 결혼에 대해. 하지만 당신이 생각하는 동안 나 역시 솔직해야 한다고 느껴. 내가 아버지가 되지 않는 미래는 상상이 되지 않는다는 말을 해야 할 것 같아. 당신은 아직 어리다는 걸 알아. 또 당장 아이를 갖자는 게 아니야. 앞으로 2년 정도는 그럴 생각이 없어. 하지만 내가 원하는 건 그거야."

멜리사는 한동안 말없이 앉아 있었다.

"무슨 말 좀 해봐."

그리고 사이프러스에 도착한 첫날 왔던 이 식당에서, 이번에도 분수대에서 아이들이 놀고 있는 여기서 멜리사는 뭔가 깨달았다. 그녀가 가장 두려워하던 것이 마음 깊은 곳에서 가만히 떠올랐다.

나이 드는 것에 대한 두려움이 아니었다. 무엇보다 그 자리에 없을지도 모른다는 두려움이었다. 자신을 필요로 하는 사람들 곁에.

"자녀를 갖는 건 정말 중요한 일이야, 샘. 엄청난 책임이라고."

"그거야 나도 알지. 하지만 우리는 잘해낼 거야. 그러리란 걸 난 알아."

"누구나 다 자식을 가질 수 있는 게 아니라고."

그는 대답하지 않았다. 그리고 그것은 거기 남았다. 허공에. 미처 다 하지 못한 말은.

그래서 멜리사는 엄마가 남긴 책을 읽고 새로이 생긴 근심을 샘에게 털어놓지 않았다. 그녀는 어머니가 이 책을 아버지에게 비밀로 한 이유가 마음에 걸렸다. 이유는 있었다. 부부는 어린 딸에게 엘레노어의 병에 대해 알리는 문제를 놓고 의견이 달랐다. 또 이것은 여자끼리 이야기하려고 쓴 책이었다. 엘레노어는 맥스가 그 글을 읽는 건 마음이 불편했으리라. 하지만 아무리 그래도 뭔가 이유가 있었다.

글의 분위기가 바뀌면서 멜리사는 석연치 않은 기분을 떨쳐 낼 수가 없었다.

이제 휴가를 이틀 남기고 샘이 엽서를 사러 나간 사이, 그녀는 책을 쭉 넘기다가 3분의 2쯤 되는 부분에서 달라붙어 있는 페이지들을 더욱 조심스럽게 매만졌다. 전에도 눈치챘지만 어머니가 잘못 쓴 부분을 찢어내지 않고 앞뒤 페이지를 풀로 붙였으리라고 짐작했다. 책 뒤쪽에는 완전히 별개의 장이 있었다. 열두어 쪽에 걸쳐 다양한 제목 아래 어머니 노릇에 대한 글이 적혀 있었다. 멜리사는 거기 적힌 요령과 일화, 여러 이야기를 세세히 읽지 않고 쭉 훑어본 적이 있었다.

이제 분수대에서 놀던 아이들과 샘이 했던 말을 떠올리면서 그 장을 살폈다. 불편한 기분이 밀려들었다.

책 가운데 부분에는 사건 사고와 더불어 '집안'에 대한 장이 있었고, 상세한 가계도와 함께 엘레노어의 조부모와 친척들의 흑백사진 몇 장이 들어 있었다.

멜리사는 더 체계적으로 읽어야 할 때라고 결정했다. 그리고 용기를 내야 했다. 책을 맥락이 닿지 않게 여기저기 막 읽지 말고 전체를 다, 앞에서부터 뒤로 읽어나가야 했다. 앞으로 어떤 내용을 만날지 지독히 겁나는 것까지는 아니어도 좀 불안해졌다. 집안 친척 중에 다른 유방암 환자가 없다는 점은 확실히 알고 있어서(확인해보았었다) 그 문제는 마음에 걸리지 않았다. 어릴 때 아버지가 그 이야기를 꺼냈을 때 넘겨버린 것도 그 때문이었다. 그런데 어머니가 책에서 유방암 유전자 문제를 언급한 게 꺼림칙했다. 어머니가 돌아가실 무렵에 이 문제가 이미 대두되었다는 것을 멜리사는 모르고 있었다.

그녀는 커피 기계의 전원을 켜고—기계에서 쉿쉿 소리가 났다—책을 들고 테라스의 작은 테이블에 앉았다.

심호흡 크게 한 번.

다음 레시피는 파블로바였다. 멜리사가 가책을 느끼면서도 좋아하는 디저트여서 내용을 아주 찬찬히 여러 번 읽고, 집에 돌아가면 만들어보기로 결정했다.

이제 덜 달콤한 이야기.

그 얘기가 다시 나왔다.

그 암 전문의…….

솔직히 지금보다 일을 더 크게 만들고 싶지는 않아. 내가 이놈의 병에 걸린 건 몹시 운이 나빠서라고 넘기고 싶어. 통계적으로 그렇게 된 것뿐이라고. 내 예쁜 딸이 신경증에 걸리는 건 절대 원하는 바가 아니야.

그런데 오늘 아침 휴고의 말이 상황을 바꾸어버렸고 난 두렵구나. 네 아빠에게 더 이상 그 이야기를 하지 않고, 더 구체적인 정보를 얻을 때까지는 글을 쓰거나 그를 걱정시키지 않기로 결심했단다. 하지만 이제 어떻게 하는 게 최선인지 모르겠어.

정직하게 말하라고? 마지막 몇 장을 찢어버리고, 이런 내용을 빼고 다시 쓰고 싶었어. 그런데 결과적으로 그렇게는 되지 않았구나.

아, 멜리사. 이 책은 네게 도움을 주려고 쓰는 거야. 인도하는 손길이 되도록 말이지. 내가 직접—여자 대 여자로—이야기해줄 수 있다면 좋겠지만, 그래도 너를 돕고 응원하려고 이 책을 쓰는 거란다. 그런데 갑자기 모든 게 내 통제권을 벗어나버리는구나. 사실 어떻게 해야 할지 모르겠어. 이걸 전부 찢어버리고 내가 아는 정보를 또박또박 밝히는 편지로 다시 시작해야 할까? 네 아버지와 이야기해서 그 일을 그에게 맡겨야 할까?

내 암 전문 주치의―휴고 팔머―가 이 새로운 연구와 문제 유전자의 통계자료에 대해 이야기해줬어. 그는 내 암과 네 할머니의 난소암이 연관이 있을 수도 있다고 암시하는 것 같아. 난 모르겠구나. 내 말은, 할머니는 유방암을 앓지 않았다는 거야. 네 아빠는 회의적일 뿐 아니라 짜증을 내고 있어. 실험실 괴짜들과 연구원들이 공을 세우려고 유난 떠는 거라면서. 맥스는 절대로 이 일에 끼어들고 싶어하지 않아.

그런데 난 걱정이 돼, 멜리사. 네가 이런 문제에 대해 이미 더 잘 알고 있을지도 모르겠구나. 하지만 내가 이 글을 쓸 때는 유전자 연구가 아직 새로운 개념이었다는 점을 염두에 두렴.

아무튼 닥터 팔머는, 내가 가족의 상태를 알아보고 싶다면 그가 진행하고 있는 새로운 연구의 일환으로 검사받는 순서를 앞당겨줄 수 있다더구나. 문제는 '모르는 척'해도 소용없다는 거지. 또 문제 유전자 검사는 시간이 한참 걸리는데…… 어떤 결과가 나올지 당연히 난 알 수 없어.

네 아버지는 당장 감당할 일도 많은 마당에 내가 이 문제까지 얹어주면 걱정이 돼서 정신 못 차릴 거야. 그래서 조용히 검사받을 생각이란다. 만약 내 간절한 바람대로 결과가 음성으로 나오면, 조금도 걱정할 거 없다고 네게 확실히 말해줄 수 있겠지.

적어도 나한테서 병을 물려받지는 않을 거라고…….

맙소사. 그런데 너에게 이야기할 큰일이 하나 더 있단다, 내 사랑하는 딸아…….

멜리사는 책을 덮은 뒤 꼼짝 않고 앉아 있었다. 몸속에서는 모든 본능이 더 이상 읽지 말라고 말렸다.

오늘은 그러지 말라고.

조심스럽게 책을 주머니에 넣은 다음 옷장 선반에 도로 올려두었다.

그런 다음 수영장에 가서 평영으로 서른 바퀴를 돌았다. 바퀴 수가 늘수록 새로 호흡할 때마다 물속 깊이 들어가 더 오래 숨을 참았다. 귀 안에서 맥이 느껴지고 가슴이 뻐근할 때까지 숨을 참다가 수면 위로 올라왔다.

24
엘레노어, 1994

엘레노어는 화장대에 앉아 고개를 푹 숙였다. '잘 생각해, 엘레노어. 생각하라고.'

이제 선택은 아주 간단했다. 맥스에게 솔직히 털어놓거나, 시간이 흘러 그 결과가 탈 없이 지나가도록 모험을 하거나 둘 중하나였다.

쳇. 어째서 모든 게 이렇게 수월하지 않은 걸까?

휴고는 그녀가 검사를 받고 그의 새 연구에 참여해야 한다고보는 이유를 오랜 시간에 걸쳐 설명했다. 그는 엘레노어를 불안하게 만들고 싶지 않다고 했다. 당연히 그렇다고. 그런데 진실은? 앞으로는 가계에 유전자 결함이 있는지 밝히는 첫 번째 최적의 단계로 암 환자에게 검사를 권유하는 지침이 생길 것이다. 그러므로 엘레노어가 멜리사에 대해 정말로 안심하고 싶다면, 새로운 연구의 일환으로 그녀가 검사받도록 돕겠다고 했다. 이과정을 새 논문에 기록해서 장차 여성 환자들과 담당의들에게 더 나은 길을 제공하는 게 목표라고 했다.

엘레노어는 닥터 팔머의 흥분에 들뜬 목소리가 특히 마음에 걸렸다.

"미안합니다, 엘레노어. 이 연구가 새로운 개척이 되리라 믿기에 제가 흥분했습니다. 정말로 사람들을 돕는 일이지요."

"저도 알아요."

"그렇다고 몹시도 어려운 일이 아니라는 뜻은 결코 아니었습니다. 이 검사, 더 나아가 연구에 대한 결정 말입니다. 환자분의 상황을 고려해보면 그렇지요."

"괜찮아요. 정말이에요. 사과하실 필요 없어요."

간호사가 혈액 샘플을 채혈하는 동안 그는 검사를 서두르도록 최선을 다하겠지만 여타의 상황은 그의 능력 밖이라고 했다. 아주 빨라도 몇 주 걸릴 거라고. 미안하다고. 정확한 날짜는 약속할 수가 없다고 했다.

엘레노어는 거울에 비친 얼굴을 바라보았다. 머리는 이제 괜찮은 모양으로 제법 자랐다. 퀭한 눈. 요즘 그녀는 헐렁한 상의로 앙상한 몸을 가리려고 애썼다.

매일 기운이 점점 없어지는 것 같았다. 닥터 팔머가 예고한 대로였다. 그녀는 끔찍한 에너지 음료―걸쭉하고 소름 끼치는 밀크셰이크―를 처방받았고, 의사는 입원해서 검사를 더 받으라고 권하면서 '안락하게 처치'받을 수 있도록 해준다고 했다. 하지만 엘레노어는 단호하게 거절했다. 마지막 기간에만 입원할 작정이었다. 최소한의 기간 동안만. 이것은 맥스와 합의한 사항이었다.

그리고 엘레노어는 아주 오랜만에 처음으로 울기 시작했다. '크게 울어, 엘레노어. 실컷 울어. 기분이 한결 풀릴 거야.' 엘레노어는 메아리치는 목소리에 귀 기울였고, 얼굴에 눈물이 흐르는 것을 느끼면서도 암 때문에 우는 게 아니라는 걸 깨달았다. 혹은 멜리사 때문도 아니었다. 그녀는 오랜만에 어머니 때문에 울고 있었다. 어머니는 늘 한바탕 우는 게 좋은 약이라고 믿으셨다. 너무 갑자기, 너무 깊이, 너무 예기치 못하게 어머니가 그리워서 그 감정에 완전히 빠져들었다. 어머니가 돌아가신 지 3년이 흘렀고, 이별을 극복했다고 생각했었다. 더 강해졌다고. 익숙해졌다고.

5분, 아니 10분쯤 지났고, 화장대에 놓인 티슈 통에서 휴지를 네 장 뽑았다. 우는 게 약이라던 어머니의 주장이 맞는지는 모르겠지만, 그녀는 얼굴을 매만질 수 있었다. 맥스가 전화해서, 일찍 퇴근해 멜리사를 데리러 갈 테니 운전할 필요가 없다고 알려주었다. 남편이 이러는 날이 점점 많아졌다. 일찍 퇴근해서 엘레노어가 하루에 두 번 운전하지 않도록 해주었고, 솔직히 진심으로 고마웠다. 그녀는 맥스가 아직은 평소처럼 근무하기를 바랐지만, 어떤 날은 차를 타면 너무 피곤했고 겁에 질렸다.

엘레노어는 브러시로 얼른 머리를 빗고 결정을 내렸다. 아니. 아직은 이 일로 맥스를 걱정시키지 않을 작정이었다. 결과를 기다릴 것이다. 그런 유전자를 갖고 있지 않을 거야. 그러면 멜리사에게 남기는 책에 다 괜찮다고 써야지. 걱정할 거 없다고. 그리고 맥스는 알 필요조차 없을 테고.

그녀는 아래층으로 내려가 찬장에서 재료를 꺼냈다. 밀가루, 버터, 소금. 그리고 냉장고에서 어제 농장의 가게에서 구입한 딸기 두 통을 꺼내고, 커다란 고형 크림 단지도 확인했다.

먼저 반죽이 단단하게 부풀도록 타르타르크림(머랭이 잘 부풀어오르게 하는 식품첨가물)을 넣어 스콘을 만들었다. 스토브 위쪽 선반에서 묵직한 팬을 내리려다가 단번에 내리지 못하고 동작을 나눠서 해야 한다는 데 충격을 받았다. 팬을 낮은 선반으로 내린 다음 숨을 돌리고 나서 다시 스토브에 올렸다.

기억하는 대로 잼을 만들었다. 컵 받침으로 두 번 테스트한 뒤 껍질의 주름 테스트로 잼이 제대로 만들어졌는지 확인했다.

이따금 동작을 멈추고 공포감과 싸워야 했다. 손가락으로 조리대를 두드리고, 장차 멜리사가 다른 부엌에서 같은 동작을 하는 상상을 하며 마음을 가라앉혔다. 그녀가 책에 써놓은 대로 하겠지.

그래.

2시간 뒤 문에서 열쇠 소리가 나자 엘레노어는 식탁에서 접시들을 옮기고 포크의 위치를 바로잡았다. 그녀가 바라는 것은 남편과 딸의 얼굴뿐이었다.

"와, 엄마. 크림 티를 만들었네. 콘월에서처럼."

멜리사는 흥분을 감추지 못하고 가방이 벽에 닿을 만큼 흔들어댔다.

"손부터 씻자, 아가."

"방금 씻었는데."

"혹시 잘못 기억하는 걸 수도 있으니까 다시 씻는 게 어때."

멜리사가 얼굴을 찌푸리며 화장실로 뛰어가자 맥스가 고개를 갸우뚱했다.

"너무 과로하는데, 엘레노어."

"강의는 그만두시죠, 교수님. 오늘은 그만요."

그는 아내의 정수리에 입 맞추다가 스웨터 밑으로 앙상한 어깨를 느끼고 얼굴 표정이 변했다. 엘레노어는 그의 팔을 잡고 잠시 꼭 매달려 있다가 의자에 앉았고, 멜리사가 손에서 물을 떨어뜨리면서 다시 나타났다.

　"이제 엄마한테 오늘 학교에서 뭘 했는지 말해보면 어때."

　멜리사는 어깨를 으쓱했다.

　"내가 맞혀볼까?"

　엘레노어는 생각하는 흉내를 내느라 얼굴을 찡그리며 말을 이었다.

　"아무 일도 없었지?"

25
맥스, 2011

맥스는 수치심을 느끼면서 침대를 바라보았다.

벗어놓은 셔츠 두 벌을 이불 위에 내던졌다. 하나는 몸에 너무 붙어서 요즘 자주 입지 않았다. 다른 하나는 아직도 납득할 수 없는 이유 때문에 입지 않았다.

참 이상한 노릇이었다. 이렇게 십대처럼 굴다니.

옷장에 걸린 옷들을 쭉 훑어보았다. 끄트머리에 있는 옥색 셔츠에 시선이 꽂혔다. 맥스는 침대 옆에 놓인 사진을 힐끗 보았다.

'세상에, 당신 그 색깔이 잘 어울리네요, 맥스.'

엘레노어는 색깔에 아주 민감했다. 한번은 '색깔 테스트'를 받은 적도 있었다. 그게 뭔지는 잘 모르지만. 그녀는 작은 필로팩스(영국산 시스템 수첩 상표명) 같은 것을 들고 집에 왔다. 그 안에는 그녀의 얼굴빛에 어울린다는 색조의 천 조각들이 들어 있었다. 맥스는 아내가 이런 어처구니없는 일에 돈을 얼마나 썼을지 걱정하면서 싱긋 웃었다. 엘레노어는 언제나 멋져 보였다.

그녀는 옷장을 다 뒤져서 모든 옷을 분류했다. 아직 입을 수 있는 옷들과 시간이 지나면 교체해야 할 옷들로 나누었다.

"그래서 당신 생각은 어때요? 차이를 알겠어요?"

맥스는 미소 지었다. 무슨 차이가 있는지 알 수가 없었다. 그는 패션 산업이란 천을 보기 좋게 꿰매는 것 정도로 생각했기 때문에 잠자코 있었다.

그는 유니폼처럼 입는 게 좋았다. 진 바지나 코르덴—"미안하지만 난 코르덴이 마음에 드는데, 엘레노어."—바지와 체크무늬 셔츠와 스웨터. 꼭 입어야 할 때는 재킷까지.

엘레노어가 충동적으로 그에게 이 옥색 셔츠를 사주었다. 그녀는 옥스퍼드에 있는 자그만 고급 옷 가게에서 그의 몸에 이 셔츠를 대보면서 그에게는 '가을' 계통 색상이 어울린다고 말했다. 이제 맥스는 이런 소소한 장면들을 떠올릴 때마다 유난히 가슴이 저렸다. 그 시절에는 이런 일을 특별하게 여기지 않았기 때문이다. 그저 한 귀로 흘려듣기만 했다. 이제 되돌릴 수만 있다면 무엇이든 내줄 텐데. 그 옷 가게로 다시 돌아갈 수 있다면. 귀담아 들을 텐데.

오늘 저녁에 어떤 차림으로 안나의 집에 식사를 하러 갈지가 왜 신경 쓰이는지 이해가 되지 않았다. 이건 데이트가 아니었다. 지금 필요한, 야심 있는 신입 동료가 자리 잡고 잘해보겠다고 인사하는 자리였다. 새러—다른 교수—는 맥스와 3년째 일했고 좀 진지한 면이 있긴 해도 같이 어울리기에 아주 좋은 사람이었다. 안나가 해야 할 일의 측면에서 보면 잘된 일이었다. 동료들과 보내는 유쾌한 저녁 시간이 될 것이다. 또 익살스러운 말을 해보려고 한심하게 굴긴 했지만 그는 파에야를 아주 좋아했다.

그녀의 입술 생각만 하지 않으면 되는데. 맙소사. 이제 동등한 입장으로 대해야 하잖아? 전문가들답게. 직장에서 이런 감정에 휘말리지 않고 오랫동안 지내왔는데 갑자기 어떤 얼굴이, 몸매가 거기 나타나다니……

맥스는 침대에 걸터앉아서 전화기를 확인했다. 멜리사에게서는 여전히 아무 연락도 없었다. 이런 상황에서 짜증을 내선 안 된다는 걸 그는 알고 있었다. 그런데도 안달이 났다.

그는 사진을 집어 들었다. 가장 당황스러운 점은, 멜리사나 엘레노어와 이 일에 대해 상의하고 싶다는 생각이 든다는 것이었다. 물론 그건 말도 안 되는 어처구니없는 바람이었다. 엘레노어와 이야기 나눌 수 있는 처지라면 그가 안나의 입술에 사로잡힐 일은 없었을 테니까. 오히려 그는 이 일을 두고 아내를 놀렸겠지. "우리 과에 끝내주는 새 강사가 왔어. 달리기를 한다던데."

"내가 걱정해야 하는 일이에요?"

그는 아내의 목소리가 귀에 들리는 듯했고 즐겁게 받아쳤다.

"아니."

'그 시절이라면 당신은 걱정할 필요가 없었지, 엘레노어.'

맥스는 아내에게 성실했다. 한결같이.

오랜 세월이 흘렀지만 이러는 게 너무 어색하고 여전히 혼란스러운 것도 그 때문이었다. 맥스는 엘레노어가 돌아오기를 바랐지만, 그녀가 돌아올 수 없다는 사실을 받아들이고 다시 사랑에 빠지고 싶었다. 그래서 데보라와 관계를 맺으려고 시도했지만 실패했다.

엘레노어 이후 잠자리를 한 여자는 딱 세 명이었다. 소피와의 정기적인 데이트와 데보라와 보낸 힘든 시간. 맥스는 문득 데보라가 결혼을 원한다는 것을 알아차렸고, 그로 인해 상황이 나빠졌다. 결혼보다 더 나쁜 점은 그녀가 아이를 원한다는 사실이었고, 맥스는 그런 생각은 해본 적이 없었다. 왜 자식을 갖고 싶을까? 맥스는 중년이었다. 그에게는 멜리사가 있었다. 솔직히 그의 맘에 드는 멋진 여성이자 과중한 업무에 시달리고 있는 서른여덟의 이혼녀 데보라가 자식을 더 낳고 싶어할 줄은 꿈에도 몰랐다. 뒤늦게 이 사실을 알게 되면서 끔찍한 불화가 이어졌다. 데보라는 맥스가 혼란스럽게 만든다고 느꼈다. 정말이지 당황스러운 상황이었다.

이 모든 일을 겪은 뒤 성급하다 싶게 샬럿이라는 괜찮은 여자와 만났다. 어느 저녁 만찬 파티에서 샬럿을 소개받았는데, 사람들은 그들을 맺어주려고 난리였다. 사실 아주 상냥하고 같이 있기 괜찮은 상대였지만 아직은 너무 일렀다.

그런데 지금은?

맥스는 옷장에서 빨간색과 갈색으로 된 체크무늬 셔츠를 꺼내 입고, 침대 옆에 놓인 사진을 다시 힐끗 보았다. 결혼기념일 여행 때 찍은 부부 사진이었다. 그는 옥색 셔츠를 입고 있었다.

맥스는 손목시계를 확인했다. 그가 먼저 도착하고 싶지 않았다. 너무 적극적인 듯 보일 테고, 무엇보다도 초대를 지나치게 중요시하는 것처럼 보일 터였다.

'이건 데이트가 아니라고, 맥스밀리언.'

안나의 집은 옥스퍼드셔 남쪽의 재개발된 단지에 있는 커다란

이층집으로 강에서 가까웠다. 아래층은 개방형 구조로 날렵한 철제 계단이 있었다. 부끄럽게도 맨 먼저 든 생각은 안나가 어떻게 이런 집을 지닐 수 있을까, 였다. 두 번째로 든 생각은 도대체 새러는 어디 있을까, 였다.

맥스가 힐끗 둘러보자 안나가 미소 지으며 말했다.

"보이는 것처럼 크지는 않아요. 위층 넓이는 아래층의 절반이거든요. 옆집은 그 반대고요. 하지만 제가 이 집을 선택한 건 정원 때문이었어요."

안나는 프렌치 도어의 커튼을 젖히고 그에게 보라는 몸짓을 했다. 대단하진 않지만 아름다운 테라스로 이어져 있었고, 예쁘장하고 작은 정원과 그 뒤쪽으로 강 풍경이 나타났다.

안나가 팔짱을 끼고 밖을 내다보면서 말했다.

"평생 강가에서 살고 싶었어요. 그래서 우리가 엄청난 변화를 결정해야 한다면—이혼이요—적어도 그로 인해 좋은 일도 있어야 한다고 생각했죠."

그때 계단에서 발소리가 들렸다.

"프레디, 와서 맥스에게 인사하렴."

'봐. 데이트가 아니라니까.'

키가 크고 마른 청년이 헤드폰을 쓴 채 계단 아래쪽에서 나타나 눈을 가늘게 뜨고 쳐다봤다.

"맥스는 내가 새로 강의하게 된 학과의 학과장님이셔. 그래서 내가 염치없이 아부를 하려는 거지. 해산물 요리로 호감을 살까 해. 좋은 소식은, 네가 좋아하는 음식이라는 거란다. 파에야거든."

프레디는 헤드폰 때문에 아무 말도 듣지 못하고 어깨를 으쓱했다. 바로 그때 전화벨이 울렸다.

"만나서 반갑구나, 프레디. A 레벨을 준비하느라 힘들어하고 있다고 들었는데. 어떤 과목들을 공부하니?"

맥스가 손을 뻗었지만 프레디는 반응을 보이지 않았다. 프레디는 맥스를 찬찬히 살피다가 한쪽 귀에서 헤드폰을 천천히 내렸다.

"A 레벨 과정에 있다고 알고 있는데. 어떤 과목을 공부하지?"

맥스가 손을 내릴 때 안나가 수화기를 들고 창가 쪽으로 몸을 돌렸다.

"과학 과목들이요."

그때 프레디의 휴대전화에 문자메시지가 들어오자 그는 메시지를 확인했다.

"달리기를 한다고 들었는데, 프레디."

"아, 네, 새러. 집을 찾느라 헤매고 있어요?"

저쪽에서 안나가 걱정하는 목소리로 말했다. 양쪽 말소리에 귀를 기울이느라 맥스는 정신이 없었다.

"밖에 친구가 와 있어요. 미안하지만 가봐야겠네요."

프레디가 전화기를 쳐다보면서 말했다.

"같이 있지 않을 거니, 프레디?"

맥스는 초조하게 안나를 힐끗 쳐다보았고, 그녀는 여전히 전화기를 들고 있었다. 프레디가 지금 나가려는 걸 전혀 모르는 눈치였다.

"먼저 어머니에게 인사하고 싶겠지?"

프레디가 찡그리자 맥스는 주제넘었다는 것을 깨닫고 얼굴 위로 손을 들었다.

"아니요. 물론 이해해요, 새러. 안됐네요. 아뇨, 정말이에요. 괜찮아요. 누워서 상태를 지켜보세요. 정말 아무 문제 없어요. 우리가 새러를 위해 한잔 마실게요. 몸조리 잘하세요."

안나가 그들에게 몸을 돌리고 얼굴을 찡그렸다. 그녀가 말했다.

"새러가 갑자기 배탈이 났나봐요. 못 온다네요."

"저기요. 미안해요, 엄마. 하지만 밖에서 친구가 기다려요. 나가야 해요."

"무슨 뜻이야, 나가야 한다니? 프레디. 무슨 말을 하는 거야?"

"잭의 집에 가는데요. 잭의 아빠가 와 계세요. 엄마한테 말했잖아요."

"아니, 말 안 했어."

"했어요."

"프레디, 평일 밤이야."

"엄마는 손님을 초대했고, 난 자리를 비켜주려고 약속을 만들었어요. 기억나죠?"

프레디는 그녀를 빤히 쳐다보았다.

안나는 기분을 감추려고 애쓰며 맥스를 쳐다보았다.

"저기, 엄마. 잭의 아빠가 밖에 와 계세요. 20분이나 운전해서 오셨다고요. 돌아가시라고 할 수는 없어요."

안나는 바닥을 내려다보다가 다시 아들을 올려다보았다.

"그분이 널 집에 데려다주시는 거야?"

"네."

"그럼 10시 반까지야, 프레디. 더 늦으면 안 돼."

프레디는 눈을 굴리더니 맥스에게 고개를 돌리고 말했다.

"재미있는 시간 보내세요. 만나서 반가웠어요."

"아이가 저래서 죄송해요."

안나는 끓는 소리가 나는 파에야 팬으로 몸을 돌렸다. 그녀는 와인을 더 뿌린 다음 지글지글 소리가 나자 물러나서 냉장고에서 해산물 그릇을 꺼냈다. 생새우, 홍합, 오징어가 담겨 있었다.

현관문이 닫히는 소리가 났고, 안나는 팬을 흔들었다. 그녀가 찬장에 손을 뻗어 와인 잔 두 개를 꺼냈다.

"한잔하실래요, 맥스?"

"그래요. 딱 한 잔만. 레드와인으로."

그녀는 천천히 와인을 따르더니 등지고 서서 한동안 가만히 있었다.

"저기, 이렇게 되어서 미안해요. 제 계획과 완전히 어긋나버렸네요."

"걱정 말아요."

"솔직히 프레디가 집에 있을 줄 알았어요."

안나가 마침내 말했다. 그녀는 몸을 돌려서 맥스에게 잔을 건넨 다음 찬장에 몸을 기댔다.

"요즘 아들은 동굴에 들어가 있거나 집 밖에 있거나 둘 중 하나예요."

"그 나이에는 아주 정상일 거예요."

"다들 그렇게 말하기 하죠."

"그래서 이 아부의 자리 말인데요. 해산물 요리를 준비했다니

기분이 아주 좋은데요. 내가 좋아하는 음식이거든요. 새러가 아
프다니 안됐네요."

"네."

두 사람 다 말없이 와인을 마셨다. 1분이 지났다.

"우리가 실컷 먹을 수 있겠네요. 기막힌 냄새가 나는데요."

"오늘 오후에는 괜찮아 보였는데."

"네?"

"새러 말이에요."

"아, 그래요. 흠⋯⋯. 갑자기 그럴 수도 있죠. 아마 구내식당에
서 뭔가 먹은 게 잘못됐겠죠."

"저기요. 이렇게 돼서 정말 미안해요, 맥스. 솔직히 말해서 좀
어색하네요. 특히 프레디 일이요. 아이가 일부러 무례하게 구는
건 아니에요."

"괜찮아요. 말했잖아요. 나도 경험이 있어요."

"제가 너무 민감하게 구는 거겠죠, 아닌가요?"

안나는 다시 팬으로 몸을 돌리고는 파에야 위에 놓인 해물에
와인을 더 뿌리기 시작했다. 그녀가 말했다.

"일에 대해서 말이에요. 사람들을 짜증나게 하죠?"

"말도 안 되는 소리. 예민한 건 좋은 거예요."

맥스는 말이 나온 김에 일 이야기로 넘어갔다. 그는 안나가 학
생들에게 두 번째 해의 선택과목으로 제안하는 유럽 경제를 다
루는 새로운 강의 기획과 관련해 학내 정치와 경제적인 면을 설
명했다. 새 논문에 대한 가능성에 대해서도 말했다. 특히 시사와
관련된 부분에 대해. 맥스는 그녀가 상식이 풍부하다는 것을—

예측할 줄 안다는 것을—알 수 있었다. 그런 면이 홍보 부문의 관심을 끌어서 일부 언론의 주목을 받을 수 있을 터였다. 또 요즘 예산의 큰 부분을 차지하는 외국인 학생들에게도 인기 있을 테고. 하지만 맥스는 이런 말을 하면서 집중하느라 애를 먹었다.

오늘 저녁 안나는 몸에 붙는 부드러운 회색 저지 바지와 진회색 상의 차림이었다. 어깨 부분이 파여 있었고, 밝은 옥색 목걸이를 하고 있었다. 예전에 얼핏 '스테이트먼트 주얼리(statement jewellery. 크고 대담한 모양의 액세서리)'라고 들은 장신구였다. 머리는 하나로 묶고 발가락을 끼우는 슬리퍼를 신고 있었다. 맥스는 재킷을 입지 않은 게 다행스러웠다.

그는 기획안과 관련해 몇 가지 의견을 말한 다음 교직원들에 대해 알려주었다. 요즘 가장 실세는 누구인지, 피해야 할 인물은 누구인지. 이런 일들 뒤에서 실제로 재정을 쥔 사람이 누구인지. 특히 외국인 학생들과 관련된 사항들에 대해 설명해주었다.

그는 사실들도 털어놓았다. 학내 정치와 험담, '새로운 시장'에 대한 재정적 압박이 있지만 그는 여전히 대학 생활을 좋아했다.

"학생들까지요?"

안나가 놀랐다.

"그래요. 학생들까지."

맥스는 안나가 커리어 변화를 제대로 했고, 새러의 감독하에 뛰어난 결과를 얻을 거라고 말했다. 특히 그녀가 언론에 노출되도록 노력한다면. 그랬다. 학교 측에서는 무척 반길 것이다.

갑자기 안나가 말했다.

"오늘 밤에 새러가 일부러 핑계를 댔다고 생각하지 않으세요?

제가 주제넘었다고요. 너무 성급했나요? 말해주셔야 해요, 맥스. 정말 알고 싶어요. 제가 너무 지나쳤을 수도 있어요. 그건 알아요."

"이봐요, 안나. 사실대로 말할까요? 난 그다지 소문이 좋지 못한 편이고, 어떤 사람들은 동료들과 친하게 지내지만—나도 그래야 하겠지만—난 그러지 않아요. 하지만 여기저기서 듣기에 새러는 학교 밖에서 동료들과 교제하는 데 대단히 개방적이라더군요. 정말 좋은 사람이에요. 전화 내용은 분명 사실일 거예요. 둘러댄 게 아닐 거예요."

안나는 그의 말에 안심되는 듯 웃으면서 파에야와 커다란 채소 샐러드 접시를 식탁에 올렸다. 음식은 딱 알맞게 조리되었다. 해산물은 적당히 익었고, 바닥의 밥은 약간 고들고들했다. 두 사람은 차이점에 대해 토론했다. 파에야와 리소토의 다른 점. 둘 다 음식을 좋아했다. 함께 있는 것도 즐거웠다.

그때 갑자기 맥스는 알아차렸다. 두 사람이 커피를 두 잔째 마실 때 안나가 불안하게 손목시계를 살피고 있었다. 10시 반이 막 지났을 때였다.

"문자를 보내는 게 낫겠네요."

이후 15분간 안나가 그의 말에 집중하지 못하는 것을 맥스는 알 수 있었다. 답장이 오지 않았다. 현관문 여는 소리도 나지 않았다.

"아, 가봐야겠어요, 안나. 내가 도울 일이 없을까요? 당신 대신 프레디를 태우러 간다든가? 난 와인을 딱 한 잔 마셨으니 운전해서 집에 가는 길에 데리러 가도 되거든요."

"그 애 말을 들으셨잖아요. 데리러 가더라도 먼저 알아보고 가야 해요. 두 번째 잔은 마시지 말았어야 한다는 생각이 들기 시작하네요. 양해해주시겠어요, 맥스?"

그녀는 휴대전화로 통화를 하려고 일어났다.

"여보세요……. 앤디? 안녕하세요. 성가시게 해서 죄송하지만 프레디를 데려다주실 수 있는지 확인하려고요. 프레디에게 10시 반이라고 말했거든요. 아이가 그 말을 전했는지 모르겠네요."

그러다 잠시 조용했다. 안나의 표정이 변했고 맥스는 곧바로 짐작할 수 있었다.

"아니요. 앤디 잘못이 아니에요. 아이들이 그렇죠. 제가 다른 데 전화해볼게요. 잭에게 아는 게 있는지 물어봐주시겠어요? 감사합니다."

"프레디가 거기 없대요?"

안나는 고개만 저었다. 그녀의 표정이 전에 맥스의 사무실에서 화를 낼 때와 똑같이 변했다.

"그렇군요. 겁먹지 말아요. 멜리사도 나한테 몇 번 이런 짓을 했거든요. 당신은 프레디의 다른 친구들에게 전화를 걸어봐요. 난 커피를 더 만들게요."

"그래도 될까요? 경찰에 신고해야 하는 게 아닐까요?"

"내가 결정할 입장은 아니지만……. 아니요, 먼저 전화부터 해보라고 권하고 싶군요. 프레디가 나타날 거예요."

"가보지 않아도 괜찮으시겠어요?"

"난 괜찮아요."

그러자 안나는 다시 휴대전화를 귀에 대고 프렌치 도어 쪽으로 걸어가서, 프레디의 친구들에게 돌아가며 전화했다. 그사이 맥스는 커피를 준비했다. 그가 커피 잔을 내려놓자 안나는 감사의 미소를 지었다. 커피 잔 옆에는 그녀가 손대지 않아서 식어버린 커피 잔이 놓여 있었다. 안나는 계속 전화하면서 서성댔다.

"다 됐어요. 아이 친구들에게 전부 전화해봤어요. 프레디가 어디 있는지 아무도 모르네요. 이제 어떻게 하죠? 그냥 기다려야 할까요? 경찰에 전화할까요? 나가서 찾아봐야 하나요?"

맥스는 말하고 싶지 않았다. 그는 통화 내용을 계속 듣고 있었다. 그러지 않을 수가 없었다.

"아이 아버지는 어떨까요? 혹시 그가……."

"독일에 있다면서요."

"맞아요."

"이 일로 그와 통화하고 싶지는 않을 것 같은데요. 아직은."

"맞아요."

"내가 나설 일은 아니지요, 안나. 하지만 나라면 조금 더 시간을 주겠어요. 프레디가 문자에 답이 없었죠?"

"네. 전화도 여전히 자동응답으로 넘어가네요. 음성 메시지를 세 번 남겼어요."

좀 더 서성대고. 좀 더 전화를 걸어보고. 커피가 다시 식어버리도록 놔두고. 그러다 그녀가 눈이 빨개져서 화장실에서 나오자 맥스는 자리에서 일어났다.

"내가 본의 아니게 프레디를 당황하게 만든 건 아닐까요? 혹시 아드님이 상황을 완전히 오해했을지도 모르겠군요."

"아니요. 그렇게 생각하지 않아요. 프레디는 제가 새러도 초대했다는 걸 알고 있었어요. 아니에요. 적어도 그건 아니겠죠. 제 말은…… 제가 설명을 했다는 뜻이에요. 어제 아이에게 말했어요…….”

그 순간 갑자기 현관에서 열쇠 돌리는 소리가 났고, 안나는 몸을 홱 돌렸다.

프레디가 여전히 헤드폰을 쓴 채로 나타났다.

“재미있었니?”

안나는 안심하는 표정에서 화난 표정으로 변했다. 자정이 되기 10분 전이었다.

프레디는 안 들린다는 신호를 보냈다. 안나는 헤드폰을 벗는 게 좋겠다는 신호를 보냈다.

“재미있었느냐고 물었는데?”

“네. 괜찮았어요.”

프레디가 어깨를 으쓱했다.

“난 가보는 게 좋겠군요.”

맥스가 속삭이듯 말하면서 커피 테이블에서 열쇠를 집어 들었다.

“저녁 식사 맛있었어요, 안나. 그리고 기획안을 전부 검토할 수 있어서 좋았고요. 내가 알아서 나갈게요.”

안나가 고개를 끄덕이면서 소리 내지 않고 입술을 달싹여 “고마워요.” 그리고 “미안해요.”라고 말했다. 그녀는 아들에게 고개를 돌리고 말했다.

“아니, 프레디. 위층으로 사라지지 마. 앉아서 나랑 이야기를 해야지.”

26
멜리사, 2011

멜리사는 다리를 절면서 세관을 통과하는 샘을 지켜보며, 아버지를 만나는 상황을 마음속으로 연습하기 시작했다. 어머니의 책에 대해서는 시간을 갖고 조용히 맛있는 식사를 하면서 말하기로 마음먹었다. 지금은 아니었다. 지금은 중요한 질문을 받을 때가 아니었다.

"도대체 이게 다 무슨 일이야……."

도착 출구에서 맥스의 얼굴을 보니 멜리사가 걱정하던 것들이 전부 담겨 있었다.

멜리사는 샘의 너덜너덜한 반바지 아래로 붕대를 겹겹이 감은 다리를 힐끗 쳐다보았다.

"괜찮아요, 아빠. 저희는 괜찮아요. 정말로요."

그녀는 아버지와 포옹하면서 방어적인 말투로 말한 것을 후회했다.

"그런데 무슨 일이 있었던 거니? 왜 나한테 전화하지 않았어? 도대체 무슨 일을 당한 거냐고?"

"저기요. 사고였어요. 산속에서. 오토바이요. 샘은 괜찮아요.

그저 몇 바늘 꿰맨 것뿐이에요."

"오토바이를 빌린 거야?"

"아니에요, 아빠. 저희가 탔던 게 아니에요. 저기, 복잡한 구역에서 벗어나서 다 말씀드릴게요. 차에 타서요."

"그러면 내 문자에 대답하지 않은 것도 이 일 때문이구나. 너도 다쳤니, 멜리사? 혹시 너도 어디……."

"아니에요, 아빠. 샘만 다쳤어요."

"저희는 아무 일 없습니다, 아버님. 걱정시켜드리고 싶지 않았어요. 이제 집에 가기만 하면 됩니다."

샘은 미소 지으려고 애썼다.

"그래. 물론이지. 알았네."

출구로 향하면서 맥스는 괴물 같은 가방을 옮기겠다고 고집하다가 멜리사가 든 분홍색 가방을 보고 얼굴을 찌푸렸다.

"가방이 하나 더 필요했다니 믿을 수가 없구나. 이 가방이 있는데도?"

"사연이 길어요. 차를 단기 주차장에 두셨어요, 아빠?"

"응. 저쪽으로 건너가면 돼. 따라오렴."

"여긴 진짜 춥네요."

차를 타고 가면서 멜리사는 고단한 척하면서 대략적으로만 설명했다. 집에 도착해서 샘이 아파트의 중앙 통로로 들어서자, 멜리사는 문간에서 아버지의 앞을 막아섰다.

"그러니까 예의 없게 굴려는 건 아닌데요, 아빠. 감사하지 않은 것도 아니고요. 그런데 좀 피곤해서요. 저녁 먹으면서 다 말씀드릴게요. 다음 주 수요일쯤?"

그녀는 뒤쪽을 흘끔대면서 속삭였다.

"내가 들어가마. 최소한 무거운 짐이라도 들어다 줄게."

"아니에요. 괜찮아요, 아빠. 저희는 괜찮아요. 수요일에 봬요."

"약속을 취소하지는 않겠지?"

"안 그럴게요. 약속해요. 사실 계획이 있어요. 그건 문자로 보낼게요."

그녀는 다시 고개를 돌려 넓은 복도를 바라보았다. 샘이 옷 가방을 끌고 가고 있었다.

"긴 여행이어서 그래요. 저희는 지쳤어요."

맥스는 주머니에 손을 넣고 열쇠를 만지작거렸다.

"그래. 정말로 둘 다 괜찮은 거지?"

"괜찮아요."

멜리사가 응접실에 들어가보니 샘은 이미 집에 전화를 걸고 있었다. 그녀는 놀라지 않았다. 지난 이틀간 그는 담담한 표정을 짓고 있었지만, 내색하는 것보다 훨씬 많이 형을 걱정했다. 틀림없이 곧장 집에 가고 싶을 테고, 이제 날이 밝으면 차편이 필요할 터였다. 아직 다리가 불편해서 운전은 할 수 없었다.

멜리사는 손에 든 우편물을 정리하면서 한숨을 쉬었다. 어머니가 옳았다. 뻔뻔하게 나가기가, 옳은 일을 하기보다는 회피를 합리화하는 편이 더 쉬웠다. 친절하게 굴자.

그녀는 커피를 준비하러 부엌으로 들어가 실내를 둘러보았다. 집에 돌아오면 언제나 낯선 느낌과 함께 적응해야 하는 짜릿한 순간이 있었다. 휴가 중에 쓰던 작업대 상판이 이것으로 바뀌는 순간. 아주 익숙해야 마땅한데 순간적으로 어색한 기분. 이 대리석 식탁이 얼마나 어두웠는지 까맣게 잊고 있었다.

그러다 다른 생각이 났다. 차고에 있는 종이 상자. 멜리사는 동작을 멈추고 그 생각을 밀어냈다. 아니. 오늘은 아니야. 샘을 쉬게 하고, 형을 보러 가게 해줘야지. 다른 일을 다 챙긴 다음에 그 상자를 확인하면 돼.

"난 웨이트로즈에 잠깐 들를 건데 괜찮겠지? 스테이크랑 샐러드랑 기본적인 것들을 사려고. 식사를 마친 뒤에 당신이 마커스한테 가고 싶으면 내가 차로 데려다줄게."

멜리사는 차 열쇠를 챙겨 들고, 통화를 막 마친 샘에게 소리쳤다.

샘이 다가와서 그녀의 표정을 살폈다.

"당신이 너무 피곤할 것 같은데?"

"상관없어. 하지만 먼저 슈퍼마켓에 들렀다가 식사부터 하고 싶어."

"이따가 나를 태워다줘도 정말 괜찮겠어? 기다렸다 내일 가도 되는데."

샘이 멜리사의 눈을 응시하며 말했다.

"아냐. 난 괜찮아. 당신이 가면 마커스가 좋아할 거야."

두 사람은 커피를 마신 뒤 우편물을 정리했다. 멜리사는 침실로 가서 어머니의 책이 든 회색 실크 주머니를 꺼냈다. 주머니를 줄무늬가 있는 라피아 장바구니에 담고, 샘에게 가볍게 키스하고 집을 나섰다.

웨이트로즈에 도착하자 곧장 카페로 가서 카푸치노를 큰 사이즈로 주문하고, 뛰는 가슴으로 테이블에 책을 내려놓았다.

페타 치즈를 넣은 구운 호박과 시금치 수프

버터호두호박 1통—껍질을 벗기고 씨를 긁어낸 다음 사각 썰기
베이비 시금치 반 봉지
자색 양파 2개—큼직하게 다져놓기
좋은 페타 치즈 작은 것 1팩
로즈마리 큰 것으로 두 줄기—다져놓기
좋은 올리브유
마늘 몇 알 다진 것
맛있는 육수(채소나 닭고기로) 1~1.5리터

버터호두호박과 양파를 올리브유로 버무린 다음 천일염, 다진
마늘, 다진 로즈마리를 뿌려서 잘 익을 때까지 45분에서 1시
간 동안 구우렴. 야채를 시금치 반 봉지와 함께 육수에 넣고
몇 분만 뭉근히 끓여줘. 그리고 페타 치즈를 넣고 녹이는 거
야. 입맛에 맞게 간을 해서 푸드프로세서나 핸드믹서에 갈아.
취향에 따라 묽거나 걸쭉한 수프가 되도록 적당한 양의 육수
를 넣어도 된단다. 시금치를 얼마나 넣어야 할지는 시행착오
를 통해 알게 될 거야. 수프 색깔이 좀 거뭇하긴 해도 내가 정
말 좋아하는 수프란다.

네게 알려주는 마지막 레시피로 이 수프를 선택했단다, 멜리사. 내가 진짜로 좋아하는 음식이거든. 조리법이 간단한 데 비해 맛은 기가 막히지. 훌륭한 많은 레시피들처럼 아주 우연히 알게 됐단다. 친구가 페타 치즈와 구운 호박을 얹은 베이비 시금치 샐러드의 레시피를 알려줬는데, 어느 날 너무 많이 만들었지 뭐야. 엄청나게 많이 남았지. 그래서 팬에 담고 육수를 넣어서 수프를 만들었는데, 당연히 다들 칭찬이 자자했지. 그래서 이제 그 샐러드보다 이 수프를 더 자주 만든단다.

내가 주절주절 떠들고 있네.

초조하면 늘 그렇다니까.

진실?

시간이 얼마 남지 않으니 끝없이 주절대고 싶구나, 아가야. 그리고 여기서 상황을 간추리기에는 해주고 싶은 말이 너무 많은데 이 글을 어떻게 끝맺어야 할지 어렵구나.

아직 할 말을 다 하지 못했는데 점점 힘이 빠져, 멜리사. 그리고 네가 눈치채버렸어. 넌 여덟 살이잖아. 사실 내가 건강하지 않다는 걸 눈치챈 지는 한참 됐을 거야. 넌 똑똑한 아이고, 아이들은 뭘 놓치는 법이 없거든. 나는 여자들의 배앓이라고만 말했고, 넌 더는 자세히 묻고 싶지 않은가봐. 이 글을 쓰는 건 네 마음을 아프게 하려는 게 아니라, 네가 얼마나 기억할지 또 내가 얼마나 잘못 알고 있는지 궁금해서란다.

어제 아침에 난 침대에서 네 머리를 빗겨주면서 아빠가 머리 빗기는 법을 배우고 싶을 거라고 말했어. 네 반응을 보고, 네가 내 짐작보다 더 많이 알고 있다는 것을 감지했단다.

그러지 않으면 좋으련만.

하지만 오늘, 진실은 이거야. 난 몸이 아주 좋지 않고, 그래서 변호사와 전화로 연락했지. 이 책을 어떻게 처리할지 설명해줬어. 곧 그가 와서 이 책을 가져갈 거야. 아무리 늦어도 수요일까지는. 하지만 나는 가능한 한 오래 이 책을 붙들고 있을 거란다. 검사 결과가 나오기를 바라고 바라고 또 바라면서.

그리고 이제―심호흡 크게 한 번―너한테 말하는 수밖에 선택의 여지가 없는 다른 일이 있어.

몇 페이지가 붙어 있다는 걸 너도 알아차렸겠지? 네가 아직 그 부분을 열어보지 않았으리라 믿고 또 그러길 바란다. 넌 그 부분이 붙어 있는 건 실수 때문이라고 짐작하겠지. 사실 그 부분을 찢어버릴 수 있으면 좋았으련만. 이 페이지도 마찬가지고. 하지만 네가 이 글을 읽고 '붙어 있는 페이지들'이 아직 남아 있다면……. 음. 내가 바라는 방향대로 되지 않은 거겠지.

네가 그 부분을 읽기 전에 해야 할 중요한 말이 있어. 내가 너와 아빠를 목숨보다 사랑한다는 거야. 하지만 선량한 사람이어도 머리와 가슴에 간직하고 싶지 않은 것들을 간직할 수도 있단다.

그러니까 붙어 있는 부분을 아주아주 조심스럽게 떼어보렴, 내 사랑하는 딸아. 그렇게 붙여둔 건 네가 책을 훑어보면서 그냥 넘어가게 하려고 그런 거야. 이 가장 힘든 대목에 대해서는 먼저 내가 잠시 설명할 기회를 얻고 싶어서.

친절한 마음으로 이 일이 내 손에서 빠져나갔다는 것을―내 계획과 완전히 다른 양상이 되었다고―믿어주면 좋겠구나…….

멜리사는 책을 덮고 주위를 둘러보았다. 이런 극단적인 변화를 느끼는 건 처음이 아니었다. 검은 잉크와 엄마가 글을 쓰던 끔찍한 공간에서 그녀가 그 글을 읽는 이 무덤덤한 공간으로의 변화.

글의 주제가 완전히 변한―어두워진―이후에 책에서 고개를 들 때마다 주변의 평범함에 이런 충격을 느끼곤 했다. 그랬다. 모든 것이 소름 돋을 만큼 태평했다. 사람들은 라테와 컵케이크를 앞에 두고, 단어 풀이와 휴대전화를 들고 미소 짓고 있었다. 이들은 지금 그녀가 휩싸인 언어의 세상에 대해서는 아무것도 모르고 있었다.

그녀는 한동안 어지럼증을 느끼며 또래로 보이는 여자 손님들을 보았다. 몸을 숙이고 대화하는 모습이 남의 소문을 떠드는 눈치였다. 잘 차려입은 삼십대 정도로, 〈프렌즈〉의 종영을 아쉬워하기라도 하는 듯 그 시트콤 때문에 유행한 헤어스타일을 하고 있었다. 한 여자가 웃으면서 작은 콤팩트를 꺼내 립스틱을 고쳐 바르더니, 손목시계를 보면서 일어나야 한다는 신호를 보냈다.

옆 테이블에는 젊은 엄마와 아기 의자에 앉은 아이가 있었다. 앞에 놓인 납작한 플라스틱 쟁반에 케이크 부스러기가 흩어져 있었다. 엄마는 체크무늬 배낭에서 물휴지를 꺼내 쟁반과 아이의 얼굴을 닦았고, 아이는 싫다고 징징댔다.

이 모든 게 멜리사를 이방인처럼 느끼게 했다. 이 모든 평범함이. 어머니 입장에서 생각하니 화가 났고, 또 너무 외로워졌다.

어릴 때 바로 이런 상황에서 아버지에게 잔소리를 들은 기억이 났다. 마음을 닫고 있다고. 조용히 앉아서 생각을 너무 많이 한다고.

"넌 어깨에 너무 많은 걸 짊어지고 가려 하지. 나한테는 말해도 된다는 걸 알잖니, 멜리사."

하지만 남과는 나누기가 몹시 힘든 일들이 있었다. 예를 들면 어머니와의 일을 그저 평범한 일상으로 여기는 사람들. 어머니와 좋고 나쁜 일을 겪는 사람들. 속상한 일이 생기기도 하고 괜찮아지기도 하는 사람들. 누군가를 잃어본 적이 없어서, 두어 해 지나면 그런 슬픔은 사라지고 행복한 기억만 남을 거라고 추측하는 사람들.

맙소사. 깊은 슬픔은 없어지지 않는다는 것을 멜리사는 유년기를 보내면서 알았다. 그것이 무엇보다 충격을 주었고, 결국 그녀를 남다르게 만들었다. 공허함이 사라지지 않는다는 건 무시무시한 사실이었다. 그것은 숨어서, 아무렇지 않다고 믿도록 자신을 속이게 했다. 그러다 어느 날 모퉁이를 돌면 '딱' 그것이 다시 그 자리에 있었다. 학교에서 처음으로 '잘했어요' 배지를 받은 날이 그랬다. 스웨터에 배지를 달자 갑자기 슬픔이 온몸을 휘감았다. 대학에 입학했을 때. 샘과 사랑에 빠졌을 때. 일자리를 제안받았을 때. '어머니가 모르는' 이런 일들이 생겼을 때 그런 슬픔에 잠겼다.

심지어 레스토랑에서 샘이 반지를 꺼냈을 때도, 멜리사는 영원히 행복한 삶은 없다고 믿을 뿐만 아니라 그런 위험을 감수할 수 없다고 생각했다. 또 같이 드레스를 골라줄 사람이 없다는 생각도 했다. 교회 앞좌석에 우스꽝스런 모자를 쓰고 앉아 울어

줄 사람이 없었다.

멜리사는 이런 이야기를 아무에게도 털어놓을 수 없었다. 그녀가 이기적이고 아주 이상한 사람이 된 듯한 기분이 들 테니까.

17년이나 지난 일인데…….

이런 식으로 생각해서는 안 된다.

그런데 이제 어머니의 책에서 좋은 일들을 만난 이후 갑자기 이런 감정에 빠졌다. 행복한 추억들이 천천히 소중하게 밀려들어 그녀를 아주 다른 곳으로 데려갔다. 그 어느 때보다 혼란스러웠다. 이제 해변의 크리켓 게임, 행복한 생일, 컵케이크와 비스킷은 더 이상 없었다.

멜리사는 점점 더 마음이 불편해졌다. 분수대에서 놀던 아이들을 생각했다. 그녀는 결혼해서 어머니가 될 수 없다는 생각도 했다. '남겨지는' 게 어떤 기분인지 알기 때문에 그럴 수는 없었다. 그리고…… 아니. 샘에게 이런 이야기를 할 수는 없었다. 샘은 사람이 어떻게 그렇게 걱정하면서 살 수 있느냐고 말할 테니까. 어처구니없는 짓이라고. 누구라도 버스에 치일 수 있다고.

하지만 그녀는 누구나가 아니었다. 게다가 어머니의 책이 어디로 흘러갈지 알 수가 없었다.

27
엘레노어, 1994

엘레노어는 책의 마지막 몇 줄을 다시 읽고 나서 손목시계를 들여다보았다. 시간이 됐다.

침대를 힐끗 보니 멜리사의 머리 끈이 담긴 나무 상자와 브러시가 눈에 들어왔다. 상자 속에는 다양한 색과 다양한 소재로 된 끈이 들어 있었다. 물방울무늬 실크. 진한 자주색 벨벳. 검은색 인조 모피. 왜 머리 묶어주는 일을 일찌감치 맥스에게 맡기지 않았을까?

책의 3분의 2쯤 되는 곳에 풀로 붙인 두 페이지를 손끝으로 쓰다듬었다. 어머니 노릇을 다룬 부분 바로 앞이었다.

엘레노어는 최근에야 이 비밀스런 내용을 적고 가장자리를 봉했다. 이것은 모험이었다. 기본적이고 다소 순진한 조치였지만, 엘레노어는 멜리사가 실수라고 짐작하길 바랐다. 그녀의 의도대로 책의 나머지 부분부터 읽기를. 그런 상황이 된다면…….

두 페이지 사이에 담긴 내용은, 그녀와 맥스가 '미친 짓'이라고 부르게 된 일에 대한 회고였다. 둘의 초기에 큰 파장을 일으킨 사건이었다. 그녀는 꿈꾸던 행복한 결혼 생활에 대한 희망찬 시간을 갑자기 빼앗겨버렸다. 윤나는 바닥에 깔린 발판을 누가 갑자기 빼낸 것 같았다. 홱. 없어져버렸다.

그 일을 저지른 사람은 맥스였지만 그녀는 모두 그의 책임으로 돌릴 수는 없었다. 왜냐하면 그런 일들이 그렇듯 복잡한 사정이 얽혀 있었기 때문이다.

학교에서 처음 맥스와 만난 이후 2년간 꿈결 같은 시간을 보내면서 엘레노어는 둘의 결합을 의심하지 않았다. '어쩌면 이루어질지도 모른다'가 아니라 '언제 이루어지느냐' 하는 문제였다.

모든 게 정해진 일인 것 같았고, 모든 게 간단해 보였다. 맥스는 자기 일을 사랑했다. 맥스는 엘레노어를 사랑했다. 그러다가 갑자기 전혀 그답지 않게 어처구니없이 돈 걱정을 하기 시작했다.

"그러지 말아요, 맥스. 우린 잘해나갈 거예요. 남들보다는 사정이 훨씬 괜찮은 편이라고요."

"하지만 우리에게 아이가 생기면 어떻게 될까, 엘레노어? 당신이 시간제로 일한다면? 그러면 수입이 그리 많지 않겠지. 그럭저럭 괜찮은 동네에 집을 사고 싶다면 어림없을 거야. 험한 꼴을 당하지 않을 동네에. 괜찮은 학교가 있는 동네에."

"대체 왜 이래요, 맥스? 우린 아직 결혼도 안 했는데 벌써 애 학교 얘기를 하는 거예요?"

그가 얼굴을 붉히면서 대답했다.

"내 말뜻 알잖아. 이런 일들을 고려해야 한다고. 미리 생각해둬야 해. 현실을 회피하면 안 되지."

"하지만 당신은 대학에서 잘나가고 있잖아요, 맥스. 전도유망

하잖아요."

"푼돈이지."

"아니, 그렇지 않아요."

"변호사나 의사에 비하면 그렇다고."

"난 변호사나 의사와 살고 싶지 않아요. 나는 다행스럽게도 대
학교수랑 함께하고 싶다고요. 똑똑하고 존경받고 자기 일을 사
랑하는 대학교수와."

"그리고 입에 풀칠하기도 빠듯하지."

"지금 당신은 말도 안 되는 생각을 하고 있어요."

"과연 그럴까? 지금 우리가 괜찮은 건 둘 다 전일제 직장을 갖
고 있기 때문이야. 부양가족이 없어서라고. 이건 일시적인 상황
이야, 엘레노어."

이런 신경전이 몇 주간 계속되었고, 엘레노어는 맥스의 마음
을 돌리지 못했다. 그의 관심을 딴 데로 돌리려고 별별 노력을
다 했지만, 맥스는 갑자기 우울증에 빠진 것 같았다. 그는 대학
에서 주가를 올리고 있는 상황이었기에 이런 태도는 말할 수 없
이 이상했다. 갑자기 그의 논문 한 편이 지방 언론사의 눈에 띄
었고, 그는 처음으로 텔레비전 인터뷰를 하게 되었다. 맥스는 초
조하다고 엄살을 떨었지만 아주 자연스럽게 촬영을 했다. 미국
의 저축대부 위기에 대한 경제 전문가로 이름이 나갔다. 재정 위
기가 점점 심화되면서 그 문제는 뜨거운 이슈였다. 전국적인 방
송사에서 맥스의 인터뷰 영상을 사용했다. 이 영상은 세계적으
로 방송되었다.

갑자기 맥스는 복잡한 경제 문제를 이해하기 쉽게 설명할 줄

아는 사람으로 떠올랐다. 그는 스타가 되었고, 그 자체로 갑자기 부르는 곳이 많아졌다.

대학에서는 환호했다. 그다음 달에는 중앙 일간지들이 더 접촉해왔고, 경제 혼란에 대한 맥스의 긴 인터뷰가 일요판에 실렸다. 몇 군데 미국 잡지사들도 재빨리 기사를 실었다.

엘레노어는 더할 나위 없이 기뻤다. 갑자기 대학에서 그에 대한 칭찬이 자자했고, 홍보실에서는 그의 새로운 '주가 폭등'을 반겼다.

그러다 어느 운명의 목요일, 맥스는 터질 듯 흥분해서 엘레노어에게 전화했다. 그는 그날 저녁에 미슐랭 별을 받은 레스토랑을 예약했다면서 모든 걸 설명해주겠다고 했다.

엘레노어는 조용히 황홀해했다. 대학에서 연봉을 인상해주어서 마침내 모든 걱정을 덜게 된 게 분명했다.

그녀는 맥스가 가장 좋아하는 원피스를 입었다. 그가 좋아하는 향수도 뿌렸다. 어울리는 속옷을 고르느라 진땀을 흘렸다. 살짝 부끄럽기도 하고, 흥분되고 초조했다.

"괜찮아, 엘레노어? 당신한테 할 중요한 얘기가 있어. 물어볼 것도 있고."

엘레노어는 민트 완두콩 퓨레를 마지막으로 포크로 떠서 입에 넣고, 마음을 가라앉히려 애썼다. 그녀는 냅킨으로 입가를 두드리면서 그가 한쪽 무릎을 꿇고 청혼을 할지 궁금해했다. 주위를 힐끗 둘러보았다. 모두 쳐다볼까?

"유니트 투 뱅크 오브 미니택의 신임 홍보 자문과 함께 뉴욕으로 이주하면 어떻겠어?"

맥스는 환하게 웃고 있었다. 입이 귀에 걸릴 만큼.

엘레노어는 무슨 말을 해야 할지 난감했다. 갑자기 식당 안이 움직였다. 공기가 답답해지고 뿌옇게 변했다.

"미국? 이해가 안 돼요. 무슨 말인지 모르겠는데?"

"어제 전화를 받았는데 오늘 아침에 그쪽에서 세부 사항을 확인해줬어. 내게 일자리를 제의했어."

"누가요? 못 알아듣겠어요."

갑자기 그녀의 귓가에서 맥박이 뛰었다.

"유니트 투 뱅크 오브 미니택. 현재 연봉의 세 배를 준대, 엘레노어. 우리가 자리 잡을 때까지 아파트도 제공해주고. 맨해튼이라고."

"하지만 신문에 나오는 은행이잖아요. 이 저축대부 위기를 다룬 뉴스에 나오는 회사라고요. 당신은 이제껏 그 은행에 대해 분석해왔고."

"바로 그 이유로 그 은행에서 나 같은 사람이 필요한 거지. 뭐가 잘못되고 있는지와 어떻게 하면 잘못을 바로잡을 수 있는지 제대로 아는 사람 말이야. 특히 결과적으로 생길 수 있는 새로운 법규에 대해 꿰고 있는 사람. 나는 그들이 자문을 구할 적임자라고. 그리고 언론 문제도 다룰 수 있고."

"농담하는 거죠, 맥스?"

"아니. 말한 그대로야. 오늘 아침에 취직이 확정됐어."

"하지만 거긴 독이에요. 모든 대출 문제를 자초하고 있잖아요. 바로 당신이 그렇게 말했다고요."

그러자 맥스의 표정이 변했다.

"그쪽에서 당신을 원하는 건 이 일에 대한 당신의 인지도 때문이에요. 당신의 진실성. 논문과 오랜 연구 기간. 그들은 당신을 이용하고 싶은 거라고요."

"아, 내게 그런 신뢰를 보여주니 고마워 죽겠네."

"제발 이러지 말아요, 맥스. 틀림없이 당신도 그걸 알고 있을 거예요. 그들은 모두 곤두박질치고 있고, 그래서 업계가 계속 엉망이 되는 와중에 기자회견에서 이용할 사람이 필요한 거라고요. 영국 유수의 대학 교수. 그런 사람이 우리 편이다, 라는 거 말이에요."

"당신이 이런 식으로 나오리란 걸 짐작했어야 하는데."

"그건 또 무슨 말이에요?"

"나는 이런 근사한 제안을 받았어. 뉴욕, 그리고 내가 기대한 것보다 많은 수입. 우리를 위해 든든한 환경. 우리의 장래를 위해서 말이야. 그런데 당신의 반응은 이런 거군그래."

"하지만 맥스. 당신은 제대로 생각하고 있지 않아요. 이렇게 되면 당신의 커리어는 성공하는 게 아니라 끝장날 거예요. 평판이 끝장난다고요."

"말도 안 돼."

"유니트 투 뱅크 오브 미니택이라니, 맥스. 네?"

"다른 은행보다 못할 것도 나을 것도 없어."

"바로 그 이유 때문에 당신은 그 근처에도 얼씬대면 안 돼요. 저축대부업 위기가 계속되는 상황에는 안 돼요. 내가 다 아는 것처럼 굴지 않을게요. 하지만 당신은 다 알아요. 그리고 당신은 진솔한 사람이에요, 맥스. 학자로서 굉장한 미래가 있어요. 당신은 그 방면의 전문가죠. 존경도 받고 있고요. 이 일은 그 모든 걸 끝장낼 거예요."

"당신이 신나하기를 바라다니 내가 멍청했어. 날 위해 기뻐할 줄 알았으니. 우리를 위해 기뻐할 줄 알았으니."

그는 시선을 돌려 레스토랑을 훑어보았다.

"내가 어떻게 기뻐할 수 있겠어요?"

"같이 가지 않겠다는 말이야?"

"맥스, 설마 이 일을 진지하게 생각하는 건 아니겠죠?"

결혼하기 전 엘레노어의 인생에서 그날 이후 3주는 최악의 기간이었다. 맥스는 엘레노어가 상상하지 못할 만큼 고집을 부렸고 막무가내였다. 그는 자기주장을 밀어붙였다. 그는 엘레노어가 틀렸다고 설득하기 위해 무척 애썼다. 그녀가 순진하다고. 이번 이직은 어른이라면 마땅히 받아들여야 할 일이라고. 이상을 포기하고 사랑하는 이들을 위해 최선의 미래를 추구해야 한다고. 철이 들어야 한다고.

엘레노어는 이건 어른스러운 처신이 아니라 신념을 버리는 일이며 나쁘게 끝나고 말 거라고 받아쳤다. 또 그녀가 살고 싶은 방식이 아니라고 했다. 차라리 돈이 적은 게 낫다고. 영국에서 살고 싶다고. 그가 뉴욕과 타협해서 큰돈을 벌기를 원한다면 혼자서 가야 할 거라고.

엘레노어는 맥스가 그러리라고는 눈곱만치도 믿지 않았다.

그가 떠나기 전까지는. 두 사람 다 끝까지 고집 부릴 수 있다는 걸 너무 늦게 깨닫고 말았을 때까지는. 그들은 상대가 져주기를 기대했다. 휴대전화가 나오기 전이어서 두 사람은 매일 포기했다는 메시지를 기대하며 자동응답기를 확인했다. 하지만 연락이 없었다. 싸움은 선을 넘어 대서양을 건너고 말았다.

엘레노어는 침대에 누워 며칠을 보냈다. 학교에는 편두통이 심하다고 전화했다. 매시간 자동응답기를 확인했다. 용서해달라는 연락을 기다렸다. 하지만 연락은 오지 않았다.

그녀는 와인을 많이 마셨다. 몇 시간이고 단짝 친구들과 어울리면서 갑자기 벌어진 일을 하나하나 따져보았다. 인생에서 중요하게 생각하던 한 가지를 어쩌다 잃어버리게 됐을까? 그녀가 옳았을까? 자존심을 버렸어야 했나? 원칙을 버렸어야 했을까? 돈을 좇아야 했을까? 그 사람을 따라가야 했나?

그러면서도 그녀는 뉴욕에서는 살고 싶지 않다는 것을 깨달았다. 엘레노어는 대도시가 싫었다. 아무나, 그리고 누구나 총을 소지하는 나라에서 살고 싶은 마음은 조금도 없었다. 또 탐욕스럽고 악취가 풍기는 은행과 대부 업체가 싫었다. 그런 기관들은 어떤 결과를 초래할지 아랑곳하지 않고 모든 사람들을 속이고 있었다.

엘레노어는 멜리사를 위해 쓴 책의 풀로 붙인 책갈피를 손끝으로 훑다가 종이에 베였다. 손에서 나는 피가 종이에 묻을까봐 찌푸리면서 얼른 손을 뗐다. 손가락을 빨면서 닥터 팔머의 비서에게 다시 전화했지만 똑같은 대답이 돌아올 뿐이었다.

"죄송해요. 검사 결과를 아직 받지 못했고, 그쪽에서도 서두르려고 모든 조치를 다 하는 중입니다. 정말 노력하고 있어요."

28

멜리사, 2011

사이프러스에서 돌아온 뒤 첫 주말, 두 사람은 결국 샘의 부모님 집에서 자면서 마커스가 안정되도록 도왔다. 그리고 아파트로 돌아오자 멜리사는 차고에 있는 종이 상자에 대해 설명하고 샘에게 도움을 청했다.

더블 에스프레소를 마신 뒤에야 멜리사는 상자를 마주할 준비가 되었다. 샘이 일을 해야 한다고 요령 있게 핑계를 대고 침실로 가주어서 그녀는 혼자서 상자를 열어볼 수 있었다.

멜리사는 2년 전에 아버지가 상자를 가져왔을 때 그 안에 들어 있는 것들을 봤던 기억을 떠올려보려고 애썼다. 그러면 마음의 준비가 확실히 되리라 믿었다.

하지만 그렇지 않았다.

이제 머릿속에서 어머니의 목소리가 맴도는 가운데, 물건을 덮은 수건을 들추고 믹서를 보자 견디기 힘들었다. 힘들 줄은 알고 있었다. 낯익은 물건을 보자 마음이 불편했다. 그 물건이 힘든 반응을 끌어내리라고 예상은 하고 있었다. 2년 전에도 그랬듯이. 어머니의 책을 읽기 전에도 이 상자를 외면하는 것으로 자신을 보호하지 않았던가?

하지만 이렇게 가슴이 미어질 줄은 몰랐다. 그녀가 진정하지 못하고 마구 흐느끼자 샘이 침실에서 뛰어나왔다.

"아, 멜리사. 오, 이런. 내가 다시 치울까? 세상에."

그녀는 그저 고개를 젓고는 스툴에 앉아 믹서를 멀뚱멀뚱 쳐다보았다. 대리석 조리대에 흰색과 파란색이 섞인 믹서가 놓인 광경은 어머니의 주방 조리대 구석에 놓여 있던 광경과 똑같았다.

"아니. 괜찮아, 샘. 잠깐 시간이 필요해서 그래. 미안. 기분이 좀 이상하네."

"바보 같은 소리."

샘은 어쩔 줄 모르고 미안한 표정으로 안절부절못하면서 티슈 상자를 찾아 두리번댔다. 결국 샘은 키친타월을 건네주었고, 멜리사는 고마워하면서 받았다.

"괜찮을 거야. 정말이야. 조금만 지나면 괜찮아질 거야. 좀 벅차서 그래."

"미안해. 내가 요리를 해보자고 제안할 때는 미처……."

"괜찮아, 샘. 겪어야 할 일이야. 그저 적응하느라 이러는 거야."

멜리사는 감정을 가다듬고 후후 하며 숨을 내쉰 뒤 잠시 천장을 올려다보았다. 다시 일어나 두 사람이 마실 커피를 진하게 만들면서 상자에 든 다른 물건들을 꺼낼 마음의 준비를 했다.

"정말 괜찮겠어, 멜리사?"

"그럼, 그럼. 이제 괜찮아."

베이킹 판 몇 개는 오래 보관한 탓에 녹이 생겨 내놓아야 하겠지만, 플라스틱 용기에 담긴 플라스틱 커터와 짤주머니 같은 도구는 아직 쓸 만한 게 많았다.

상자 아래쪽에 있는 더 큰 플라스틱 용기에 믹서 사용설명서와 부속품들이 들어 있었다.

"믹서가 아직도 작동할까?"

멜리사가 설명서를 넘기는데 샘이 관심을 보였다. 모터가 고장 났을 경우 감당할 자신이 없어서 그녀는 잠시 가만히 있었다. 믹서가 제대로 작동하지 않으면 어쩌나. 하지만 샘은 달리 어쩌지 못하고 믹서의 표면을 닦고 유리 용기를 씻은 다음 플러그를 꽂았다. 그는 멜리사에게 몸을 돌리고 승낙이 떨어지기를 기다렸다. 멜리사는 어깨를 으쓱하면서 마침내 고개를 끄덕였다.

샘이 스위치를 넣자 믹서가 작동하기 시작했다. 모터가 돌아가는 익숙한 소리, 그 소음 사이로 크게 외치는 엘레노어의 목소리.

"설탕 봉지 좀 줄래, 우리 딸?"

멜리사는 손으로 입을 막았다.

"놀랍네. 그러니까 이게 몇 년이나 됐을까?"

공학도인 샘은 이제 태도를 바꿔 기계의 수명에 감탄하면서 제품의 품질에 대해 중얼댔다. 샘은 부속품을 전부 테스트해보고 싶어했지만 멜리사는 그의 말을 듣고 있지 않았다. 마음의 충격이 완전히 다른 감정으로 변해버렸다. 그녀는 생각에 잠겼다. 이 상자를 자선단체에 보내지 않아서 다행이라고. 정말로 마음이 놓였다. 그랬다. 또 이 기계를 갖게 되어서 굉장히 기뻤다.

세상에.

어머니의 켄우드 셰프 믹서라니.

놀랍게도 그것은 여전히 작동되었다.

29

다음 날—샘의 휴가 마지막 날—두 사람은 같이 컵케이크를 만든 다음 비스킷을 구웠다. 마지막으로 단호박 수프를 만들었는데 맛이 기가 막혔다.

믹서는 아주 잘 돌아갔지만 멜리사는 여전히 심란해서 어머니의 책 자체에 대해 무척 방어적이었다. 샘에게 자유롭게 책을 읽으라고 넘겨줄 준비가 되지 않았다. 특히 그가 봉인된 가운데 부분을 알아차리고 지적할까봐 겁이 났다. 그래서 그녀는 투명 아크릴로 만들어진 독서대를 사용했다. 투명한 판 뒤쪽 틈새에 책을 넣는 디자인이었다. 그래서 주방장 보조 역할을 하는 샘은 책을 넘겨볼 수가 없었다. 멜리사는 그가 레시피 옆 페이지를 읽는 것을 몇 번 알아차렸다. 그의 눈빛이 슬퍼졌다. 하지만 샘은 눈치가 있었고, 멜리사가 믹서를 열어본 뒤로는 특히 조심하면서 채근하지 않았다. 그래서 책 후반부에서 분위기가 바뀐다는 걸 샘은 알지 못했다.

적어도 요리를 해보라는 그의 조언은 옳았다. 요리를 하면서 놀라울 정도로 마음이 정화된 것이다. 특히 컵케이크 레시피가 그랬다. 아주 일반적이고 굉장히 기본적인 레시피였지만, 멜리사는 오렌지로 풍미를 내면서 정말이지 묘하고 벅찬 감정을 느꼈다. 샘은 곧 그녀의 복잡한 표정을 알아차렸다.

"무슨 일이야?"

"잘 모르겠어."

"오렌지에 문제가 있어?"

"아니. 문제없어. 그냥……."

'오렌지로 풍미 내기(중요해. 기억하지?)'

멜리사는 애타는 느낌이 드는 새로운 장면이 떠올랐다. 이번에는 스툴에 앉아 있는 장면이었다. 그랬다. 부엌 식탁과 나란히 놓인 흰색 스툴. 앞에 오렌지가 담긴 흰 사기 접시가 있고, 멜리사는 징징대는 자신의 목소리가 들리는 것 같았다. 눈을 가늘게 뜨고 고개를 들었다. 왜 징징대는지, 어머니가 정확히 뭘 하고 있었는지 기억해내려고 애썼다…….

"어떤 기억 때문에. 내가 어렸을 때의 기억. 그게 뭔지 딱 떠오르지가 않아."

샘은 미소 짓더니 눈을 찡긋했다. 멜리사는 심호흡을 크게 하고 볼로 몸을 돌렸다. 오늘은 밀가루와 버터를 손으로 비볐다. 다음 번 저녁에는 치즈 스트로를 만들 예정이었다. 아버지와 함께할 수요일 저녁 식사에.

멜리사가 집으로 식사하러 오라는 문자를 보내자 맥스는 처음에는 당황했다. 직장에 복귀한 샘은 그날 저녁에 상사들과 회식이 있었다. 그는 임원진에 합류하라는 공식적인 제안을 받는 자리이길 바라면서 초조해했다. 그래서 멜리사는 이날 저녁 아버지에게 책에 대해 말하기로 결정했다. 그런 이야기를 공공장소에서 할 수는 없었다…….

맥스는 전화를 걸어서 멜리사의 제안에 반대했다.

"그런데 네 생일을 축하하는 자리인데 네가 음식을 준비하는 건 좀 아니잖니. 안 그래? 내가 괜찮은 레스토랑을 예약하마."

"아니에요, 아빠. 오세요. 제가 그러고 싶어요. 그러니까 7시 반쯤 오세요."

기본적인 솜씨밖에 안 되어서 뵈프 부르기뇽의 레시피를 시도하는 게 불안했지만, 샘은 전날 미리 만들어보라는 현명한 조언을 해주었다. 뭉근히 끓이는 음식은 미리 요리해서 '졸인' 다음에 다시 끓이면 훨씬 깊은 맛이 나는 법이다. 그리고 완전히 망치면 다시 만들면 되었다.

멜리사는 프리랜서 계약을 결정짓기 위해 일주일 더 휴가를 냈다. 덕분에 음식을 준비할 시간이 있었다. 게다가 레시피를 따라 하니 음식이 척척 됐다.

엄마가 묵직한 좋은 냄비를 쓰라고 구체적으로 적어두었기에, 멜리사는 종이 상자 맨 밑에서 커다란 '르크루제' 냄비를 찾아내자 반가웠다. 조그만 냄비가 이렇게 무겁다니 좀 놀라웠다.

책에 나온 조리 시간이 의심스러웠다. 몇 시간이나 졸이라니. 하지만 아파트에 기막히게 구수한 냄새가 퍼졌다. 그렇게 음식이 준비되었다. 샘은 요리를 맛보고는, 그전에는 부엌에서 한 번도 지은 적 없는 표정을 지었다.

'정말 맛있는 요리란다, 멜리사. 농담이 아니야.'

마침내 수요일이 되었다. 아버지는 무슨 일이 벌어질지 걱정스러운지 약간 불편한 표정이었다.

"치즈 스트로라고? 아이고, 멜리사. 내가 치즈 스트로를 좋아하거든."

그들은 소파에 마주 앉았다. 멜리사는 신발을 벗고 발을 올린 채 배에 쿠션을 안고 느긋해 보이려고 애썼다.

"정말 맛있구나. 흠."

맥스는 와인을 한 모금 마셨다.

"따끈하구나. 난 따끈한 게 좋아."

"제가 직접 만들었어요."

"설마 농담이지?"

"아뇨. 정말이에요."

맥스가 얼굴을 찡그렸다.

"네 엄마가 이걸 만들어주곤 했는데. 어느 날은 이 음식을 갖고 장난을 했지. 안에 매운 고춧가루 한 병을 다 넣은 거야. 목구멍이 뜨거워서 죽을 뻔했지 뭐냐."

멜리사는 미소를 지었다. 맥스는 시선을 딴 데로 돌렸다.

"주무시고 가셔도 괜찮아요, 아빠. 그러고 싶으시면요. 어처구니없이 비싼 와인을 사 오셨잖아요. 이런 와인을 즐기지 못하면 아깝죠."

"괜찮아. 필요하면 택시를 부르면 되고. 돌아갈 수 있어."

맥스는 늘 좋은 와인을 골랐다. 그는 독특한 철망 커버가 씌워진 와인을 두 병 가져왔다. 멜리사는 낭비라고 생각했지만, 아버지가 한 모금씩 음미하는 모습을 보니 기분이 좋았다.

"그런데 이게 다 무슨 일이냐, 멜리사? 넌 요리하는 걸 그다지 좋아하지 않는 줄 알았는데?"

"휴가지에서 정말로 맛있는 음식을 먹고, 저희가 요리에 더 신경 쓸 때가 됐다고 결정했어요. 더 잘해보기로 했죠. 심지어 수업을 받을지도 몰라요."

맥스는 놀라워하면서도 흡족한 표정을 지었다.

"아주 좋은 생각이네. 건배해야겠는걸. 오늘 저녁에 부엌에서 아주 좋은 냄새가 나는구나."

그는 몸을 숙여 치즈 스트로를 하나 더 집었다.

"그럼 말해보세요, 아빠. 저희가 떠나 있는 동안 무슨 일이 있었던 거예요? '내가 성차별주의자일까?'라고 하셨잖아요. 직장에서 무슨 문제가 있는 거죠, 그렇죠?"

"아냐. 어쨌든 간에. 이제는 문제없단다……."

"아뇨, 문제가 있어요. 그렇지 않다면 그런 얘기를 꺼내지 않으셨을 거예요. 그런 문자를 보내지 않으셨겠죠."

"네가 그렇게 신경 쓰였다면 전화를 할 수도 있었을 텐데?"

멜리사는 얼굴을 붉히면서 대답했다.

"죄송해요. 제가 어떤지 아시잖아요. 특히 휴가 중에는요. 게다가 어처구니없는 사고를 당해서 정신이 딴 데 팔려 있었어요."

맥스는 숨을 크게 쉬고 등을 기댔다.

"그래, 알았다. 그러니까 이렇게 된 거지. 난 아름다운 여자랑 결혼했어. 난 아름다운 여자들을 좋아해. 그런 내가 어떤 사람인지 걱정되기 시작하는구나."

"그건 아빠가 피가 뜨거운 정상적인 남성이고, 결혼에 있어서는 행운아였다는 뜻이죠."

멜리사는 커피 테이블 가운데 놓인 큰 물병을 집어서 잔 두 개에 물을 따랐다. 그녀가 말을 이었다.

"진지하게 묻는 거예요. 무슨 일이에요, 아빠?"

"음. 직장이 살얼음판이구나. 처신을 제대로 해야 하고. 모르겠구나."

"그래서 어떤 종류의 문제인데요? 그런 일에 빠졌어요?"

"아니, 그런 건 아니야. 하지만 이걸 생각해보렴. 난 네가 어릴 때 늘 예쁘다고 말했지."

"고마운 말이었지만 사실은 아니었죠."

"아니, 사실이야."

"아뇨, 솔직히 사실은 아니에요. 어느 화창한 날 뒤에서 바람이 불면 저도 괜찮아 보이겠죠. 하지만 예쁘지는 않아요."

맥스가 눈썹을 치켜떴다.

"저기요, 아빠. 아름다운 여자들을 좋아하고, 딸이 예쁘다고 생각하는 건 괜찮아요. 하지만 제 입장에서 보자면 언제나 외모로 모든 여자를 평가하면 곤란해요. 그런 행동이 적절하지 않을 때가 있잖아요. 직장에서가 그렇죠. 일상생활에서도 그렇고."

"당연히 그러면 안 되지."

"보세요. 아빠는 '당연히 그러면 안 되지'라고 하셨죠. 하지만 사실 어떤 남자들은 그런다니까요. 일부 남자들은 항상 모든 여자를 완전히 외모로만 평가하죠. 일할 때든 놀 때든. 그리고 여자의 외모가 마음에 안 들면 눈을 다른 데로 돌려 더 예쁜 여자를 찾아서 말을 붙이려고 해요."

"말도 안 되는 소리."

"아니요. 여성 차별적 태도는 바로 그런 거예요. 예쁘지 않은 여자는 심지어 대화 상대로도 여기지 않는 거죠. 누군가를 매력적으로 느끼고 데이트하고 싶어하는 것과는 완전히 달라요. 혹은 결혼하고 싶은 것과는요. 혹은…… 아시잖아요."

그녀는 차마 그 말은 하지 못했다.

맥스가 얼굴을 찌푸렸다.

"괜찮으세요, 아빠? 정말 괜찮아요?"

"글쎄다. 난 모르겠다. 어쩌면 중년의 위기 같은 거겠지. 요즘은 남자 노릇도 너무 어려워서 해선 안 될 말을 하는 건 걱정스러워. 알지? 늘 올바르게 처신해야 하잖니. 직장에서 말이다. 사방이 지뢰밭이지."

"하지만 올바르게 처신하도록 만들 필요는 있어요. 집적대는 인간은 꼼짝 못하게 해야죠. 여성들이 가진 건 투표권밖에 없다는 걸 기억하세요."

그녀는 놀리는 투로 말했다.

맥스는 다시 찡그렸다.

"내가 괜한 얘기를 꺼냈구나."

"아무튼 마음 쓰지 마세요. 직장에서 문제가 없다면요."

멜리사는 건배를 하고 부엌으로 사라졌다. 얼마 후 그녀는 맥스를 불러 감자 그라탱과 그린 샐러드를 곁들인 뵈프 부르기뇽을 대접했다.

맥스는 진심으로 음식에 놀랐다. 정말 대단하다고 몇 번이나 칭찬해주었다. 두 사람이 부엌일에 더 열심히 임하기로 한 건 최고의 결정이라고. "믿을 수가 없구나, 멜리사. 마지막으로 이렇게 맛있는 음식을 먹은 게……."

멜리사는 아버지가 음식을 보면서 찡그리는 것을 몇 번이나
봤지만, 그는 아무 말도 하지 않았다.

그녀는 푸딩을 준비하지 않아서 대신 치즈를 권했지만 맥스는
나중에 먹겠다고 했다. 먹는 것을 잠시 쉬어야 했다. 그래서 두
사람은 와인을 한 병 더 들고 다시 거실로 갔다.

"이제 제가 여쭤볼 차례예요, 아빠."

멜리사는 잠시 말을 멈췄다.

"혹시 아빠와 엄마 사이의 일 중에서 말하지 않은 얘기가 있
어요, 아빠? 어려운 일이요. 처음 두 분이 함께했던 시기에 갑작
스런 변화 같은 거요."

멜리사는 봉인된 페이지를 읽지 않았다. 아직은. 사이프러스에
서 돌아온 뒤 매일 일찍 일어나 수영을 하러 갔다. 음식 만들기
를 즐겼다. 그 부분에 대해 점점 희망을 갖게 되었다. 어머니와
그녀의 과거와 가까워진 느낌이었다. 하지만 봉인된 부분은 아
버지와 이야기하고 나서 읽기로 결정했다. 여전히 좀 겁이 났다.

"왜 그런 걸 묻지?"

맥스의 얼굴이 갑자기 납빛이 되었다.

멜리사는 와인을 한 모금 마신 뒤 쿠션을 집어서 몸을 기댔다.

"이 말을 어떻게 꺼내야 할지 모르겠어요, 아빠. 하지만 제가
좀 충격을 받았어요."

"어떤 종류의 충격? 무슨 말을 하는 거냐?"

맥스는 발로 나무 바닥을 톡톡 두드렸다.

"제 생일에 변호사 사무소에서 편지를 받았어요. 알고 보니 엄

마가 제게 책을 남기셨더라고요. 제 스물다섯 살 생일 선물로."

맥스는 하얗게 질렸다. 발로 바닥을 두드리는 동작도 멈추었다. 잠시 얼어붙은 듯한 순간이 흘렀고, 그는 온몸이 부들부들 떨리는 것 같았다. 그 바람에 손에 쥔 와인 잔이 넘칠 뻔했다.

"그냥 여자들끼리 이야기할 내용이에요, 아빠. 레시피랑 사진이 잔뜩 들어 있고 여자 대 여자로 나누는 얘기가 적혀 있어요. 그런 종류의 내용이에요."

"아니. 아니야. 네 엄마는 나한테 그런 말은 한마디도 하지 않았어. 이해가 안 되는구나. 왜 나한테 그 책에 대해 말하지 않았을까?"

그는 더 이상 소파가 편하지 않은 듯 몸을 뒤척였다.

"말씀드린 그대로예요. 그냥 여자들끼리 나눌 이야기라고요. 엄마는 우리 둘만의 일이기를 바랐던 거예요. 아마 아빠가 이 책을 어처구니없다고 생각할 거라고 느꼈겠죠. 감상적이라고."

"하지만 그녀가 대체 어떻게 이 책을 네게 전달했지, 멜리사?"

"변호사를 통해서요. 오랫동안 외갓집 일을 한 법무법인을 통해서."

"아니. 네 엄마는 아무 말도 하지 않았어. 한마디도."

맥스는 멜리사의 대답을 듣지 않으려는 듯 시선을 돌리면서 덧붙여 말했다.

"그리고 언제 그런 걸 썼지?"

"엄마가 건강이 안 좋았던 때였어요, 아빠."

맥스는 심호흡을 크게 했고, 멜리사는 쿠션을 계속 만지작거렸다.

"그러면 왜 나한테 곧장 말하지 않았니? 내가 그 책을 봐도 되겠니?"

맥스는 책이 어디 있는지 찾기라도 하는 듯 거실을 두리번거렸다.

"아뇨. 제가 아직 다 읽지 못했어요."

"설마?"

이제 그는 말 그대로 가만있지 못하고 일어나서 방 안을 계속 두리번댔다.

"앉으세요, 아빠. 제발요. 책을 받았을 때 전 아주 힘든 시기였어요. 샘에게 결혼할 자신이 없다고 말한 참이었거든요."

"샘이 청혼했니?"

"네, 아빠. 그이가 결혼하자고 했어요. 음, 당장은 아니고요. 그럴 거예요. 약혼하자고 했지만 저는 겁이 났어요. 생각할 시간을 달라고 했어요. 제가 너무 어릴 뿐만 아니라 누구와 결혼하고 싶다는 확신이 없어서요."

맥스는 다시 숨을 깊이 쉬고 마침내 소파에 앉았다.

"실망하신 것 같네요. 그럴까봐 걱정했는데."

"실망한 건 아니야, 멜리사. 그저 내 느낌에는…… 모르겠다."

여전히 그는 숨이 가쁜 것처럼 보였다.

"사실 그 책에 대해 어떻게 말해야 할지 난감했어요, 아빠. 하지만 엄마는 제게 레시피를 남겨주셨어요. 몇 가지는 아빠가 좋아하는 음식이고요."

그의 표정이 다시 변했다. 퍼즐이 맞아떨어졌다. 그는 먼저 바닥을 내려다보다가 치즈 스트로가 담겨 있었던 빈 접시로 눈을 돌렸다. 마침내 다시 고개를 들어 멜리사를 보았고, 그녀는 고개를 끄덕였다.

"삐치신 건 아니죠?"

"그래, 삐치지 않았어."

그는 물을 쭉 들이켜고 나서 덧붙였다.

"그저 충격을 좀 받았어. 왜 네 엄마가 나한테 말하지 않으려 했는지 납득이 안 되는구나."

"엄마는 아빠가 안 그래도 감당할 게 많다고 느꼈을 거예요."

"그래. 음."

그는 다시 일어나서 창가로 걸어가 멜리사를 등지고 섰다. 맥스가 다시 말했다.

"맙소사. 이거 알아? 젠장. 사실 난 무척 화가 나는구나."

그는 손에 쥔 냅킨을 사이드 테이블에 던지고 덧붙여 말했다.

"도대체 왜 나한테 이 이야기를 하지 않았느냐는 거지. 엘레노어는 내게는 책 같은 걸 남기지 않았어."

멜리사는 잠자코 있었다. 기다리기만 했다.

"미안하다, 멜리사."

"아뇨. 괜찮아요, 아빠. 저기요. 충격받으실 줄 알았어요. 하지만 엄마는 책에서 아빠를 칭찬하기만 해요. 당황스러울 정도로. 엄마는 제가 성장하는 데 대해 걱정했던 것 같아요. 옆에 여자가 없이 자라는 것을요. 여자의 말을 듣지 못하고 자라는 것을요."

"그래, 거기 정확히 뭐라고 적혀 있니? 그 책에 말이다. 당장 쭉 읽고 싶구나. 맨 처음부터 맨 끝까지. 앉은 자리에서 쭉 읽고 싶어. 네가 왜 아직 다 읽지 않았는지 이해가 안 된다."

"실은 그게 무척 어려워요. 감정적으로요. 게다가 제가 샘을 막 낙심시킨 때여서 시기가 좋지 않았고요. 처음에는 샘에게도 말하고 싶지 않았어요. 그러니까…… 결혼하고 싶다는 확신이 없다는 말을 한 마당에 그런 이야기를 꺼내는 게 이기적이란 생각이 들었죠. 아시잖아요. '난 당신이랑 결혼하고 싶지 않은 것 같지만…… 내가 이 중요한 감정적인 충격을 견딜 수 있게 도와줄래?'"

"혹시 다른 사람이 있는 거냐, 멜리사? 둘이 헤어질 거야? 너랑 샘이? 오늘 밤 샘이 이 자리에 없는 것도 그래서야?"

"아니에요."

"그러면 뭐야? 샘이 괜찮은지 묻는 거야. 네가 보류했다면서?"

"실은 괜찮지 않아요."

"이런, 멜리사. 하지만 난 네가 샘을 사랑하는 줄 알았는데?"

멜리사는 와인을 더 마시고는 입술을 꾹 다물었고, 맥스는 마침내 방을 가로질러 와서 다시 소파에 앉았다.

"저는 샘을 사랑해요, 아빠. 하지만 그저 제가 결혼을 할 수 있는 사람이 아닌 것 같아요. 저 자신이 그런 타입이라는 확신이 없어요."

"그런데 왜 그렇게 생각하는 거냐?"

그러다 잠시 불편한 침묵이 이어졌고, 멜리사는 아버지의 눈에 천천히 떠오르는 감정을 알아차릴 수 있었다. 그는 다시 테이블에 놓인 빈 접시를 응시했다. 접시에는 치즈 스트로 부스러기만 남아 있었다.

"그러니까 그 책은 충격이었어요, 아빠. 처음에는 그랬는데, 그 책이 굉장히 위로가 된다는 걸 깨닫기 시작했어요. 또 놀랍기도 하고요. 엄마는 왜 저한테 병에 대해 알리기를 꺼렸는지 설명해주셨어요. 이상하면서 굉장히 좋게 느껴지기도 해요. 엄마가 저한테 어른 대 어른으로 글을 쓴 것 말이에요."

"그러면 그 책에는 글이 많겠구나. 레시피와 사진만 들어 있는 게 아니고?"

"네. 제법 많아요."

"그럼 엄마가 나에 대해서는 정확히 뭐라고 썼지?"

"근사한 얘기만요."

"그럼 내가 읽어봐도 되겠지, 멜리사? 부탁이야."

"모르겠어요."

"모르겠다니 무슨 뜻이냐?"

그는 긴장한 표정이었다.

"제가 먼저 끝까지 읽어야겠어요. 그래서 아빠한테 초창기에 어땠는지 여쭤보는 거예요. 엄마랑 아빠요. 지금 읽는 부분에서 엄마는 아빠가 일시적인 변화 같은 걸 겪었다고 썼어요."

맥스의 표정이 변했다. 다시 발로 바닥을 두드리기 시작했다.

"엄마가 그 일에 대해 썼니?"

"그런 것 같아요. 그 대목이 다음에 읽을 부분이어서 아빠한테 먼저 여쭤보고 싶었어요. 이 변화라는 게 뭐예요, 아빠?"

"흠. 사실 얘기하고 싶지 않은 시기란다, 멜리사. 내가 좀 바보처럼 처신한 시기였지······."

그는 두 사람의 잔에 와인을 더 따랐다.

"얘기해주세요."

"초창기에 내 벌이가 변변치 못했어. 네 엄마랑 만날 때 말이야. 내가 좀 멋대로 굴었지. 가족을 부양할 걱정이 컸어."

"진짜 구식이네요."

"성차별주의자이고?"

마침내 멜리사가 미소를 지었고, 맥스의 눈빛에 긴장이 좀 풀렸다.

"알아. 어리석었지. 하지만 네 엄마를 정말 많이 사랑했고 그녀를 보살피고 싶었어. 또 몹시 가부장적인 말인 줄은 알지만, 맞아, 성차별주의자처럼 들리겠지만 그렇게 되려던 건 아니었어. 난 그 사람을 지키고 싶었어. 보살피고 싶었지. 그리고 우리가 이룰 가족도."

"그게 그 변화와 무슨 관계가 있는지 이해가 안 되는데요."

맥스는 한숨을 쉬었다.

"뉴욕에서 내게 좋은 일자리를 제안했어. 논란이 많은 은행이었지. 연봉이 아주 높았어. 네 엄마는 그건 신념을 파는 짓이라고 생각했지. 그들이 내 진실성을 사려는 거라고. 내 지위를."

"정말 그랬나요?"

맥스는 와인을 쭉 마셨다.

"그랬지. 결국에는 그들이 원하는 게 그런 거였다는 사실이 드러났지."

"그래서 어떻게 됐어요?"

"난 고집을 부렸어. 뉴욕으로 갔지. 네 엄마는 영국에 남았고."

"두 분이 헤어졌었다고요?"

멜리사는 그런 말투로 쏘아붙인 게 믿기지 않아서 배에 쿠션을 꾹 눌렀다.

"그랬지. 믿기지 않는 말이라는 걸 알아. 말도 안 되지. 하지만 아주 짧은 기간이었어. 그래. 네 엄마랑 나는 헤어졌었지."

"세상에."

"전적으로 내 잘못이었어. 독불장군이고 멍청했지. 그러니 교훈으로 삼으렴."

멜리사는 얼굴이 달아오르는 것을 느꼈다.

"그래서 어떻게 됐어요?"

"난 엘레노어가 따라올 줄 알았어. 그녀는 내가 가지 않을 거라고 생각했고."

"그래서 누가 항복했죠?"

"어땠을 것 같니?"

멜리사는 고개를 갸우뚱했다.

"물론 네 엄마가 전적으로 옳았어. 내가 현실을 직시하는 데는 2주 정도가 걸렸지. 그들은 당연히 그럴듯하게 꾸며대려고 했지만, 그 은행이 날 필요로 했던 이유는 누가 봐도 뻔하다는 게 순식간에 드러나더구나. 파산하게 만드는 속임수를 합법적으로 보이게끔 지껄이면서 그들을 도와줄 사람이 필요했던 거야."

"그래서 어떻게 하셨어요?"

"내가 일을 그만두고 꼬리를 내리고 집으로 돌아왔지. 직장도 없이. 아무것도 없이."

"그래서요?"

"그래서 훌륭한 네 엄마는 눈도 깜빡하지 않고 나를 받아줬어. 내가 시간강사 자리를 얻을 때까지 응원하고 지지해줬지. 결국 나는 다시 딛고 일어났고, 예전 대학에서 고맙게도 전임교수로 다시 받아줬단다."

"그 일이 아빠를 더 굳건하게 만들었고요?"

"아니. 그 일은 나를 징그러운 겁쟁이로 만들었단다, 멜리사. 내가 일을 망쳐버릴 수도 있다는 걸 깨달았거든. 영원히 그녀를 잃을 수도 있었지. 바로 시작 단계에서."

멜리사는 아버지의 표정을 찬찬히 살폈다.

"죄송해요. 제가 마음 상하게 해드렸네요."

"아니. 괜찮다. 충격을 좀 받은 것뿐이야. 예상치 못한 일이어서."

"알아요."

"그래도 참 좋구나, 멜리사. 우리가 이런 대화를 나눌 수 있다는 게. 네 엄마에 대해서."

그 순간 멜리사는 어깨에 긴장이 풀리는 기분을 느꼈다. 봉인된 부분에 어떤 내용이 있는지 마침내 알게 돼서 마음이 놓였다.

"제가 샘에게 그런다고 생각하시는 거죠? 큰 실수를 저지르고 있다고요. 결혼 공포증 말이죠. 저는 아빠가 이해해주실 줄 알았어요. 전 아직 아주 어리잖아요."

맥스는 딸의 눈을 가만히 바라보았다.

"너는 아직 아주 어리지, 멜리사. 하지만 난 샘이 좋아. 어쩌면 내색하는 것보다 더 많이 좋아할 거야. 그러니까 샘을 사랑한다면 신중하게 결정하렴."

그는 바지 무릎 부분에서 보이지 않는 보풀을 떼면서 말을 이었다.

"이게 불확실성이든 공포든, 뭐가 됐든 그게 네 엄마와 나 사이에 벌어진 일 때문에 생긴 거라면 말이야. 마지막 때문이라면 말이다. 음……. 난 아무것도 바꾸지 않을 거라는 걸 알아두렴. 되돌아갈 수 있다 해도 난 다시 똑같이 할 거야. 다시 네 엄마와 결혼할 거다."

멜리사는 그의 얼굴을 다시 뚫어지게 바라보았다.

"그래서 여전히 단호하게 독신을 고수하시는 거군요."

"그러지 않았다면 공평하지 못하지, 멜리사. 난 내 몫의 행복 조각을 이미 누렸거든."

그는 천천히 크게 심호흡했다.

"그런데 우리가 가진 행복이 한 조각뿐이라고 누가 그러던가요, 아빠?"

30
엘레노어, 1994

"사실 아직 준비가 다 되지 않았거든요."

엘레노어는 책을 손에 들고 꼼꼼히 살폈다.

"죄송합니다. 회사에서 12시에 찾아뵈라고 한 줄 알았습니다만."

제임스 홀이 말했다. 그는 엘레노어의 특별한 요청에 따라 법무법인에서 보낸 변호사였다. 홀이 소파 옆에 어색하게 서서 말했다.

"아니에요. 죄송해요. 그런 뜻이 아니었어요. 그러니까 앉으세요. 거기 앉으세요."

변호사가 앉았다. 그는 웃으려고 애썼다.

"그러니까 제가 제대로 알고 있는 건가요? 이 책을 저희 회사에서 보관하고 있다가 따님이 스물다섯 살이 되면 전해달라고 하셨나요?"

"맞아요. 가능할까요? 그렇게 해주실 수 있겠어요?"

"네. 물론입니다. 하지만 정확히 어떻게 진행되기를 바라시는지 분명해 해둬야 할 겁니다. 장래에 말입니다."

그가 책을 응시하면서 말했다.

"멜리사에게 책을 전하기 전에 몇 가지 확인을 해주셔야 해요. 딸과 남편의 건강 상태를 확인해주세요. 내용은 다 적어뒀어요. 그리고 비용은 지금 지불할 거고 계좌에 돈을 좀 넣어둘게요. 앞으로 비용이 발생할 경우에 대비해서요."

엘레노어가 종이 한 장을 건네자 그는 꼼꼼히 검토했다.

"그런데 말이죠. 시간을 맞추기가 아주 어렵네요. 제가 완전히 준비가 되지 않았는데 주치의가⋯⋯."

엘레노어는 말을 멈추고 소파의 팔걸이를 쓰다듬었다. 그녀가 말을 이었다.

"저기. 아마 제가 바랐던 것보다 좀 일찍 입원할 거예요. 그래서 이걸 변호사님께 오늘 드려야 하는데⋯⋯ 비밀을 지키는 게 가장 중요해요."

그녀는 여전히 책을 꽉 쥐고 있었다.

"물론입니다."

"남편은 이 일에 대해 전혀 몰라요."

"알겠습니다."

"죄송해요. 커피 드시겠어요? 그 생각을 못하고 있었네요."

"아닙니다. 괜찮습니다. 하지만 부인이 드시고 싶으시다면."

"아뇨. 됐어요."

엘레노어는 창피했다. 그녀는 자신이 변호사에게 어떻게 보일지 알고 있었다. 몸이 너무 앙상했다.

그러다 긴 침묵이 이어졌고, 그사이 엘레노어는 책을 펼쳐서 봉인한 부분을 찾았다.

"책에 어떤 부분이 있어요. 바로 여기요."

그녀가 홀 변호사에게 책장을 붙인 부분을 보여주면서 말을 이었다.

"없애고 싶었던 부분이에요. 사실 찢어버리고 싶었어요. 이 책을 넘겨드리기 전에. 하지만 제가 어떤 정보를 기다리는 중이라서요. 검사 결과인데 그 결과에 따라 이 부분을 없앨지 결정하게 될 거예요."

홀 변호사가 찌푸렸다.

"그래요. 이 모든 게 좀 복잡하고 비밀스러워 보인다는 거 알아요. 실은 아주 복잡한 일이죠."

"그래서…… 어떻게 하고 싶으십니까? 제가 이따 다시 찾아올까요? 아니면 내일이라도?"

"아니에요. 책은 오늘 가져가셔야 해요. 하지만 제가 병원에 입원해서 그 부분을 없애고 책을 보관해야 할지는 전화로 알려드릴게요."

"알겠습니다."

그런 다음 홀 변호사는 어떤 특별한 지시 사항도 공식적으로 문건으로 작성해야 하며, 나중에 인편으로 사본을 보내겠다고 했다. 하지만 엘레노어는 갑자기 몹시 낙심했다.

"아니에요. 됐어요. 아무것도 문서로 남기고 싶지 않아요. 제일과 관련해서요. 저기, 남편이 모든 걸 보게 될 텐데 이 일은 비밀로 하는 게 중요하거든요. 아, 그렇죠. 제가 너무 수수께끼 같은 말을 하고 있죠? 그러니까 제가 기다리는 건 제 건강과 관련된 검사 결과예요. 사실 남편에게 더 이상 스트레스를 주고 싶지 않아요. 그럴 필요가 없으니까요. 검사 결과가 주치의를 통해

변호사님에게 전달되도록 조치해도 될까요?"

"그 문제는 알아봐야겠습니다. 비밀과 합의에 대한 사항들이 있을 거예요. 이런 말이 도움이 되지 않는다면 죄송하지만, 저희는 규칙에 따라 절차를 밟아야 하거든요. 답답하죠. 하지만 그게 법의 방식입니다."

"네. 알겠어요."

엘레노어는 아랫입술을 뜯기 시작했다.

"시간을 좀 가지면 어떨까요, 댄스 부인? 문건을 작성해보죠. 적어도 제가 당장 책을 가져가는 부분만이라도요. 현재 부인의 요구 사항들을 오늘 상황으로 작성해보겠습니다. 부인의 다른 요청에 대해서는 조사해보고 다시 전화드리겠습니다. 검사 결과에 관련해서요."

"그래요. 알겠어요. 좋은 생각이네요."

엘레노어는 소파 팔걸이를 너무 세게 문지르는 바람에 거칠어진 손바닥만 느껴질 뿐이었다. 손바닥으로 반복해서 문질러댔으니. 그녀가 다시 말했다.

"그러시죠. 네. 그렇게 해야겠네요."

31
맥스, 2011

멜리사와 식사한 이후 맥스는 잠을 설쳤다. 그 책에 대해 생각하지 않으려고 무척 애썼다. 책에 어떤 내용이 담겨 있을지에 대해. 흠. 또 안나를 떠올리지 않으려고 애썼다.

하지만 최선을 다해 노력해봐도 매일같이 걸핏 하면 배 속이 움찔댔다. 가끔 주차장에서 그녀의 도착 시간을 재고 있을 때. 이따금 학과에서 손목시계를 보면서 서둘러 강의하러 가는 그녀를 볼 때. 하지만 배 속이 가장 강하게 움찔할 때는 예상하지 못했을 때 그녀와 마주치는 순간이었다. 갑자기 눈에 휙 들어올 때. 복도의 모퉁이를 돌았을 때. 구내식당을 지나갈 때. 이른 저녁에 안나를 포함해 교직원 모두가 퇴근했을 거라고 짐작하며 연구실에서 나갔을 때.

맥스는 이것이 욕정이라고, 곧 지나갈 거라고 결론지었다. 그러던 어느 아침 안나가 지독한 감기에 걸린 모습으로 나타났다. 그녀는 입술 위에 솟은 발진을 가리느라 얼굴을 손으로 감싸고 있었다. 흉하게 딱지가 진 발진이 두 개 솟아 있었다. 코는 헐어 있었고 마른기침을 했다.

그래도 배 속이 움찔했다.

"열 발자국은 거리를 두세요. 집에 있어야 하지만 일정이 빡빡해서요."

그녀가 손을 들어 맥스를 저지하면서 말했다.

"과에서 다른 강사를 보낼 수 있었을 텐데."

"네, 알아요. 늘 말씀드렸잖아요. 제가 너무 예민하다고요."

"나중에 커피나 마실까요?"

그는 이 말을 하게 될 줄은 꿈에도 몰랐다. 그날 데이트가 아니었던 저녁 식사 이후 둘이서 마주 앉은 적은 없었다. 맥스가 덧붙였다.

"열 발자국 정도 거리를 두고. 그래야겠죠."

안나가 웃음을 터뜨렸다.

"그럼요. 하지만 저는 렘십(분말을 물에 타 먹는 감기약)을 마셔야 할 거예요. 먼저 신입생 몇 명을 감염시킨 다음에요."

"내 연구실에서 볼까요? 11시에?"

그는 어색해서 주머니에 손을 넣었다.

안나가 손목시계를 보면서 대답했다.

"좋아요."

맥스는 가는 길에 구내식당에서 비스킷 두 봉지를 샀다. 안나가 어떤 것을 좋아할지 이상할 정도로 고심했다. 쇼트브레드(버터, 쇼트닝을 많이 넣은 비스킷)? 부르봉(초콜릿 크림이 든 비스킷)? 그러다 연구실 앞에서 그녀가 기다리고 있자 그는 당황했다.

"미안해요. 내가 늦었나요?"

"아뇨. 제가 일찍 왔어요."

그녀는 연구실 옆에 붙은 탕비실에서 주전자에 물을 받았다.

"이렇게 해도 괜찮겠지요? 소염제를 얼른 먹어야 해서요."

그녀는 다시 나타나서 책상에 놓인 머그잔에 렘십 분말을 털었다. 맥스는 카페티에르(금속 필터가 있는 커피포트)를 준비했다.

"그래서 프레디와는 어떻게 돼가고 있어요? 전부터 물어보려 했는데."

안나가 아랫입술을 쭉 내밀고 입바람을 불자 그녀의 앞머리가 흩날렸다.

"당연히 제가 완전히 한계를 넘었지요. 애가 코카인 거래라도 하는 줄 알았거든요. 알고 보니 훨씬 더 간단한 일이었어요."

"그래요?"

"여자친구요."

"아."

"여자애 부모가 집을 비웠대요. 놓칠 수 없는 기회였겠죠. 알 만해요."

맥스는 빙그레 웃다가 곧 사과했지만, 안나도 웃고 있었다. 그녀가 렘십 포장지를 쓰레기통에 던지면서 덧붙였다.

"옛날 기억나죠, 안 그런가요?"

"그래서 이제 두 사람은 괜찮고요?"

"네. 그런 것 같아요. 프레디가 여자친구를 임신이라도 시키면 어쩌나 하는 새로운 걱정거리가 생긴 것만 빼고요. 애가 아주 홀딱 빠진 상태거든요. 첫 섹스겠구나 하는 의심이 들어요. 하지만 제가 성질을 내면 안 되죠. 그걸 명심해야 해요. 적어도 이제는 프레디가 곧이곧대로 말하니까요."

맥스는 끓는 물을 부었다.

"게다가 여자애가 아주 예뻐요."

안나가 다시 입을 가리려고 손을 들었다. 처음에는 발진을 감추려다가 손으로 가리키면서 말을 이었다.

"또 기억해야 할 사항 하나. 고질라 꼴일 때는 아들의 예쁜 새 여자친구를 초대하지 말 것."

"내가 호의에 보답해도 될까요, 안나?"

맥스는 이 말 역시 하게 될 줄 몰랐다. 이제 입과 뇌가 따로 노는 것 같았다.

"네?"

"저녁 식사 말이에요."

"저한테 요리를 해주시려고요, 교수님?"

"실은 레스토랑을 생각했는데."

그는 잠시 이 말이 전달될 짬을 두었다. 위태로운, 예정에 없던 말이었다.

그녀는 즉시 말뜻을 파악하려고 애쓰는 표정을 지었다. 레스토랑은 데이트를 의미했다.

안나가 렘십을 탄 물을 마셨다.

"발진이 없어질 때까지 기다려도 될까요?"

배 속이 움찔했다.

"일주일은 지나야 할 텐데요."

"좋아요. 물론이죠."

맥스는 커피를 가득 따른 다음 그녀의 얼굴을 바라보았다. 그녀에게 손을 내려도 된다고 말할 용기가 있다면 좋을 텐데. 그녀가 민망해하는 눈빛을 보는 건 싫으니 외모 걱정은 그만하라고 말해주고 싶었다.

"언제가 좋을지 알려줘요."

"멜리사는 어때요? 휴가를 다녀온 이후로요. 새로운 제안을 받아들이겠다고 결정했나요? 중앙지에 게재할 기사를 쓴다는 계약이었죠, 아닌가요?"

"맞아요. 타블로이드 신문의 소비자 칼럼. 멜리사는 아직도 결정을 내리지 못하고 있어요. 생각할 게 많은가봐요."

"그래요?"

맥스는 다시 그 책을 떠올렸다. 지난밤 침대에 누워 엘레노어가 저기 앉아서 책을 쓰는 상상을 했다. 지금은 그 생각을 하고 싶지 않았다. 안나가 있는 이 자리에서는.

"저녁 식사를 하면서 얘기합시다."

안나는 그의 표정을 찬찬히 살폈고, 순간 걱정스러워하는 기색이 보였다.

"괜찮으세요, 맥스?"

어떻게 이게 잘될 수 있을까? 안나에게 엘레노어 이야기를 하고 싶어하는 게 잘하는 일일까?

"좋아요. 식사하면서 이야기해주세요, 맥스. 제 꼴이 좀 나아지면요."

두 사람은 서둘러 수업을 하러 갔고, 맥스는 뒤돌아서 그녀가 가는 모습을 보고 싶은 마음을 꾹 눌렀다.

반 시간 뒤 그가 대단히 기대하고 있는 2학년 학생들에게 계량경제학에 대해 소개하기 시작했을 때 날카로운 화재 경보음이 울렸다. 맥스는 화이트보드에서 몸을 돌렸다. 소방 훈련이 있다는 메일은 받은 적이 없는데. 늘 이런 식이었다.

맥스는 소방 훈련을 질색했다.

소름 끼치는 긴 벨소리가 훈련임을 알리는, 끊기는 소리 세 번으로 바뀌기를 기다렸다. 그런데 소리는 바뀌지 않았다.

'돌겠군.'

"자. 여러분. 소방 훈련입니다."

'훈련이 아닌가?'

"우리의 탈출로는 여기서 나가자마자 바로 맞은편에 있는 방화문입니다. 소지품을 챙기도록 해요. 민첩하고 차분하게. 방해가 돼서 유감입니다."

"그럼 이건 훈련인가요?"

몇 명이 동시에 물었다.

"뭐든 상관없죠. 실제 상황인 것처럼 조치를 취해야 합니다."

"그냥 무시하면 안 될까요?"

"안 됩니다. 미안해요. 학교 정책입니다. 내 퇴직연금을 날려버릴 만한 중요한 일이죠. 모두 일어나세요. 민첩하고 차분하게. 오른쪽으로 돌면 맞은편에 방화문이 있어요. 그나마 여러분은 행운아들이에요. 문이 가까이 있으니. 나가요. 얼른. 어서. 전원 모두. 그럼 난 다행스럽게도 경제학 교수 노릇을 더 할 수 있을 겁니다."

맥스는 학생들이 중얼대고 툴툴대는 소리를 들으며 재촉했다. 그는 학생들 뒤에 서서 수를 헤아렸다. 다들 꼼지락대며 잔디밭으로 통하는 문으로 나갔다. 여덟. 아홉. 열.

"우리가 만날 장소는 도서관 맞은편 잔디밭입니다. 잠시 후 거기서 만납시다."

그런 다음 맥스는 두근대는 가슴으로 휴대전화를 꺼내 학과 시간표를 보고 안나가 어디 있는지 확인했다. 이런. 11번 세미나실. 3층.

빌어먹을. 젠장. 이런 망할.

맥스는 다른 쪽으로 몸을 돌려 다시 중앙 계단으로 향했다. 거기 알리스테어 힐—관리인이며 부서의 화재 담당관—이 양팔을 뻗고 서서 길을 막았다.

"다른 길로 가시지요, 댄스 교수님."

계단에 연기가 끼어 있었다. 이제 맥스는 상황을 명확히 알 수 있었다.

"그러니까 훈련이 아니군요?"

"그렇습니다. 훈련이 아닙니다."

알리스테어가 허리에 차고 있는 무전기에서 지직거리는 소리가 났다. 또 그의 휴대전화도 울렸다.

"그럼 무슨 일이 생긴 겁니까?"

알리스테어가 손을 들어 맥스의 질문을 막고, 전화와 무전에 번갈아 대답했다. 딱딱 끊기는, 공황 상태에 빠진 대화가 이어졌고, 이쪽 말소리만 들어서는 무슨 내용인지 파악할 수 없었다. 마침내 그가 전화와 무전기 연락을 마치고 맥스를 다시 바라보았다.

"중앙 구내식당 주방입니다. 설비 이상입니다. 소방대가 오는 중입니다."

"그러면 위층에 있는 사람들은 어떡합니까?"

맥스는 계단을 힐끗 올려다보며 사람들이 어떤 길로 나올 수 있을지 예상해보려고 애썼다. 식당 바로 위쪽에 강의실들이 있었다. 마지막으로 그 구역에 갔던 때를 떠올려보려고 했다. 외부 계단이 있던가? 화재 대피로가 있나? 기억이 나지 않았다. 화재 설명회가 여러 번 있었지만 주의 깊게 들은 적이 없었다.

"죄송합니다. 돌아가시라고 말씀드려야겠군요, 댄스 교수님. 저쪽으로 가십시오. 저희가 모든 상황을 통제하고 있습니다."

32
멜리사, 2011

멜리사는 마음 한편으로는 일터로 다시 돌아가고 싶기도 했다. 일하는 리듬이 그리웠다. 입심 좋은 사기꾼들에게 속은 연금 생활자들의 편지가 넘쳐나는 우편함. 사방에서 시끄럽게 자판을 두드리는 소리. 마감 시간이 다가오면 잔뜩 찌푸리고 있는 기자들. 진한 커피와 높아지는 언성. 기자들은 시간이 허락하면 한바탕 토론하기를 좋아했고, 멜리사는 그런 분위기가 그리웠다.

하지만 지금은 사방이 너무 조용했다. 그녀는 프리랜서 계약 건을 결정하려고 《바틀리 옵저버》에 휴가를 낸 참이었다. 샘은 갑자기 정신없이 분주해졌다. 예상대로 그는 경영진 영입을 제안받았고, 자사주 매입을 위한 재정 문제를 정리하는 중이었다. 보유 자산을 합산하고 지불 기일을 연기하는 게 그의 업무였다. 샘은 실적이 좋아서 프로젝트를 이끌고 있었고, 그 내용이 일요판 신문에 기사화되기도 했다. 하지만 정리할 게 갑자기 너무 많았다. 다양한 네트워크 구성. 은행과 회의. 업계 언론과의 인터뷰. 또 형 마커스를 다독이는 어려운 일도 감당해야 했다. 마커스와 다이애나는 이미 변호사들과 상담했고, 진흙탕 싸움이 가속화되었다. 샘의 아버지가 지원해서 마커스가 아파트를 임대하게 해주고, 재정적인 난국을 타개하려고 애썼다.

이 모든 상황 때문에 샘은 눈 밑에 다크서클이 생긴 반면, 멜리사는 대조적으로 아파트에서 여유롭게 지내고 있었다. 그녀는 타블로이드 신문사의 편집인과 최종 담판을 벌일 준비를 하는 데 이 시간을 쓸 예정이었다.

성공을 거둔 소비자 캠페인 기사들을 스크랩하고 새 캠페인 기획안을 작성했지만, 정신이 딴 데 팔려 있었다. 어머니의 책, 요리, 블로그를 개설하는 일에 대한 생각을 지울 수가 없었다. 이 이야기도 편집자에게 해봐야 할지 여전히 고민스러웠다. 요리가 그녀의 추억을 환기시켰으니 사람들에게 그렇게 해보라고 공개적으로 제안해야 할까. 음식과 관련해 뛰어난 글을 쓰는 전문가가 많다는 건 잘 알고 있었지만, 그녀의 관심은 그런 게 아니었다. 그녀는 초보자로서 겪은 놀라운 경험을 쓰고 싶었다. 향수를 일으키는 중요한 레시피는 식욕은 물론 한 세대에서 다음 세대로 대물림되는 특별한 추억들을 환기시켰다.

이런 생각과 함께 새로이 품게 된 은밀한 걱정거리 때문에 심난했다. 인터넷에 접속해 BRCA1과 BRCA2 암 유전자에 대해 몇 시간씩 검색했다.

그녀는 그동안 얼마나 잘못 알고 있었는지 깨닫고 나서야 상황을 제대로 보기 시작했다.

아버지는 그 문제를 딱 한 번 아주 조심스럽게 꺼낸 적이 있었다. 멜리사가 나이를 더 먹으면 주치의인 가정의와 의논해야 할 거라고 했었다.

"엄마가 아플 때 그들은 이런 부분을 몰랐어요?"

"이건 새로운 개념이란다, 멜리사. 아주 새로운 아이디어야."

십대 시절의 멜리사는 그 문제가 뭐든 알아볼 생각이 없었다. 이상 유전자를 가진 여자들은 양쪽 유방을 절제해야 한다는 것만 알았다. 맙소사. 거울 앞에 알몸으로 서서 기절할 것 같은 기분을 느꼈던 기억이 났다.

멜리사는 온라인 페이지들을 계속 읽어나갔다. 어머니가 병을 앓았던 시기 이후 연구가 꽤 많이 진행됐다는 걸 곧 알 수 있었다.

이상 유전자는 유방암과 난소암, 양쪽 모두와 관련 있지만—1990년대에 예상한 대로—직접적인 연관은 없었다. 세포가 암이 되려면 유전자 코드에서 수많은 '오류'가 있어야 했다. 이상 유전자를 갖고 태어났다고 해서 꼭 암에 걸린다는 의미는 아니었지만…… 그럴 위험이 높기는 했다.

암 연구를 하고 있는 기관의 공식 웹페이지에서는 BRCA1과 BRCA2—엘레노어가 발병할 무렵 발견된 유전자—가 명확히 식별되어야 할 최초의 유방암 유전자라고 설명하고 있었다. 그 유전자들을 가진 사람은 암에 걸릴 위험이 높았다. 예상치는 45퍼센트에서 90퍼센트였다. 치료 방법은 양쪽 유방을 절제하는 극단적인 방법에서부터 정기검사를 하면서 두고 보는 것까지 다양했다.

이제 유전자 검사는 유방암이나 관련된 난소암이 있는, 가족력이 뚜렷한 사람에게는 선택 사항이었다. 요즘에는 의료보험으로 검사를 받으려면 보통은 암 환자인 혈족이 있어야 하고 그 사람이 먼저 검사를 받아서 이상 유전자가 활동하는지—또 어떤 유전자인지 밝히는 게 더 중요했다—입증해야 했다.

처음에 멜리사는 이런 점들 때문에 그녀의 경우에는 끝난 일이라고 여겼다. 하지만 연구가 더 진척되어서, 가계도에서 융통성이 있을 수도 있다고 밝혀졌다. 또 의료보험 혜택으로 검사받는 것을 더 선호하는 편이지만 그 밖에도 길이 있었다. 구글링을 더 해본 결과 확연한 사실이 드러났다. 이제 유전자 검사는 확장일로인 민간 업체의 시장이었다. 저널리스트 본능을 가진 멜리사는 곧 이런 상황이 불편하게 여겨졌다. 겁에 질린 여성들이 사실상 불필요한—또 결과를 제대로 고려하지 않고—검사를 받는 상황이 그려졌다.

그렇다고 그녀가 가정의를 통하지 않고—또 샘과 아버지가 모르게—검사를 받을 수도 있는 것은 아니었다.

자료를 더 읽어보자 멜리사가 불안한 위험 요소를 갖고 있다는 것은 확연했다. 어머니와 할머니가—특히 남자들이 지배적인 가계에서—상당히 젊은 나이에 암으로 사망한 것은 큰 적신호였다. 또 남자가 이상 유전자의 보유자가 될 수도 있다는 사실을 알고 멜리사는 깜짝 놀랐다. 어느 경우든 BRCA1과 BRCA2를 가진 부모가 자녀에게 그 유전자를 물려줄 확률은 50 대 50이었다.

전문가들이 생존해 있는 암 환자 가족의 혈액을 먼저 검사하려 하는 것은, 활동 중인 이상 유전자를 정확하게 구별할 수 있기 때문이었다. 이는 이후 혈족의 '예측' 검사 결과를 훨씬 더 정확하게, 성공적으로 이끌어냈다. 생존한 환자의 혈액 검사 없이

후손이 검사를 받을 수는 있지만 그리 이상적이지는 않았다.

영국의 가이드라인은 전문가 상담을 권유했지만, 일부 온라인 회사들은 의뢰인의 타액을 우편으로 접수받아 8주 내에 검사 결과를 알려주었다. 멜리사는 그 결과의 정확도에 대해 알 수 없었다.

그녀는 컴퓨터 화면에서 물러난 다음 진한 커피를 타서 어머니의 책 앞에 내려놓았다. 표지에 손바닥을 대고 방구석 쪽으로 고개를 기울인 채, 만년필을 들고 책상 앞에 앉아 있는 어머니를 상상했다.

갑자기 그 모든 일들을 홀로 대면해야 했던 어머니에게 거대한 연민이 느껴졌다. 멜리사는 입술을 꾹 다물었고 문득 확실히 알게 되었다.

퀴즈의 답—딱히 떠오르지 않는 이름—이 기억나는 것 같았다. 시야 주변에 있는 그 사람.

갑자기 완전히 명확해졌다.

멜리사는 한동안—책을 처음 읽기 시작할 때부터—어머니가 작별 인사를 하지 않았다는 데 몹시 분개하고 있었다는 걸 깨달았다. 하지만 이제는 화가 나지 않았다. 더 이상 그런 마음이 들지 않았다.

샘에 대한 이 모든 혼란. 사이프러스 여행 중 차 안에서 말다툼을 벌일 때 샘이 무슨 말을 했는지 떠올렸다. 그녀가 '두려워서' 결혼에 반감을 갖는 것뿐이라던 말. 그녀와 아버지가 겪은 일 때문에 겁이 나서 영원히 행복하게 사는 것을 믿지 않는 거라고 했다. 하지만 이제 멜리사는 그게 아니라는 걸 깨달았다.

분수대에서 놀던 아이들 때문이었다. '부모'와 관련되어 있어서 그런 거였다. 샘이 얼마나 아버지가 되고 싶은지 털어놓았을 때 멜리사는 충격을 받았다. 그녀는 샘이 가족을 이루고 싶어하리라고 늘 짐작은 했지만, 그가 얼마나 '간절히' 바라는지 더 이상 모른 척할 수가 없었다.

경영진 합류 제의를 받은 이후 샘은 돈을 더 많이 벌게 되었다면서 흥분을 감추지 못했다. 그리고 컴퓨터에 모아놓은 소위 '우리 가족의 꿈의 집' 설계도들을 멜리사에게 보여주기까지 했다.

샘은 어머니의 책을 같이 본 것으로 둘 사이의 문제가 해결됐다고 느끼는 것 같았다.

하지만 여기에는 모순이 있었다. 책이 변화를 가져왔다면, 그건 상황을 더욱 악화시키는 변화일 뿐이었다.

멜리사는 그런 생각을 할 때마다 귓가에서 맥박이 뛰는 것을 느꼈다.

설령 그녀가 원한다 해도 이제 와서 마음을 바꾸어 샘과 결혼할 수는 없었다. 그녀가 어떻게 아이를 가질 수 있단 말인가. 그녀가 검사를 받는다면 양성 판정이 나올 텐데. 만약 언젠가 아이를 낳는다면 그 가여운 아이는 그녀가 겪은 일을 고스란히 겪을 가능성이 농후한데.

샘에게 그런 짓을 할 수는 없었다. 혹은 아이에게도. 더 이상 젊은 나이에 죽을지도 모른다는 엉뚱한 두려움 때문이 아니었다. 이건 과학과 관계된 문제였다. 유전자. 여러 가지 사실. 어머니는 사정이 달랐다. 결혼해서 멜리사를 낳을 때까지도 그녀는 이런 일들에 대해 전혀 몰랐으니까. 하지만 위험 요소를 안다는 것은 모든 것을 변하게 했다. 실은 멜리사에게 달갑지 않은 책임감을 떠안겨주었다.

멜리사는 책의 3분의 2 부분에 봉인돼 있는 페이지들을 손끝으로 쓸어내렸다. 앞서 이 대목을 읽기가 꺼려졌던 이유를 깨달았다. 이제 거기에는, 부모님의 '일시적인 변화'에 대해서뿐만 아니라 어머니의 검사 결과도 담겨 있다는 걸 확신할 수 있었다. 어머니가 최악의 경우를 대비해 멜리사에게 최대한 조심스럽게 준비하게끔 하려고 애썼다는 걸 알 수 있었다.

눈을 감고 기억해보려고 노력했다. 토끼 모양 비스킷 커터. 콘월의 욕실 밖에 서 있을 때. 그 조급함.

그리고 아주 깊이 심호흡을 한 다음 책을 펼쳤다.

33
엘레노어, 1994

　엘레노어는 마지막이 어떻게 전개될지 머릿속으로 명확히 그려보았다.

　변호사에게 책을 맡긴 지 얼마 안 되어 그녀는 바닥에서 잠을 깼다. 얼마 동안이나 추운 데 누워 있었는지 알 수 없었다. 시계를 차고 있지 않아서 고작 몇 분쯤 지났겠거니 하고 짐작했지만, 카펫 위에서 몸을 끌다시피 움직여 벽시계를 볼 수 있는 자세가 되자, 20분도 넘게 지났다는 걸 알고 충격받았다. 또 피부색도 충격이었다. 노란색이었다.

　맥스는 학교에 있었다. 차로 45분 거리였다. 엘레노어는 남편이 걱정하는 모습을 차마 볼 수 없어서 매일 출근하라고 채근했고, 멜리사를 위해 최대한 평범한 상황을 유지하기로 결심했다. 출장 간호사가 매일 두 차례 살펴보러 왔고, 엘레노어는 이 정도면 안전망이 충분하다고 느꼈다. 하지만 그건 오산이었다.

　하복부의 통증이 참을 수 없을 정도였다. 그녀는 발을 질질 끌면서 두 걸음 더 가서 전화기를 들고 먼저 구급차를 부른 다음 닥터 팔머와 통화했다. 그는 진료실에 있었고 비서가 전화를 곧장 연결해주었다.

"때가 됐네요."

엘레노어가 한 말은 그게 전부였다. 잠시 침묵이 흐른 뒤 의사는 구급차 통제소와 연락하고 병동에 알리겠다고 안심시켰다. 모든 준비를 시키겠다고. 조용한 병실을 준비시키겠다고. 그는 맥스가 같이 있는지 물었다. 999에 전화했는지? 호스피스 병실이 더 낫지 않겠는지?

엘레노어는 멜리사가 상황을 금세 눈치채고 말 거라는 이유로 모든 호스피스 치료를 거부해왔다. 책을 쓴 건 이런 그녀의 조치가 옳았다는 확신이 없어서였다. 호스피스 치료를 어떻게 생각해야 할지 모르겠다고 닥터 팔머에게 말했다. 그러자 그는 병실 담당 간호사가 호스피스 병동과 접촉하게 하겠다고 말했다. 의논이라도 할 수 있도록.

"누가 같이 있습니까, 엘레노어? 오늘 아침에 방문 간호사를 만났습니까? 혼자 있는 건 아니죠?"

"저는 괜찮아요. 계획대로 하고 있어요."

구급차가 도착할 무렵 엘레노어는 복도 의자에 앉아 있었다. 발아래 작은 가방이 놓여 있었다. 기본적인 소지품만 챙겼다. 하나하나 챙기면서 맥스가 천천히 가방을 푸는 상상을 했다. 파자마, 세면도구 가방, 책 몇 권.

병동에 입원하면 간호사에게 부탁해 맥스에게 연락할 작정이었다. 지금은 2시였다. 갑작스럽게 기운이 쭉 빠졌다. 솔직히 상황을 봐서 계획을 세울 시간이 더 있을 줄 알았다. 그런데…… 이제 어쩐다? 맥스가 학교에 가서 멜리사를 데려오면 시어머니가 와서 아이를 맡게 할 계획이었다. 그랬다. 이 과정이 보다 순조롭게 이어질 수 있으리라 예상했다. 모두가 스트레스를 좀 덜 받도록. 그녀는 죄책감을 느꼈다. 최근에 집에 같이 있고 싶다고 했던 맥스의 말을 들어주지 않아서는 아니었다. 이제 엘레노어는 그에게 연락이 갈 무렵이면 적어도 그녀가 안정돼 있을 거라고 생각했다. 편안해져 있겠지. 차분히 안정되어 있겠지.

더 순조롭게.

또 닥터 팔머와 변호사와 검사 결과에 대해 이야기하고 싶은 마음도 있었다. 맥스가 도착하기 전에.

*

"저 안으로 못 들어가십니다, 교수님."

"난 얼마든지 들어갈 수 있어요. 우리 과 선생이 저기 있단 말입니다. 수업 중이에요. 학생 대여섯이랑."

"이제 소방대에 맡겨야 합니다."

맥스는 관리인을 지나가려 했지만 그럴 수 없었다.

"들어가시게 할 수 없습니다, 교수님."

맥스가 주먹을 휘둘렀지만 빗나갔다.

"이럴 수가. 댄스 교수님!"

관리인은 깜짝 놀랐다. 하지만 그는 근육질 사내였고, 곧 맥스를 제압했다. 그는 맥스의 한 팔을 뒤로 돌렸다.

"가만히 계세요. 당황하신 건 압니다. 이렇게 돼서 정말 유감입니다. 하지만 우린 침착해야 합니다. 그리고 이 상황을 전문가들에게 맡겨야 합니다. 아시겠습니까?"

맥스는 버둥댔지만 소용없었다.

"내가 학과장이에요. 책임자란 말입니다."

"네. 그건 알지요. 하지만 이 일의 담당자는 접니다. 자요. 놔드려도 되겠습니까? 진정하시고 저를 따라서 출구로 가시겠습니까? 네?"

*

"부인은 혼수상태입니다."

"도대체 그게 무슨 말입니까. 집사람이 혼수상태라니. 난 아내와 이야기를 나눠야 해요. 오늘 아침에는 아무 이상 없었습니다. 괜찮았다고요. 혼수상태라니 대체 무슨 뜻입니까?"

"상황이 매우 급격히 나빠졌습니다, 맥스. 간 때문입니다. 그리고 폐도요. 혈전이 있습니다. 음. 엘레노어가 정신을 잃고 있었습니다. 통증을 줄여주기 위한 조치를 해야 했습니다."

"하지만 깨어나겠지요?"

닥터 팔머는 복도에서 맥스와 만나 엘레노어의 병실로 급히 걸음을 옮겼다. 5시였다. 멜리사는 친할머니와 집에 있었다.

엘레노어의 피부색이 아주 이상했다. 하지만 닥터 팔머는 폐가 더 걱정이라고 설명했다. 그는 엘레노어가 아주 드문 경우라고 말했다. 종양이 퍼지고 장기 조직이 반응하는 양상이 예측하기 아주 어려웠다고. 대부분의 경우…….

맥스는 의사가 입을 다물기를 바랐다.

"오늘 아침에는 상태가 좋았는데요."

그는 출근한 것을 후회했다. 엘레노어가 뭐라고 하든 집에 있을 것을…….

"이제 중요한 것은 환자를 편안하게 해드리는 겁니다."

"엘레노어의 체중이 이렇게 줄었는지 몰랐습니다. 그 사람은 내가 보지 못하게 했거든요."

맥스는 침대 옆에 서 있었고, 닥터 팔머는 기계의 수치를 점검했다. 맥스가 말을 이었다.

"이건 내 잘못이지요, 그렇지 않습니까? 고집을 부렸어야 했는데. 더 일찍 병원에 데려왔어야 했는데. 엘레노어는 목욕조차 돕지 못하게 했어요. 도와주려고야 했지요. 내 말을 믿어주세요, 난……."

닥터 팔머는 맥스의 팔뚝을 가만히 잡았다.

"잘못하신 건 아무것도 없습니다, 맥스. 엘레노어가 이 일을 자기 방식으로 감당하게 해주는 게 중요했습니다."

맥스는 갑자기 욕지기가 나와 손으로 입을 막았다. 닥터 팔머는 그를 병상 옆 의자에 앉혔다.

"통증. 아내가 통증을 겪었다고 하셨나요?"

"모든 조치를 다 취하고 있습니다, 맥스. 통증은 괜찮아졌습니다. 부인은 오래 불편해하지는 않으셨어요."

"그럼 아내가 고통스러워했나요?"

닥터 팔머는 간호사를 건너다보았다.

"저희는 최선을 다했습니다. 부인은 남편과 대화하기 위해 깨어 있고 싶어하셨죠. 하지만 그건 환자에게 너무 힘든 일이었어요."

"아내가 고통스러워했습니까?"

"남편분에게 뭔가에 대해 말하고 싶어했습니다. 그 때문에 환자가 동요했지요. 하지만 지금은 진정됐습니다. 오래 고통스러워하지 않으셨어요, 제가 장담합니다."

"그럼 아내가 깨어나겠지요?"

맥스는 엘레노어의 가슴이 들썩이는 것을 지켜보았다. 호흡이 세 번에 한 번꼴로 무시무시하게 정지되곤 했다.

"다시 아내와 대화할 수 있겠지요? 엘레노어가 정신을 차리겠지요?"

*

소방대는 탑 사다리를 위층 세미나실에 연결했다. 공포스러운 5분이 지나고, 학생 전원과 안나가 창가에 보였다. 강의실 안에 연기가 분명히 보였고, 다들 겁먹은 얼굴이었다. 그런데 모순되게도 다들 차분했고 대단한 일이 아닌 듯 행동했다.

잔디밭에서 지켜보던 학생들이 휴대전화로 촬영하며 손뼉을 쳤다. 작은 플랫폼을 지나 안전지대로 이동한 학생들은 땅에 도착한 순간 태도가 바뀌었다. 재미난 일이 되어버렸다. 페이스북에 올릴 멋진 경험이 되었다.

맥스는 안나가 마지막에 내려가겠다고 고집하는 광경을 보았다. 마침내 그녀가 작은 플랫폼을 딛고 안전한 곳으로 내려왔다.

"깊은 튀김 팬이 문제였대요. 닦지 않아서. 위생과 안전에 대해 조사를 받아야 할 거예요."

누군가가 옆에서 속삭이는 소리가 들렸다.

플랫폼이 서서히 지면으로 내려올 때 안나는 맥스를 보자 발진을 손으로 가렸다. 맥스는 잔디밭에 주저앉고 말았다.

34

맥스는 엘레노어를 향한 사랑에서 가장 큰 시험이 뭔지 늘 알고 있었다. 그녀를 잃지 않는 것. 그 느낌은 그가 두려워한 그대로였다. 뼈에서 살점을 발라내는 아픔. 그 누구의 예상보다 급격히 진행되었다. 병원에서 4시간. 폐의 혈전.

'정신 차려줘, 엘레노어. 난 준비가 안 됐어.'

하지만 아니었다. 그 공포보다도 끔찍해질 수 있는 일이 기다리고 있었다.

엘레노어의 아버지가 프랑스에서 오는 중이었고, 맥스의 어머니가 집을 지키는 사이 진짜 시험이 다가왔다.

그는 차를 몰고 집에 있는 멜리사에게 갔다.

이 끔찍한 여정 동안 그는 사무치게 사랑한 여인에게 솟구치는 뜻밖의 분노를 억누르느라 온몸의 힘을 짜내야 했다. 이토록 힘든 일을 그에게 남겨놓고 떠난 그녀에게 화가 났다.

그랬다, 그들은 '평범한' 몇 주를 보냈다. 하지만 멜리사가 뭔가 큰일이 닥칠 것을 이미 알고 있다고 맥스는 확신했다. 완전히 막바지에 접어들자 그는 마음을 바꾸라고 아내를 설득하려 애썼다. 멜리사에게 마음의 준비를 시키자고. 아이가 상담가를 만나게 하자고. 특별한 책을 사고 추억 상자를 만들라고. 작별 인사를 제대로 나누라고.

하지만 그렇게 되지 않았다. 엘레노어는 고집불통이었다. "그럴 수 없어요. 제발 그렇게 하게 만들지 말아요, 맥스."

마지막 며칠 동안 엄마가 나빠지는 기색이 완연하자 멜리사는 맹장염 때문이라고 짐작했다.

그날 아침 맥스가 학교에 데려다주자 멜리사가 말했다.

"엄마가 맹장염에 걸린 거예요, 아빠? 타바사의 엄마는 지난여름에 맹장 수술을 했어요. 그런데 흉터가 별로 크지 않았어요. 작아요. 타바사의 엄마가 우리한테 보여줬어요. 엄마가 맹장을 잘라내게 되면 나한테 흉터를 보여주겠죠?"

맥스의 어머니 역시 비밀에 부치는 데 반대했다. 그는 집에 도착해서—병원에서 곧장 집으로 갔을 때—앞치마를 입고 슬리퍼를 신은 채 복도의 전화기 옆 의자에 앉아 있는 어머니를 보자 견딜 수가 없었다.

어머니는 위층에 있는 멜리사 방에 같이 가려 했다. 아들을 돕고 싶었다.

하지만 맥스는 고개를 저었다. 그 누구도 방에 함께 있는 것을 원치 않았다.

멜리사는 방에서 엘리자베스의 머리를 땋고 있었다. 낡은 헝겊인형은 세 살 때 아빠에게 받은 선물이었다.

"엄마가 아빠랑 같이 집에 왔어요?"

맥스는 딸의 침대에 앉았다.

"아니. 잘 들어봐, 우리 딸. 아빠가 아주아주 슬픈 소식을 전해야 한단다."

"맹장염이었어요?"

"아니."

멜리사의 몸이 굳었고, 아이는 인형의 땋은 머리를 풀기 시작했다. 공연히 머리 땋기를 반복했다. 왼쪽 머리를 처음부터 다시 땋았다. 나일론 머리칼을 세게 잡아당겼다.

멜리사는 아무 말도 하지 않았다.

"가끔은 아주 이해하기 어려운 일이 벌어진단다, 아가. 또 설명하기 어려운 일이야, 멜리사."

"엄마가 또 아기를 낳아요?"

"아니. 엄마는 아기를 또 낳지 않아."

"난 상관없는데. 샘내지 않을게요. 약속해요."

맥스는 딸에게 더 가까이 가서 한 팔로 어깨를 감싸며 밀려드는 공포감과 싸웠다. 몸 안에서 아드레날린이 치솟았다.

"사실은 말이야, 멜리사. 하느님이 엄마를 천국으로 불러서 같이 있기로 결정했단다."

이제 멜리사는 꼼짝도 하지 않았다. 마취라도 한 것 같았다. 뻣뻣하게 굳어서 한 마디도 하지 않았다.

"엄마는 천국으로 떠나버렸단다, 아가."

그 순간 멜리사는 머리를 아주 이상하게 움직였다. 턱이 뒤틀리는 것 같았다. 그 동작이 반복되었다. 맥스가 전에 본 적 없는 틱 같았다.

"이제 엘리자베스의 옷을 바꿔 입혀야겠어요."

"그건 나중에 해도 되잖니, 멜리사. 아빠 말을 잘 들어야 해. 그리고 아빠가 하는 말을 이해해야 해. 이건 아주, 아주 슬픈 일이야, 우리 딸. 끔찍하지. 그리고 아빠도 마음이 너무 많이 아파. 심장 여기가. 하지만 우리는 아주 용감해야 해. 정말 미안하다, 아가. 엄마는 이 세상을 통틀어 그 무엇보다 널 사랑했어. 하지만 엄마는 오늘 병원에서 숨을 거두고 천국에 갔단다. 그건 이제 우리가 엄마를 볼 수 없다는 뜻이야."

바로 그때, 몇 초간 꼼짝도 하지 않다가 그 일이 벌어졌다.

쓰나미가 일어난 것 같았다. 벽이 무너진 것 같았다. 주먹질, 머리 당기기, 소름 끼치는 끔찍한 소리.

멜리사가 먼저 몸을 일으켰는지 소리를 질렀는지 그는 기억하지 못했다. 맥스가 기억하는 건 아이가 그의 몸을 두드려댄 것뿐이었다. 주먹질, 발길질, 울부짖음.

멈추지 않고 계속.

"뚱보! 개똥! 거짓말쟁이!"

멜리사는 발길질하면서 고래고래 소리쳤다. 그러더니 물건을 던졌다. 인형. 브러시. 장난감들.

"내 방에서 나가."

책과 가방을 던지고. 구석에 있는 인형 집을 걷어차고. 쾅. 쾅. 그러더니 그를 방에서 나가게 하려고 그의 몸을 떠밀었다.

"내 방에서 나가. 아빠 미워."

정말로 힘껏 발로 걷어찼다.

"할머니 불러서 엄마를 데리러 갈 거야. 당장. 나가."

맥스는 딸의 양팔을 잡아서 밀치는 것을 막으려 했지만 아이를 아프게 할까봐 두려웠다.

"알고 있단다, 아가. 아빠도 알아. 정말 많이, 정말로 많이 미안해, 아가."

"엄마는 천국에 가지 않았어."

"멜리사. 아빠를 봐, 아가……."

"천국에 간 거 아니야."

"멜리사, 제발."

"우리는 책을 읽는 중이었어. 봐."

멜리사가 침대 옆에서 책을 한 권 집더니 책갈피가 꽂힌 곳을 펼쳐서 맥스에게 보여주었다. 아이는 눈이 휘둥그레져서 이 끝나지 않은 일을 중요하게 생각해달라고 애원했다.

멜리사는 아빠의 얼굴을 오랫동안 들여다보았다. 눈물이 줄줄 흐르더니 갑자기 양팔이 옆으로 스르르 떨어지면서 책이 바닥에 툭 떨어졌다. 있는 힘을 다하다가 탈진해 쓰러져버렸다. 바닥에. 갑자기 근육이 활동을 멈춰버린 것 같았다.

맥스는 공포에 질려 큰소리로 어머니를 부르면서 멜리사의 호흡을 확인했다. 하느님 맙소사, 호흡이 없었다. 가슴에 귀를 갖다 대고 심장 소리를 들었다. 아이의 가슴이 들썩거렸다. '그래, 그래. 그거야, 멜리사. 숨을 쉬어.'

맥스는 딸을 가슴에 안고 힘껏 포옹했다. 멜리사는 정신을 차렸고, 어머니가 문간에 서 계셨다. 맥스는 딸이 아주 어릴 때 해주던 것처럼 머리 밑에 팔을 받쳐주었다.

"엄마는 책을 다 읽어주지 않았어."

이제 아이는 경련하면서 흐느꼈다. 큰 파도가 몰아치듯 아이의 가슴과 어깨가 들썩거렸다. 처절한 슬픔의 파도가 그 작은 몸을 휩쓸었다.

간단한 소다 브레드

밀가루 강력분 1파운드
중탄산소다 2티스푼
소금 1티스푼
버터밀크 14온스(난 생 요거트를 쓴 적도 있단다)

마른 재료들을 모두 볼에 넣고, 가운데 구멍을 내서 버터밀크나 요거트를 부으렴. 말랑한 반죽이 되도록 섞어주고, 뻑뻑하면 우유를 조금 더 넣어. 밀가루를 뿌린 도마 위에서 1분 정도 반죽을 치대. 반죽을 대충 둥글게 만들고 맨 위에 십자 모양으로 칼집을 낸 뒤 200도로 예열한 오븐에서 40분가량 구우렴. 원하면 허브와 씨앗을 첨가해도 좋아.

다시 생각해보고 나서 간단한 레시피를 더 넣기로 했어. 사실 소다 브레드는 빵보다는 스콘에 가깝지만 간단하고 아주 만족스럽단다. 화가 나거나 슬플 때 만들면 그만이지. 아주 간단한 빵 굽기라도 치유 효과가 굉장하거든. 기분을 풀고 싶은데 달리 할 일이 생각나지 않을 때 만들어봐.

내 사랑하는 딸, 이제 때가 되었구나.

곧 이 책을 가져가려고 변호사가 도착할 거야. 난 이 순간이 어떨 거라고 기대했을까? 마무리? 아마 평온함을 기대했겠지. 우리 딸이 아름다운 인생으로 나아가도록 용기를 줄 메시지를 전하는 일이니까.

그런데 결국 오히려 일을 망쳐버렸어. 그래, 지금쯤 너도 알겠지만 상황이 빗나갔단다. 검사 결과를 아직 받지 못해서 난 이렇게 할 생각이야.

시간이 있다면 내가 검사소와 접촉해서 이 책에 결과를 넣어둘 거야. 그러면 '봉인한 페이지들'을 뜯어버릴 테고 그 얘기는 더 할 필요가 없겠지.

하지만 돌아가는 상황을 보자니 그 일을 마무리하지 못한 채네게 인사를 해야 할 것 같구나.

그러니까 내 어여쁜 아가야. '은밀히 봉인된' 부분을 읽어야 한다면, 앞서 내가 말한 것을 모두 기억하고 최대한 너그럽게 엄마를 봐주렴.

그 전에 가까이 다가와서 잘 들어봐.

난 두렵지 않단다, 멜리사. 나 자신 때문에 두렵지는 않아. 이제는 속상하지 않고 화가 나지도 않아. 진심을 다해 사랑한 남자에게 너를 맡기고 떠나는 건데 뭐. 그는 정말이지 내가 만났던 사람 중에 가장 좋은 사람이란다. 그가 널 안전하게 지키고, 온 마음을 다해 늘 널 사랑하리란 걸 알아. 다만 네가 자라는 것을 보지 못하고, 너를 위해 곁에 있지 못하는 것이 슬플 뿐이야, 멜리사.

우리에게는 세월이 충분하지 않았지. 불공평해. 하지만 너와 함께한 하루하루가 완벽한 기쁨이었고, 말로 표현하지 못할 만큼의 사랑을 네게 남겨두고 간다는 걸 알아두렴.

슬퍼하지 않으려고 애써봐. 적어도 나 때문에 슬퍼하지는 마. 용기를 내고 강해지기를. 또 항상 최대한 너그러워지기를.

내가 이 책을 너무 늦게까지 붙들고 있느라 제대로 작별 인사를 하지 못하면 안 되는데. 또 이런 식으로 행동하고 마는 나를 용서해주기 바란다.

무엇보다도 엄마가 너를 말할 수 없이 대견해하고 있다는 걸 알아주렴. 이제 네가 판단해야 하는 내 어떤 잘못도 모두 내가 부족한 탓이야……. 사랑이 부족해서는 아니란다.

저기로 나아가 아름다운 삶을 살아라.

내 어여쁘고 어여쁜 딸.

안녕.

너를 언제까지나 사랑하는 엄마가. xxx.

멜리사는 어깨를 들썩이며 어떤 소리도 입 밖으로 내지 않겠다는 단호한 각오만 의식했다. 그 감정들이 흘러나오게 놔둔다면……. 그 뿌리 깊고 확실한 두려움.

그녀는 책을 바닥에 내려놓고 온 힘을 다해 집중했다. 얼마 동안이나 감정을 자제하려고 애썼는지 가늠하기가 어려웠다. 봉인된 부분을 열어볼 준비가 됐는지 확신할 수 없었다.

아버지를 위해 요리를 한 지 거의 일주일이 지났는데 아직도 그 부분을 읽지 못하고 있었다. 두려웠다.

그럼 그냥 잊어버려야 할까? 잘라서 버릴까? 태워버릴까? 모든 걸 외면해버릴까? 샘. 결혼. 엄마가 되는 것…….

멜리사는 티슈를 뽑아서 힘껏 코를 풀었다. '그래.' 다시 책을 넘겨가며 세 번 확인했다. 안에 끼워진 건 없었다.

일어나서 방에 딸린 욕실로 들어가 먼저 얼굴에 물을 끼얹었고 손톱 가위를 찾았다. 그 가위로 어머니가 세 면을 붙여놓은 책장의 끝을 조심스럽게 갈랐다.

엘레노어는 실수처럼 보이게 만들어놓았다. 두 장을 붙였지만 사실은 항공우편 봉투나 청구서처럼 살짝만 겹쳐지게 했다. 맨 가장자리만. 가장자리를 조심스럽게 잘라서 책장을 펼치자, 중간에 검은 잉크로 쓴 낯익은 필체가 보였다.

첫 부분은 저녁 식사를 하면서 아버지에게 들은 이야기가 어머니의 관점에서 적혀 있었다. 뉴욕의 직장 때문에 사이가 틀어진 사연. 하지만 이제 멜리사는 짜증이 났다.

사실 이 안에 유전자 검사 결과가 들어 있을 거라고 확신했었다. 나쁜 소식이 담겨 있을 거라고. 그런데 주절대는 말과 눈물이 흘러서 잉크가 번진 자국만 있었다.

'네 아버지가 뉴욕으로 떠났을 때 난 진정할 수 없었단다, 멜리사. 설마 그가 갈 줄은 정말 몰랐지. 날 버리고……'

그리고 그 충격.

끔찍하고 흉한 말들이 난무했다.

멜리사는 더 이상 만지고 싶지 않아서 책을 내려놓았다.

아니야.

책을 내려놓은 침대 옆 탁자를 저만치 밀어냈다. 그 순간 갑자기 뭔가 부수고 싶은 욕구가 치밀었다. 그녀는 일어나서 화장대로 가서 위에 놓인 것들을 팔로 밀어냈다. 화장품, 향수, 장신구, 아끼는 도자기 그릇들이 벽 쪽으로 날아갔다. 유리가 깨지고 파편들과 금색 액체가 벽에서 흘러내리는 광경을 바라보았다.

기분이 별로 나아지지 않았다.

멜리사는 한동안 꼼짝 않고 서서 나무 바닥에 황금색 웅덩이가 생기는 것을 보았다. 기분이 나아지지 않자 밖으로 나가야 한다고 생각했다.

차에 타야 했다. 지금 당장.

그래.

운전을 해서 달려야 했다.

35
샘, 2011

"멜리사가 떠나버렸다니 무슨 말이야?"

"자취를 감췄어요, 맥스. 어디 있는지 아무도 몰라요. 저한테는 짧은 메시지 한 통만 달랑 보냈더군요. 혼자 있을 시간이 필요하다며 걱정하지 말라는 내용이었어요. 이제 휴대전화도 받지 않고요."

"이럴 수가. 그래, 무슨 일이 있었지? 둘이 싸웠나?"

"아뇨, 아버님. 싸우지 않았어요. 오늘 아침에 저는 회사에 출근했어요. 멜리사는 새 계약 건 때문에 약속이 있었고요. 저는 오늘 밤에 멜리사와 축하를 할 거라고 예상했지요. 레스토랑도 예약해놨어요. 그런데 집에 가보니 전부 박살 나 있더라고요."

"박살이 나다니 무슨 뜻이지? 침입을 당했다는 뜻이야? 맙소사, 신고는 했나……?"

"아니요, 아닙니다, 아버님. 그 광경을 봤을 때는 저도 그렇게 생각했어요. 강도가 들거나 한 거라고. 그런데 멜리사가 그런 거였어요. 문자로 미안하다고 하더군요."

"그래. 미치겠군."

잠시 침묵이 흐르다가 맥스가 말을 이었다.

"우린 침착하게 있어야겠군."

"아뇨, 아버님. 저는 침착하게 행동할 수가 없어요. 멜리사는 편집자를 만나러 가지도 않았어요. 그게 무슨 뜻일까요? 저를 떠난 걸까요?"

맥스는 아무 말도 하지 않았다.

"멜리사가 저를 떠나는 건가요, 아버님? 지금 그런 상황인 걸까요? 저번에 저녁을 먹으면서 멜리사가 그런 말을 했습니까? 너무 겁이 나서 저한테는 말을 하지 못한 걸까요?"

"아니야. 그런 일은 아닐 것 같은데."

"전 저희가 잘 지내고 있다고 생각했어요. 더 좋아졌다고. 다시 더 가까워지는 줄 알았어요. 그런데 제가 아주 바빴지요. 빌어먹을. 그러니까…… 경영진 합류를 제의받았고, 형에게 일이 좀 있었어요. 정말이지, 아버님. 걱정돼서 미치겠습니다."

"멜리사에게 메시지를 다시 보내보게."

"엄청나게 보냈지요. 그녀는 전화하지 않을 겁니다. 메시지로 제발 걱정하지 말라고만 했어요. 제가 어떻게 걱정하지 않을 수 있습니까?"

"나도 연락해보겠네, 샘. 메시지를 남기고, 답이 오면 곧장 연락하겠네."

"네. 그럼 멜리사가 아버님께는 아무 말도 하지 않은 거지요? 저희 둘에 대해서?"

"그래. 아무 말 없었어."

"그래서 이게 그런 일은 아닐 거라고 생각하시고요? 관계가 끝난 건 아니라는 말씀이시죠?"

"이게 무슨 일인지 모르겠네, 샘. 꼼짝하지 말고 기다려. 나 지금 출발해."

"빌어먹을."

반 시간이 지났는데도 샘은 여전히 손으로 머리를 감싸고 침실 바닥에 앉아 맥스를 기다렸다. 멜리사는 몰랐겠지만, 그녀가 청혼을 받아들이지 않고 미루었을 때도 그는 남자 화장실 바닥에 같은 자세로 앉아 있었다.

샘은 어떻게 하면 멜리사를 지금보다 더 사랑할 수 있는지 몰랐다. 그는 감정을 고스란히 드러내 보였다. 어쩌면 바로 그게 문제였을 수도 있다는 생각이 들었다.

어머니가 돌아가시고 몇 주 뒤 멜리사가 학교에서 풍뎅이를 가지고 노는 모습을 봤을 때부터 샘은 그녀를 사랑하게 됐다. 아무에게도 이 말을 하지 않았다. 다들 어린 시절의 그 감정이 사랑일 리 없다고 말할 테니까. 동정심. 기껏해야 반한 정도일 뿐이라고. 하지만 그렇지 않았다. 샘은 그렇지 않다는 걸 알았다.

멜리사는 늘 그의 마음을 완전히 사로잡았다. 어렸을 때부터 그랬다. 멜리사의 눈빛. 피부. 말할 때면 생기가 돌면서 환해지는 얼굴. 샘은 네 살 위이긴 하지만 둘의 생일이 같은 날이라는 걸 알게 된 순간을 또렷이 기억하고 있었다. 멜리사가 학교에서 생일 배지를 달고 있었다. 더할 나위 없는 행복감이 밀려들었다. 어울리는 한 쌍이라는 첫 번째 신호였다.

그러다 '끔찍한 일'이 일어났고, 샘은 무슨 말을 해야 할지, 어떤 행동을 해야 할지 난처했다. 멜리사는 장례식을 치르고 일주일 뒤에 다시 학교에 나왔고, 아무 일도 없었던 것처럼 모든 사람들을 밀어냈다. 그 일에 대해 말하지 않으려 했고, 샘이 해줄 일이 있느냐고 물으니 멜리사는 어깨만 으쓱했다.

"아무렇지도 않아. 정말 괜찮아."

그리고 몇 주 지난 어느 날 샘은 멜리사의 뒤를 밟아 과수원으로 갔다. 다른 아이들은 중앙 운동장에서 놀고 있었고, 샘은 나무 뒤에서 멜리사를 지켜보았다. 멜리사는 바닥에 책상다리로 앉아 풀밭에서 벌레를 찾았다. 한참 뒤 멜리사는 풍뎅이 한 마리를 찾아내 큰 소리로 말을 걸고 동요 구절을 되풀이했다.

"풍뎅아, 풍뎅아, 집에서 날아가. 너희 집에 불이 나서 네 아가들은 거기 없단다……."

멜리사는 풍뎅이를 놓아주려고 손을 위로 들었다. 마치 처음으로 가사를 알게 된 것처럼 노래 구절을 반복해 읊조렸다. 풍뎅이가 한동안 꿈쩍도 하지 않자 멜리사는 그 구절을 다시 읊었다. 마침내 이번에는 벌레가 가버리자 멜리사의 목소리가 갈라졌다.

샘은 멜리사가 울고 있다고 확신했지만 어떻게 해야 할지 몰랐다. 누군가가 우는 건 싫었다. 어머니. 사촌 동생. 그 누구도. 샘은 선생님을 모셔와야 할지 고민했다. 앞으로 나서야 할까? 따라왔다고 멜리사가 화를 낼까봐 겁이 났다.

결국 샘은 거기서 몰래 멜리사를 지켜보면서 기다렸다. 죄책감이 점점 더 커지고 무력해졌다. 시간이 꽤 지난 뒤에야 멜리사는 마음을 진정하고 소매에 얼굴을 문지르고 고개를 들었다.

그러다 일어났는데 마음을 가다듬으려고 애쓰는 듯 순간적으로 머리를 젖히는 순간 경련을 일으켰다. 멜리사는 경련이 잦아들기를 기다렸다가 치마 주름을 펴고 머리를 고무줄로 더 단단히 묶은 다음 반 친구들에게 돌아갔다.

해가 지날수록 멜리사는 점점 예뻐졌고 또 까칠해졌다. 두 사람은 친구 비슷한 사이가 되었지만 멜리사는 걸핏 하면 찡그리기 시작했다. 마치 온 세상에 속으로 화내는 것 같았다. 이따금 샘은 거리 끝에서 기다렸다가 가방을 들어주겠다고 했지만, 멜리사는 '말도 안 되는 짓'이라고 쏘아붙였다. 나중에 멜리사가 그래머스쿨에 들어간 뒤 버스에서 마주치면 샘은 말을 걸어보려고 했다. 하지만 다른 데를 쳐다보는 멜리사를 보며 샘은 그녀가 그의 감정을 모른다는 것을 알 수 있었다.

한번은 용기를 내서 극장에 가자고 했지만, 멜리사는 놀라서 목을 어깻죽지 사이로 집어 넣어 자라목을 만들었다.

"설마 데이트하자는 건 아니지, 샘? 말도 안 돼."

그러다 몇 년 뒤 운명이 개입했다. 샘은 늘 건축학을 공부해야 한다고 생각해왔다. 그러다 목에 경련이 나겠다고 어릴 때부터 가족들에게 늘 놀림을 받곤 했다. 항상 고개를 위로 쳐들고 걸어다녔기 때문이다. 건물을 구경하려고. 건물들에 놀라고 매혹되어서. "저 아치 좀 봐요. 와아, 저 난간을 봐요, 저기 있는 거." 7년이나 걸리는 공부가 벅차긴 했지만 샘은 그럴 가치가 있을 거라고 생각했다. 학부 초기에는 멜리사를 잊으려고 무던히 애썼다. 잠깐 동안 샌드라라는 여학생을 사랑한다고 생각하기도 했다. 그러다 매들린이라는 아가씨를 사랑한다고 생각했다. 그러던 10월 25일 목요일, 멜리사가 그의 인생으로 돌아왔고, 샘은 진실과 맞닥뜨렸다.

이 무렵 샘은 학부 과정의 마지막 단계에 있었다. 그는 멜리사가 같은 대학을 선택했다는 걸 모르고 있었다.

10월 25일. 그의 인생에서 가장 행복했던 날.

샘은 마룻바닥에 깨져 있는 화장품과 향수병 파편을 물끄러미 보았다.

진실을 말하자면? 샘은 멜리사도 똑같이 그를 사랑할 거라고 믿어본 적이 없었다. 그는 그녀를 붙잡을 수 있으리라고 믿지 않았다.

멜리사의 내면 깊은 곳에는 그의 사랑을 원하지 않는 뭔가가 있었다. 샘은 어찌 보면 순진하게도 시간이 흐르면 바뀔 거라고 생각했었다. 멜리사는 그저 사랑을 두려워하는 것뿐이라고.

어쩌면 그가 멜리사의 상대가 아님을 인정하기 싫었다는 게 진실이었다.

36
멜리사, 2011

멜리사는 전에도 콘월로 도망치려 했던 적이 있었다.

어머니의 사망 소식을 들은 멜리사는 이틀 동안 기다린 뒤 진실을 찾아 나서기로 결심했었다. 어째서 콘월에 가면 엄마를 찾을 수 있을 거라고 생각했는지 합리적으로 설명할 수는 없었지만, 포트레번 별장에서 찍은 행복한 가족사진이 워낙 많았기 때문일 것이다. 여덟 살 멜리사는 그곳에 직접 찾아가면 모든 게 괜찮아지리라 믿었다. 끔찍한 지난 이틀이 없던 일이 될 것 같았다.

가방에 잠옷과 깨끗한 바지, 티셔츠를 담고, 아버지와 할머니가 깨기 전에 살그머니 집을 빠져나왔다. 기차역까지 꽤 멀다는 걸 알고 있었지만, 일부러 편한 신발을 신었기에 그리 신경 쓰지 않았다.

비가 세차게 내렸다. 다른 코트를 입지 않은 걸 후회했지만, 콘월에 가서 엄마랑 새 코트를 사면 된다고 생각했다. 엄마랑 트루로에서 쇼핑할 것이다. 바닷가에 그 옷 가게가 있었던 게 기억났다. 아빠가 미술관과 골동품 상점을 둘러보러 간 사이 멜리사는 엄마와 함께 상점마다 구경했고, 마지막에는 커다란 아이스크림을 사 먹었다.

그랬다. 콘월에서 두 사람은 쇼핑을 할 것이다. 모든 게 해결될 것이다.

돼지 저금통에는 4파운드 86펜스가 들어 있었다. 콘월까지 가는 기차표가 얼마인지 몰랐다. 멜리사가 돈을 내밀자 매표소에 앉아 있는 남자는 좀 이상하다는 듯 쳐다보았다.

"엄마나 아빠랑 같이 가는 게 아니니, 꼬마 아가씨?"

"오늘은 아니에요. 엄마가 데리러 나올 거예요. 돈이 부족하면 엄마가 나머지를 내줄 거예요."

"그렇구나."

사내는 의자에 앉아 기다리라고 한 다음 기차 시간표를 확인하겠다고 했다. 멜리사는 매표원이 굉장히 친절하다고 생각하면서 의자에 앉아 참을성 있게 기다렸다. 아주 오래 앉아 있은 뒤에야 모든 게 완전히 속임수였다는 걸 깨달았다. 맥스가 문을 열고 뛰어 들어오면서 "하느님, 감사합니다."라고 외쳤다. 옆에는 여자 경관도 와 있었다.

아빠가 울었다. 멜리사는 그 모습을 기억하고 있었다. 아빠가 우는 모습은 본 적이 없었다. 아빠가 너무 꼭 끌어안아서 아빠의 뺨에서 한기와 물기가 느껴졌다. 지금까지 경험한 것 중에서 아빠의 눈물처럼 두렵게 만든 건 없었다는 것도 기억났다.

이번에는 승용차를 택했다.

늘 좋아하던 코스인 횡단 도로―A303 국도―로 가기로 했다. 이 도로로 가면 마을이 계속 나와서 과속 단속 카메라들 때문에 천천히 가야 하지만 상관없었다. 멜리사는 이런 마을을 좋아했다. 돌의 색깔, 골동품 가게, 분필로 커피와 케이크를 그려놓은 길가의 입간판이 마음에 들었다. 길가에 서서 수다를 떠는 사람들이 좋았다. 이런 곳에 사는 다른 삶을 머릿속으로 상상해보았다. 그래. 옥스퍼드셔에 있는 딱 이런 마을에 산다면. 강아지. 벽난로. 꿈을 품고 집을 확장하고 개조하려고 비밀리에 설계도를 그리는 샘. "은색이 감도는 느낌이 좋을 것 같더라고. 스테인리스 철재랑 유리랑. 현대와 초가집의 만남이랄까? 어떨 것 같아, 멜리사?"

그녀는 클래식 음악을 너무 크다 싶게 틀었다. 운전도 난폭하게 했다. 과속 단속 카메라가 없는 구간에서는 굉장히 속도를 냈다. 그런데 그래서 뭐 어쩌라고.

그래서.

뭐.

어쩌라고.

멍청한 순찰차에 걸리지만 않는다면 상관없었다. 멜리사는 괜찮은 곳이 나올 때까지 계속 달리다가, 차에 기름을 넣고 화장실에 들르고 진한 커피를 마시기 위해 딱 한 번 멈추었다.

배 속이 약간 이상했다. 딱히 허기진 것도 아니고 아픈 것도 아니었지만, 결국 기어 옆 커피 홀더에서 커피가 식게 내버려두었다.

이따금씩 그 말들—어머니의 책에 쓰여 있던 비참하고 불쾌한 어휘들—이 생각났지만, 대개는 그다지 깊이 생각하지 않고 넘길 수 있었다. 그냥 운전만 했다.

4시간 반이면 도착할 거라고 예상했지만 도로를 공사하는 곳이 두 군데 있어서 자정이 훨씬 지나서야 트루로 시내로 들어갔다. 계속 가고 싶었지만—리저드까지 가고 싶었다—이런 늦은 시간에는 숙소를 찾기 어려울 것 같아서, 처음 눈에 띈 체인형 호텔에 차를 세웠다.

체크인을 하고 작은 가방을 꺼냈다. 가방에는 대충 넣어온 갈아입을 옷 두 벌과 세면도구 가방이 있었다. 휴대전화를 확인하니 샘의 메시지 여러 개와 아버지의 메시지 세 개가 들어와 있었다.

멜리사는 두 사람에게 미안하다는 내용의 메시지를 보냈다. 걱정하지 말라고. 제발 그냥 내버려두라고. 잘 있다고. 단지 공간이 필요한 것뿐이라고. '제발' 부탁이라고.

다시 전화기 전원을 끄고 침대에 누웠다.

기차만 타면 제대로 된 삶을 되찾을 수 있을 것 같아서 역으로 갔던 여자애의 심정이 고스란히 떠올랐다. 지금과 평행을 이루는 상황이었지만 그때는 나쁜 소식이 없던 일이 되고, 모든 걸 바로잡을 수 있게 되리라고 믿었다.

운다고 해결될 일이 아니기에 그녀는 울지 않았다.

어느 시점에서 피로감에 젖어 잠이 들었는지 새벽 4시에 깨어보니 옷을 그대로 입고 있었다. 이불 속으로 들어가 정신없이 졸다가 6시에 일어나 간단히 샤워를 하고 속옷을 갈아입었다. 곧장 조식 뷔페를 먹으러 갔지만 이상하게도 여전히 배가 전혀 고프지 않았다.

커피 기계가 시원찮아 보여서 대신 오렌지주스를 마시기로 했다. 식탁에 앉아 주스를 마시면서 토스트 한쪽을 뒤적이다가 어떤 아이디어가 떠올랐다.

멜리사는 휴대전화의 전원을 다시 켜고 새 메시지들은 무시하고 구글로 별장 이름을 검색했다. 곧장 눈앞에 사진이 떠오른 것을 보고 그녀는 깜짝 놀랐다. 현관문 색깔을 제외하면 그곳은 변한 게 거의 없었다. 작은 화초가 담긴 똑같은 토분 두 개가 호위하듯 놓여 있었다. 집은 여전히 휴가용 별장으로 임대하고 있었고, 이제는 작은 대행사에서 관리하고 있었다. 웹사이트는 아주 느리게 열렸지만, 두세 페이지 넘기자 비수기에는 '특별 계약'으로 단기 임대가 가능하다는 것을 알게 되었다. 아직 학기 중이므로 임대하기가 별로 어렵지 않을 듯했다.

멜리사는 사이트에 나온 번호로 전화를 걸면서 '휴버트 부인'이라는 이름을 알아보고 놀랐다. 세상에 이럴 수가.

차분하게 말하려고 애썼다. 며칠간 그쪽 지역에 있으려는데 별장을 단기 임대할 수 있겠느냐고 물었다. 숙박 일수로 임대료를 치르면 되는지. 어린 시절에 그런 기억이 있었다.

휴버트 부인은 학기 중이니 그렇다고 대답했다. 단기 임대가 가능한 집이 몇 군데 있다고, 최소 체류일은 사흘이라고 했다. 10월은 성수기와 비수기 사이의 요금이 적용됐다. 호텔보다 저렴했다. 휴버트 부인은 별장 다섯 군데를 운영 중이라고 덧붙이면서 언제 올 생각인지 물었다.

"실은 오늘 이따가요."

"아이고."

그러더니 휴버트 부인은 당황한 말투로 중얼댔다. 준비를 해놓을 수 있게 미리 알려주었으면 좋았을 거라고. 보통은 모든 투숙객에게 간단한 웰컴 다과를 대접한다고 했다.

예전 집주인이 확실했다.

멜리사는 깨끗한 침구와 수건이면 충분하고 특별한 준비는 필요하지 않다고 대답했다. 기본적인 것들은 가는 길에 구입할 예정이었다.

휴버트 부인은 별장에서 오후 3시에 만나자면서 남편을 시켜서 벽난로에 필요한 통나무를 준비해놓겠다고 했다. 해변이라서 저녁이 되면 추워지기 때문이다. 바다에서 바람이 불어왔다. 멜리사가 그걸 알아차렸을까?

그녀도 느꼈다.

멜리사는 두려움에 휩싸여 마지막 남은 길을 달렸다. 별장은 시내 외곽의 숲 근처에 있었다. 마지막으로 큰 커브를 돌아 가로수가 있는 비포장도로를 달려 외진 별장에 도착한 뒤에야 깨달았다. 제대로 왔다는 것을.

어느 저녁에 그들 가족은 식사를 하러 차를 타고 인근 숲을 지나 식당에 갔었다. 그때 멜리사는 어린 시절의 가장 놀라운 경험을 했다. 부엉이 한 마리가 갑자기 나무에서 나타나 차 앞으로 차양처럼 드리운 나뭇잎들 아래를 지나갔다. 그 날개폭에 멜리사는 깜짝 놀랐다. 또 조용하게, 힘들이지 않고 미끄러지듯 날아가는 것도 놀라웠다.

부엉이가 소리 없이 이쪽저쪽으로 몸을 기울이다 갑자기 전조등 불빛에 비칠 만큼 낮게 날자 부엉이의 그림자가 앞쪽 땅바닥에 드리웠다.

어린 멜리사는 "와아." 하고 감탄만 했고, 어머니는 팔을 뻗어 아버지의 목덜미를 가만히 쓰다듬었다.

멜리사는 별장 앞에 있는 작은 주차장으로 차를 몰면서 어떤 모순 때문에 현기증을 느꼈다. 모든 게 그대로라는 사실이 기쁘기도 하고 충격적이기도 했다. 그 밖의 모든 것들은 알아볼 수조차 없을 만큼 산산이 부서졌는데 말이다.

휴버트 부인이 현관에 서서 멜리사를 내다보고 있었다. 그녀는 나이가 더 들고 살집이 붙었지만 파마한 잿빛 머리와 행복이 깃든 손짓은 틀림없이 그대로였다.

멜리사는 이런 낯익은 광경을 보자 어디서도 맛보지 못한 안도감을 느꼈다. 광택이 도는 진청색 문, 당당한 화분, 그리고 앞치마에 손을 닦는 휴버트 부인.

멜리사는 눈을 감고 가만히 서 있었다. 끔찍한 결정들…….

…… 하지만 제대로 찾아온 것이다.

324

포스레번은 멜리사의 어린 시절 이후로 놀라울 만큼 변한 게 없었다. 출렁대는 배들. 빵 부스러기를 낚아채는 바다 갈매기 떼. 기상이 좋지 않아 어망을 손질하며 잡담하는 어부들.

어머니가 세상을 떠나고 얼마 되지 않아서 아버지와 여기에 온 적이 있었다. 맥스는 옛 추억과 익숙함이 위안이 될 거라고 기대하면서 좋은 시간을 보내려고 무척 애썼다. 그런데 그렇지 않았다. 그 시기는 너무 일렀다. 엘레노어의 빈자리만 두드러질 뿐이었다. 식탁의 남는 의자가 덩그러니 놓여 있는 듯 느껴졌다. 그래서 그 이후로는 휴가 때면 옛 추억이 있는 곳을 피해 정반대 쪽을 택했다.

이제는 사정이 달랐다. 멜리사는 포스레번에 있는 게 다행스러웠다.

'내 아버지……'

성수기가 지나 진짜 가을의 냄새가 풍기자 전에 모르던 적막감이 감돌았고, 멜리사는 그런 분위기가 마음에 들었다. 레스토랑과 커피숍에는 빈 테이블이 많았고, 일부 갤러리와 상점은 영업시간을 단축했지만, 좁은 통로도 넉넉해서 다른 사람에게 길을 비켜주느라 등이나 가방으로 선반의 물건을 건드릴까봐 걱정할 필요가 없었다.

멜리사는 첫날밤에 제대로 자지 못해서 걸을 때 여전히 기운이 없었다. 뼛속까지 피곤했지만 밖에 나온 게 다행스러웠다. 신선한 공기가 반가웠다.

갈매기 떼가 얼마나 시끄러운지 그동안 잊고 있었다. 바다가 얼마나 시끄러운지. 선창에서 바람이 얼마나 거세게 작은 낚싯배들을 때리는지. 이 모든 게 좋았다. 그런 소란이 그녀의 머릿속에서 솟는 분노를 빨아들였다.

'내 아버지…….'

당분간 계속 전화를 꺼두기로 하고, 멀리서 하얀 말처럼 밀려오는 파도를 바라보았다. 방수 코트와 목도리라도 가져와서 다행이었다. 또 코트 주머니에 장갑이 들어 있어서 마음이 놓였다. 옷을 턱 아래까지 단단히 여미고, 목 부분을 세워서 입과 코까지 가렸다.

별장에서 왼쪽으로 10분쯤 걸으니 항구 바로 뒤쪽으로 거리가 나왔다. 여기서 유서 깊은 교회와 방파제가 있는 서쪽으로 향했다. 여전히 썰물이어서 먼 바다에서는 거친 파도가 일렁이고 있었다.

'내 아버지…….'

바람이 불어서 눈물이 났지만 멜리사는 좋았다. 도로를 따라 방파제를 지나 계단을 내려가 해변으로 갔다. 이따금 바람이 불어 몸을 밀어냈고, 코트 자락이 나부끼고 후드가 머리 뒤로 벗겨졌다. 멜리사는 끈을 당겨서 후드를 더 단단히 썼다.

해변에서 개를 데리고 나온 몇 커플과 마주쳤고 한 가족을 만났다. 부모와 어린아이 셋이었고, 한 아이는 바퀴가 세 개인 유모차를 타고 있었다. 부부는 모래사장에서 낑낑대며 유모차를 밀고 있었다.

더 멀리 가서 다른 계단을 올라가 다시 해변이 내려다보이는 도로로 올라섰다. 높은 곳에 올라오니 바람이 더 강해서, 한동안 난간에 기대서서 파도가 밀려들어 찰싹이는 광경을 바라보았다. 모래사장에서는 부모가 힘겹게 유모차를 밀고 있었다. 멜리사는 그들이 왜 그러는지 이해가 되지 않았다. 도대체 왜 더 높이 있는 아스팔트 길을 이용해서 시내로 가지 않을까? 그때 아이 엄마가 손에 든 커다란 은색 비치백에서 플라스틱 양동이와 삽을 잔뜩 꺼냈다.

놀랍게도 아이 둘이 날씨를 잊은 듯 신발과 양말을 벗어던지고 정신없이 모래를 파기 시작했다. 아이 엄마는 곧 유모차에 앉아 있던 어린애를 안아서 모래밭에 앉히고는 모래 놀이를 하게 했다. 그사이 아이 아빠는 배낭에서 커다란 보온병을 꺼냈고, 모래밭에 앉아 머그잔 두 개에 김이 나는 음료를 따랐다. 부부는 나란히 앉아서 아이들에게 바람이 들이치지 않게 막아주었다.

멜리사는 남자가 아내를 안고 따뜻하게 해주려는 듯 어깨를 문지르는 광경을 지켜보면서 마음속으로 뭔가를 느꼈다.

샘이 생각났다. 사이프러스에서 그가 했던 말이 떠올랐다. 당연히 그는 아버지가 되고 싶어했다. 왜 아니겠는가? 남자들은 대부분 언젠가 아버지가 되고 싶어하지 않나?

멜리사는 눈을 감았다.

'정말 미안하구나, 멜리사. 이런 말을 꺼내기는 쉽지 않지만, 맥스가 네 아버지가 아닐 확률이 아주 조금 있단다. ⋯⋯내가 오랜 세월 동안 마음에 이 일을 담고 산 이유를 네게 설명할 수 있게 이 글을 찬찬히 읽어야 한다. 부탁해.'

멜리사는 그를 그려보았다.

바로 이 해변에서 보디보드를 가르쳐주던 아버지. 저녁에 바비큐를 하기 위해 향신료가 든 두툼한 소시지를 사러 그녀를 데리고 정육점에 갔던 아버지. 아침에 먹을 따뜻한 빵과 점심때 먹을 페이스트리를 사러 그녀를 데리고 해변의 빵집에 갔던 아버지. 기차역 대기실에서 그가 어찌나 꼭 끌어안았는지 멜리사는 뼈에 금이 갈 것 같다고 생각했었다.

깊은 슬픔 같은 감정이 밀려들었다. 그렇다. 그때와 똑같은 멍한 기분. 잘못된 일이 바로잡히기를 기다리는 똑같은 몸의 감각. 누군가가 와서 "아이고. 죄송합니다. 잘못 알려드렸어요. 저희가 실수했습니다."라고 말해주기를 기다리는 느낌.

오래전 무슨 일이 벌어졌는지 모르고 기차역 대기실에서 앉아 있을 때의 기분. 다른 곳에 갈 수 있다면, 적당한 곳에 가면 잘못된 일을 되돌릴 수 있을 거라는 느낌.

멜리사는 난간 위로 몸을 숙여 차가운 쇠붙이에 이마를 댔다. 가장 놀라운 건 더 이상 엄마에게 분노를 느끼지 않는다는 점이었다. 그 감정은 이제 지나갔다. 대신 지금은 누구인지, 뭔지 몰라도 개떡 같은 그녀의 인생을 쥐고 흔드는 그것에 화가 났다. 그녀가 이런 꼴을 당해도 된다고 누가 결정했을까? 이제껏 겪은 것만으로도 부족한가?

멜리사는 평소에 욕을 별로 하지 않았다. 하지만 지금 그녀는 지금껏 들어본 온갖 상스런 말을 머릿속으로 외치고 있었다.

'어머니를 잃었는데 이젠 아버지마저 잃는 거야?'

모든 욕을 내뱉으며 고래고래 악쓰고 싶었다. '이런 개 같은!' 바람 속에 욕설을 퍼붓고 싶었다. 그런데 해변에 있는 아이들이 들을까봐 걱정스러웠다.

그 가족을 더 이상 바라보고 있을 수가 없어서 시내 쪽으로 몸을 돌려 이번에는 더 빨리 걸었다. 바람이 등을 밀어서 서너 걸음마다 발이 땅에 닿지 않는 것 같았다. 마침내 중앙로에 들어서자 작은 카페로 들어가서 카푸치노를 주문하는데 가슴이 두근거렸다. 창가 테이블에 앉아 메뉴를 보는 척하며 커피가 나오기를 기다렸다. 그녀는 카페 안을 둘러보면서 혼자서만 동떨어져 있는 것 같아 혼란스러웠다. 마치 거품 속에 있는 것 같았다.

그랬다. 몸 밖으로 빠져나와 옆에 비켜서서 자신을 바라보는 것만 같았다.

검은 머리를 틀어 올려 연필로 고정한 키가 크고 예쁜 종업원이 카푸치노 거품이 쏟아질까봐 걱정되는 듯 조심스럽게 잔을 들고 걸어왔다.

멜리사는 고맙다는 뜻으로 고개를 끄덕였다. 그녀는 컵을 입술에 댔다가 얼굴을 찌푸렸다. 냄새가 코를 찔렀고 커피가 너무 뜨거웠다.

카운터 뒤쪽 커피 기계를 힐끗 쳐다봤다. 유명한 브랜드였다. 크림색으로 빛나는 추출기와 거품을 내는 스팀기가 달려 있었다. 멜리사는 커피를 다시 입에 대보았다. 하지만 별로였다. 여전히 너무 뜨거웠고, 마시고 싶지 않았다.

어머니의 책을 가져와서 다시 읽었어야 했는데 후회스러웠다. 별장의 커피 테이블에 두고 온 책에 그 내용이 여전히 담겨 있다는 게 갑자기 겁났다. 혹시 그녀에게 무슨 일이 생겨서 사람들이 그 책을 발견한다면. 그걸 읽는다면.

가슴이 두근거렸고, 그 점을 진작 염두에 뒀어야 했다는 걸 깨달았다. 급한 걸음으로 카운터로 가서 커피값과 약간의 팁을 내밀었다.

"음료가 마음에 안 드셨어요?"

"미안해요. 가봐야 해서요."

별장으로 다시 돌아가서 주방 찬장에서 성냥을 찾아 휴버트 씨가 준비해둔 장작에 불을 붙였다. 벽난로에서 불길이 피어오르면서 불이 붙은 것 같았지만, 불꽃이 안정될 때까지 기다려야 한다는 걸 멜리사는 알고 있었다. 장작 바구니에 담긴 오븐용 장갑을 이용해 난로의 문을 열고 커다란 장작 세 개를 더 넣었다.

그런 다음 유리문 안쪽의 불꽃 색깔이 안정적인 빛으로 변하는 것을 지켜보면서, 어머니의 글을 마지막으로 읽었다.

네 아버지가 뉴욕으로 떠나버리자 내 마음을 달랠 길이 없더구나, 멜리사. 그이가 가버릴 줄은 꿈에도 몰랐단다. 날 두고 가버릴 줄은…….

……나는 내 고집에 빠져서, 내가 같이 가지 않겠다고 하면 그이가 여기 있을 거라고, 그러면 그가 다치지 않게 할 수 있을 거

라고 생각했지. 난 그를 위해서 그러는 거라고 믿었어. 사랑해서 그러는 거라고.

되돌아보면 내가 이기적이지 않았다고 확신할 수는 없구나. 난 총이 난무하는 나라에서 살기 싫었고, 개떡 같은 은행을 대표해서 기자회견을 하는 사람과 함께하고 싶지 않았던 거지.

그런데도 난 맥스와 같이 있고 싶었어.

난 몸져누웠단다, 멜리사. 며칠이나. 농담이 아니야. 일종의 우울증이었겠지. 그냥 세상에 커튼을 쳐버렸어.

당시 가장 친하게 지냈던 친구는 아만다(너도 알겠지. 계속 연락하고 지낼 테니까)와 대학 동창인 남자 친구였는데 너는 모를 거야.

먼저 아만다가 와서 같이 지내면서 날 구해주었어. 그녀는 병원에 가자고 했지만 내가 가지 않겠다고 하니까 수프를 끓여서 쟁반에 들고 와 내가 침대에서 먹게 해주었어. 아만다는 내 침대 옆에 캠핑용 침대를 펴고 잤지. 그러다 그녀가 출장을 가게 되자 다른 친구에게 연락해서 날 보살피게 했어.

그는 착하고 친절했단다, 멜리사. 하지만 난 네 아버지가 연락을 하지 않자 하루하루 지날수록 더 제정신이 아니었고 침울해졌지.

그런데 정말로 바보 같은 일이 벌어졌어. 일주일이 넘도록 맥스에게 소식이 없던 어느 날 밤, 그 친구와 술을 진탕 마셨어. 변명의 여지가 없지. 멍청한 짓이었어. 난 약해져 있었고 기분이 가라앉아서 위로가 필요했어.

우리 둘 다 몹시 후회했지. 친구는 내가 이용당했다고 느낄까봐 전전긍긍하면서 나만큼이나 안타까워했어. 그가 이용한 게 아니었다는 말을 네게 꼭 해줘야겠다. 그나저나 오십보백보였지. 그저 어두운 구멍 속의 광기였을 뿐이야.

나는 그를 보냈고, 이틀이 더 지난 뒤에 아만다가 돌아오면서 마침내 난 자리에서 일어났어. 그리고 딱 일주일 뒤에 그가 왔지. 네 아버지가 집으로 찾아온 거야.

네가 아는 대로 우린 급히 서둘러 결혼했고, 나는 곧 너를 가졌다고 느꼈단다.

늘 마음과 머릿속으로는 맥스가 네 아버지라고 확신했어. 하지만 날짜를 헤아려보면 맥스가 친부가 아닐 가능성도 조금 있는 건 사실이야.

내가 맥스에게 말했어야 했을까? 검사를 받아야 했을까?

난 그렇게 생각하지 않았어. 네가 그의 딸이라고 '분명히 느꼈으니까'. 그리고 이기적인 진실을 말해볼까? 난 그를 너무 사랑해서 그를 다시 잃는 위험은 감당할 수가 없었어.

하지만 네가 장차 어떤 검사를 받는다면 그런 결과가 나올 수도 있다는 걸 이제는 알아. 난 과학자는 아니지만 혈액형 관계도 인가? DNA인가? 그런 게 있지?

그리고 두려운 점은 혹시라도 내 육감이 틀려서 맥스가 네 친부가 아닐 경우, 그때는 내가 거기서 어떻게 된 건지 설명해줄 수 없다는 사실이야. 내 사랑하는 남자와 네가 날 얼마나 나쁘게 생각할까. 진실보다도 훨씬 나쁘게 보겠지.

나는 그 전이나 그 후로 신의를 저버린 적이 '절대' 없다고 맹세해. 그 끔찍한 일을 제외하면 그런 일은 절대로 없었단다. 하지만…… 변명의 여지가 없지. 네 아버지가 이 사실을 알게 되면 억장이 무너질 거야. 내가 그런 일이 없었던 척한 것도 그 때문이란다. 사랑하면 그래야만 한다고 생각했어. 너는 동의하지 않겠지만.

제발 날 미워하지 말아줘…….

그 부분이 타는 데 시간이 좀 걸렸다. 멜리사는 두 장의 '비밀'을 차례로 난로에 던졌다. 그런 뒤에 그 내용이 언급된 부분들을 찢어서 불길에 던졌다.

유리문을 닫고 비밀이 타들어가는 것을 지켜보았다. 맥스는 이 일을 몰라야 했다. 절대로. 그녀가 어떻게 생각하는지는 중요하지 않았다. 아버지가 이 일을 모르는 것만이 중요했다.

그녀의 아버지.

순간적으로 멜리사는 책을 통째로 불에 던질까 고민했지만 뭔가가 그녀를 만류했다.

그래서 노트북 컴퓨터를 꺼내 별장 안내서에 적혀 있는 와이파이 패스워드를 입력한 다음 책을 전해준 변호사를 검색했다. 제임스 홀. 휴대전화를 켜자 맥스와 샘이 보낸 문자와 음성 메시지 몇 개가 와 있었다. 죄책감을 느꼈지만 어쩔 수 없었다.

멜리사는 런던 사무소에 전화해서 홀 변호사와 통화하고 싶다고 말했고, 우연히 그가 자리에 있었다. 홀 변호사는 당연히 그녀를 기억한다고 대답했다.

그는 사실 그 책을 받기 위해 어머니를 만났었다고 낮은 목소리로 털어놓았다. 전에는 그 말을 하고 싶지 않았다고, 상황을 고려할 때 그 일이 멜리사의 마음을 상하게 할까봐 걱정스러웠다고 했다.

"그렇군요. 어머니를 만난 분이 변호사님이신 줄은 몰랐네요."

"아름답고 대단히 용감한 분이셨지요."

"감사합니다."

"그런데 제가 뭘 해드리면 되겠습니까?"

"책에는 제게 남겨진 편지가 더 있다고 나와 있더군요."

엘레노어는 고백의 마지막 부분에 그렇게 적었다. 멜리사가 그 사람의 이름을 알고 싶거나 알아야만 한다면…… 변호사가 보관하고 있는 편지에 적혀 있다고.

"그걸 없애주시겠어요?"

"없애라고요?"

"네. 제 요청을 서면으로 확인하는 이메일을 보내드릴게요. 제 결정을요."

"정말로 그러실 겁니까?"

"네. 정말로 그럴 거예요."

잠시 침묵이 흘렀다.

"저기요. 문제라도 있나요, 홀 변호사님?"

"아니요, 아닙니다. 다만……."

"무슨 일이죠?"

"실언하고 싶지 않습니다만."

"아니에요. 말해보세요."

"다만…… 어머님이 예상하신 그대로여서요."

"무슨 말씀인지 모르겠는데요."

"어머님은 책과 함께 별도로 봉인한 봉투를 주시면서……."

"그러시면서요?"

"어머님께서는 따님께 책을 드린 뒤에 봉투는 저희가 보관해 달라고 하셨어요. 따님이 그 봉투를 받을지 말지 선택하게 해달라고요."

잠시 침묵이 흘렀고, 멜리사는 귓가에서 맥박이 뛰는 것을 의식했다. 그녀는 휴대전화를 머리에 더 바싹 갖다댔다.

"생각하시는 것처럼 흔치 않은 요청이었습니다. 하지만 제가 기억하는 바에 따르면 어머님께서는 따님이 봉투를 받지 않기를 바랄거라고 확실히 말씀하셨습니다."

"뭐라고요?"

"어머님께서요. 그분이 그러시더군요. 자신이 제대로 알고 있다면, 따님이 그 봉투를 없애라고 요구할 거라 믿는다고."

"엄마가 그렇게 말했군요."

"그렇습니다. 당시에는 좀 의아했지요. 따님이 없애기 바라는 편지를 왜 저희에게 맡기는 수고를 할까 싶더군요."

멜리사는 숨을 멈추고 고개를 돌려 불꽃을 쳐다보았다.

"엄마가 다른 말도 하셨어요?"

"네, 하셨습니다. 따님이 아주 대견할 거라고 말씀하셨어요."

이제 멜리사는 휴대전화를 귀에서 떼어 가슴팍에 대고 꾹 눌렀다. 다시 벽난로를 돌아보니 종이는 이제 새까맣게 타버렸다. 검게 탄 종잇조각이 불꽃 속을 떠다녔다.

"엄마가 그렇게 말씀하셨어요?"

그녀의 아버지…….

"그러셨습니다."

"저기, 정말 감사합니다. 제가 이메일을 보낼게요."

멜리사는 눈꺼풀이 떨리기 시작하는 것을 의식했다. 헛기침이 나와서 얼른 전화를 끊어야 했다.

"그리고 처리되면 답을 주시겠어요?"

"그러겠습니다."

멜리사는 휴대전화를 손에 들고 앉아서 불꽃을 응시하며 눈의 떨림이 가라앉기를 기다렸다.

한 가지 결정.

한 가지 일을 해야 했다.

나무를 더 넣으면서 이상하게 심신이 분리된 느낌을 맛보았다. 밖에서 자신을 지켜보는 것 같았다. 몸에서 빠져나온 것을 자각했다.

그랬다. '자각.' 그게 바로 그녀가 찾던 단어였다.

멜리사는 불꽃을 바라보는 자신을 보다가 잠시 후에는 운명과 가능성에 대해 생각했다. 확률에 대해서도.

50 대 50.

멜리사는 지갑에서 동전을 꺼내 테이블 위에 놓았다.

앞면은 그녀가 유전자를 가졌다. 뒷면은 아니다.

처음 던졌을 때는 동전 앞면이 나왔다. 두 번째는 뒷면. 세 번째와 네 번째는 앞면. 아무런 느낌도 없었다.

당연했다. 실제로 검사를 받아보지 않는 이상 안도감도 두려움도 느껴지지 않을 것이다.

멜리사는 샘이 정확히 뭐라고 말할지 알고 있었다. 그는 상관

없다고 말하겠지. 그녀가 양쪽 가슴을 절제해야 한다 해도 개의치 않을 거라고. 그래서 그녀가 자녀를 원하지 않는다 해도 괜찮다고 말하리라.

하지만 그 말은 진실이 아닐 것이다. 왜냐하면 사이프러스의 레스토랑에서 샘이 했던 말이 진실이니까. 아버지가 되지 않는 인생은 상상할 수도 없다는 말이 진실이었다.

그렇다, 이제 샘은 그 말을 부인하겠지. 그리고 바꿔 말할 것이다. 멜리사에게 새로운 상황이 닥쳤으니 이제 마음이 완전히 바뀌었다고 말하겠지.

하지만 언제나 둘 사이에는 비밀이 있을 것이다. '진실'이. 그리고 어느 날 멜리사는 샘이 해변에서 어느 가족을 바라보는 것을 느낄 테고…….

그 순간 멜리사는 이 모든 것을 혼자 감당한 어머니를 떠올렸다. 방구석으로 고개를 돌리면 예쁜 만년필을 들고 책상에 앉아 미소 지으며 바라보고 있는 어머니가 보였다. 그 순간 갑자기 뭔가가 기억났다.

아까 어느 부분을 없앨지 정하느라 책을 획획 넘길 때였다. 그렇다. 마지막 부분—어머니가 되는 부분—을 힐끗 봤다. 이 부분은 쓱 훑어보기만 했다. 너무 당황스러웠다. 으깬 바나나와 아보카도 레시피. 배앓이 대처 요령. '나무로 된 하이체어는 사지 마라. 닦으려면 악몽이 따로 없으니까.'

말의 바다.

당황스러웠다.

하지만 한 단어가 계속 반복되는 페이지가 있었다. 눈을 가늘게 뜨니 그 단어가 선명하게 눈앞에 떠올랐다.

맙소사.

멜리사는 다급히 책을 다시 펼쳤다. 손끝에 침을 바르면서 책장을 휙휙 넘겼다.

'어디지? 어디야? 좀 나와라. 나오라고.'

레시피, 또 레시피. 아기 침대에 대한 메모. 잠 재우기와 수면 시간에 대한 페이지.

그다음에 그게 있었다……

……이 이상한 '자각'. 달리 어떻게 묘사해야 할지 모르겠구나, 멜리사. 하지만 난 그냥 알았어. 임신 검사를 받기도 전에 알고 있었지. 내가 자각하는 것 같았어. 거품 속에서 걸어다니는 것 같았지. 분리되어 있는 것 같은 묘한 느낌. 마치 다른 방식으로 세상을 내다보는 것 같았지. 뭔가 자각하고 있는데…… 아직은 그게 뭔지 몰랐지.

그래. 바로 그 단어야. '자각.'

왜 얼음이 좋은가!

맞아. 그러니까 이건 딱히 레시피는 아니야, 멜리사. 요령에 가깝지. 시중에 좋은 유아식이 많이 나와 있다는 건 나도 알고, 직접 준비하는 건 옛날 방식이라고 생각하지만 이유식 만들기는 식은 죽 먹기거든. 내 방식을 가르쳐줘야겠구나. 과일이나 야채를 퓌레(야채나 과일을 삶아서 체에 거른 것)로 만들어서 식힌 다음 얼음 틀에 담아. 얼린 다음 얼음덩이들을 냉동용 비닐에 넣고 라벨을 붙여. 한 번에 몇 개씩 해동해서 약한 불로 데우면 맛있고 건강에 좋은 이유식이 되지!

추천: 삶아서 퓌레로 만든 당근, 브로콜리. 삶은 사과, 배. 으깬 바나나+아보카도도 아주 좋단다(이게 잘 어는지 기억이 가물가물하네!). 아기가 젖을 떼면 조리한 음식을 작은 덩어리로 얼려도 좋지만 여기에는 '소금을 넣지 말 것'.

잘 얼려놓고 먹이려무나……

엘레노어는 마지막에 맥스가 손을 잡아주기를 원했다. 하지만 그렇게 되지 않았다. 병원 침대에 누워서 머릿속으로 계속 책을—이제 변호사에게 맡긴—떠올렸다. 반복하고 또 반복해서. 모든 요령과 레시피와 편지, 그리고 비밀. 무엇을 적고 무엇을 적지 않았는지 똑똑히 기억나지 않았다.

"그이가 오는 중인가요? 제 남편이요."

"오시는 중이에요. 남편분을 호출했어요. 시어머니가 멜리사를 데리러 갈 거고, 남편분은 오시는 중이래요."

간호사는 친절했고 침대 옆에 앉아서 엘레노어의 손을 꼭 잡아주었다.

엘레노어는 자신의 잘못이라는 것을 깨달았다. 너무 질질 끌었다. 조치를 너무 늦게 취했다.

"그이와 이야기를 해야 해요. 남편과."

"네, 알아요. 이제 쉿! 쉬셔야 해요."

간호사는 엘레노어를 찬찬히 살폈고, 그녀는 찡그렸다.

"쉬시도록 더 강한 걸로 조치해야겠네요."

"아니에요. 난 깨어 있어야 해요. 남편과 이야기를 해야 해요."

엘레노어는 자신에게 화가 나서 눈을 감았다. 아기 부분을 기억하려고 애썼다. 멜리사에게 소금에 대해 경고를 했던가? 그 대목을 넣었나? 멜리사가 그걸 알까? 다른 사람이 멜리사에게 알려줄까? 그녀가 맥스에게 아기 음식에 소금을 넣으면 안 된다고 말한 적이 있던가?

비밀 페이지. 아직 그대로 뒀나? 아니면 그녀가 찢어버렸던가?

그리고 검사 결과. 검사 결과는 어디 있을까? 어느 서류함에 들어 있지?

"자녀가 있나요, 간호사님?"

"아들 둘이요. 부인은요?"

"딸 하나. 멜리사요."

그녀는 계속 눈을 감고 있었지만 침대가 움직이는 듯 느껴졌다. 둥둥 떠가는 것 같았다.

"쉿. 정말 쉬셔야 해요."

"어떤 일 때문에 딸이 날 용서하지 않을까봐 걱정이에요. 우리 멜리사가."

엘레노어는 계속해서 머리를 뒤로 넘겨주는 간호사의 손길을 느꼈다.

"당연히 용서할 거예요."

"그렇게 생각해요?"

머리를 쓰다듬는 손길이 위로가 되었고, 엘레노어는 다른 머리를 떠올렸다. 침대에 앉아 무릎에 턱을 괴고 있는 멜리사. 하나로 묶은, 따스한 금빛이 도는 갈색 머리칼. 손을 뻗어 머리를 만지니 따스하고 비단결 같은 머리칼이 손에 느껴져서 미소를 지었다.

"두 사람을 아주 많이 사랑한다고 전해줄래요?"

"물론이죠."

38
멜리사, 2011

인생을 바꿀 검사 결과를 기다려본 사람이라면, 그보다도 나쁜 일은 딱 하나밖에 없다는 걸 안다. 사랑하는 이가 인생을 바꿀 검사 결과를 기다리는 것을 지켜보는 것.

멜리사가 갑자기 떠나버려서 정말 미안하다는 짧은 문자를 보낸 뒤 샘과 맥스는 차를 타고 그녀를 데리러 콘월로 향했다.

그녀는 두 사람이 필요하다고 했다.

나중에야 멜리사는 어머니가 빵을 굽고 스웨터에서 무심코 밀가루를 털어냈던 그 부엌에 서서 말했다. 유방암 유전자 검사를 받기로 결정했다고. 미안하다고. 그래서 도망쳤다고. 어머니의 병력을 고려할 때 어떻게 될지 알 필요가 있다는 결정을 갑자기 내리게 됐다고. 멜리사는 아버지와 샘에게 사실대로 말하지 않았다. 아기에 대해서. 동네 약국에서 구입한 임신 테스트기로 세 번 검사한 결과 매번 파란 줄이 선명하게 나타났다는 것을.

멜리사는 샘과 헤어지는 게 그나마 친절을 베푸는 일이라고 생각하면서 콘월로 향했다. 샘은 이 일에 끼지 않도록, 맥스 같은 입장이 되지 않도록 해주고 싶었다. 사랑은 자신의 행복이 아니라 사랑하는 사람을 위한 것이라는 사실을 깨달은 것도 그 순간이었다. 멜리사는 어머니가 되는 것을 포기할 수 있었다. 영원히. 젊고 야심이 있으니 그 대신 일에 매진해도 될 것이다. 그러면 유전자 검사를 받을 필요조차 없었다. 어머니가 될 마음이 없으면 이 유전자를 물려줄 일도 없으니. 그저 해마다 암 검사를 받으면 그뿐이다. 런던에서 업무 계약을 하면 될 터였다. 외국에 일자리를 알아볼 수도 있고.

그런데 이틀 뒤 세상이 통째로 변해버렸다. 그녀는 콘월을 떠나고 있었다. 평생 아버지라고 부를 맥스가 멜리사의 차를 운전했고, 멜리사는 샘이 모는 차를 타고 뒤따라갔다. 비밀리에 이미 배 속에 있는 샘의 아이와 함께. 사이프러스에서 아이가 생긴 게 분명했다. 며칠간 속이 좋지 않았는데, 그 일이 피임약에 영향을 미쳤을 것이다. 임신 초기 단계인 데다 멜리사는 너무 젊고 두려웠으며, 원하는 임신이 아니기도 했다. 그런데 문득 자신이 중요한 게 아니라고 느꼈다. 또 마지막 몇 주간 어머니가 어떤 감정을 느꼈을지 정확히 알게 되었고, 그러자 억장이 무너졌다. 거품 속에 앉아 다른 세상을 내다보면서 거듭 머릿속을 울리던 한 가지는, 그녀의 아이는 이런 병을 가져서는 안 된다는 것뿐이었다.

50 대 50.

앞면.

뒷면.

멜리사는 몹시 거북한 통화를 한 번 더 했다. 유전자 검사 결과가 나올 때까지는 샘에게 아기 이야기를 하지 않기로 결심했다. 멜리사는 결과와 상관없이 아기를 낳을 작정이었다. 하지만 검사 결과를 모르기 때문에 한 사람이나마 좋은 소식을 들을 작은 기회를 남겨두고 싶었다. 예상치 못한 일이었지만 사랑하는 이의 아이를 갖는 것은 멋진 일이어야 마땅했다. 이런 기분을 느끼는 건 옳지 않았다.

신속히 검사를 받기 위해 멜리사는 개인적으로 비용을 지불하고 검사를 받기로 결정했다. 그녀는 가정의에게 알린 다음 의료보험공단에서 추천하는 클리닉과 검사소를 이용했다. 진행을 더 서두르고 싶을 뿐이었다. 약 4주. 멜리사가 두 차례 만난 유전자 전문가는 상실 상담가를 만나보라고 권했다. 멜리사는 처음에는 그 조언을 거부했다.

첫 면담이 끝난 뒤 유전자 전문가는 말했다.

"마무리되지 않은 게 많네요. 그 부분을 해결해보는 게 어때요, 멜리사?"

유전자 전문가는 어머니의 검사 결과를 알 수 있을지 확인하고 싶다면서 그녀의 암 주치의에 대해 물었다. 오래전 일이지만 어머니의 검사 결과를 알 수 있다면 멜리사가 받을 검사의 정확성에 크게 도움이 될 터였다. 홀 변호사는 엘레노어가 딸이 결과를 알기 바랐다는 증거로 책을 제시했다. 멜리사는 어머니가 비밀리에 검사를 받았다는 사실이 맥스의 귀에 들어가지 않도록 조치를 단단히 취하고 이 모든 과정을 진행했다. 엘레노어는 남편에게 절망감을 안기지 않으려고 무척 애썼다. 이제 와서 그에게 말하는 것은 적절하지 않은 일이었다.

그래서 그들은 4주간의 기나긴 기다림을 감내했다. 각자 아주 다른 방식으로, 하지만 똑같이 평범하게 지내는 척했다.

멜리사는 도망쳐버린 일에 대해 샘에게 거듭 사과했다. 그와 맥스에게 그런 일을 겪게 해서 미안하다고 했다. 그에게 털어놓지 않은 게 후회됐다. 샘과 어려움을 나눴어야 마땅했다. 멜리사도 그걸 알고 있었다. 하지만 지독히 겁이 났다. 샘에게는 어머니의 책에 유전자 이상이 있을 가능성이 크다는 내용이 쓰여 있다는 말만 했다.

샘은 안쓰러울 만큼 명랑했다.

"괜찮아. 결과는 음성일 거야."

어쩐지 그의 말은 친절하지만 멜리사의 감정을 어떻게든 별것 아닌 것으로 만들려는 의도로 느껴졌다. 소름 끼치는 두려움을. 결과가 괜찮을지는 아무도 몰랐다. 가슴을 절제해야 할지도 모를 일이었다. 그런데 어떻게 괜찮을 수 있단 말인가?

그러면 멜리사는 지독한 죄책감을 느끼면서, 샘이 아기에 대해 모른다는 사실이 기억나곤 했다. 지금 얼마나 위태로운 상황인지 샘은 몰랐다.

"미안해, 샘. 그냥 겁이 나서 그래."

"알아."

맥스는 달리는 시간을 늘렸다. 아침저녁으로 뛰었다. 그는 안나를 저녁 식사에 초대했고, 둘의 제대로 된 첫 데이트에서 이런 이야기를 하지 않으려고 무척 애썼지만, 결국 1시간 내내 마음을 털어놓고 말았다.

"정말 미안해요, 안나. 이런 짐을 다 말해버리다니. 당신까지 그럴 필요 없는데. 이기적이고 지독히 분별력 없고 부적절한 처사였어요……."

그러자 안나는 손을 뻗더니 불쑥 그에게 키스했다.

"죄송해요."

그녀 역시 맥스만큼 놀란 기색이었다.

"아니. 그러지 말아요."

그가 안나에게 키스했다.

그러고 나서 그녀는 여전히 얼굴을 붉히면서 어색하게 털어놓았다. 맥스가 믿어줘서 기분이 좋고, 이런 일을 같이 나누고 싶다고. 처음 만난 순간부터 그에게 끌렸고, 얼마나 부적절한 감정인지 알기에—맥스는 그녀의 상사이므로—일부러 그렇게 정신나간 것처럼 과민 반응했던 거라고 했다. 안나는 맥스를 만날 때마다 배 속이 이상하다고 말했다. "말도 안 된다는 건 알지만, 그런 느낌이 있어요. 지금 솔직하게 대화하고 있는 이 순간에도 그래요."

그래서 이후 둘은 여러 번 저녁 식사와 산책을 했다. 맥스는 소피에 대해 그녀에게 솔직히 털어놓았고, 소피의 선물을 받으러 갤러리로 갔다. 선물은 그와 멜리사가 비 내리는 해변에 있는 그림이었다. 멀리 보라색, 분홍색, 진청색 무지개가 떠올라 있었다. 다소 감상적이라고 할 만한 그림이었다. 평소 그녀의 작품과는 다르다고 갤러리 주인은 말했다. "하지만 무지개 색깔을 일부러 다르게 배열한 게 돋보이네요. 순서가 맞지 않지요. 그런데 실은 더 근사해요. 그래요. 아주 멋진 그림을 갖게 되셨네요."

맥스는 그림을 벽에 걸었고, 기나긴 기다림이 4주째에 접어들자 안나가 그와 같이 달리기 시작했다. 맥스는 그녀와 말없이 리듬을 맞춰 나란히 달리면서, 딸의 일에 구름이 끼지 않았다면 행복했을 거라고 생각했다. 그랬다. 사실 그는 다시 행복해지는 상상을 해볼 수 있었다.

안나와 맥스는 그들이 앞으로 몇 년을, 몇 십 년을 함께 달릴 수 있을지 알 수 없었다. 계속되는 마라톤.

아직은 아무도 알 수 없었다. 안나는 아직 맥스의 집에서 밤을 보낸 적이 없었고—아들이 동요할까봐 겁이 났다—대신 두 사람은 낮에 사랑을 나눈 뒤 오랫동안 침대에 누워 있었다. 두 사람 다 일어나서 세상으로 돌아가고 싶지 않았기 때문이었다.

이번에는 마커스가 놀라게 했다. 멜리사의 일이 자명종 소리처럼 충격을 주는 와중이었다. 마커스는 사업을 본궤도로 되돌리려고 밤늦도록 일했고, 재기할 수 있도록 융자금과 아파트 임대료를 지원하겠다는 아버지의 제안을 받아들였다. 네 번의 금요일에 그는 멜리사와 샘을 저녁 식사에 초대해 진척 상황을 알려주었다.

멜리사는 다시 부엌에 들어가서 음식을 만들었다. 어머니의 레시피대로 천천히 전부 만들어보았다. 스콘, 부활절 비스킷, 소다 브레드. 잼까지 시도했다. 잼은 처음에는 너무 뻑뻑했지만 맛은 좋았다.

멜리사는 뵈프 부르기뇽을 다시 만들어서 이번에는 밥을 곁들여 냈다. 그리고 비밀리에 블로그를 시작해서, 그녀가 어떤 노력을 기울였는지, 어떤 생각을 했는지 세세히 기록했다. 어머니가 아끼던 믹서와 작은 상자에 들어 있던 비스킷 커터들을 사용하니 유대감이 느껴졌고 위로가 되기도 했다.

모든 게 척척 잘되지는 않았지만, 멜리사는 책에 쓰여 있던 조언을 떠올렸다. '우리는 베이킹을 하고, 그러면서 배우고, 더 나아지지……'

그러던 어느 날 다시 컵케이크를 굽기로 결정하고 가장 가까운 슈퍼마켓에 가서 크림치즈와 토핑으로 쓸, 철이 지나 좀 미심쩍은 딸기를 구입했다. 이번에는 나무 숟가락을 이용해 버터와 설탕을 손으로 저어 부드럽게 만들었다. 엄마는 급하지 않을 때는 때때로 이렇게 하곤 했는데, 멜리사는 그렇게 젓는 소리가 좋았다. 설탕 알갱이가 볼에 닿아 으깨지며 버터와 섞였다. 껍질로 풍미를 내려고 오렌지에 손을 뻗는 순간 아주 특별한 일이 벌어졌다. 그래서 샘이 집에 일찍 돌아왔을 즈음 멜리사는 오븐에 케이크 반죽을 넣고 찬장에 등을 기댄 채 부엌 바닥에 앉아 있었다. 그녀의 눈이 빨갰다.

"세상에. 괜찮아, 멜리사? 무슨 일이야?"

"아냐. 괜찮아, 샘. 좋은 일이야. 아주 좋은 기억이 떠올라서 그래……"

그 후 멜리사는 컴퓨터 작업으로 돌아갔다. 그녀는 런던 편집자에게 아파서 약속을 지키지 못했다고 주장했고, 놀랍게도 다시 기회를 얻을 수 있었다. 면담은 예상보다 잘 풀렸고 계약을 했다. 이제는 그 자리가 임시직에 불과하고 프리랜서라는 것은 전혀 문제가 되지 않았다. 어쨌거나 곧 잠시 일을 쉬어야 할 터였다. 아기 때문에. 괜찮았다. 젊은 나이에 아기가 생겼으니 일에 대한 계획을 새로 세워야 하겠지만, 글 쓰는 일의 장점은 집에서 작업할 수 있다는 것이었다. 사실 프리랜서인 편이 더 나을 것이다.

최대한 긍정적으로 바쁘게 지내기 위해 애써야 했다. 매일 요리를 하고, 잠이 오지 않는 밤에 어머니의 목소리를 듣고 싶을 때면 일어나 앉아서 어머니의 책을 반복해서 읽었다.

샘은 그녀가 커피와 술을 끊은 것을 알아차렸지만, 멜리사는 건강한 생활 방식을 새로 시작했기 때문이라고 둘러댔다. 암에 대한 걱정 때문이라고.

검사 결과를 보러 가기로 한 날은 목요일이었다. 샘이 운전을 했고, 맥스가 같이 갔다. 멜리사는 아버지에게 상담실 밖에서 기다려야 하는데 뭐하러 가느냐고 말렸지만 소용없었다.

차를 타고 가는 동안 세 사람 다 입을 다물고 있었다.

춥지만 하늘이 파란 청명한 날이어서 멜리사는 어쩐지 지나치게 아름답다고 느꼈다. 어울리지 않았다.

"준비됐어?"

1층 상담실 앞에 도착하자 샘이 물었다.

"아니."

동전 앞면. 뒷면.

멜리사는 검사 결과를 전화로 들을 걸 그랬나 하는 생각이 들었다.

"담당자에게 조금 기다려달라고 할까? 잠깐 산책할래?"

전화로 듣는 편이 더 나았을까, 아닐까? 결정할 수가 없었다.

"아니야."

마침내 상담실 안에 들어가 그들은 나란히 앉아서 상담가를 기다렸다. 옆에 붙어 있는 사무실에서 상담가가 나왔다. 그녀는 미소를 지었다.

"좋은 소식이에요, 멜리사."

이상한 소리를 낸 사람은 샘이었다. 단어도 아니고, 딱히 고함도 아닌 이상한 소음이었다.

"미안합니다."

그는 민망해했다.

"미안해하지 마세요. 보통은 큰일이니까요. 이런 결과를 기다리는 일 말이에요."

"확실한가요?"

멜리사는 갑자기 하늘을 의식하게 되었다. 창밖으로 하늘이 보였다. 새파랬다. 아주 맑았다. 이 하늘을 언제까지나 기억할 거라고 속으로 중얼거렸다. 새파랗고 정말로 아름다운 이 하늘을.

세세하게 설명하는 상담가의 목소리가 둥둥 떠다니는 것 같았다. 검사소에서는 가능한 모든 검사를 시행했다고 했다. 멜리사가 절대 유방암에 걸리지 않는다고 백 퍼센트 보장하는 것은 아니라고. 알아들었느냐고. 하지만 문제는 없었다. 과학적으로 위험 요소가 있다고 밝혀진 유전자의 이상은 발견되지 않았다.

검사 결과는 음성이었다.

그러자 멜리사는 샘에게 자리를 비켜달라고 부탁했다. 나가서 맥스에게 결과를 얼른 알려주라고. 그녀는 물어볼 게 두어 가지 있다고.

상담가가 물을 따라주는 사이 샘은 멜리사의 이마에 입을 맞추고 방에서 나갔다.

"아버님의 검사 결과 때문인가요?"

"무슨 말이죠?"

멜리사는 어머니의 결과를 알아냈는지 묻고 싶었을 뿐이었다.

"결과를 당신에게 알려줘도 된다고 아버님이 동의하셨거든요. 아까 저희가 통화했어요."

"무슨 결과요? 무슨 말씀을 하시는지 전혀 모르겠는데요."

"아버님도 검사를 받고 싶어하셨어요. 유전자 이상 검사를요. 아무 말씀 안 하셨군요."

"하지만 왜요? 이해가 안 되네요. 친가 쪽으로는 병력이 없어요. 그런데 대체 왜 아버지가 그 검사를 받고 싶어하셨죠?"

"아버님은 딸의 결과가 양성으로 나올까봐, 또 부계 쪽에서 물려받은 것일까봐 걱정하셨어요. 어머니에게 물려받았다는 걸 확인할 방법이 없다고 염려하셨죠."

멜리사는 여전히 이해가 되지 않았다.

"하지만 그건 말이 안 돼요. 비합리적이에요. 암에 걸린 분은 어머니였어요."

"사람들은 겁을 먹으면 비합리적이 되기도 하거든요."

"그리고 여기서는 검사에 동의하셨고요? 왜 동의하셨죠?"

멜리사는 가슴이 두근거렸다. DNA. 혈액형. 맙소사. 친자 부분이 일치하지 않는다면…….

'아니야. 제발, 아니야.'

"어머님께서 검사 사실을 아버님께 알리지 말라고 당부하셨잖아요. 저희는 그 요청을 존중해야 했어요. 그래서 이런 상황인지라…… 저희도 동의한 겁니다. 그래야 아버님이 전체 그림을 받아들이는 데 도움이 될 것 같았어요."

"그럼 어머니의 검사 결과는요? 결과가 입수되었나요?"

"입수했어요."

"양성 반응이 나왔군요, 그렇지 않은가요?"

"맞아요, 멜리사."

그녀는 눈을 감았다.

동전 앞면. 뒷면.

그때 무시무시한 생각이 점점 커졌다.

"아버지의 검사 말이에요. 저는 유전자에 대해서는 잘 몰라요. DNA랑 그런 것들은. 그래서 아버지가 왜 이 검사를 받았는지 이해가 안 돼요."

"설명드린 대로예요. 아버님은 어머님 탓이 되는 걸 원치 않으셨어요. 유전자 이상이라는 결과가 나온다면 말이죠. 어머님 때문이라는 게 확인되지 않은 상황이니까."

"그래요. 알았어요. 그런데 아버지의 검사 말이에요. 뭔가 나왔나요? 저기. 놀라운 점이라도 발견됐나요?"

그녀는 친자 관계에 대해 직접적으로 묻기가 두려웠지만, 어쩌면 좋을까. 그는 상담실 바깥 복도에 서 있었다. 멜리사는 상담가의 눈빛을 읽으려고 애썼다.

"표준적인 가족 DNA 일치가 나왔어요. 멜리사와 아버님 말이에요. 99.9퍼센트 일치예요. 저희가 예상한 그대로지요. 하지만 다른 특이 사항은 없었어요."

상담가는 컴퓨터 화면을 힐끗 쳐다보면서 계속 말했다.

"아버님은 오늘 아침에 전화해서 결과를 묻고, 저희가 모든 내용을 멜리사에게 알려도 된다고 말씀하셨어요. 하지만 알려드릴 게 없네요. 걱정하실 내용이 전혀 없어요."

"어머니가 이상 유전자를 가졌다는 걸 아버지에게는 알리지 말아주세요."

멜리사는 몸의 근육 전체에 안도감이 스멀스멀 파고드는 기분을 느꼈다. 그 많은 근육이 얼마나 긴장하고 있었는지 이제야 깨달은 것 같았다.

"하지 않을게요. 괜찮아요, 멜리사?"

"아주 좋아요. 아주아주 좋아요."

멜리사는 엄마를 생각하고 있었다. 그녀를 얼마나 사랑했는가. 오래전에 엄마의 어깨에서 그 모든 걱정을 덜어줄 수 있었다면 좋았을 텐데. 엄마의 책을 갖게 되어서 얼마나 다행이고 얼마나 감사한지. 여전히 엄마와 함께여서.

멜리사는 상담실 밖으로 나와 샘과 아버지와 말없이 긴 포옹을 나눈 뒤 샘에게 위층에서 잠시 기다려달라고 부탁했다. 그녀는 음료가 필요하다는 핑계로 맥스를 옆으로 데리고 갔다. 자판기 옆쪽 후미진 곳에 아버지와 둘이 있게 되자 멜리사는 헛기침을 했다.

"그 책에 엄마는 아빠가 잘해낼 거라고 썼어요."

"뭐?"

"책 앞부분에서요. 엄마는 아빠가 잘해낼 거라고, 저를 잘 보살펴줄 거라고 했어요."

맥스의 눈빛이 바뀌었다. 순간적으로 딴 곳을 보는가 싶더니 멜리사와 다시 눈을 맞추었다. 묻는 눈빛이었다.

"진작 그걸 말씀드렸어야 했는데 죄송해요. 왜냐하면 엄마가 옳았거든요, 아빠. 그리고 전 고맙다는 말을 자주 하지 않잖아요."

그녀는 맥스의 뺨에 입을 맞추고 몸을 떼면서, 잠시 기다려주면 샘을 데려오겠다고 했다.

"괜찮으시겠어요, 아빠?"

멜리사가 맥스의 뺨에 손을 대면서 물었다.

"이제 괜찮다."

그녀가 다시 위층으로 올라갔을 때 샘은 휴대전화로 뭔가 검색 중이었다.

"샘, 당신이 내 말을 잘 들어줘야겠는데."

"내가 점심 식사에 데려갈 거야. 말꼬리 달지 마. 당신이랑 아버님이랑. 진짜 멋진 곳으로 가자고. 징그럽게 비싼 데로."

"날 봐. 당신이 내 말을 잘 들어줘야겠어."

"샴페인도 마시고."

그녀는 샴페인을 마시지 않을 작정이었다. 샴페인은 마실 수 없었다.

"당신한테 할 말이 있어. 그리고 화내지 않겠다고 약속해야해. 내가 진작 말하지 않았다고 화내지 않기야."

그는 고개를 갸우뚱했다.

"난 아직 너무 어린 나이야. 우리 둘 다 어리지. 그리고 이런 식으로 되리라고 계획하진 않았을 거야. 그렇지만 내가 이렇게 행복한 적은 없었다는 걸 당신이 알아줘야겠어."

"말도 안 되는 소리를 하고 그래, 멜리사. 당연히 당신은 행복하지. 검사 결과가 음성으로 나왔잖아."

"아니."

멜리사는 그의 손을 잡아 그녀의 배 위에 올렸다.

그녀는 샘의 얼굴을 똑바로 쳐다보았다. 그는 의아해하며 눈을 가늘게 뜨고 고개를 갸웃거렸다.

순간적으로 멜리사는 다른 얼굴이 지켜보고 듣는 모습을 상상할 수 있었다. 내려다보는 따뜻한 눈길. 따뜻한 모래밭. 해변의 달음질.

"우린 아기를 낳을 거야, 샘. 분명 사이프러스에서 생겼을 거야. 내가 배앓이를 할 때 말이야. 사고였어. 하지만 난 후회하지 않아. 사실 당신 생각이 어떤지 알고 싶어. 그러니까 당신이 지금은 임원이 되는 시점이어서 상황이 좋지 않다고 생각하는지 말이야. 또 내가 말하지 않아서 화가 나는지. 우리에게 이런 일이 걸려 있어서 난 두려웠어……. 무슨 말이라도 해봐, 샘. 제발 말 좀 해봐."

"아기?"

그는 완전히 충격받은 듯했다.

"그래. 아기."

"세상에 이럴 수가."

그는 고개를 젖히고 눈을 감았다.

"굉장히 충격받았지?"

"당연히 충격받았지."

"나쁜 충격이야? 내 말은…… 무지무지 화가 나? 내가 말하지 않아서?"

"아니야, 멜리사. 근사한 충격이야. 아기라고? 정말로 아기가 생겼다고?"

그는 멜리사를 가슴에 꼭 껴안았다. 놀란 채로 서서 꼭 끌어

안고 있는데 직원이 서류를 잔뜩 들고 지나가려 했다.

멜리사가 뒤로 물러났다.

"물론 우리에게 문제가 있다는 의미이기도 해."

"일 말이야? 계약 건? 그건 걱정하지 않아도 돼. 그때까지는 내가……."

"아니, 아냐. 돈 이야기가 아니야."

"그럼 뭔데?"

"저기…… 내 마음이 완전히 달라졌어. 갑자기 케케묵은 구식이 됐다고."

멜리사는 어머니가 쓴 책의 마지막 부분을 생각하고 있었다. 거기 쓰여 있는 요령과 대처법이 아니라 기쁨에 대해. 배앓이와 아기 침대. 모든 좋고 나쁜 일들.

'그리고 어느 날…… 너는 내가 정확히 무엇을 쓰고 있는지 알게 될 거야. 왜냐하면 이 일은 갑자기 네가 인생을 걸 일이 될 테니까…….'

샘이 어리둥절한 표정을 짓고 있을 때 다른 직원이 옆방에서 나왔고, 그들은 옆으로 비켜줘야 했다.

멜리사는 난간 너머로 아래층을 내려다보았다. 음료 석 잔이 담긴 상자를 든 맥스가 보였다.

그녀는 아버지와 만나기 전에 이 말을 해야 했다.

"당신한테 나와 결혼해달라고 청해야겠어, 샘."

샘이 처음으로 자라 같은 표정을 지었다. 그는 놀라서 머리통을 어깻죽지 사이로 쑥 밀어 넣고 눈을 감았다. 믿을 수 없어서 일순간 얼어붙어버렸다. 그러다 그는 눈을 뜨고 먼저 멜리사의 이마에 키스한 다음 양쪽 눈꺼풀에 차례로 입 맞췄다. 다른 직원이 복도의 사무실에서 나와 두 사람을 쳐다보면서 지나가려고 기다리자 멜리사는 당황했다.

"이거 '예스'라는 대답이야, 샘?"

마침내 그는 멜리사를 다시 가슴에 꼭 끌어안았고, 그 순간 맥스가 아래층에서 음료 상자를 들어 보이면서 서두르라고 신호했다.

"'예스'가 맞아, 멜리사."

오렌지 제스트 ······

부엌 식탁에서 딸이 오렌지를 먹고 있다. 한 번에 오렌지 한쪽을 베어 물고, 찡그리면서 달콤 쌉쌀한 맛을 기대하다가 혀에서 알갱이가 터지면 생긋 웃는다.

스토브 옆에서 어머니가 이 모습을 지켜보면서 미소 짓는다. 그녀는 강판을 설거지통에 넣고 허리를 굽혀 오븐 두 개를 확인한다. 왼쪽 오븐 중앙에는 컵케이크 판이 있다. 오른쪽의 더 작은 오븐에서는 양파와 와인, 허브를 반들반들하게 바른 양 다리가 잘 구워지고 있다. 이제 어머니의 눈빛을 더 찬찬히 보기를.

딸에게 고개를 돌리면 그녀의 눈빛이 어떻게 변하는지.

"컵케이크가 식으면 우유랑 같이 한 개 먹고 자는 거야."

"안 피곤한데."

어머니는 딸이 보지 못하게 고개를 돌리고 더 환하게 웃으면서, 식탁 끝에 놓인 타이머를 집어서 주머니에 넣는다. 벌써 눈꺼풀이 무거운 아이는 누우면 10분 안에 잠들 것이다.

"잘 들어. 엄마는 글을 마저 쓸 거야. 넌 다 먹으면 끈적이는 손을 씻도록 해. 알겠지? 그런 다음 케이크를 먹고 자는 거야."

어머니는 일어나서 주머니에 든 타이머를 다시 한 번 확인한

다음 식탁을 지나 걸어간다. 딸의 앞머리가 눈을 찌르지 않도록 뒤로 넘겨주고 이마에 입을 맞춘다. 그녀는 참나무로 된 마루를 지나 현관 홀로 가서 계단을 올라간다. 침실 구석, 움푹 들어간 곳에 커다란 창문이 있다. 그녀는 널찍한 책상 겸 화장대에 앉아 창문 뒤쪽의 나무를 잠시 힐끗 바라본다. 바람이 불자 나무가 왼쪽으로 휘청한다. 진입로에 남편의 차가 곧 들어오면 딸은 아빠를 맞이하기 위해 현관 홀로 달려갈 것이다. 끈적이는 손을 아직 씻지 않은 채로.

어머니는 노트북 컴퓨터를 열고…….

오렌지 제스트…… 그리고 다른 이야기들.
— 음식 블로거 멜리사 댄스

멜리사는 몸을 숙이고 날짜를 입력한다. 2015년 3월. 그녀는 자갈길을 올라오는 샘의 차를 보고, 아래층에서 들리는 반응에 미소 짓는다.

그러면…… 오늘은 뭘 쓸까?

아, 그래.

오늘은 다시 한 번 이 모든 일이 시작된 내력을 쓸 예정이다. 어떻게 소비자 캠페인 저널리스트가 주방에 투신하게 되었는지. 어머니가 남긴 소중한 책이 어떻게 기억을 되살려냈는지. 그 기억이 어떻게 블로그를 끌어냈는지. 요리를 음식과 관련된 일 정도로만 알았던 여자가 어떻게 시간 여행을 할 수 있는 여자로 변했는지.

오늘 그녀는 콘월의 식탁에 앉아 오렌지 껍질을 벗기지 못해서 끙끙대고 징징대며 도움을 구하는 아이에 대해 쓸 것이다. 어머니가 버터와 설탕을 휘저으면서 미소 지으며 말한다. "내 말 들어봐, 멜리사. 껍질을 벗기기 전에 제스트 만드는 법을 가르쳐 줄게. 케이크에 바닐라 대신 그 제스트를 넣어도 되겠지? 어떤지 볼까?"

그랬다. 그녀는 다시 한 번 그 응용법에 대해 쓸 것이다. 향기에 대한 추억과 마법도.

오렌지의 껍질을 긁어낸다. 눈을 감는다. 다시 그곳으로 여행한다.

시간을 지나서.

식탁에 앉은 아이. 접시에 담긴 오렌지. 아이는 끈적이는 손을 뻗어서……

……어머니의 손을 잡는다.

엄마가 딸에게 주는 삶의 레시피

딸이 다섯 살이었을 때 프랑스 영화 〈뽀네트〉를 봤다. 영화에서 엄마가 갑자기 세상을 떠나자 네댓 살인 뽀네트는 엄마가 돌아오리라 믿고 기다린다. 주변 사람들 모두 이제 엄마를 잊고 지내라고 달래지만, 아이는 엄마가 작별 인사도 없이 떠났을 리 없다며 분명히 돌아올 거라고 생각한다. 모든 기다림은 안타깝지만 어린 뽀네트의 하염없는 기다림처럼 안타깝고 가여운 기다림은 없었다. 영화를 보고 극장 밖 서점에서 제 아빠와 기다리고 있던 딸아이를 만났을 때 가슴을 파고 들던 그 아린 느낌을 잊을 수 없다. 내 아이 또래의 딸을 두고 영원히 떠나야 했던 엄마의 감정에 온전히 동화되었다.

하지만 그 영화를 추천해준 심리학자의 말을 듣고 뽀네트의 관점으로 눈을 돌릴 수 있었다. "어느 날 갑자기 삶에서 엄마가 사라진 뽀네트는 얼마나 어리둥절할까요. 작별 없는 헤어짐은 아이에게 평생 빠진 부분으로 남아 있을 거예요. 공 선생도 딸에게 평소에 엄마가 얼마나 사랑하는지, 어느 날 말없이 세상을 떠나더라도 언제까지나 엄마는 널 사랑할 거라고 틈틈이 말해줘야 해요."

이후 20년 가까운 시간이 흘렀지만 난 딸아이에게 엄마가 곁에 없을 때에 대해 자주 이야기한다. 그 아이의 삶을 연결하는 고리들이 하나도 빠지지 않기를 바라기 때문이다.

이번에 소설 『인생 레시피』를 번역하면서 나는 작가인 테레사 드리스콜에게 공감 이상의 유대감을, 내가 하고 싶은 말을 작가가 소설을 통해 들려주고 있다는 느낌을 받았다. 제목 그대로 세상 어머니들의 마음을 담아 딸들에게 전하는, 삶을 위한 레시피가 『인생 레시피』다.

행복한 결혼 생활을 하던 엘레노어는 갑자기 유방암 진단을 받는다. 치료받는 와중에도 여덟 살인 딸 멜리사가 평범한 일상을 유지하도록 병을 숨기느라 작별 인사를 제대로 하지 못한다. 하지만 생의 마지막을 살면서 딸의 성장기를 함께하지 못하는 아쉬움에 딸에게 주는 레시피로 된 일기를 쓴다. 함께 만든 추억의 음식, 함께 만들고 싶은 음식의 레시피에는 딸의 어릴 적 사진들과 행복한 기억, 자라나는 딸에게 여자 대 여자로서 해주고 싶은 이야기를 담는다. 그리고 거기에는 엘레노어 혼자 평생 간직해온, 멜리사의 인생에도 영향을 미칠 만한 비밀이 담겨 있다. 기쁨과 슬픔, 삶과 죽음이 기록된 일기장이 스물다섯 살 생일을 맞이한 멜리사에게 전달된다. 엄마가 죽었다는 소식을 듣고도 엄마를 만나기 위해 가족 휴가를 보냈던 바닷가로 가는 기차를 기다리던 여덟 살 멜리사. 사랑하는 남자를 만나지만 갑작스런 엄마와의 이별이 남긴 상처가 아물지 않은 채 삶을 살아가야 하는 멜리사에게 엄마가 보낸 레시피는 치유와 화해의 삶을 위한 레시피가 될 수 있을까.

테레사 드리스콜은 오랜 세월 영국의 신문기자, 텔레비전 리포터, BBC 데본의 앵커로 일하다가, 데뷔작『인생 레시피』로 어릴 적 꿈이었던 소설가가 되었다. 열일곱 살 때 암으로 어머니를 잃은 드리스콜은 어머니의 부재를 안고 살던 중, 꿈에서 자녀 교육에 대해 어머니와 대화한 경험과 아들의 보모가 남긴 아이 사진이 담긴 레시피를 보면서 불현듯 얻은 통찰력을 어울러서 첫 소설을 썼다. 1년간 텔레비전 볼 시간을 글쓰기에 할애한 끝에 자신만이 쓸 수 있는 경험을 소설에 오롯이 옮겨 담았다. 아름다운 문장과 진솔한 내용은 영국을 비롯한 여러 나라 독자들에게 감동을 주었고, 프랑크푸르트 도서전에서 독일어 출판권을 두고 여섯 출판사가 경합을 벌이기도 했다. 저널리스트의 객관성과 소설가의 주관적인 감성이 잘 어우러져 엄마가 차린 깊은 맛이 나는 정갈한 밥상 같은 소설이 탄생했다.

『인생 레시피』는 이별과 상실에 대해 말하고 있지만 그보다는 회복에 대한 이야기라고 밝힌다. 이것은 그저 마음을 내려놓거나 비워서 진정하는 수준의 치유가 아니다. 드리스콜이 독자에게 제시하는 '레시피'는 인생의 가장 중요한 존재의 부재를 치유할 만큼 깊고 친밀한 교감을 통한 완전한 회복이다. 오랜 부재 끝에 '레시피'로 멜리사에게 찾아온 어머니 엘레노어, 그녀는 짧지만 행복한 시간의 추억과 죽음 저편에서도 계속될 깊은 사랑의 빛나는 아름다움이 이끌어내는 연대감을 가르쳐준다. 그 끊겼던 부분이 이어지는 순간, 멜리사에게 인생은 완전체가 되고 가장 자연스러운 것이 되어 아버지와 연인의 사랑을 온전히 받아들일 수 있게 된다.

첫 소설에서만 느낄 수 있는 새로움, 떨림, 진솔함이 있다. 테
레사 드리스콜은 가장 잘 알고 있고, 그래서 오히려 접근하기 어
려운 자신의 이야기를 밑거름 삼아 자녀가 몇 살이든 언젠가는
아이만 두고 세상을 떠나야 하는 두려움을 안고 사는 세상 모
든 어머니의 마음으로 모두의 이야기를 만들어냈다. 이야기 외
에도 일기와 레시피의 형식을 빌려 다채롭게 구성했고, 아버지와
딸의 관계, 아내를 잃은 남편이 살아가야 하는 삶의 풍경, 새로
운 사랑에 대한 이야기까지 두루두루 세심하게 담아낸 소설을
탄생시켰다.

앞으로 드리스콜이 소설가로서 풀어낼 가족, 사랑, 상실, 회복
에 대한 이야기, 사람 이야기가 더욱 기대된다.

공경희

테레사 드리스콜

신문, 잡지, 텔레비전 등에서 25년 동안 활동한 언론인이며 작가이다.
신문기자로 시작해 BBC 텔레비전 뉴스 앵커로 15년간 활동했다.
열일곱 살 때 어머니를 잃은 경험이 그녀를 작가의 길로 이끌었다.
BBC 방송사의 뉴스 진행자로서 암 연구 기금을 마련하는 '생명을 위한
달리기Race for Life' 행사를 추진하게 된 그녀는 그곳에서 많은 훌륭한
여성들에게 깊은 감동을 받았다. 그들의 등에 '엄마'라는 한 단어가
쓰여 있었던 것이다. 그들과의 만남을 통해 상처를 일깨우는 동시에
큰 위로를 얻었으며, 작가로서 자신이 할 이야기가 있다는 것을 깨달았다.
데뷔 소설인 『인생 레시피』는 그렇게 탄생했다. 이 책은 독자들을
감동시키며 뜨거운 반응을 얻었고, 프랑크푸르트 도서 박람회에서
7개의 독일 출판사가 입찰하고 6개 언어로 판권이 계약되었다.
영국과 독일, 체코에서 출간되었고 브라질과 이스라엘에서도
출간될 예정이다. 테레사 드리스콜은 웹사이트 'writing life'를
통해 정기적으로 블로그 활동을 하고 있다.
www.teresadriscoll.com

공경희

1965년 서울에서 태어나 서울대학교 영문학과를 졸업하고
성균관대학교 번역대학원 겸임교수를 역임했으며 전문 번역가로
일하고 있다. 옮긴 책으로 『시간의 모래밭』『침묵의 행성 밖에서』
『모리와 함께한 화요일』『천국에서 만난 다섯 사람』『호밀밭의 파수꾼』
『매디슨 카운티의 다리』『지킬 박사와 하이드』『마시멜로 이야기』
『행복한 사람, 타샤 튜더』『타샤의 집』『우리는 사랑일까』
『행복의 추구』『파이 이야기』『우연한 여행자』『고양이 오스카』
『눈먼 올빼미』『이반 오소킨의 인생 여행』 등 다수가 있다.
저서로 북에세이 『아직도 거기, 머물다』가 있다.

인생 레시피

지은이_테레사 드리스콜
옮긴이_공경희

2016년 6월 28일 1판 1쇄 인쇄
2016년 7월 8일 1판 1쇄 발행

펴낸이_황재성·허혜순
책임편집_박민주
디자인_color of dream

펴낸곳_무소의뿔
(04030) 서울시 마포구 동교로 136
신고번호 제2012-000255호
신고일자 2012년 3월 20일
전화 02-323-1762 팩스 02-323-1715
이메일 musobook@naver.com
www.facebook.com/musobooks
ISBN 979-11-86686-10-2 03840